樂 府

·

心里滿了，就从口中溢出

我的《昆虫记》

基于法布尔的重述

马俊江 编译

北京联合出版公司
Beijing United Publishing Co.,Ltd.

我的回忆录

玉凯顺

《我的〈昆虫记〉》·自序

　　市面上已经有了很多版本的《昆虫记》，我还是又加上了这一本。这不是一本凑热闹的书，我和那样的事无缘。我只是热爱《昆虫记》，因热爱而写了这本小书。它是"我的《昆虫记》"，和现在所有能见到的《昆虫记》都不一样，但我自信它自有它的意义和价值。至少，在《昆虫记》的传播史上，它应该算得上一个独特的存在，不管它将会被喜欢，还是被厌弃。

　　中国孩子的童年读物中，《昆虫记》应该能和《安徒生童话》《格林童话》一起排在前三名。这是法布尔的幸运呢，还是《昆虫记》的不幸？法布尔曾说，什么东西一旦成为儿童的记忆，就坚不可摧了。《昆虫记》有十卷，两百万字，我不知道谁是第一个把它改编成儿童读物的人。我想他一定也不知道，从此，在很多人看来，《昆虫记》就只是一本简易儿童读物。问问那些小时候读过《昆虫记》的大人，他们还会再读这本书吗？提起这个书名，他们记起或者记不起小时候书里书外的一些时光，然后说：哦，那是小孩子的科普读物。等到他们为人父母，关于《昆虫记》的这种观念已像一座坚固的城堡，牢不可破。也许，他们还会买这本书给他们的小孩子看。就这样，《昆虫记》在一代代孩子的手里流传，但也像中了魔咒，很难走出小孩子的手掌。

写这本书时，我一直想说一句话：在一代代人手里流传的书，不管你叫它童书，还是科普读物，或者别的什么名目，那就是经典。经典的童书首先是经典，经典的科普首先也是经典。童书也好，科普也好，漫长的文明史大浪淘沙，能够有几本书在一代代人的生命里流传，又留下印记呢？留下来的就是经典。而经典就应该属于所有的人，属于小孩，也属于大人。安徒生曾说，他的童话写给孩子，也写给孩子身边的爸爸和妈妈。可惜，很少有人听见他的这句话。或者，听见了也只是听见了，所谓"童书"依然只是孩子们才看的书。孩子长大后有了成人的眼光和厚重的人生体验，重新走近安徒生的不会太多。不知道有多少人会想一想，"童话"难道只是"写给孩子的话"吗？人人知道《皇帝的新装》，可是，能在"那个孩子的话"里读出人生况味的应该是成人，成人才会因童话里"那个孩子的话"而发呆，并想想自己。看过节本《昆虫记》的孩子长大后，有多少会走进全本《昆虫记》呢？更多当年的读者，也许会一辈子都认定《昆虫记》只是写给孩子们的昆虫故事，他们借此了解一点昆虫的科学知识，仅此而已。很多次，我跟人讲，读过《昆虫记》的孩子是幸运的，成人错过《昆虫记》是一生的遗憾。

都说"有一千个读者就有一千个哈姆雷特"，可是，为什么"有一千个读者只能有一个安徒生或者一个法布尔"呢？我想做的，就是成为"一千个读者"中读出"我的《昆虫记》"的那一个。以前有句广告词——"大家好才是真的好"，我也想把我热爱的一本好书分享给缘得一见或素未谋面的朋友们。并且，还想告诉他们：你可以而且应该有"你的《昆虫记》"。

1923年，周作人把这本书的书名译成《昆虫记》的时候，他应该也不会想到，以后这本书会被不少人误以为只是"记昆虫"。现在出版的各种节译本大多就是这么做的，和昆虫无关的文字被看作多余，都被"节"掉了。结果，一棵葱茏的大树被删削成了光秃秃的树干，一部丰富的大书被删节得只剩了一堆虫子。而被那些抢着斧头的编译者们弃若敝屣的，却正是我视若珍宝的东西。《我的〈昆虫记〉》想告诉读者的一个事实就是：《昆虫记》不是"记昆虫"。这部书的原名叫作《昆虫学回忆录》，而回忆录是生命的追忆、记录和沉思。知道了原本的书名，我们就不应在这部书里只看到昆虫，书里有一个人浸淫昆虫世界的一生：从贫寒却好奇的童年，到执着却辛酸的中年，再到沉静却依旧热情的老年，所有他经历的、热爱的一切。

《昆虫记》是科学的，但更是关于生命、关于人的大书。它的某些科学结论也许会被证明有误，比如法布尔不知道蝉的若虫是夜里钻出地面，所以清晨寻找若虫的行动以失败而告终。但即便有错，这部大书对生命的探寻仍然闪烁着永恒的光芒，照亮它的读者。那些读者会在《昆虫记》里看到一个有声有色的美好世界，五味杂陈的情感与人生，还有一个高尚的灵魂对生命的探究与沉思。《昆虫记》是一本有情感、有思想的书——没有思想的书怎么可能会成为一部大书？被砍掉了情感和思想，只留下昆虫异事的"记昆虫"不是法布尔的《昆虫记》。

和每部大书一样，《昆虫记》里有一个丰饶的大世界。那个世界有昆虫，也有植物，有动物，有人，有天地万物。荒野有金雀花，荒石园有狗牙草，家里有猫，林里有鸟，池塘里有蝾螈和水藻；有春夏秋冬，有夜晚有清早，有冬天的古币，有蜿蜒的古道，有留下生命痕迹的化石，童年记忆里有鸭子嘎嘎地叫……当然更会有人，有人类丰富的情感、深沉的思想。《昆虫记》写昆虫，而昆虫生活在树上、草丛，法布尔喜欢他见到的每一种植物：百里香、樱桃树、带刺的大蓟、蓝色的矢车菊、各式各样又五颜六色的蘑菇……那些植物也在法布尔的文字中生长、闪光，普通而又神奇，让人向往。昆虫也好，植物也好，所有的生命都在时间里，时间是春夏秋冬的循环和岁月的流逝，流逝的岁月沉淀着人的情感。那些只看到昆虫的读者忘记了，记下这些昆虫故事的是人，而人的世界里怎么可能只有昆虫！见多识广的老兵法维埃，和法布尔一起寻找虫子窝的牧羊人，给法布尔提供粪球的孩子们，以及无知愚昧的市民乡民，他们也是《昆虫记》里不能少的角色。

《昆虫记》是一部大书，而不是一本刻板的教科书，这是因为讲述昆虫的法布尔有丰富细腻的情感。《昆虫记》里有法布尔的欢乐、悲伤、孤独、愤怒……这是一个永远涌动着热情的生命。第一卷《昆虫记》写完，法布尔把书献在他夭折的小儿子朱尔墓前。在"后记"中法布尔向天堂的孩子倾诉着："亲爱的孩子，你从小就热爱花草和昆虫，真是让我高兴。我更高兴你能成为我观察昆虫和植物最好的伙伴。可是，才看到我写下的不多的几行字，你就到天堂去了，让我带着丧子的悲痛写这本书，我将继续写下去……"删节本的《昆虫记》会有法布尔的这些爱与痛吗？还有一个父亲和孩子们抓蝗虫的欢乐，还有一个热爱真理的人到了中年才得到一块贫瘠安静的土地时悲喜交集的情感……我希望我的读者在《我的〈昆虫记〉》中读到这些。

翻开《昆虫记》的第一页，你就会跟着法布尔走进一个生机盎然的大世界，而不是走进虫子堆里。春天，山楂树和接骨木开着花，微带苦涩的花香里，野蜂飞舞。贴着草地飞翔的是小燕子，它们在捕捉产卵的蚊子。是春天就会有流淌的春水，水里有游动的鱼群。而春天独有的明媚阳光下，蜥蜴在炫耀彩色的屁股。就是这样的春天，欢乐的法布尔带着几个孩子走上高原，他们要去和天地万物一起庆祝生命的复苏。复苏的是法布尔笔下的高原，也会是某些读者的心灵。也许他会想起，我们生活在这个美好的世界，可是不知从什么时候开始，我们离它越来越远：我们已很久没有看过天空的云朵和星辰，大地上的草木和花朵，昆虫透明的翅膀；很久没有听到过水声和风声，虫鸣和鸟鸣；很久没感受到风吹过我们的肌肤；很久没有闻到过这个世界不同的味道——我们喜欢的，或者不喜欢的。上帝给了我们那么好的感觉器官，但它们已被我们废弃很久了，丢在生命的角落里，落满尘埃……

而法布尔是诗人。

诗人存在的价值之一就是恢复人的感官，让它们灵敏起来，去感受这个世界，让世界新鲜起来。新鲜的世界，是有声有色的世界。法布尔的昆虫世界是有声有色的。他会带着我们去看，去听，去想象。隔着文字和岁月的烟云，法布尔告诉我们，各种各样的食粪虫，这些整天和粪球打交道的小东西们，闪烁着青铜、黄铜般的光芒，还有祖母绿和紫水晶耀眼的光泽，还有颜色比天空的蔚蓝更柔和的丽金龟，还有蓝色鸟蛋，还有像清澈的水一样透明的飞蝗泥蜂幼虫。跟着法布尔去看看吧，我们从没有注意过，那些无处不在的小昆虫会有那么斑斓美丽的颜色和光辉。我们还可以跟着他去听春夜或者夏夜的演唱会：蝈蝈儿的声音那么低，法布尔说那声音像摇动纺车的声音，像古老的民谣；长耳鸮的歌声是高亢的，暗夜里，它唱着永恒的"去啊——去啊——"；小铃蟾是温柔的，温柔地唱着"克吕克——"或者"克力克——"还有"克洛克——"。我们从没有那么认真倾听过，也不知道，夜间的草丛中会有那么动听的歌声。

法布尔热爱那些颜色和声音，像热爱花朵一样。谁会不爱花朵呢？但只有法布尔把鲜花盛开的丁香花看作神圣的教堂。他说在那么美的花朵面前，他唯一的祈祷词就是情不自禁地赞美——"啊！"从《昆虫记》里走出来后，我去了树林。那是黄昏，有几只乌鸦在叫。我也早已习惯了人们的说法，乌鸦的叫声难听且不祥。但法布尔让我重新去聆听那黑色鸟熟悉的叫声："啊——啊——"我对同行的朋友说，乌鸦在感叹："啊！真美啊！"朋友笑了，捡起一枚很小的松果，说，你看，多美，是像数学一样精确的美。我也笑了，知道朋友读过我写的法布尔的蛛网几何学。春天，从樟树下走过，樟树开着细碎的花朵，我会认真地看看那极小的花朵，因为想起法布尔讲臭大姐的虫卵时说，如果因为小而错过美丽的艺术品，将是多么遗憾的事啊！

　　诗人冯至在《十四行集》中这样写道："我们赞颂那些小昆虫，它们经过了一次交媾，或是抵御了一次危险，便结束它们美妙的一生。"诗人法布尔也赞颂那些小昆虫，赞颂它们用"本能"创造的奇迹，但法布尔更赞美人，因为他热爱人的理性。比起机械完成本能程序设定的昆虫，能思想的大脑才是宇宙间最完美的存在，法布尔一次次这样说。这样的时候——

　　法布尔是个思想者，有思想的诗人。

　　有思想的人不盲从权威，不追逐今天的时尚，不迷信古老的信仰。进化论兴起的时候，法布尔是个反对者；遗传学流行的时候，法布尔依然是个反对者。作为《昆虫记》的读者，你可以不赞同法布尔的结论，但无法不热爱他无止境的思索，尤其在我们很多人已经停止思索的时候。甚至可以说，在各种理论之外，法布尔用他的思想，呈现出生命的另一种存在方式。

　　《昆虫记》主要写昆虫，不过法布尔总是不断地议论，而我热爱他的那些议论，也常常忍不住和他对话，就像他的抒情常常牵动我的情感，回味自己的生命经历。这些，我都写进了《我的〈昆虫记〉》。这本书里的很多思考与情感是我的，但是由法布尔引发，他总是让我反思我自己，以及我生存的这个世界。希望这本书的读者不会怪我多嘴多事，因为经典本来就是在与不同时代的读者的对话中流传的——无法引起读者对话欲望的书不会成为经典。当然，思想的对话有平等而无权威，我和法布尔也有意见相左的时候。

除了我个人的思考与情感，在写作上我也做了一些自己的处理。第一，每一章重新拟定题目。第二，《昆虫记》只有章，没有节，而《我的〈昆虫记〉》每一章都分节，并且还加上了独立的小标题。法布尔是诗人，文字优美，但有时文章也有些冗长，我的分节则都能独立成文，也精致一些，由此减少阅读的疲惫感。第三，整本书的编排基本是按照《昆虫记》原来的顺序，但法布尔从56岁完成第一卷到84岁写完第十卷，《昆虫记》的写作时间持续几十年，有些相同的话题散落在十卷本的不同地方，我也做了一些归纳整理的工作。第四，法布尔写了那么多昆虫，那么多故事，全书有那么多章，选择哪些讲给我的读者。我的标准是：为人所知的昆虫，有趣的故事，有文化、有情感、有思想的文章。

写完这本书以后，我常常想起法布尔。后九卷的《昆虫记》是在一个偏远乡村的荒石园完成，他在那里观察昆虫，探究生命，追求真理。在那样的环境中，他是一个另类的存在，不仅不会有对话的朋友，反而会是乡村谣言中的人物。那样的生活中，他会孤独吗？徐迟先生在《瓦尔登湖·译本序》中说，梭罗爱孤独，因为他爱思想。孤独的梭罗用思想把瓦尔登湖建成了人类的精神圣地，徐迟说只有让我们的心安静下来，我们才能走进瓦尔登湖，跟亨利·戴维·梭罗先生谈谈生命的更高原则。法布尔用十卷《昆虫记》把荒石园建成了人类的另一精神圣地，我希望我的读者也能给自己的心灵一些安静的时光，走进荒石园，跟让-亨利·卡西米尔·法布尔一起，思考生命的更高原则。

马俊江

2020年5月于江南小城金华

目 录

小　引

　　和生命一样，一本好书应该从春天开始，结束的时候，要有光。所以，我的这本书从安格尔高原的春天开始，而最后一篇是有光的萤火虫。但亲爱的朋友，在开始讲述春天的故事之前，请先让我说说一个冬天，因为是那个冬天的一本书照亮了我，把我带进一个美好的春天，一个生机盎然的世界。

　　那个冬天的夜晚，火炉燃着火，全家人都睡了，年轻的我坐在温暖的火炉边读书。我完全沉浸在那些被火光照亮的文字里，忘记了生活的穷困，以及与穷困生活如影相随的烦恼。就是这样，有些书，注定要照亮它的读者，带给他们一个全新的世界。也许，那个读书的人当时还不知道，这本书会成为他人生的一个转折点。从此，他将投入全部的生命，去探索一个他压根儿没有想象过的世界，一个陌生又新鲜的宇宙。小时候，我就喜欢鞘翅目昆虫、蜂和蝶蛾，但生命的火炉里即便已放好木柴，如果没有火种，木柴不会燃烧起来。感谢那个冬天的夜晚，我偶然读到昆虫学大师杜福尔的书，这本昆虫学杰作成了星星之火，点燃了我的生命，指引我走向要用一生去探索的道路，去观察，去研究，去书写丰富斑斓的昆虫世界。如果我这一生对昆虫研究还有点贡献，取得了一点成绩的话，我要把我最深的敬意献给杜福尔等诸位昆虫学研究的前辈们，以及他们不朽的著作，感谢他们点燃了我的心灵之火，照亮了我的生活，我的生命。

我的《昆虫记》是科学的，但如果只有一堆我观察到的事实，那还算不上科学。要让这些冷冰冰的事实温暖起来，并且充满生机，还需要心灵的炉火。因此，我写出的不仅是科学，我希望它还有更高级的东西，有思想的闪光、丰富的世界、美好的生命、人应有的智慧，而且，也成为某个读者的星星之火，温暖并照亮他的冬天和夜晚。

圣甲虫[1]和它的粪球

食粪虫的光彩和圣甲虫传说

春天，对！就是春天，山路两旁的接骨木和山楂树上，花金龟陶醉在微带苦涩味道的花香里。我带着我的学生——五六个孩子，轻快地走在山路上。我们一边走，一边谈天说地，热情洋溢，和春天一样，充满活力。我们想去看看山间溪水里的小蝾螈，那个尾巴像珊瑚枝的可爱小东西，是不是藏在绿毯子一样的浮萍下面；溪水里美丽的刺鱼，它们是不是已经戴上了天蓝和紫红相间的领带，准备着婚礼和生儿育女；刚刚归来的小燕子，是不是张开剪刀一样的尾翼飞过草地，捕捉一边跳舞一边产卵的大蚊子；蜥蜴是不是趴在洞口，在阳光下炫耀自己长满蓝色斑纹的屁股；从大海上飞来的笑鸥是不是一群群地在河面上翱翔，追逐着罗讷河里逆流而上的鱼群，并狂笑一样地鸣

1　圣甲虫，中文学名蜣螂，俗名屎壳郎。现代昆虫学沿用的其实是它最古老的名字——中国最早的中药学著作《神农本草经》已称这种甲虫为蜣螂。古埃及人称其为圣甲虫，"圣"是神圣的圣，名字里有古埃及人对一个虫子和宇宙神圣又神秘的想象。

叫着……我们是这样渴望了解自然万物,这样痴迷天地间的各种植物和动物。和这些草木虫鱼鸟兽在一起,一起庆祝春天的到来、生命的复苏,我们的内心充满欢乐。

当然,我们今天最希望看到的是圣甲虫,看看它们是不是已经出现在安格尔高原上,正滚动着它们迷恋的粪球。是的,圣甲虫是一种食粪虫。我相信我的读者不会因为它吃粪而鄙视它:如果我的读者是孩子,我相信他们会因为它吃粪而更喜欢它——哪个孩子会不喜欢听屎尿屁的故事呢?他们似乎天生就有一种能力,在这些肮脏的东西里制造童话,并在"恶心童话"里享受最纯洁的欢乐。至于已经不是孩子的成人读者,我要提醒你们的是:科学没有洁癖,它能在任何地方闪光,不管是垃圾堆还是粪堆都阻挡不住它的光辉;而真理,也没有什么东西能玷污它,它永远在洁净的天空飞翔。当我们以科学的名义面对食粪虫的时候,肮脏的粪堆和茉莉花香水的加工厂没有什么区别。食粪虫和它的粪球,也可以带我们认识生命的神圣,也可以给我们讲述高深的思想。

同时,我也想提醒我的读者,我们认为的美和丑,干净与肮脏,对大自然而言实在算不了什么——大自然有它自己的法则和审美标准。甚至,在我们人类看来,大自然的法则有时真是反差巨大。这些在粪堆里干脏活,把粪便当作美味佳肴的虫子,却常常闪耀着不同颜色的光:粪堆粪金龟腹部闪烁着金子般耀眼的光芒;黑粪金龟腹部闪耀着紫水晶般迷人的光亮;巴西等热带地区的蜣螂更是像红宝石那样光彩夺目。大多数食粪虫的体表是黑色的,但在阳光下会反射出金属般的光泽。而圣甲虫,它的绿色光泽简直可以和祖母绿宝石媲美。更令人惊异的是,有的圣甲虫不仅熠熠闪光,而且会散发出淡淡的香味。也因此,食粪的圣甲虫也赢得了古代诗人的喜爱,在著名的《牧歌》中，古罗马诗人维吉尔就曾多次赞美这只虫子。

食粪虫中最引人注意的就是圣甲虫。春天来临，古埃及农民在尼罗河岸浇灌着土地，他们看见一只胖乎乎的黑色虫子推动着一团骆驼粪，那时，他们一定震惊得目瞪口呆。第一次面对金龟子科的这种昆虫，没人会不惊讶。一只甲虫，头朝下，用后腿推动着一只那么大的粪球。古埃及人，在滚动的粪球上看见了世界的形象和昼夜循环。甚至，他们相信，这只食粪虫把粪球埋在地下的二十八天，正是月球循环一周的时间，而第二十九天，也正是新世界诞生的日子。圣甲虫回来，挖出粪球，把它扔到尼罗河中，一个生命的循环结束，另一个新生命的循环开始。在神圣的河水里，一只圣甲虫从粪球里诞生，那是圣甲虫的新生。因为这些神奇的传说，这种食粪虫得到了至高无上的荣耀，它的名字里被加了一个"圣"字，人们叫它圣甲虫。请不要嘲笑这些古老的传说，其中有人类高贵的心灵和真诚的信仰，因为它们对天地有所迷惑，但也有所敬畏。而且，传说里也不一定就没有真理。我们的科学，也并非总是绝对正确；相反，它也会延续许多古老的错误。敢于怀疑似是而非的常识，真理才会绽放出灿烂的光芒。我就是在不断的质疑中，彻底弄清了圣甲虫和它的粪球的秘密。

现在，让我们从古埃及的尼罗河岸回到眼前的安格尔高原。春天的高原上，绵羊在吃草，骏马在奔跑，它们都给食粪虫们带来春天的欢乐。当然，还有美味佳肴。毕竟，在只有百里香生长的贫瘠平原上，找到一坨新鲜的粪便可不是容易的事。因而，春天的高原可说是上天对食粪虫们的恩赐。方圆一公里以内，骏马和绵羊的一坨坨粪便星散在高原上，香味四溢，数百只大小不一、形态各异的食粪虫就像淘金的冒险家一样，从四面八方急匆匆赶来。在一坨坨粪便四周，是怎样一番番忙碌的场面啊！食粪虫们拥挤着，乱哄哄地分享着新鲜的便便蛋糕；有的在耙梳便便的表面；有的在粪堆深处挖掘矿道，寻找优质矿层；个头小的就搜罗大块头们遗落的小粪块，把它们切碎；有的可能饿了，在热爱的食物面前实在忍不住食欲，已经开始大吃起来。而圣甲虫则用前腿抱着粪块，专心致志地做着著名的粪球——它们是多么醉心于粪球艺术啊！

圣甲虫的粪球和强盗

圣甲虫的嗅觉比狗还厉害，因为即使睡着，它的嗅觉也是醒着的。在地下睡觉的圣甲虫，也能闻到粪便的味道。睡着的圣甲虫一旦闻到它们为之迷醉的粪香，就会凿开沙质天花板，钻出地面，一路飞奔向撒满一坨坨马粪羊粪的安格尔高原。在高原炽热的阳光下，圣甲虫们抱着粪球，如痴如醉。

当人们看见圣甲虫在路上推着粪球前行时，以为粪球像是孩子们滚雪球一样滚出来的，这是没有认真观察而生出的臆想。圣甲虫不是滚球的工人，而是高超的雕塑艺术家。在上路之前，粪球已经是雕塑好的成品。在粪堆旁边，它用后腿使劲儿抱住粪块，用前额上耙子一样的额突碾着、挖着、刮着，前足搜集材料，不断添加新的粪料，带锯齿的长臂拍拍打打，雕塑着粪球。圣甲虫雕塑粪球的速度非常快，它怀里抱着的一个粪球小丸子，很快变成粪球大苹果。我还曾看见，一个贪吃的圣甲虫加工出一个大拳头一样大的粪球面包。

圣甲虫有点像隐士，做好粪球，就会毫不犹豫地带着它离开热火朝天的粪场，远远地找个地方，离群索居地住下来。现在，圣甲虫上路了。它头朝下，撅着屁股，用两条长长的后腿抱住粪球，当中两条腿支撑着粪球，两只前腿则用来走路。就以这样的姿势，像人拿大顶

它们不是一家人，也不是搭档——中途加入来推动粪球的圣甲虫是个强盗，它纯粹是为了抢劫。

一样，圣甲虫倒退着，推着粪球走在路上。

　　粪球在前进，粪球在滚动。不过，世上没有哪条路会一直是一帆风顺的坦途。翻越一个陡坡时，简直可以说是危机四伏。坡上的一棵小草，也可能让圣甲虫栽个大跟头。沉重的大粪球，顺着斜坡骨碌碌滚了下去。可固执的圣甲虫不会换一条平坦一点的道路，而一定是知难而上。不管失败多少次，粪球滚下去多少次，它都会百折不挠，跑过去，再次抱住粪球，再次开始攀登。抱着粪球一次次攀登的圣甲虫，真有点像希腊神话里的巨人西西弗斯。传说中，那巨人永恒地把一块巨石推上山顶，而巨石一次次滚落下去。小小的圣甲虫不是巨人，可十次，甚至二十次都以失败而告终的攀登，也不会打击到圣甲虫。不达目的，它决不罢休，直到推着粪球胜利翻过斜坡。

　　圣甲虫和粪球艰辛的旅途中，也常有同伴加入，来助一臂之力。两只一样的圣甲虫一只在前，一只在后，以同样的热情推动着沉重的粪球前进，穿过生长百里香的沙地。这景象真是美好，让我想起以前常常用管风琴弹奏的歌曲："要成家，唉！怎么办？你在前，我在后，咱们一起推酒桶。"可惜我发现，我不得不放弃这种温情脉脉的家庭牧歌，因为，合作推动粪球的两只圣甲虫常常都是同一性别。它们不是一家人，也不是搭档——中途加入来推动粪球的圣甲虫是个强盗，它纯粹是为了抢劫。它以助人为乐为借口，满心盘算着如何找机会下手把粪球据为己有。如果粪球主人不够警惕，强盗就会带着财宝溜之大吉；如果受到严密监视，那就一起共进午餐，因为它毕竟帮过忙——这就是强盗圣甲虫的如意算盘。

　　这种拦路抢劫的情景时时刻刻都在上演。一只圣甲虫独自辛苦滚动着辛勤劳动得来的粪球。另一只圣甲虫突然飞来，猛地落下，用带锯齿的手臂把粪球主人推翻在地，自己雄踞在粪球上面。接下去就是强盗与被害人的肉搏厮打，结果是有时强盗取得胜利，于是不劳而获，粪球原来的主人只好悻悻离开，再次回到粪堆上去，重新雕塑粪球。当然，强盗也有被打败的时候。

圣甲虫的抢劫不是为了粪球本身，它们只是抢劫成性。因为很多时候，那些得胜的强盗把抢来的粪球滚动一会儿就扔掉了，它们只是为了抢劫的乐趣而抢劫。既然真相是这样，那我们也就不必严厉指责了。就像孩童世界里常见的顽童游戏，我们也不能都用成人世界的道德标准来评判，笑着欣赏就是了。

大胃王圣甲虫吃也疯狂

滚粪球的旅程结束，终于找到合适的地方，粪球的主人开始动手挖餐厅——它要在餐厅专心致志地享用美味，而不是随便找个地方把粪球吃掉。一只虫子，对食物表现出的尊重，有时会超过胡吃海塞的人。但如果半路杀出的那个强盗一直没找到下手的机会，它就只好一路跟着主人。那么，在主人建设餐厅时，那个强盗就会趴在粪球上装睡。挖掘工作在紧张进行，不久，圣甲虫消失在洞穴里。这位挖掘工每次从洞穴里出来运送挖出的废土时，它都会看看它的粪球是不是安然无恙，并把粪球推得离洞口近一点。

另一只圣甲虫，那个伪君子，在粪球上一动不动，主人看了也就很放心。但洞穴越挖越深，挖掘工出来的次数越来越少，时间间隔越来越大。机不可失啊！那个伪君子从粪球上迅速地溜下来，一溜烟推着粪球跑掉了。强盗带着粪球跑到几米外的时候，挖掘工才带着沙土从洞里出来。它自己应该也干过这种事吧，所以它清楚发生了什么。依靠敏锐的嗅觉，它很快就找到了强盗的行踪并追了上去。强盗很狡猾，一旦粪球原来的主人靠近，便迅速改变推粪球的方向，好像是粪球自己滚开了，而它——这个强盗却摇身一变，成了粪球的保护者。啊！大坏蛋，我要揭穿你！我证明粪球没有自己滚走，是你要偷走它。但可惜，粪球的主人不听我的证词，而是听信了强盗的辩解，于是像什么也没发生一样，两只圣甲虫把粪球运到了洞里的餐厅。当然，如果强盗带着粪球跑得足够远，那么，千辛万苦加工粪球、长途滚动粪球、又辛苦建造餐厅的圣甲虫，已经万事俱备啊，就等好好享用美味粪球时，却一下子一无所有了。除了自认倒霉，还能怎么办呢？如果是人，应该会万分沮丧吧，但圣甲虫只是搓搓双颊，伸伸触角，做个深呼吸，然后起飞，再次去寻找美食。我真是欣赏圣甲虫这种坚毅的个性！

好事多磨，经历了那么多曲折和艰辛后，圣甲虫终于把粪球运进餐厅，封好洞口。外面的人们丝毫不会知道，在新建的地下餐厅里，有着怎样美好快乐的宴会。谁会去打扰这样的宴会呢？私闯民宅的是我，我看见，丰盛的美味食物从地板堆到了天花板。餐厅里坐着宾客，两个或者更多，但常见的情况往往是一个。圣甲虫肚子朝向餐桌，背靠着墙壁，夜以继日地吃着。我还曾用大笼子养过圣甲虫，观察它们的用餐。从早上八点到晚上八点，我拿着手表，认真观察它们。十二个小时啊！它一直待在一个地方，一动不动，不停地吃啊吃啊。甚至，晚上八点以后，我最后一次去看它的时候，它还在兴致勃勃地吃着粪球大餐。

一顿饭吃十几个小时，这么贪吃，真是厉害。但更厉害的，是它强大快速的消化能力。圣甲虫，前面吃着，后面呢？不断拉着。营养被迅速吸收，拉出来的粪便连成一条黑色的细绳，就像修鞋匠的蜡线一样。十二个小时里，圣甲虫边吃边拉，拉出的粪便细绳足有2.88米。

而且，从五月到六月，这样的疯狂进食不会停止，一直持续着。用十几个小时吃完一个粪球，然后再去重新寻找、加工新的粪球，推着粪球，建筑餐厅，继续大吃。直到蝉鸣的夏天来临，圣甲虫们躲到阴凉的地下，避暑去了。等到第一场秋雨落下，它们再度出现在大地上。但那时，它们要忙着种族的未来，生儿育女了。

粪球里面有圣甲虫的孩子吗？

很长一段时间，人们相信——而且书里也这样写，都说圣甲虫滚动的粪球里有一枚虫卵，粪球就是给幼虫提供食物的摇篮。圣甲虫把滚圆的粪球拖进洞穴埋起来，让大地做巨大的孵化器，孵育它们的宝宝。

而我，总是怀疑圣甲虫会采取这么粗暴的方式养育后代。要知道，如果在昆虫的世界里寻找温柔细腻的母爱、称职的母亲，除了采集花蜜的蜂类，就得把视线从散发着香气的花朵上移开，转到牲畜的粪堆上，看看那些食粪虫。圣甲虫的卵那么柔弱，把它放在滚动的粪球里，它怎么可能受得了这样的颠簸和震荡！胚胎里的生命火花，微不足道的刺激都会令它熄灭。温柔的圣甲虫母亲，不可能让它的宝宝去接受如此的酷刑！

不过，要推翻前人的错误，仅仅靠逻辑推理还不够，还需要事实。因此，我动手切开了几百个圣甲虫滚动的粪球，可粪球里全是粗糙的便便，我没有找到一枚虫卵。

为了更详细地了解圣甲虫如何养育幼虫，我做了一个大笼子，养了20只圣甲虫，还有粪蜣螂、墨侧裸蜣螂和公牛嗡蜣螂等一些其他种类的食粪虫。而养这些小东西的最大困难就是它们的口粮问题。我的房东有马厩和马，于是我收买喂马的佣人约瑟夫，让他悄悄给我提供马粪。结果，我的昆虫们每顿午餐要花掉二十五个生丁。每天早上，约瑟夫清理过马厩之后，从花园的围墙上悄悄探过头，轻声叫我："哎！哎！我去提一桶马粪来！"我们都很小心，可还是被房东发现了。他认为是我偷走了他给卷心菜用的肥料，去养我的马鞭草和水仙花了。我的解释全然无用，在他看来，我的理由简直就是荒诞无稽的笑话。约瑟夫被一顿臭骂，房东还威胁说，如果再有这样的事发生，就辞退他。

我只好偷偷摸摸到路上去给我的昆虫们捡口粮。当然，我这样做一点儿不会脸红。有时还会有好运降临，一头驮着蔬菜的驴子从我家门前经过时，屙了大便。这简直是天上掉馅饼的好事，我赶紧给我的昆虫们收集起来。总之，为了养活食粪虫们，我自己简直也成了食粪虫。为了一坨粪，我用尽计谋，等待时机，四处奔走，施展外交手段，真是机关算尽。我的一笼子食粪虫们不知道，养活它们会有如此麻烦，要如此费尽心机。但是，真理和科学跟你的付出毫无关系。即便我如此充满热情，满腔爱心，百折不挠，用心良苦，我的实验还是一败涂地——我的圣甲虫们思念天高地阔的家乡，在我给它们的大笼子里日渐憔悴，最后郁闷而死，没有为我展示它们孕育生命的过程。

想要了解昆虫世界，仅有实验室的解剖和大笼子的饲养经验还不够，我还得走到天地之间，走进圣甲虫们的真实生活。为了大笼子里的圣甲虫能吃到美味粪球，我贿赂过马夫；现在，为了弄清楚粪球里是否有圣甲虫的虫卵，我又"收买"了一群小孩子。

那天是星期四，一群欢天喜地的小孩子正穿过田野，他们要去光秃秃的沙丘上寻宝。驻军曾在那里练习射击，沙土里的弹壳和弹头就是孩子们要搜寻的宝贝。天竺葵和蔷薇花装饰着附近的草地，让这荒凉的田野也显得妩媚起来；半黑半白的大耳鹏欢快地鸣叫着，在尖尖的岩石间飞来飞去；百里香花丛下的洞穴里住着蟋蟀，它们弹奏着这一族类亘古不变的弦乐。孩子们喜欢这样的春游，更让他们高兴的是，他们找到的宝贝还能变成一笔小小的财富。他们将会带着弹壳弹头换来的硬币去教堂门口的女商贩那里，买两粒甜甜的薄荷糖。

我走向孩子们，指给他们看滚动粪球的圣甲虫，告诉他们，如果能找到带有幼虫的粪球，每一个我都会付给他们一个法郎。听到我报出这样的天价，他们都吃惊地瞪大了眼睛，那种天真的样子让我暗自想笑。为了证明我的诚意，我给了他们每人一个苏作定金。这样，美好的希望充盈了孩子们的心，我看到他们四散开去，马上开始搜寻天价的粪球了。

一个星期以后，到了我们约定的时间，沙地上来了更多的孩子。我能想得到，拿到定金的孩子们如何跟其他孩子炫耀，告诉他们一个奇怪的大人要花高价买圣甲虫的粪球。看见我来了，他们跑过来，可是没有胜利的激动和欢快的叫喊。我知道，没人找到我想要的粪球。我们约定下周四再见，可到了约定时间，来的人已经少了许多，失败总是让人泄气。最后，他们彻底放弃了。他们的放弃，也证明了粪球里没有圣甲虫的孩子。

失望的孩子们已经帮我证明，圣甲虫滚动的粪球里没有虫卵。而我的另一个助手，一个好奇心十足的牧羊人，则帮我找到了圣甲虫用来孵育虫卵的真正的粪球——不是苹果形的圆粪球，而是精致的梨形粪球。那是圣甲虫母亲在洞穴里精心为孩子准备的摇篮，一个精美如同婴儿玩具的艺术品。而且，摇篮里还给未来宝宝准备好了精挑细选的不同种类的食物。那么符合美学原则的摇篮，那么精致的食谱设计，都证明了圣甲虫温柔细腻的母爱。牧羊人发现的这个梨形粪球让我激动不已，在那粪球上，我看见真理闪耀着圣洁的欢乐之光。牧羊人笑着，他为我的幸福而快乐。

　　整个盛夏，一大清早，当食粪虫开始工作时，那个牧羊的小伙子也在粪堆和食粪虫之间认真观察着。在清晨清新的空气中，我们寻找圣甲虫、金龟子和其他食粪虫的巢穴。我们一起度过的那些时光，是多么美好啊！

西班牙粪蜣螂的母爱

母性的本能和光芒

母爱是无比神圣的家园，难以想象的生命之光隐藏在里面。多才多艺的昆虫向我们反复讲述着"母性最能激发本能"的道理。母性的职责就是延续种族生命，对一个母亲来讲，这一职责比保存自己更重要。也可以说，那些凝聚着深厚母爱的昆虫，它们最优秀的才干都是为了完成母亲的本能，都是为照顾孩子的饮食起居准备的。

现在，我的粪蜣螂朋友，你愿意告诉我你远古时的声誉来自哪里吗？古埃及人把你画在红花岗岩和斑岩上，哦！我可爱的带角的昆虫，他们赞美你，和赞美圣甲虫一样。如果古埃及人看了下面我要讲述的故事，他们对你的赞美肯定会超过圣甲虫。因为圣甲虫这个滚粪球的家伙，一旦给未来的宝宝准备好食物，就会离开家，去流浪。而你的美好品性，是我第一次把它写进昆虫的历史，古埃及人对此一无所知。我要让人们看到，在一个以粪为食的低微的昆虫身上，最伟大的母性本能闪现着怎样的光芒。

绝食的粪蜣螂母亲

生育没有节制，繁殖力旺盛的昆虫大多缺乏母爱，它们常常只做一个简单的安排，就将孩子弃之不顾，丢给了难以预测的命运。它们的孩子绝大部分刚一出生，甚至还没有出生，就被命运吞噬了。一千个孩子中，也许只有一个活下来。当然，这是大自然的法则和安排：该活下去的活着，多余的死去。粪蜣螂不同，它的生殖力有限，三四枚卵就是它全部的孩子，但这个种族和其他种族一样兴旺，原因就是母爱弥补了它们有限的生育能力。

生育能力强大的昆虫生产数量惊人的卵，但对这些卵和将要孵化出的幼虫来讲，没有母亲的呵护，生存就是残酷的斗争和竞争。而粪蜣螂则用惊人的母爱呵护着它的孩子，直到它们破壳而出，走向广阔的天地。为了能无微不至地保护子女，粪蜣螂放弃了一切乐趣，它只是躲在地下，守在粪蛋——孩子们的襁褓——身边，一刻不歇地劳作着：打扫寄生植物，修补孩子们的粪球襁褓，赶走所有意外出现的破坏者。直到孩子们能自由生活了，粪蜣螂才解放自己，重新回到蓝天之下的大地上。说实话，鸟类中都不会有比粪蜣螂更无私的母爱。甚至可以说，粪蜣螂伟大的母爱超过了声望卓著的蜜蜂和蚂蚁。因为，蜜蜂妈妈顶多只是一个胚胎工厂，一个生殖力超强的厂房，它只是产卵而已；而真正照顾虫卵、孵育幼虫的，是那些一辈子独身、好心肠的工蜂。粪蜣螂母亲则事事亲力亲为，细心地为未来的孩子做着一切。

没有孩子的时候，粪蜣螂和其他食粪虫一样，是典型的贪吃鬼。可是一旦做了母亲，它就不再走出洞穴，并且开始绝食，不吃不喝。食物就在脚底下，又多又好，可那是留给即将出世的孩子们的蛋糕，母亲绝不会去碰一下。母鸡在孵蛋的时候，几个星期不进食，而粪蜣螂母亲在四个月中，不会吃任何东西。如果只是担心自己吃了储存的食物，将来孩子们出世时就不够吃了，那么它可以离开孩子们一会儿，出去找点吃的。可是，粪蜣螂母亲不出去。四个月是一年的三分之一，那是一段多么漫长的时间啊！

那么漫长的夏天，粪蜣螂母亲守着它的宝贝粪蛋，不时用触角探测里面发生的事，听着宝宝在粪蛋襁褓里生长的讯息。甚至，随着时间的流逝，粪蛋里的宝宝逐渐生长，粪蜣螂休息和瞌睡的时间，也越来越少。有时它趴在粪蛋顶上，有时半立在地上，用脚把粪蛋的大肚子磨了又磨，磨得光光滑滑，既修复了不完美的地方，又延缓着粪蛋襁褓里面干燥的速度。时时刻刻无微不至地关心，即使是最没有经验的观察者，也会为之吸引、震惊。

而且，要知道，粪蜣螂没有圣甲虫那样的大长腿，它是食粪虫里的矮胖子。可以想象，粪蜣螂用不灵活的短腿给孩子做出一个鸟蛋形的粪球襁褓会有多么艰难。圣甲虫用长腿抱着粪料给孩子们做出梨形粪球，短腿的粪蜣螂只能立在粪蛋上，一点点加工。它只是有足够的耐心和恒心，并以此来弥补身体的缺陷，为即将到来的孩子准备好一切。到最后，粪蜣螂为孩子制作的蛋形粪襁褓，线条流畅，外表光滑，绝没有什么要喷涂黏合剂的裂口或者缝隙。身体笨拙的粪蜣螂母亲真是名副其实的造型艺术家。哦！那些暗铜色的粪蛋，完美得无懈可击。但是，这个艺术品不是一朝一夕完成的，是充满母爱的粪蜣螂守在它身边，用几个月时间不断修补的结果。也可以说，这个完美粪蛋襁褓，正是母爱的结晶。

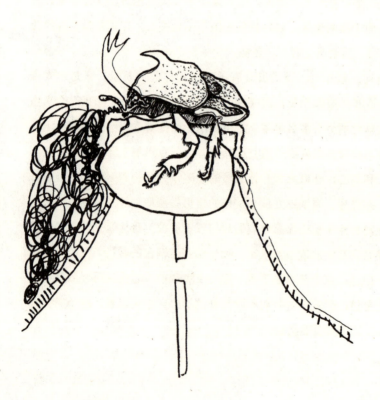

那么漫长的夏天，粪蜣螂母亲守着它的宝贝粪蛋，不时用触角探测里面发生的事，听着宝宝在粪蛋襁褓里生长的讯息。

是孩子就照顾的粪蜣螂母亲

膜翅目是最有天赋的昆虫，但它们对别人的虫卵却往往充满暴力。壁蜂和石蜂等膜翅目昆虫，甚至可以说是非常残忍。它们自己产卵后，不知为什么，会用铁钳般的大颚把邻居的卵拖出洞外，丢在路边。那些可怜的虫卵就这样毫无怜悯地被踩死，甚至吃掉。和它们比起来，粪蜣螂真是昆虫中少见的宽厚无私。因为，我在下面的实验和观察中看到，即便是对别人的孩子，粪蜣螂也显现出母性慈爱的光辉。

实验工具很简单，一个短颈广口瓶，瓶底装上薄薄的一层沙子，再用纸筒罩住它，变暗的瓶里世界就成了一只粪蜣螂母亲的居所。你也许会想，粪蜣螂应该一心想重获自由，逃离这里。可事实正相反，它可以走，但它没有走。我看见它很镇静，细心呵护着它的两个粪球襁褓里的孩子。

我从野外捡回几个粪蛋，在有粪蜣螂幼虫的粪蛋尖端开了个小缺口，把其中一个放进瓶子里去。半个小时后，我掀开纸罩，粪蜣螂正趴在那只捡来的粪蛋上，修补着缺口，认真到了忘我的程度，因为它根本没注意到有光射进来。要是平时，它会马上放下手头工作，蜷缩起来，躲避讨厌的光。而现在，它继续有条不紊地工作着。不到二十分钟，缺口就被严密地封好，技术之巧妙，让人惊叹。而且还不止这些，那天和第二天，粪蜣螂都守在这个曾有缺口的粪蛋旁边，细心地打磨着这个粪蛋粗糙的外表。粪蜣螂居然对别人的幼虫也如此有爱！

我又把一只野外捡回的粪蛋放进瓶子里，开的口子比上一个更大了一些。粪蛋里那条白白胖胖的幼虫，狂乱不安地扭动着。粪蜣螂跑过来，俯身趴在破口处，好像在安慰幼虫。这情景，真像是妈妈在摇篮前哄孩子一样。修补的难度太大了吧，粪蜣螂用了整整一个下午才完工。这样的实验一直持续，最后，那个瓶子就像装满了李子，一共有了12枚粪蛋，其中10个不是粪蜣螂自己的孩子，而且都被我戳破过，但都一一被粪蜣螂修好了。修补了那么多粪蛋，而粪蜣螂的热情一点儿都没有降低。也可以说，它的母爱没有减少一点，哪怕是对别人的孩子。

12个粪蛋也被粪蜣螂整理得很好：3个一层，交叉叠放，堆了四层。这一堆粪蛋也没有什么顺序，简直像个迷宫，中间留着狭长弯曲的通道。粪蜣螂要从这个通道穿过，也真是不容易的事。但我还是再次放进一枚被我戳破的粪蛋，把它放在粪蛋堆的最上面。几分钟后，当我揭开纸罩——粪蜣螂正立在那枚粪蛋上，修补着缺口。粪蜣螂待在瓶底，怎么会知道上面有只幼虫需要母亲的帮助呢？受惊的幼虫绝望地挣扎，却没有任何声音，它也不会说话，但守在它们身边的粪蜣螂听得到人听不见的声音，看得见人看不见的东西。这个小昆虫的神秘感觉让人百思不得其解，也让人赞叹母爱激发出的神奇本能。

是不是根据这个实验的结果，我就应该说，食粪虫对所有后代都有巨大的母爱呢？我是不是应该授予它崇高的荣誉，认为它帮助了同一族类的孤儿？如果这样说，那真是太可笑了。虽然粪蜣螂帮助养育了别人的孩子，但可以肯定的是，它以为是在为自己的孩子忙碌。它的智力，其实连数量上的一个和多个都分不清。赞美粪蜣螂无私的母爱和同情心，那是童话的做法，不是科学。科学的视野中，粪蜣螂没有那么高级的智慧，它连自己的孩子和别人的孩子都分不清。它有的只是本能，但这本能里闪耀着最伟大的母爱的光芒。

秋雨以后的粪蜣螂和它的孩子们

漫长的夏天终于结束，秋天降临，雨从天空落下。雨水浸润了夏天干燥的土地，那几乎让生命凝滞的酷暑消失，凉爽的秋给世界重新带来生机：欧石楠的灌木丛里，粉红的铃铛花绽放；红鹅膏菌展开白色花囊，好像是剥去了一半蛋白的鸡蛋黄；被行人践踏的牛肝菌由紫红变成了富有生机的青色；草丛里的绵枣儿挺起一束束淡紫色的花朵；野草莓树上的紫红色浆果成熟了。

泥土中也有生命在复苏。春天繁殖的圣甲虫、侧裸蜣螂、嗡蜣螂，还有我们讲了这么多的粪蜣螂，它们呵护的粪球被秋雨润湿软化，幼虫才可以破粪而出。现在，它们来到大地上，迎接它们崭新的日子。

整个夏天都在呵护孩子的粪蜣螂也重获自由。虽然，当孩子们在秋雨后破壳而出，粪蜣螂便不再为它们操心，甚至可以说完全不管了。但它此时的漠不关心，也不能让我们忘记之前四个月的时间里它是一位如何尽心的母亲。那么漫长的时间里，它密切关注着虫卵、幼虫、蛹、成虫的变化，满足着孩子们每一个阶段的需要。在昆虫的世界里，到哪里还能找到像粪蜣螂一样尽心呵护孩子，有如此奉献精神的母亲呢？我不知道。

荒石园——我的精神圣地

昆虫学回忆录之一：我是路边的"怪人""疑犯"和"傻瓜"

一小块土地，这就是我多年的梦想。一块日晒雨淋、荒芜贫瘠的不毛之地！被人遗弃却被矢车菊和昆虫们钟爱的土地！一块不用太大，但有围墙能隔开路上各种麻烦的土地！在那里，我不用担心路人的打扰，可以放心地跟砂泥蜂和泥蜂自由交谈。我热爱的昆虫们，你们知道，在我写下以上文字时，想起多年的经历，内心会是怎样的五味杂陈——

那些过路人看见你全神贯注地盯着什么东西在看，而他们却什么也看不到，便会停下来，问这问那。在他们眼里，你就是拿着榛树魔棒寻找宝藏的怪人；或者形迹可疑的坏人，以为你在念着咒语寻找地下装满钱币的旧罐子。当然，也会有人把你看作圣徒，他们不明白你在干什么，但会崇拜神秘的你，于是你看什么，他们就跟着看什么，脸上还带着微笑。

而乡警老早就监视你了。在他眼里，你肯定是个可疑的流浪汉、偷庄稼的人，至少也是个不是好人的怪人。而他之所以这样怀疑你，就是因为你经常无缘无故地东游西逛，而且还显得心事重重，好像还在地上寻找着什么。于是，有一天，你正趴在地上，专注地看着一只飞蝗泥蜂操劳家务，有人在你身后大叫一声："以法律的名义，我命令你跟我走。"我只好跟他解释，但是他根本就听不进去："嘿嘿！你永远别指望我会相信，你烤着这么酷烈的太阳只是为了看苍蝇瞎飞。"

三个去收葡萄的女子从我身边经过，她们瞥了一眼坐在那里沉思的人，有礼貌地问声好。太阳落山时，那几个回来的女子看见我还在那里，仍然坐在石头上，一动不动，眼睛还是盯着同一个地方。在这样一个荒无人烟的地方，一个人坐着，一动不动，她们一定非常吃惊。当她们从我面前走过时，其中一个女人跟其他人低声说："一个不会害人的傻瓜，可怜啊！"

那时候，如果能在一棵橄榄树下观察我的昆虫，稀疏的叶子能为我遮挡一些强烈的阳光，那么，我就得感谢命运了，仿佛它赐给我的是一座伊甸园。

今天，在穷困潦倒的生活中奋斗了四十年以后，我终于得到了朝思暮想的，我的伊甸园——我迟到的伊甸园。我美丽的昆虫啊！我怕得到桃子的时候，我却已没有了坚固的牙齿，老得没办法享受那甘甜的果实。

哦！灵巧美丽的膜翅目昆虫啊，请原谅我，因为你们能理解为什么我会那么长久地抛弃你们。我想念你们，可穷困的我得为一日三餐而奋斗。现在，我终于有了荒石园。那么热爱你们的我，即便已日渐老去，有点力不从心，但在荒石园，我应该还能继续书写你们的故事。

荒石园的植物、昆虫和宣言

　　我朝思暮想了几十年的这块土地，在一个荒僻的小村庄里。荒石园，我的伊甸园，我的精神圣地，四周一片废墟，中间一堵残破的断墙，这屹立不倒的断墙就是我对科学和真理的热爱，艰辛的生活和命运也未能打败的热爱。我来这里，是观察和研究昆虫，也是精神朝圣。我的读者会在我的书里看到昆虫和生命的故事，也会看到，我在这片荒芜贫瘠的土地上，竖起的一座纪念碑，闪耀着人类精神的光芒。

　　荒石园是贫瘠荒芜的，这里的土地遍布乱石，无法耕种庄稼。乱石中间零星的红土，还能在春天的一场落雨过后，长出一点野草。昆虫需要野草和灌木丛，我用三齿叉在乱石之间刨开一点土地，栽上百里香和灌栎。被我翻动过的土地上，无需照管的植物开始生长，蔓延。其中最多的是狗牙草，这可恶的禾本科野草，三年激烈的战争也无法消灭它们；浑身是刺的矢车菊，倔强地挺立在荒凉的荒石园：两至生矢车菊、丘陵矢车菊、蒺藜矢车菊、苦涩矢车菊……各种各样的矢车菊丛中，长相凶恶的西班牙刺栎钻出来，茎上的刺硬得像铁钉。但整株的刺栎倒像个巨大的枝形蜡烛台，橘红色的花朵就是燃烧的火焰；比刺栎高大的是伊利大翅蓟，直挺挺地，有一两米高，茎顶是一朵玫瑰色的大绒球。还有恶蓟、阔叶披针蓟、染黑蓟，都是浑身长刺的家伙；在这些蓟草之间，荆棘的枝丫上结出淡蓝色的果子。想要在荆棘丛中观察膜翅目昆虫采蜜，必须穿上高筒靴，要不然，腿肚子就会不断被划破，流血。春天有雨的时候，这些生命力顽强的荆棘，也会展现出它的妩媚。但干旱的夏天，植物干枯，一根火柴也能让整个荒石园燃烧起来。这就是我从此可以和昆虫们亲密生活的伊甸园，四十年的奋斗才得到的土地，我最初拥有它时就是这个样子。

在荒石园，我将继续书写和讲述我热爱的昆虫的故事，探究生命本能的秘密。虽然，有人指责我的书写语言不够庄重。似乎他们不害怕读起来令人疲倦的八股文，反倒认为不显出干巴巴的学究气就不是科学，就说不出真理。照他们的说法，只有晦涩难懂的语言，才能显示出思想深刻。你们这些带螯针和盔甲上长鞘翅的昆虫，到这里来，为我辩护，替我说话吧。说说我跟你们是多么亲密，我是多么细心地观察你们，多么认真地记录你们的故事。是的，我的书不是言之无物的八股文，一知半解的胡说八道，我只是忠实地记录我观察到的事实、对天地万物的好奇，以及对生命的热爱，一点不会多，也一点不会少。谁愿意问你们就去问吧，我相信，他们会得到同样的答复。

亲爱的昆虫们，我无法像他们那样，把你们描述得那么令人生厌。对你们的热爱让我的语言始终充满热情，如果这样的书写无法打动他们，他们依然无法接受这样讲述你们，那么就由我来直接面对他们，说说我和他们的区别："你们以为科学的昆虫研究就是把它们开膛破肚，而我只爱研究活蹦乱跳的它们；你们让昆虫变得可怜又可怕，而我要人们知道它们是多么可爱；你们在酷刑室和解剖台上工作，而我是在蔚蓝的天空下、鸣蝉的歌声中观察；你们研究死亡，而我探究生命。"

我的书不仅写给那些还想稍微弄清本能这个问题的学者和哲学家，更写给年轻人，我希望他们由此而热爱已经被弄得面目可憎的博物学，对天地万物和生命保有一生的热情和好奇。

荒石园的虫子们是我的邻居和客人

荒石园，这块没人愿意撒一把萝卜籽的贫瘠土地，却是我的伊甸园，昆虫们的天堂。

在荒石园各处茁壮生长的蓟和矢车菊，把附近的膜翅目昆虫都吸引了过来。我从来没有在一个地方找见过这么多昆虫，数也数不清。黄斑蜂是个纺织工，它们刮耙着矢车菊的茎，堆出一个棉花球，它们会把这个棉花球加工成一个棉毡袋，来装它们的蜜和卵。肚子下有黑色、白色或者红色花粉刷的是切叶蜂，它擅长的是组装。你看，它即将离开蓟丛，飞到不远处的灌木上。它把剪下的叶片组装成瓶瓶罐罐，用来填满这些容器的，会是它们采来的蜜。大声嗡嗡叫着，猛地飞向空中的，是砂泥蜂，它们定居在旧墙壁和附近向阳的斜坡上。现在飞来的壁蜂则是建房子的能手，它们能在空蜗牛壳和干枯的荆棘枝里建造多层的楼房。还有触角高高翘起的大头泥蜂、采蜜的后足上有大毛刷的毛足蜂、种类繁多的土蜂、杨柳细腰的隧蜂，它们都来了。我从它们身边走过，但没有打扰它们。

跟采蜜的蜂类昆虫一起入住荒石园的还有捕猎者。最初，泥水匠为了要砌围墙，运来一大堆石头和沙子，堆在荒石园。工程一直拖延，石蜂便把石头缝隙当作了旅社。粗壮的单眼蜥蜴张着嘴，在洞口等候着过路的蜘蛛。大耳鹛仿佛穿着修士的服装，白袍子，黑翅膀，在最高的石头上唱着乡间小曲儿。石头堆里会有它的窝，窝里会有天蓝色的鸟蛋。后来，这个小修士消失了，我怀念它，因为它是让人喜欢的邻居。但我一点儿也不怀念单眼蜥蜴。

沙堆是另一类昆虫的家。泥蜂在打扫地穴的门槛，在它身后，扬起一条尘土的抛物线；朗格多克飞蝗泥蜂正把猎物距螽拖到那里；而大唇泥蜂捕获的是叶蝉，它要把俘虏关到地窖里。很可惜，泥瓦匠弄走了沙子和石头，沙堆石堆里的猎手们都走了。但是我知道，如果有一天，我想把它们都召唤回来，只要堆起沙子和石头就可以了。它们会听见我放在沙堆石碓上的召唤，我相信。

　　春天，或者秋天，在荒石园，可以看见砂泥蜂在草地上飞来飞去，寻找着猎物，它的猎物是别种昆虫的幼虫。蛛蜂，敏捷地飞向某个隐蔽的角落，去捕猎一只蜘蛛。荒石园里，狼蛛很多。它们的窝像一口直上直下的井，护栏则是禾本科植物的茎秆儿。粗壮的狼蛛躲在井底，眼睛闪着金刚钻一样的光，很多人看了它们都会害怕。但体形最大的蛛蜂则在暗中窥视着它们，伺机下手。炎热的下午，飞着的土蜂突然被鳃金龟、蛀犀金龟和花金龟美味的幼虫所吸引，一头钻进草丛里去了。

　　荒石园不可能仅有虫子。夜莺来丁香丛中做巢；翠雀在茂密的柏树下定居；麻雀把碎布和稻草运到房顶的瓦片下面；南方金丝雀落在梧桐树上，啾啾地唱着；红角鸮习惯在晚上细声歌唱；雅典的智慧之鸟猫头鹰也跑来咕咕叫着。而五月，每当黑夜降临，房前的池塘就变成了重金属的舞台——蛙鸣震耳欲聋。

　　白边飞蝗泥蜂有点胆大妄为，在我的门槛前做窝。为了跨进家门，我必须高抬脚轻落足，以免毁了它们的家。多年前，为了拜访它们，我曾在八月的炎炎烈日之下，走了几公里的路途。而现在，它们是我亲密的邻居。在关闭的窗框和墙壁间的缝隙里，长腹蜂建造了自己的土房子，它也是捕猎蜘蛛的高手。百叶窗旁边，几只孤身石蜂安了家。还有胡蜂和长脚蜂，也是我家的常客。它们来到餐桌上，看我们吃的葡萄有没有熟透。

杜福尔先生和捕食吉丁的节腹泥蜂

昆虫学回忆录之二：杜福尔先生的昆虫研究和星星之火

我曾多次谈起一个冬天的晚上，我无意中读到杜福尔先生研究膜翅目昆虫的一本小书。杜福尔先生是位可敬的学者，他那本可爱的著作讲述的是捕食吉丁的膜翅目昆虫。那本小书让我激动不已，它像点燃木柴的星星之火，点燃了我的生命；那个炉火边读书的夜晚，也成了我生命的转折点。

虽然从童年时候我就喜欢昆虫，但是我要感谢杜福尔先生的著述给予我的思想启迪。是他让我知道，把漂亮的鞘翅目昆虫放进软木盒子里，给它们命名、分类，这不是科学的全部。科学不只是这些，它还有更高级的东西：探究生命。我很幸运，能在困顿迷茫的时候遇到杜福尔先生昆虫学研究的杰作。当然，这种幸运，每个热心寻找的人都会找到，包括我的读者——你们。

在那部书的启发下，不久我就发表了我的第一篇昆虫学论文，作为对杜福尔先生杰作的补充。这篇处女作赢得了法兰西科学院的赞誉，获了奖。但最大的奖赏还是来自杜福尔先生：尊敬的大师给我寄来了他热情洋溢的信件。很多年过去，想起他对我的赞扬和鼓励，我的眼里依然会充满激动的泪水，我的内心依然充满了感激和敬意。对未来充满迷惘、幻想和信念的美好日子，因为一本好书，发生了多大的变化啊！

下面，我将摘录杜福尔先生文章中的部分文字，让我的读者也听听大师讲话。同时，我也想告诉我的读者，就是这篇文章，引领我走向昆虫学研究。杜福尔先生的著作里，有细腻的观察、深沉的热爱、优美的文字。我的昆虫学研究与写作，也正是在这样的历史和传统里开始的，并有幸参与到这个传统和历史中去。

在昆虫的世界里，我从没见过那么奇怪的事。我要说的是一种节腹泥蜂，它猎捕吉丁虫喂养子女。

1839年7月，我的一个乡下朋友寄给我两只双面吉丁，当时我的昆虫收藏中还没有这个品种。他告诉我，是一种泥蜂把这个漂亮的鞘翅目昆虫扔到他衣服上的。而且，不一会儿，另一泥蜂又把第二只吉丁扔到了地上。

1840年7月，身为医生的我到这位朋友家出诊。同样的季节，同样的地点，我产生了自己也去抓那种吉丁的想法。但那天天气阴沉，膜翅目的泥蜂很少在这样的天气里出来活动。不过，我和朋友还是在花园的小路上观察，寻找。

一个小沙堆引起了我的注意，像是有小鼹鼠刚刚在那里挖过隧道的样子。我扒开小沙堆，看见了深入地下的隧道或者说洞穴。我们小心地挖着，很快，我们就看到了我想要的吉丁的翅膀，闪着星星点点的光。又挖了一会儿，我找到的就不再只是吉丁的残骸，而是完整的吉丁，而且有三四只，它们一起展现着金子和绿宝石般耀眼的光。我激动得简直不能相信自己的眼睛，兴奋得欢呼雀跃。但，这还只是一个开始。

在我们挖掘昆虫的洞穴时，一只膜翅目昆虫钻了出来，这就是专门猎捕吉丁的家伙，它正企图逃走。我认出了老相识，节腹泥蜂。我们曾在西班牙或者圣塞韦郊区多次相见。

找到吉丁，抓到节腹泥蜂，但我的野心还没有满足，我想接着找节腹泥蜂的幼虫，因为幼虫才是美味吉丁真正的享用者。那天我真是幸运，在第二个节腹泥蜂的窝里，我就找到了幼虫。而且，不到三个小时的时间，我挖开了三个节腹泥蜂的洞穴，找到15只完整的吉丁。我估算，在地下不大的半径里，应该会有几千只双面吉丁，可是我研究我的那个地区的昆虫已经三十多年了，却从没有找到过一只吉丁。

那些吉丁真是华美啊！而且，在阳光下会更加光彩夺目。我们从一只娇小的昆虫身上得到了多少欢乐和智慧啊！而猎捕吉丁的节腹泥蜂更是一个有勇有谋、灵活敏捷的猎手。它带回洞穴的吉丁又干净又新鲜，甚至会让人误以为这些昆虫刚刚才完成变态。可是，以花蜜为生的节腹泥蜂成虫，该具有怎样神奇的本能，才能不辞劳苦地飞到一棵棵陌生的树上，从树干深处搜捕吉丁，为它无法见到的孩子准备好鲜美的肉食呢？更何况，那些吉丁的大小、颜色和形体都有诸多不同，节腹泥蜂又是怎样越过这些外表的差异，在那么多虫子中找到各种吉丁的呢？还有，被抓到洞穴里的那些吉丁没有了生命迹象，显然它们都死了。但我惊奇地发现，这些吉丁尸体在任何时候都保持着鲜亮的色泽，身体也丝毫没有被损坏，甚至柔软得像活着一样。在这样炎热的夏季，一般的昆虫死亡十二个小时就会干化或者腐烂，可是被节腹泥蜂杀死的吉丁为什么一两个星期都不会变质发臭呢？

高明的杀手节腹泥蜂

节腹泥蜂猎捕的吉丁为什么在夏季也能长期保持新鲜呢？确实，节腹泥蜂这个小虫子保存食品的方法比我们强了多少倍啊！我们用盐腌、用烟熏、密封起来做罐头，用冰箱冷冻……这些方法确实能让食品在一段时间之内不变质，可以吃，但也就仅仅是可以吃而已，因为它的味道远远比不上新鲜食品。而节腹泥蜂为孩子们准备好的野味吉丁虫不仅不会腐败变质，而且是和活虫一样新鲜。对杜福尔先生来讲，这是不可理解的奇迹。他尝试做出的回答也就只能是没有证据的猜想：猎手在捕猎过程中可能使用了防腐剂——一种比人类用科学技术生产的防腐剂效果好千百倍的防腐剂。

吾爱吾师，但吾更爱真理。我对泥蜂的研究也正是在杜福尔先生停止的地方开始，接着说他没有找到的答案。

杜福尔先生说在节腹泥蜂洞穴里发现的吉丁都死了，但是要知道，尸体可不是节腹泥蜂幼虫的食物，它们是贪吃鲜肉的家伙，只要猎物有一点变味，它们就会弃之不顾。但问题是，就像我们不能为了给船员和旅客提供新鲜肉品，就把鲜活的牛们猪们养在船里一样，节腹泥蜂也不可能把活着的吉丁虫带进洞穴，让它们和脆弱的虫卵待在一起。幼虫需要的是像死尸一样不能动却又有生命的鲜肉。节腹泥蜂幼虫对食物这么高的要求，人类的科学家也许都无法满足，但节腹泥蜂却很轻松地做到了：猎物没有丑陋、血腥的死相，而是完好无损、没有伤口，并且，它完全保持着活虫的新鲜。简单说就是：节腹泥蜂给孩子们准备的美味吉丁并没有失去生命，不是死了的而是活着的，只是不能活动而已，就像一个"植物人"。做到这一点的唯一办法不是防腐，而是麻醉，即破坏猎物的神经系统。

昆虫的脊髓在腹部，而不是在背部，所以要麻醉昆虫，只能从其腹部下手。节腹泥蜂的捕猎对象是浑身披着坚固甲胄的吉丁，而它自己拥有的武器和手术刀只是十分脆弱的螯针，它不可能刺进吉丁的甲胄，只能刺进猎物的两个部位：一是颈和前胸之间的体节；二是前胸和中胸，即前足和中足之间的体节，这也正是节腹泥蜂要刺入螯针的部位。节腹泥蜂简直像得到过天启一样，如同一个高明的昆虫解剖学家，它熟知吉丁的身体结构，知道吉丁的身体中，它的螯针只能刺入两个部位，而其中一个就是神经中枢聚集之地，带毒的螯针一旦刺入这里就能让猎物立刻瘫痪。而且，它进攻时，干净利落，刺入部位准确无误，一下子就破坏了吉丁的神经系统，从来没有过任何闪失和差错。这位杀手高超的猎杀技艺真是让人赞叹，但如果我们再了解点昆虫解剖学知识，我们就更会惊叹节腹泥蜂如何会有这样卓绝的本领！

昆虫成虫有三处神经中心支配着它的运动器官，这三处神经中心一般间隔开来，支配着肢体不同的运动。也就是说，破坏一处神经中心，只能引起相应肢体失去行动能力。但极个别的昆虫，三处神经中心集合在一起，破坏了这里，就能导致全身瘫痪。布朗夏尔先生的杰作告诉我们，神经系统如此集中的昆虫只有以下几种：首先是金龟子。但金龟子个头太大，节腹泥蜂很明智，没有选择这个强悍对手作为捕猎对象。而且，即便取得胜利，它也很难将这个庞然大物搬进洞里。还有，许多金龟子是食粪虫，和粪便为伍，而节腹泥蜂是有洁癖的昆虫，不可能到粪便里寻找猎物。其次是阎虫科昆虫，但它们生活于恶臭的尸体中间。当然，有洁癖的节腹泥蜂也不会喜欢它们。最后剩下的就是吉丁和象虫，它们生活在远离恶臭和污秽的地方，身材和节腹泥蜂差不多大小……得有怎样的昆虫学知识才能排除错误，做出如此明智的选择呢？但节腹泥蜂越过所有的障碍，做出了最正确的选择。吉丁和象虫种类繁多，形体差异很大，但我们看到，节腹泥蜂的洞穴里，堆放着外表毫无相似之处的猎物，但这些猎物不是某种吉丁，就是某种象虫。外表不是节腹泥蜂判断捕猎对象的依据，那它们又是如何成为如此高明的昆虫分类学家，熟谙每一种吉丁和象虫的呢？

捕捉鞘翅目昆虫的节腹泥蜂对猎物的选择，让最博学的昆虫生理学家和最高明的昆虫解剖学家都赞叹不已。如果有人说它的选择只是偶然的巧合，我只能说这毫无说服力，因为节腹泥蜂从不依靠巧合跟运气把螯针刺入猎物的中枢神经。有时，昆虫的生命力真是强大。古希腊诗人路吉亚诺思在《苍蝇颂》中曾写道："苍蝇在被切去了头之后，也能生活好些时光。"但节腹泥蜂无疑是最高明的杀手，以迅雷不及掩耳之势发起攻击，而且刺杀从不失手，只要一次、一刺，就足以让猎物立刻全身瘫痪，来不及半点挣扎。被猎捕的吉丁并未死去，却也不再有生命活动，形同"植物人"，待在那里，等待节腹泥蜂的孩子们来享用它们的美味鲜肉。

昆虫学回忆录之三：人的教育和动物的本能

观察节腹泥蜂等各种膜翅目昆虫的猎杀活动，它们完美的刺杀手段常让我想起童年的某些经历。

那时我已是个12岁的小学生，一面在学校接受老师和书本的教育，一面也随心所欲地在大自然里接受着天地万物的教育。刺柏的灌木丛和我差不多一样高，朱顶雀把巢筑在上面，我会去看鸟巢里的鸟；松鸦在地上啄食着橡栗，我在一边看着它们；我还能撞见刚刚蜕皮的螯虾，它们的身子还是软软的；我探寻鳃金龟到我们这里的准确时间，也去寻找第一朵报春花。动物和植物像是大自然奇异的诗歌和音乐，我童年的心灵里有它们隐约的回声。当然，生活不仅有这些美好的草木虫鱼，也会有各种烦忧，孩子的心里，有时也想起死亡这个令人惆怅的生命之谜。

有一天，我经过屠宰场，看见屠夫拉着一头牛走过来。我年轻的时候，看到流血会晕过去。但那天，小孩子的我居然有勇气，跟着牛走进了屠宰场。牛角用一根结实的绳子绑住，牛鼻子很湿润，平静地向前走。屠宰场的地上到处都是牛的内脏和一摊摊的血，散发着刺鼻的臭味。牛认出这不是牛栏，似乎预感到了即将发生的事情，它害怕得眼睛充血，变红，它反抗，想逃走。屠夫的助手把牵牛的绳子往前拉，牛被迫低下头，鼻子都触到了地上。屠夫拿起一把尖尖的刀，那刀也没有多吓人，因为它并不比我衣袋里那把刀大。屠夫用手指在牛颈上摸索了一会，就迅速把刀戳进了一个部位。那么大的一头牛只是颤抖了一下，就颓然倒在地上。

我跌跌撞撞地从屠宰场里跑出来，可心里在想着刚才的场面：那么小的一把刀，怎么就能杀死一头牛？没有巨大的伤口，没有遍地流血，没有挣扎，而且死得那么快。屠夫找到某个部位，只是刺入一刀，一切就都结束了，牛腿一弯就倒下了。屠夫的这个屠宰手段，除了他们这一行和科学家，估计没有几个人会知道这里面的秘密。但我们都会知道，屠夫之所以了解这个秘密，是跟师傅学来的技术。他有师傅教他，他师傅也有师傅教他，这种屠宰术可以这样一直追溯上去，追溯到他们的祖师爷。屠夫如果没有师傅，他在杀牛这件事上，就会和我们一样无知。屠宰术不会通过遗传得到，没有人生下来就是屠夫。

各种泥蜂的螯针刺杀术那么出色，可是它们的师傅在哪里？昆虫压根儿就不会有师傅。当它们咬破茧子从地底钻出来的时候，父母已经死掉了，它们独自面对这个世界，独自觅食。将来，它们也会用螯针刺杀猎物，给孩子们准备食物，它们也不会见到自己的孩子，膜翅目昆虫就是这样一代代生存着：这一代昆虫死去的时候，它们的下一代还是茧子中的幼虫，在地下的洞穴里睡着。所以，昆虫没有师傅教它任何技术。燕子教各种小鸟筑巢只是一个童话，人之外的动物世界里，没有教育，教育是人独有的东西。

泥蜂生来就是高明的杀手，就跟我们天生就会吮吸乳汁一样，从来不用去学。天生就会，这就是本能，无意识的生命行为。它们天生就知道要给幼虫准备什么猎物，猎物的中枢神经在哪里，是需要刺一下，还是刺三下或者九下。在那么小的猎物身上破坏中枢神经是多难的一件事啊，刺杀位置稍偏了一点，可能就杀死了猎物，或者没有杀死猎物，却刺激得猎物挣扎起来，这两种结果都不是泥蜂想要的，它只是要麻醉猎物，让其处于不死不活的状态，好给孩子们留下不会变质的鲜肉。不管我们想起来多难，泥蜂轻松做到了，且从不失手。

有人说本能是逐渐进化来的，可就我了解的情况，事实是，捕食性的膜翅目昆虫极端忠实于古老的生活习惯，连食谱都不会有一点点改变：节腹泥蜂幼虫以吉丁为食，成虫就只捕杀吉丁；用象虫喂养幼虫的，幼虫就只吃象虫；吃蟋蟀的就只吃蟋蟀；吃距螽的就只吃距螽；吃蝗虫的除了蝗虫之外，不吃其他任何昆虫；还有吃牛虻的，吃修女螳螂的……这些膜翅目昆虫都一样，各有所好，并坚持一辈子，绝不改变，当然也就无所谓进化。

对于本能进化论的坚持者们，我也想问一个问题：一只微不足道的昆虫可以把它的刺杀诀窍遗传给孩子们，但为什么高度进化的人却做不到？一个人是屠夫，了解杀牛秘籍，但他无法把这项技术遗传给自己的孩子。动物的本能是从它一生下来就有的，完善了的。过去怎样，现在就怎样，将来也还是会一样。动物和昆虫通过遗传，把这些本能代代相传。人，要想会什么东西，他唯一能做的就是接受教育。本能通过遗传，在一代代昆虫间传递，千年万年也不会有什么变化；无法遗传父亲技艺的人类，却也可以通过教育，让人变成更高级和更美好的人，这也是昆虫们做不到的。就像杜福尔先生是我的启蒙老师，他和他的书教给我如何观察和研究昆虫，如何书写生命故事；而我自己和我的书也会像杜福尔先生一样，成为某个人的老师……

老兵、毛刺砂泥蜂和黄地老虎虫

见多识广的老兵法维埃

5月的一天，我在荒石园来回走走，法维埃在不远处的菜地里干活。法维埃是个退役的老兵，曾在非洲的角豆树下搭过茅屋，在君士坦丁堡吃过海胆，在克里木猎过椋鸟，算得上见多识广。漫长的冬夜，橡树圆木在厨房炉灶里燃着温暖的火，大家坐下来聊聊天。这样的时候，法维埃坐在最好的位子上，因为他是冬夜闲聊时的主角。他就像古代的说书人，我们一家人都兴致勃勃地听着他精彩的故事。如果他不来炉边歇一会儿，讲讲故事，我们都会若有所失。

我有朋友从马赛给我寄来两只大螃蟹，渔夫们称为海上蜘蛛的蜘蛛蟹。当时，正有工人在忙着修补荒石园的破房子，他们看见这奇怪的东西，惊奇又慌张地大叫起来。可法维埃却一把抓住横冲直撞乱爬的"蜘蛛"，轻描淡写地说："我在瓦尔拉吃过这东西，味道好极了。"说着，还用嘲弄的眼神看着周围的人，好像在说，你们这些人啊，真是没见过世面。

法维埃的一个女邻居曾到塞特去洗海水浴，回来时带了个稀罕物儿——一种奇怪的"果子"——她这样认定。"果子"圆形，有刺，还长着一朵很小的白色花蕾。她会把"果子"放到耳边摇晃，说它会发出声音，声音应该是种子发出来的。女邻居去找法维埃，向他炫耀自己的宝贝，并且她要老兵告诉我，她会把"果子"里珍贵的种子给我。还说这种子会长出一种好看的小灌木，可以用来装点我的荒石园。

"这是花，这是尾巴。"她指着手里的东西给法维埃介绍。可法维埃却哈哈大笑："这是海胆，我在君士坦丁堡吃过。"接下去，他给女邻居解释海胆到底是什么，可对方根本就听不明白，坚持说这是一枚果子。在她看来，法维埃是出于妒忌，才这样骗她。

法维埃不仅见多识广，而且有超强的观察力、鉴别力和记忆力。昆虫停止活动的时候，我会重新拿起放大镜，出去采集植物标本。如果我和法维埃随便谈起过一棵植物，哪怕是一种杂草，只要树林里有这种植物，他就能把它给我带回来，并且告诉我在哪里可以找到。所以，有时我也会带着法维埃一起去树林，在荆棘丛生的乱草丛里寻找那些细小的植物。他的发现比我丰富，这让他很自豪。每次找到一种美妙的新植物，他都会兴高采烈地点燃一斗烟，奖励自己。

我们在一起的时候，法维埃还善于机智地打发走那些过于好奇的人，让我免受干扰。比如，我收集了一把兔粪，用放大镜观察，可以看见上面有一种隐花植物。这时，突然冒出一个人来，他看我小心翼翼地把兔粪放进纸袋里，就怀疑这东西可以发大财。

"你主人要这屎干什么呀？"他狡黠地问法维埃。

"他蒸馏兔粪取粪汁。"我的助手非常镇静地回答。

那人被这意想不到的回答搞得莫名其妙，悻悻然地转身走了。

和毛刺砂泥蜂一起猎虫

"快点来，我需要几只黄地老虎虫！"我向正在荒石园里忙着的法维埃喊道。

这时已是5月中旬，一个风和日暖的好日子，几只毛刺砂泥蜂时而飞到草丛，时而飞到荒地，我知道它们在搜寻猎物。在《昆虫记》第一卷我曾讲过，节腹泥蜂和黄翅飞蝗泥蜂都是昆虫世界里的高级杀手，它们干净利落地捕杀猎物，却又不杀死它们。像是深谙昆虫生理结构的解剖学大师，泥蜂对准猎物的中枢神经，迅疾地刺进带毒的螯针，准确无误，从不失手。节腹泥蜂只需要一刺，黄翅飞蝗泥蜂则是"匕首三击"，所刺次数乃是根据猎物神经系统的分布而定。但结果都一样：猎物来不及抽搐一下，就骤然瘫痪，失去活动能力，简单说，就是成了"植物人"——像死尸一样一动不动，但又并未死去。这是泥蜂为孩子们准备的"鲜肉"——即便在炎热的夏天，三个星期，一个月，甚至两个月中，"鲜肉"都是"鲜肉"，不会腐臭，因为它们并未死去。而现在，我想看毛刺砂泥蜂如何猎杀对手。

一只毛刺砂泥蜂刚刚狩猎回来，已经麻醉的猎物被放在离洞穴几米远的地方。狩猎的膜翅目昆虫往往会这样，它要先确定一下洞穴是否合适，是否完善，然后再把猎物拖进洞里去。但这次，砂泥蜂回来取猎物的时候，蚂蚁正在争先恐后地"撕扯"着这美味佳肴。想把这些强盗蚂蚁赶走是不可能的事，砂泥蜂没有和蚂蚁展开大战，而是转身飞走，去寻找新的猎物。

砂泥蜂在洞穴四周十米左右的半径内展开搜索，它把触角弯成弓状，不断拍打着地面。当时太阳已经升起来，天气闷热，也许明天有雨。但现在，我一直盯着寻找猎物的砂泥蜂。三个小时，砂泥蜂依然没有成功。找到一只黄地老虎虫，还真不是一件容易的事。

我曾拿走飞蝗泥蜂的猎物，给它换上一只活虫。这样的实验，让我观察到了飞蝗泥蜂猎杀的全过程。现在，我要采取同样的办法，看看砂泥蜂如何刺杀对手。

"快点来，"我向着法维埃喊道，"我需要几只黄地老虎虫。"

法维埃马上开始搜寻，他在生菜叶下找，在鸢尾花旁边找。法维埃眼光敏锐，腿脚灵活，我相信他能找到。可是，时间过去了很久——

"怎么样？法维埃，找到了吗？"

"先生，我没找到。"

"真是见鬼！克莱尔、阿格拉艾，都来帮忙吧，一定要找到黄地老虎虫！"我召集全家人一起寻找，大家也都马上积极行动起来。我则待在我的岗位上，紧盯着砂泥蜂。三个小时过去了，没人找到黄地老虎虫。

砂泥蜂也没找到猎物。我只看见它用尽力气把一块杏核大小的干土翻起来，但最终疲惫不堪地放弃。于是我开始怀疑：我们几个人找不到一只黄地老虎虫，但不等于说砂泥蜂也会这么没用。人无能为力的事，昆虫往往能够成功。也许是因为雨天将至，黄地老虎虫（黄地老虎虫即黄地老虎的幼虫）躲到更深的地下。捕猎者非常清楚猎物在哪里，只是没力气挖开干燥的土地，把黄地老虎虫从更深的隐蔽所里抓出来——难道捕猎专家会去注意什么也没有的地方吗？绝不可能！我怎么没早点想到这点，真是愚蠢之极，砂泥蜂可能都在暗自骂我"蠢货"。

于是，我开始按照砂泥蜂的指引，在它指给我的地方挖掘，结果——成功挖出黄地老虎虫！我就说嘛，砂泥蜂你是不会在没有幼虫于是，我开始按照砂泥蜂的指引，在它指给我的地方挖掘，结果——成功挖出黄地老虎虫！

的碎石堆里浪费精力的啊！就这样，我获得了第二只、第三只、第四只、第五只。法维埃、克莱尔、阿格拉艾几个人用了整整三个小时还是一无所获，而现在，我在砂泥蜂的帮助下，想要多少黄地老虎虫就会有多少。

我把我们合作猎捕的幼虫送给砂泥蜂，砂泥蜂立刻用大颚的弯钩抓住幼虫的脖颈。黄地老虎虫来回扭动着，砂泥蜂无动于衷，将螯针刺入猎物腹面皮肉最细嫩的部位，即头与胸部之间的位置。就这么一刺，黄地老虎虫就已失去了挣扎的力气。砂泥蜂放掉已经虚弱不堪的猎物，自己滚到地上，抽搐扭动，翅膀颤抖，仿佛是垂死前的挣扎。我正担心它的时候，砂泥蜂却平静下来，掸掸翅膀，弯弯触角，又迅速奔向猎物。我所担心的挣扎，其实不过是砂泥蜂胜利后的欣喜若狂。

重新扑到猎物身上的砂泥蜂咬住幼虫背部的皮，位置比刚才低一点，螯针刺入猎物腹部第二个体节，然后后退。每一次后退，它咬住猎物的部位也会低一点，螯针也随之刺入下一个体节，直到最后一刺——第九刺。而这时的黄地老虎虫蜷缩着躺在地上，一动不动。

从下午一点到傍晚六点，我观察着砂泥蜂。当砂泥蜂完成对猎物的最后一刺，我想说，即使荒石园不再给我提供新的发现，这一次观察到的东西就已经足够弥补一切。砂泥蜂麻醉黄地老虎虫所进行的手术，是迄今为止我所看到的生命本能最卓绝的表现。这种天生的本领多么卓尔不凡啊！砂泥蜂那么稳健，那么准确，人类都很难做到那么完美！有谁能够这么精确地刺几下就把一只虫子变成不死不活的"植物人"呢？

一种未知的感觉器官

对于泥蜂们完美的麻醉技术，我们怎么赞美都不过分。但这次和砂泥蜂共同捕猎黄地老虎虫以后，我最好奇的是，毛刺砂泥蜂是怎样找到黄地老虎虫藏身地点的呢？

藏有猎物的地面有时是光秃秃的，有时长着野草，有的布满石子，我们的眼睛看不出有任何特殊之处，找不到地下有猎物的蛛丝马迹。而不管地表是什么样子，砂泥蜂都能准确定位，找到猎物的藏身之地。可以肯定，砂泥蜂捕猎地下的黄地老虎虫，靠的不是视觉。

砂泥蜂搜寻的器官是触角，这是已经被证实了的。寻觅猎物时，砂泥蜂的触角弯成弓形，颤动着，快速敲击土地。如果有缝隙，它会把触角伸进去探测。两根触角灵活自如，如同人类的两根手指，但砂泥蜂肯定不是依靠触觉找到黄地老虎虫的，因为那虫子藏在几寸深的地下，触角根本无法触及。

那么，会是嗅觉吗？无疑，昆虫拥有嗅觉器官，而且往往异常发达。但是，如果昆虫真有嗅觉，还得追问一下，嗅觉器官到底在哪里？很多人断言，昆虫的嗅觉器官在触角中。但我很难理解，由一节节的角质环构成的触角，怎么能起到和鼻孔一样的作用——两个结构如此不同的器官，难道会有一样的功能？昆虫的触角又干又硬，根本就没有嗅觉器官所需要的纤细结构。而且，嗅觉联系着气味，可是我让鼻孔比我敏感得多的年轻人去闻黄地老虎虫，没有人闻到气味。

还剩下听觉需要考虑。昆虫的听觉器官有人说在触角里。敏感的触角受到声音的刺激，似乎完全可能会颤动起来。用触角探索地点的砂泥蜂，可能是听到了从地下传来的黄地老虎虫的声音。可是，黄地老虎虫的活动时间是在夜里。白天，它蜷缩在地洞里，一动不动，不吃不喝，安安静静的，根本就没有声音。

我们总是用我们的尺度去衡量万物，把我们感知世界的方式也赋予动物，而不去想想，它们很可能有别的、不同于人类的、人类也完全不了解的方式。毕竟，我们和其他动物尤其昆虫之间，有时没有丝毫类似之处。我们完全不了解它们的感觉是怎么一回事，就像我们生来是盲人，对颜色完全没有感觉。难道我们就这么确信，大千世界有那么多不同形态的生命，而所有生命体的感觉就只能依靠颜色、声音、气味和触觉吗？如果我们这样去认识别的生命，那么就是天上地下唯我独尊的傲慢与偏见。在浩渺的宇宙间，还有很多科学无法触及的领域。科学帮助人类认识世界，但这个世界依然有很多东西存在于黑暗之中，神秘莫测，我们无法理解。也许，一种新的感觉器官，我们还不能想象的感觉器官，就存在于砂泥蜂的触角里，那是一个未知的世界。我们对于地下黄地老虎虫的存在毫无感觉，而砂泥蜂却清晰地感觉到它的存在。

固然，我们可以高谈阔论，用我们现有的理解水平去解释。但如果我们深入调查，那么，一道无知的悬崖就会矗立在我们面前，我们再固执己见，也无法翻越。伟大的苏格拉底说得多好，"我知道的最清楚的东西，那就是我一无所知"。人的伟大不在于无所不知，而在于承认无知，探索未知。跟着先哲的指引，承认我们的无知，承认其他动物跟我们有完全不同的获取信息的手段。也许这样，我们更能走到了解生命之谜的正确道路上。我们的感官，不能代表昆虫等其他生命体感知世界的方式。它们有它们自己的方式，跟我们不同，甚至相差很远。那种我们还不了解的感觉器官，让我们知道我们的无知，但我们可以尊重它们的存在，就像尊重昆虫等其他跟人类不一样的存在和生命。

黄地老虎虫和砂泥蜂结伴而生

砂泥蜂引导我找到五只黄地老虎虫，它收下一只，我把剩下的四只养在了一个短颈广口瓶里。瓶底铺了一层土，再盖上生菜心。白天，这四个小囚犯一直待在沙土下面，晚上爬出来吃菜叶。到了8月，它们躲在土里不再出来，我看见它们织茧，一个外表粗糙、鸽子蛋大小的椭圆形的茧。8月底，茧里有蛾子羽化出来，就是黄地老虎。

黄地老虎虫外表淡灰色，所以俗称灰毛虫，是庄稼地、菜畦和花园中的大祸害。它们白天潜伏在地下，晚上爬出来吃草本植物的根和茎。不管是鲜花、蔬菜，还是庄稼，它们都要不停地猛吃。一棵植物幼苗无缘无故枯萎了，你轻轻一提，就能拔起来——它的根被黄地老虎虫咬断了。

而砂泥蜂用黄地老虎虫做自己孩子的口粮，所以，最初我极力向农民们推荐这位宝贵的助手。园子里有一只砂泥蜂，也许就能保护好一畦生菜和一花园的凤仙花。但是我的推荐有什么用呢？没有一个人能饲养这种可爱的膜翅目昆虫，它敏捷地从一条小路飞到另一条小路，巡视花园的一角，然后飞到另一个园子去了。

对昆虫，大多时候，我们实在无能为力。我们无法根据我们的需要随心所欲地消灭害虫，保护益虫。人类能挖运河分开大陆以沟通两个海洋，能开隧道穿过阿尔卑斯山，能称太阳的重量，可是我们无法阻止一只可恶的小虫子比你更早地品尝樱桃，也无法阻止一只讨厌的小昆虫毁灭樱桃园。古希腊神话里，巨人泰坦族就是被小人国的俾格米人打败的。

现在，我们找到了黄地老虎虫举世无双的天敌，我们能不能帮帮忙，让砂泥蜂在我们的田地和园子里繁衍呢？事实是，我们帮不上一点忙！因为繁衍砂泥蜂的第一个条件就是繁衍黄地老虎虫——砂泥蜂唯一的粮食。而且，砂泥蜂可不像蜜蜂，群居且不离开蜂巢；更不像爬在桑叶上的愚蠢的蚕和蠢笨的蛾子，它们交配，产卵，然后死掉。砂泥蜂我行我素，无法约束，迁徙无常，人根本就管不了它，无法让它放弃自由而成为被饲养的小东西。

更何况，繁衍砂泥蜂的第一个条件就让我们绝望：我们想要益虫砂泥蜂吗？那么，我们只好听任黄地老虎虫在我们的田地里虫满为患。这样，我们就落入了一个恶性循环的怪圈：为了繁衍消灭黄地老虎虫的砂泥蜂，我们首先得繁衍黄地老虎虫！因为田地里有黄地老虎虫，砂泥蜂才会飞来。如果有一天黄地老虎虫绝种了，估计这个世界也就没有了砂泥蜂。大自然就是做了这样奇妙的安排：砂泥蜂是黄地老虎虫的天敌，但它们要结伴而生。

昆虫们的食谱

素食者：昆虫和植物

　　只有人，特别是文明社会的人，才会讲究饮食的排场。他们讲究烹调，训练出令人惊叹的厨艺；吃的时候还要使用高级餐具，遵守复杂的规矩和礼仪；坐在桌边嚼着大鱼大肉，还要用音乐和鲜花来佐餐。吃，有时候被人搞得实在是过于复杂和麻烦。昆虫没有那么多怪癖，它们吃东西就是吃东西。也许，这才是不损害自己的最正确的"吃法"。它们只管进食，简简单单，不附加什么。昆虫世界里，吃，就是为了生存。我们中的一些人，其实和昆虫这种低等动物区别不大，他们活着首先是为了吃。

　　"告诉我你吃的是什么，我就能说出你是哪种人。"法国作家和美食家布利亚·萨瓦兰说出这句名言时，他应该不会想到，在昆虫世界，尤其是食素的昆虫那里，他的这句话是何等的真理。

　　人的胃像个无底洞，似乎什么东西都可以被吃到这里来。食素昆虫的胃要精细得多，它们只接受祖祖辈辈精心选定的食物，它们只吃某一种植物的叶子，或者浆果，或者种子。它们一生只有一个简单菜单，而且不会改变。食肉昆虫的食谱在自然史中不曾改变过、"进化"过。在人为情况下，有些食肉昆虫还可以稍有变动，比如，给吃象虫的昆虫上一盘蝗虫，它也会欣然接受。但我可不会随便用什么树叶去喂一条食素昆虫的幼虫，它是宁可饿死也要坚持自己的菜单的。关于昆虫的饮食，我们甚至可以打这样一个比方：从吃羊肉改成吃狼肉不是很难的事，但从吃羊肉改为吃植物，那基本是做不到的事。

食素的昆虫都有固定不变的食谱：甘蓝上的菜青虫吃十字花科植物的叶子；蚕除了桑叶什么都不吃；谷象吃麦粒；豆象吃豆子；象虫吃榛子和栗子；黑刺李象只吃黑刺李；色斑菊花象钟爱蓟草的天蓝色球果；鸢尾象只吃沼泽鸢尾的蒴果。鬼脸天蛾的背上有一个模糊的骷髅图案，这个奇怪的家伙似乎命里注定，只能吃马铃薯的叶子。我试着换几种和马铃薯一样同属于茄科的植物，但不管它们多么饥饿，也不接受我改变它们的菜单；大戟天蛾吸食大戟科植物的汁液，只要是大戟科的植物就行，但别的植物都让它讨厌。不管你拿着你认为多好吃的植物去喂它，它都不看一眼，转身就走掉。真不知道它是怎么学会植物分类的。天牛幼虫生活在木头里，以吃木屑为生。但即便这样，它们同样精通植物分类。因为不同种类的天牛都会选择不同的树木：山杨楔天牛专吃黑杨，色斑楔天牛热爱榆树，天使鱼楔天牛守着干枯的樱桃树，神天牛把幼虫安顿在橡树里。

就是这样，每种素食昆虫都有自己固定的植物，每种植物上都有自己的昆虫。在很多情况下，我们甚至可以根据植物来判断它上面的虫子，也可以根据虫子来确定植物。

如果你认识百合花，那么花朵上红色的昆虫就是金龟子，而脏兮兮的叶子下面会有它的幼虫——负泥虫。如果你认识负泥虫，那么，就把它趴在上面享用美餐的那棵植物叫百合吧，不管它开红花、黄花、褐色花，还是花瓣上有胭脂红点。尽管你认为百合就应该开洁白无瑕的花朵，但请相信负泥虫这个百合大师，不用犹豫，因为无论对本国的还是异域的百合，它都了如指掌。我们人会认错一棵植物，但虫子不会。负泥虫教你认识的这棵百合也许还不是一棵普通的百合，而是来自阿尔卑斯或者比利牛斯山区，或者从中国和日本带回来的珍贵品种。

昆虫植物学，也给农民带来不少磨难，因为粉蝶的幼虫菜青虫会吃掉他们菜畦里的甘蓝，或者别的什么虫子糟蹋了他们的庄稼。今天，关于昆虫和植物的关系，已经有了很好的资料汇编，但昆虫的动物学我们却知之不多，就是因为这个话题与我们的日常生活关系不大吧——农民干吗要关心昆虫捕食别的什么昆虫呢？

昆虫的食谱源自本能。时间不会为本能增加什么，也不会为它减少什么。简单说就是，本能就是与生俱来，时间也无法改变的东西。所以，昆虫一代代在时间里繁衍生息，但食谱从不会改变。甚至可以说，昆虫对于食谱的坚持，简直到了宁死不屈的程度。在昆虫植物学里，每一种昆虫都有自己的植物或植物群，除此之外，不接受任何别的东西。

我记得有一年春天倒春寒，一夜之间冻僵了桑树最早萌发的叶芽。第二天，我家附近的农民都焦虑万分，因为蚕已经孵化出来，但却突然缺少了食物，如何才能让这些蚕宝宝熬过这段时间呢？我曾翻山越岭采集草药，用虞美人的花朵配制明目的药丸，用玻璃翠调制出治疗百日咳的糖浆，所以我被当地人称为草药商，他们也就因此认定我熟悉植物。主妇们都来找我，她们眼里含着泪水，问我桑树重新发芽前，该用什么来喂蚕宝宝。这件事对贫苦的乡下人来说非常严重，因为她们还指望着用这些虫子赚钱，好给待嫁的女儿买嫁妆，或者买一头猪，等等。她们在我面前痛苦地叫着："看！先生，我们没有东西给它们吃！啊！上帝啊！"

我想用我的昆虫植物学知识来帮助这些艰辛却值得尊敬的人们，不想让她们的辛苦工作和那些朴素的梦想一下子化为乌有。我尝试着用榆树、朴树、荨麻等这些邻科的植物来做桑树的代用品。人们采来这些树的叶子，把它们切得细细的，放在蚕宝宝面前。可是，一切努力都是枉然，那些饥饿的虫子听凭自己饿死，也不吃一口那些它们食谱中没有的叶子。

肉食者：捕食性昆虫的美味

捕食性昆虫的幼虫都是肉食者，就像我们在前面讲过的砂泥蜂，它们一出生就开始吃母亲为它们早就预备好的鲜肉。砂泥蜂幼虫吃的是黄地老虎的幼虫，体态迥异的黑胡蜂口味和砂泥蜂一样，飞蝗泥蜂和步甲蜂都吃直翅目昆虫；节腹泥蜂吃的都是象虫；大头泥蜂只捕捉膜翅目昆虫；蛛蜂专门捕捉蜘蛛，这也是它名字的由来；铁色泥蜂青睐臭虫；土蜂只吃金龟子幼虫……

为了了解野外土坡里的居民，我曾冒着酷暑不停挖掘。从那时起，我已见过几千个大头泥蜂的洞穴，有新有旧。但在它们那么多的洞穴粮仓中，只有一次，仅仅一次，我发现了不是蜜蜂而是别的什么昆虫的遗骸。无论南方还是北方，山地还是平原，大头泥蜂的食谱不变，始终是蜜蜂。尽管有很多和蜜蜂相似的昆虫，但大头泥蜂只要蜜蜂。因此，如果你挖掘阳光照耀下的斜坡时，发现地上有一小堆被肢解的蜜蜂的尸骨，你便完全可以相信，这里一定有成群的大头泥蜂，

为了了解野外土坡里的居民，我曾冒着酷暑不停挖掘。

因为在昆虫世界，只有它捕食蜜蜂。负泥虫曾教你认识百合，现在，腐烂的蜜蜂尸骨又可以带你找到大头泥蜂的老家。

对于大部分昆虫来说，猎物始终如一。朗格多克飞蝗泥蜂的后代像有宗教热忱一样迷恋于猎食距螽，这种食物被祖先和后代同样珍视，老习惯不会有丝毫改变。有些捕食性昆虫倒是可以稍微灵活一点，似乎可以吃不同的食物。但要注意，不同的食物也不是全无限制，而是只能是一个科属内的昆虫，绝对不可以越过这个界限。本能的法则就是自古如此，昆虫们都严格遵守，不会肆无忌惮，为所欲为。栎棘节腹泥蜂钟爱小眼方喙象，这是最大的象虫之一。但有时栎棘节腹泥蜂也会捕食其他方喙象，或者其他象虫。但食谱看似可稍加改变，但终究都是象虫。吃吉丁虫的节腹泥蜂不加区分地猎食所有种类的吉丁，但吃的也都是吉丁，而不是别的什么虫。

弑螳螂步甲蜂，听名字就知道它是螳螂的猎食者，而且它最喜爱的是修女螳螂。我曾把和修女螳螂同样大小的蝗虫喂给这种步甲蜂，但它毫不犹豫地拒绝了。似乎既然装甲车步甲蜂选择了蝗虫作为自己的口粮，弑螳螂步甲蜂就不再夺人之爱了。我再喂给它一只椎头螳螂，虽然和修女螳螂的形体、颜色都相差很多，但弑螳螂步甲蜂还是毫不犹豫地接受了椎头螳螂，并在我眼前大吃起来。长相再不一样，毕竟都是螳螂，弑螳螂步甲蜂非常清楚这一点。我对不少捕食性昆虫都做过这个实验，结果都是一样。让栎棘节腹泥蜂接受吉丁？不！一辈子都不可能。但若给它别一种类的象虫，哪怕是它从未见过的象虫，嗯！还可以接受，不拒绝了吧，都是象虫，就不挑剔长相了。我们也不能说服毛刺砂泥蜂吃点蛛蜂，哪怕你跟它说，蛛蜂有榛子的味道，它也根本不会搭理你。但如果你用另一种地下的肉虫子代替黄地老虎虫，无论这种肉虫子夹杂着黑黄色、铁锈色，或者别的什么颜色，它都可以来之不拒。颜色从来不会成为捕食性昆虫接受美食的障碍，只要它的大小、发育程度、种属和它的主食是一样的。节腹泥蜂猎食吉丁，而吉丁虫的色彩是多么丰富啊！它们闪耀着各种各样的金属光泽，即使是画家的调色板，也很难与吉丁虫丰富的色彩媲美。然而节腹泥蜂不会弄错：色泽差异再大，节腹泥蜂都像高明的昆虫学家一样，一眼就能看出它们都属于吉丁家族。当然，昆虫学家要学习要研究，而节腹泥蜂辨识不同色泽的吉丁是本能。

改变昆虫食谱的日记

热爱一个东西的结果就是把你变成十万个为什么，各种问题不断来袭击你的大脑。我绞尽脑汁也想不明白，那些捕食性昆虫是靠什么辨别出自己能吃的食物的呢？它们的食谱为什么只能局限于一个特殊的类别？而我唯一能想到的就是它的饮食习惯是自幼养成，也就是说，是提供食物的母亲培养了幼虫的口味。由此，每种昆虫的口味一成不变，代代相传。但接下去的想法就有点近似游戏：昆虫成虫的嗜好不可改变，那么，幼虫的食谱可以改变吗？

我试着用一种不同于寻常食谱的猎物饲养捕食性昆虫的幼虫，这个实验我几乎相信是不可能成功的。可以说，对这个实验我没有信心，也没有热情，但我想尝试一下我以为注定失败的东西。

这个季节，我找到的是附猴泥蜂的幼虫，和它们一起被挖出来的还有泥蜂母亲为它们准备的食物——卵蜂虻。这个家伙的主食是卵蜂虻一类的蝇虫，但我想把它改造成吃蚱蜢的美食家。我不想为这个没有成功信心的试验上穷碧落下黄泉地寻找猎物，就想在自家门槛旁边碰碰运气。一只镰刀树螽正蚕食着矮牵牛的花朵，我选了一些不大的幼虫，准备给泥蜂换换口味和菜单。当然，我没有砂泥蜂那样高超的麻醉技术，让猎物僵而不死。我能做的是，碾碎树螽的头，把它献给了泥蜂幼虫——这道菜出现在泥蜂的餐桌上，应该是有史以来的第一次。

如果读者和我一样，认为昆虫的食谱不可改变，请看看我对一位食客做的详细记录——

1883年8月2日，我给吃卵蜂虻的泥蜂一只小的镰刀树螽，结果，树螽被毫不犹豫地吃掉了。食物种类的变化如此巨大，却根本没让泥蜂幼虫有些许的不安。它只是用大颚大口大口地吃着，直到吃完全部鲜肉。我又给它一只新鲜树螽，但比第一只大得多。

8月3日，镰刀树螽又被吃掉了，只剩下干枯的外皮，猎物腹部被掏空，真正吃螽斯的食客也不一定比泥蜂做得更好。我又用两只距螽喂食，泥蜂没有碰它们，大概是因为昨天吃得太多，积食了吧。

然而到了下午，泥蜂幼虫正享用着其中一只距螽。

8月4日，泥蜂幼虫最初的好胃口平静下来，我给的饭菜太丰盛，我也太大方，应该在这样的暴饮暴食之后，让泥蜂幼虫饿一下。母亲一定会节省得多。如果像我一样喂食幼虫，母亲注定不能满足它们。

因此，出于健康原因，今天禁食。

……

8月8日，昨天夜里，泥蜂幼虫织好丝带。也就是说，它开始了变态的正常程序。吃了它们从未吃过也根本不认识的树螽，幼虫没有不适，它正常地完成着每一只昆虫正常发育的各个阶段。

预想失败的试验却大获成功：捕食性昆虫的幼虫并不固守一种特殊的食物，它的食谱可以改变。多样化的美食也并不令幼虫讨厌，甚至可能对幼虫的种族更加有利。

荤素通吃的白额螽斯

白额螽斯是昆虫里有名的歌手，它穿着灰色衣裳，大颚强健有力，宽宽的大脸呈象牙白的颜色。盛夏，它在草地上，在长着笃耨香树的石子堆里蹦蹦跳跳。7月末，我给白额螽斯做了一个窝，饲养了12只，雌雄都有。

白额螽斯和蝗虫同属直翅目昆虫，蝗虫吃所有的绿色植物，那么，白额螽斯的食谱应该也是绿色植物吧。于是，我把莴苣和菊芋这些荒石园里最美味、最嫩的蔬菜给它吃，可它们连碰都不碰。没办法，螽斯的食物，我还得再找。

长着那么大的颚，应该是爱吃有点嚼头的食物吧。我试着给它们各种禾本科植物，其中还有普罗旺斯农民称为"米奥科"的狗尾草。这种野草到处都有，而螽斯终于张开嘴——它们吃这种草。然而，即使饿得要死，它们也不会吃狗尾草的茎和叶子，它们只吃穗，满意地咀嚼着还很嫩的种子颗粒。

清晨，当阳光照射在实验室窗台上的螽斯窝时，我安排它们吃早点。一束门前采来的狗尾草穗放进窝里，螽斯们就跑过来，聚集在那里，彼此和气，不争不吵，各自把大颚插入穗子，吃着还没有成熟的籽粒，就像一群小鸡啄食农妇撒的谷粒。

酷暑盛夏，为了丰富螽斯的食谱，我又采来一种阔叶多肉的植物，就是菜园田野最常见的野菜马齿苋。没想到马齿苋竟然很受螽斯们欢迎，不过，它们吃的依然不是多汁的茎和叶，而是颗粒饱满的种子。

白额螽斯的拉丁学名源自希腊语的"咬"，这个名字真是恰如其分，非常合适。白额螽斯不仅喜欢咬嚼植物种子颗粒，而且你要小心，如果被它咬住了，会咬出血来的。所以，我在摆弄它们时总是小心翼翼，避免被那强有力的大颚咬住。有这样铁钳般的大颚，还有双颊上强健的咀嚼肌，螽斯不会只吃素吧？如果真是那样的话，岂不是浪费了天生的捕食工具？想到这些后，我试着改变它们的食谱——给它们的窝里放进了一只个头很大的蝗虫。

结果，我看到的是，白额螽斯们一阵骚动。它们跺着脚，笨拙地扑向眼前的猎物。蝗虫的前腿被螽斯抓住，颈部被螽斯有力的大颚咬住——不仅是昆虫，这是大多猎杀者最常用的技巧，狮子、老虎和狼也是一样。白额螽斯不断咬嚼着蝗虫的脖子，直到相信蝗虫无力逃跑，才把猎物松开，放心地狼吞虎咽起来。蝗虫的生命力很顽强，即使头被咬掉，也不会完全死去，甚至还会跳跃。所以，螽斯抓住蝗虫后最先攻击其脖颈是非常正确的策略，因为这是蝗虫中枢神经密布的部分，一旦被破坏，善于蹦跳的蝗虫就再也无法动弹了。

螽斯也是食量很大的大胃王，一天吃两三只蝗虫都吃不饱。除了这样美味的鲜肉，螽斯还要吃植物种子颗粒，荤素结合，才有可能填饱肚子吧。这样容易从素食主义者变成猎杀的食肉昆虫，这一点，倒真是让我大吃一惊。最初，也根本没有想到。

石蜂回家之一：昆虫中的奥德修斯

昆虫学回忆录之四：结识石蜂

在其巨著《昆虫志》中，昆虫学大师雷沃米尔曾用了一卷的篇幅讲述石蜂。但关于这种昆虫的生活，有些地方被这位伟大的观察家完全忽略过去了。所以，我也愿意来讲讲石蜂的故事，算作给大师做一点补充。不过，首先我要说说我是怎样认识这种昆虫的。

大概是1843年前后，我18岁，刚刚从师范学校毕业，带着毕业证和单纯的热情到了一所高级小学，开始了我的教书生涯。学校里有五十来个孩子和少年，文化水平参差不齐，年龄大小不一，他们中有些人和我的年龄差不多，甚至还有比我大的。但这些顽皮的家伙乱哄哄地聚在学校里，都挖空心思、想方设法来作弄我这个小小的新老师。

但不管是我这个老师还是我的学生们，都非常喜欢几何这门课，因为这门课的上课地点在田野。5月，我们每周一次离开学校和教室，到田野去。那是多么欢乐的时光啊！学生们争着扛起几何杆，穿过街道走向田野时，他们感到无比自豪，因为那几根几何杆在世人的眼里是博学多才的标志。我小心翼翼地扛着昂贵的量角器，也同样有一种满足感。

要进行测量的是一处遍地卵石的荒地，那里没有灌木丛遮挡视线，也没有青杏引诱我的学生们，有的只是开花的百里香。空旷的场地，可以让我们自由设置各种各样的多边形，梯形和三角形也可以用任何方式结合在一起。而第一次上课时，就有某些可疑的东西引起了我的注意。一个学生到远处去插一根标杆的时候，我看见他一路上停下来好多次，还弯腰在地上找着什么，完全忘记了对齐标杆和做记号。另一个负责收侧杆的学生也是一样，丢三落四，却从地上捡起了一块鹅卵石。还有一个学生忘记了测量，却搓着一块泥巴。还有很多学生在舔着麦秸，完全忘记了我们是在上课。

孩子们从小就喜欢观察、探索，老师不知道的很多东西，他们早就知道了。荒地的石头上，一种大黑蜂在筑窝，而窝里有蜜。我的测量员们打开蜂窝，用麦秸掏出了蜂房的蜜，吮吸着田野馈赠的美味。蜂蜜虽然黏稠，但味道确实不错，我也就跟着他们一起找蜂窝去了，等一会儿再测量多边形吧！这是我第一次遇见石蜂，可我对它的生活还一无所知，更不知道有一位伟大的昆虫学家雷沃米尔，他为这种小昆虫写了一部杰出的生活史。

这种漂亮的膜翅目昆虫长着深紫色的翅膀，穿着黑色天鹅绒衣裳，在阳光照耀着的百里香花丛里，在鹅卵石上，建造着它们简陋的家，它甜甜的蜜给来到田野的孩子们带来无限乐趣。这个经历深深印在我的脑海里，但我没有满足于孩子们教我的用麦秸掏蜜吃，我想多了解这只昆虫一点。也真巧，我在书店里遇见了卡斯特诺、布朗夏尔和吕卡三个人合写的《节肢动物博物学》，图文并茂，真是好看的一本书。只是，唉！价格太贵了！但我还是没有忍住，跟自己说，满足胃很重要，但满足精神也一样重要啊！结果——我用一个月的薪水买来了这本书。

我简直是如饥似渴、狼吞虎咽地读完了这本书。就是从这本书里，我不仅知道了我和学生们在田野遇见的大黑蜂的名字，而且还遇见了雷沃米尔、于贝尔、杜福尔这些令人尊敬的、闪耀着光芒的名字。当我第一百遍翻看这本书的时候，我听见心里有个声音轻轻对我说："你也可以成为一个昆虫博物学家！"

昆虫中的奥德修斯

石蜂，法文的原意就是石屋子。雷沃米尔先生写它的时候，人们对这种昆虫的了解还很少。根据这种膜翅目昆虫善于筑巢的特点，雷沃米尔先生将其命名为筑巢蜂。这位昆虫学大师不仅发现了石蜂高明的筑巢技术，而且还注意到它是一种"恋家"的昆虫。说他有个朋友把石蜂放在离蜂巢相当远的一个小房间，结果，石蜂从窗户飞走，又飞回了蜂巢。

可惜雷沃米尔先生那个时代，人们还很少用实验研究昆虫，雷沃米尔先生也基本是观察和记录自然状态下生活的昆虫。但是要深入研究，仅仅利用偶然观察到的事实还远远不够。我们还需要制造各种不同的环境，并对比不同环境中昆虫的不同反应。一句话，科学研究必须有牢靠的事实基础，用事实说话，所以，实验是进行研究时必不可少的环节。

可敬的大师如果还在，而且能来到艾格河畔，我将用实验向他证明，石蜂的地理学本领简直胜过燕子和信鸽。如果说从雷沃米尔先这位昆虫学大师不仅发现了石蜂高明的筑巢技术，而且还注意到它是一种「恋家」的昆虫。

生的小房子飞回蜂巢的路途也还很近，而且石蜂还熟悉周围环境，那么，我将让大师看看，这只小昆虫如何沿着陌生的道路，长途跋涉飞回自己的家。它那寻找家园的本能和高超的方向感，是多么令人不可思议啊！

实验设计是这样的，把石蜂放在黑暗的盒子里，带到离它的巢穴很远的地方，给它做好标记，然后放飞。说起来简单，其实每一步都不容易。抓石蜂时要小心，不能用镊子或钳子，否则可能会弄坏翅膀，影响它飞翔的能力。石蜂在窝里埋头劳动时，我开始了实验：用玻璃试管罩住它，然后把它倒进一个纸杯里，并迅速把纸杯罩住。给石蜂做标记更是艰难，被蜇刺是很难避免的事，而且还不能弄伤它。第一次实验的石蜂，是我在艾格河畔抓到的，我把它们带回了家，两地相距四公里。在黄昏，也就是石蜂们结束一天的工作时，我放飞了已做好标记的两只小昆虫。

第二天一大早，我赶到艾格河畔石蜂的家。去得太早了，天还太凉，石蜂还没有开始工作。当露水在阳光里消失的时候，石蜂们忙碌起来。我看到一只石蜂带着花粉进到蜂巢里——昨天我就是从这个巢里抓走了一只石蜂，并让它去旅行，但眼前这只石蜂胸前没有我做的记号。也就是说，这只石蜂是个外来户，它想把别人的巢当作自己的家。将近十点的时候，天开始热起来，蜂巢的真正主人回来了，因为它的胸前有我滴上去的白垩斑点。

我天才的石蜂啊，你真是让我欢欣鼓舞。我想象着你穿过大片成熟的麦田，飞过田野上一丛丛玫瑰红的驴食草，飞了四公里，对一只小昆虫来说，那该是一段多么遥远的旅途啊！但你，沿着陌生的漫漫长途，回家！这简直就是生命的奇迹！你也真是算得上昆虫世界里的奥德修斯！而且，我相信，不管多么遥远的距离，多么陌生的道路，对你来说，回家不是多么艰难的事，因为你在路上居然还采了花蜜！

奥德修斯在海上漂泊十年才回到了自己的国土，可是他的家里满是逼他妻子改嫁的人们。石蜂回来也是一样，它发现家里出现了外人。没什么可说的，回家的石蜂扑向入侵者，在空中展开激烈的搏斗。普鲁士人有句野蛮的格言：力量胜过权利。可是石蜂真是比普鲁士人要文明得多，它们信仰的是"权利胜过力量"。因为我观察了很多次，每次都是等拥有巢穴所有权的石蜂回来后，和入侵的不速之客一定会有一场小小的较量，而每次都是入侵者很快就溜之大吉。我相信，不是每次物权所有者都比入侵者更有力量，显然这是不可能的。即便入侵者更有力量，它也会放弃，是因为它觉着自己理亏吧。

至于我放飞的第二只石蜂，没有再回来。

第二次实验，我放飞了五只石蜂。出发地点、目的地、距离、放飞时间，都完全一样，结果是，第二天有三只回来，另外两只我没有再见过它们。

实验让我确信，石蜂有能力从陌生的远方回到自己的家。但为什么每次实验都有不能回来的石蜂呢？原因只有一个，那就是它们都有回家的能力，但不是每只都有长途跋涉的力量。我想起实验中的石蜂，有的明显体弱一些。也有可能，在运送它们或者给它们做标记的时候，我难免会弄伤某些石蜂的翅膀，因为做标记真是一件很难的事，我要抓紧它们，不让它们飞走，还要小心不被它们蜇咬。那些没有回来的石蜂，也许蔫蔫的或者病恹恹的，不适合长途飞行，只好留在了附近的驴食草丛中吧。

女儿阿格拉艾和我做实验

再一次实验，规模要更大一些，而且要选择身体强健的石蜂参与长途旅行，身体虚弱的只能淘汰。真是幸运，我家草料棚顶的飞檐下，有一个非常好的石蜂窝。从那里，我抓到了40只石蜂。

我把一架梯子靠在蜂窝下面的墙上，我这次实验的合作者——小阿格拉艾可以爬上梯子，等待回巢的石蜂，也帮我确定石蜂回家所用的时间。布置好以后，我带着40只石蜂前往艾格河畔，石蜂返回的距离还是四公里。要知道，这是它们第一次离家这么远。一般来讲，石蜂的活动范围不会超过方圆一百米。

科学实验高尚而美好，因为每次实验都有可能掀开真理的一角。但揭示真理，哪怕只是一小部分，也是要付出代价的。在给40只石蜂做标记时，我的手指被它们蜇刺得痛不堪言。而且，40只中只剩一半还可以有力地飞行。另外一半或者在途中或者在做标记时，都受到了这样那样的伤害，只能被淘汰出局，不能参与这次回家之旅了。从艾格河边的柳树林，20只石蜂毫不迟疑地飞走。最初放飞时，获得自由的石蜂四处乱飞，但我认为我还是能看到，飞错方向的石蜂很快做出调整，向家的方向飞去，不久就消失在了远方。

可是，突然间天昏地暗，狂风骤起，而且，风正是从蜂窝的方向刮来。我的石蜂们要回家，只能逆风而行。它们在这样恶劣的条件下还能回家吗？我惴惴不安地回到了家。

"两只，有两只是两点四十分回到家的。"小阿格拉艾一看见我，就兴高采烈地告诉我。我也跟着她激动起来：我放飞的时间是两点左右，这么恶劣的天气，逆风而行，完全陌生的道路，它们居然用了四十分钟左右就回到了自己的家！

"它们肚皮下面还有花粉呢。"小阿格拉艾继续兴奋地汇报着。

我看见又有三只回来，身上也带着甜蜜的花粉。

日近黄昏，无法观察了。因为太阳落山，石蜂就会各奔东西，不知藏身到哪里去了。

第二天，初升的太阳把四散的石蜂又召唤回蜂窝，我也重新登记了胸前有白点的旅行者，而实验的结果远远超出了我的预期：15只回来。是什么指引它们找到回家的路呢？我不知道，石蜂这种神秘的特殊能力来自哪里。

石蜂回家之二：致敬与挑战达尔文

达尔文的建议

当我写作这篇关于石蜂的新研究时，查尔斯·达尔文已经和牛顿相邻，长眠在威斯敏斯特教堂的公墓。但我还是要把这篇以及下一篇关于猫的研究，一并献给这位杰出的英国博物学家。因为这几个实验都是在我们通信时，他建议我做的。现在，我把实验的结果汇报给他。尽管我观察到的事实，让我无法赞同他的理论。他用进化论研究物种起源这样的大问题，我却是研究昆虫，研究生命的最高表现——本能，而本能却是不会被时间改变的东西，也就无所谓进化。

虽然我们对生命和生命的起源有着不太相同甚至相反的看法，但我依然深深敬重他崇高的品格和一个真正的科学家所具有的坦荡胸怀。有时，我甚至想，最高的敬意就是挑战；而挑战也可以是一种真正的敬意的表达。我希望我的读者这样理解我对达尔文进化论的批判与反驳。

达尔文读过《昆虫记》第一卷后，对石蜂寻找回家道路的能力，以及由此呈现出的问题很感兴趣。它们有怎样的指南针？什么感官指引着它们在陌生的道路上回家？这位深刻的观察家在信中这样建议我：

你对昆虫回家所做的实验和叙述都非常精彩，但请允许我建议你做一个这样的实验，我以前曾打算用鸽子来完成它。把你的昆虫放进纸袋里，运到和它们将来的出发地点相反的方向一百米。但在转身走向释放它们的地点之前，把昆虫放到一个有旋转轴可以旋转的圆盒子里。我有时曾设想，动物能感觉到它最初被带去的方向。

达尔文的实验设计非常巧妙。虽然在漆黑的纸袋里，但也许昆虫能感觉到我带它们走的方向。放飞后，它们能按那种神秘的感觉找到回家的路。但达尔文建议，在往西走之前，先往东走，然后再用旋转打乱它们出发时的印象，也就是说想办法破坏昆虫的方向感。这样，昆虫可能就会迷失方向，再也找不到家了。

我觉得达尔文预测的结果有可能是对的。见多识广的老兵法维埃就告诉我，人们要把一只猫从一个农场搬到另一个很远的农场，就要把猫放在一个袋子里，在出发前用很快的速度转动袋子。这样，猫到了新家之后，就没办法跑回来了。不仅法维埃，我周围的很多乡下人都反复跟我介绍这种做法，说旋转袋子可以百分百让猫迷失方向，再也回不到它的老宅去了。我写信把这些情况告诉了住在英国伦敦郊区的博物学家，科学研究和科学家遭遇了底层农民的经验，这着实让达尔文赞叹不已。我也一样，几乎相信实验结果就会是这样，有超强方向感的动物们在方向感被扰乱之后，会迷失、迷路。

我和达尔文是在冬天讨论这个实验的，所以，我有充足的时间做准备，因为实验要在明年5月进行。

巨型蜂窝和认识我的石蜂

"法维埃，"有一天，我觉得该为实验做准备了，便对我的助手说，"到邻居家去一下吧。带上新瓦和水泥，如果人家同意，你就爬到他们家草料棚上去，把虫窝最多的瓦片揭下来，然后给人家铺上新瓦。"

邻居当然会乐意换新瓦，因为他们自己也得隔一段时间拆一次蜂窝，否则，屋顶总有一天会被压塌。当天晚上，法维埃就给我送来了十二个漂亮的蜂窝。窝都是长方形的，都建在瓦片的凹面。出于好奇，我称了一下最大的蜂窝，天！居然有十六公斤。邻居家的草料棚屋顶上，被石蜂筑满了这样的东西，一个挨一个，七十块瓦片，保守估计，那棚子顶上的蜂窝至少也得有五六百公斤。而且，法维埃还说，那草料棚上还有更大的蜂窝！石蜂就是这样，它们找到合适的地方，就会停下来筑窝，并且，一代代石蜂都会把这里当作家。因此天长日久，一代代的蜂窝也就累积起来，如果没人干涉，那么迟早会超出屋顶的负荷能力，压塌屋顶。而且，如果是雨季，被雨水浸泡的蜂窝会一块块掉落下来，落到人的头上，会把脑袋砸破的。石蜂只是一只很小的昆虫，但它们世世代代经营起来的建筑，却庞大得匪夷所思，像是来自恐龙时代。

但即便这样的巨型蜂窝也不能满足我的需要，当然不是数量问题，而是实验的科学性要求的实验对象的质量。我担心石蜂世世代代在邻家草料棚上生活，会受到祖先遗传的影响，即便带到外地，根深蒂固的家族遗传也会指引它们找到回家的方向，回到它们祖祖辈辈生活的蜂窝。当今时代，遗传学流行，认为遗传对生命体有巨大的影响，那么，我的实验中就要排除这些因素的干扰。我还需要再寻找一些外地石蜂，这样，出生地就丝毫不会帮助它们返回被迁移过的家里。

负责这件事的当然还是我的得力助手法维埃。他在艾格河边发现了一间废弃的房子，石蜂成群聚集在那里。最初，他准备用手推车把盖着蜂窝的砾石运回来。这个设想被我否决了，因为我担心一路颠簸会损害蜂房里的石蜂。结果，他找了个助手，跟他一起扛回来四块有许多蜂窝的瓦。沉重的蜂窝把他俩累得筋疲力尽。为了表示感谢，我请他们喝了一顿酒。

我在花坛的平台下面开辟出一个门廊，作为这些石蜂的新居。无缘无故让石蜂搬家，我得想方设法让它们生活愉快，喜欢新家。石蜂喜欢阳光，而这个位置阳光普照，门廊尽头的阴凉处留给我做观测点，我可不像石蜂那样喜欢被暴晒。我把有蜂窝的这些瓦片用一根粗铁丝挂在墙壁上，高度和我的眼睛齐平。这样的陈列品新颖独特，我也很是得意。村里人看着这些奇怪的东西，最初以为我在用外国来的什么东西做腌肉，但当他们知道了只是蜂窝以后，全村就沸沸扬扬起来，说我心怀叵测，在养育杂交蜜蜂，而我，一定会从中大捞一把。

4月还没结束，我的蜂窝前已是热火朝天。忙忙碌碌的蜂群，就像一小团一小团旋转的云，还伴随着嗡嗡的声音。家里人最初也不高兴，跟我吵，嫌我把危险的蜂群带回家。要去门廊尽头的房间拿日用品，都得穿过蜂群，还担心被蜂蛰咬。我跟大家讲，没有所谓的危险，因为没有感觉到威胁时，性格温和的石蜂根本就不会蛰人。我把脸凑近黑压压的蜂群，我把手指伸进蜂群，我站在最密集的蜂群中间，我把石蜂放在掌心，可没有石蜂蜇刺我。它们只是飞来飞去而已。

说了几次，我又现身说法，家里人都放心了，大人小孩都可以在门廊若无其事地走来走去了。甚至可以说，他们不但不再害怕石蜂，反而觉着穿过蜂群是一件好玩的事儿了。当然，我可不会把这个秘密泄露给陌生人。当我站在悬挂的蜂窝前面，有人走过这里，就会有下面的对话——

"它们认识你才不蜇你，是吗？"

"是这样，它们认得我。"

"那我呢？"

"你呀，那就是另一回事了。"

那个人听了就会老老实实地站远一些，不再靠近，这正是我所希望的。

十字架下的我是魔鬼

达尔文建议我实验时用一个会旋转的圆盒子，看看这样是否能破坏石蜂的方向感。我手边没有这样的器具，但乡下人为了让猫迷失方向，把它放在袋子里转动，我想这个做法和达尔文的实验设计应该是一样的。我把石蜂单独放在一个个小纸袋里，再把纸袋放进一个白色铁盒子，为了不让纸袋互相碰撞损害石蜂，我还把纸袋都小心地垫塞妥当。最后，我用一个细绳系住盒子，这样我就可以像小孩子玩悠悠球那样把铁盒子甩起来。而且，转动的速度是快还是慢，在空中画圆圈，还是甩出"8"字形，我都完全可以控制。如果用单脚旋转，我更是可以把这个铁盒子全方位转动，让旋转更复杂。我决定就这么办。

1888年5月2日，我给10只石蜂做了白色标记。以前给石蜂做标记，我被蜇刺得很惨，而且也会伤害到它们。这次，我是趁它们专心致志工作的时候，用麦秆沾上色胶涂抹在石蜂胸部。沉迷工作的石蜂，丝毫不会介意我这么轻微的举动。做好标记后，按照达尔文的实验建议，我先把这些石蜂带到与释放地点相仿但方向相反的半公里以外。那里有一条小路，小路的尽头有个十字架，我准备在那里旋转装着石蜂的铁盒子。

我在十字架旁单脚站好，旋转着，并甩出铁盒子，在空中画着圆圈和"8"字。我非常投入地做着这些，可我没想到的是，一个老实巴交的乡下女人从我身边经过，她用那样的眼神，唉，那样怪异的眼神看着我。我完全想得出来，在她眼里我是个什么样子——做着愚蠢法事的疯子？干着邪恶勾当的魔鬼？很快，我的事儿就会被添油加醋在村子里流传开来。在乡村，我有我的荒石园，我的伊甸园。而荒石园之外，我经常成为乡村男男女女谣言创作的主人公，其怪异的形象可想而知。当然，也丰富了他们茶余饭后的无聊时光，这也是我存在的另一意义吧。

但没关系，虽然没想到旋转实验会有证人到场，我还是镇定自若地按原计划做完规定动作。然后，我选择人迹罕至的小路，穿过田野，向事先选好的释放石蜂的地点走去。路上，我又旋转了几次铁盒，跟第一次一样复杂。到达释放地点后，我又旋转了三次。

释放地在一块田野的尽头，那里只有稀稀拉拉的几棵杏树和栗子树，给满地石子的荒野增添了一些柔和的绿色。我坐在晴空下，面朝南方，北方轻轻吹过。两点一刻，我打开铁盒和纸袋，重获自由的石蜂大部分围绕着我转了两三圈，像是表达对我的不满，怨恨我把它们折腾得够呛吧。然后，这些小家伙们猛地展翅飞走。

5月3日，我做了第二次实验。10只石蜂被我做上了红色记号，以区别昨天放飞的石蜂。释放时间是上午十一点十五分。十一点二十分，安多尼娅已观察到一只石蜂回来。那么漫长而陌生的旅途，它居然只用了五分钟！

5月4日，晴，无风，炎热。第三次实验，给50只石蜂做了蓝色记号，一路上我旋转了五次。九点二十分，我打开纸袋。飞出来的石蜂犹豫了一下，在石头上懒洋洋地晒了会儿太阳，然后就飞走了。它们飞得那么快，我看着它们很快消失在远处的阳光里。负责观察的安多尼娅说，第一批回来的时间是九点三十分左右。

5月14日，第四次实验，阳光灿烂，也还是轻轻的北风。早上八点，我带着我的狗，和20只做了玫瑰红标记的石蜂出发。一路旋转四次。放飞后，我看见它们都是朝着家的方向飞去。今天，石蜂没有围绕着我转圈，有些直接飞走，有些可能是被我转晕了吧，在几米远的地方歇了歇脚，然后也朝着正确的方向飞去。每一次实验，我都能看见这些小昆虫们回家的热情。我在九点四十五分回到家，那时，已有两只带玫瑰红标记的石蜂先我回来。

实验的次数已经够多，我按照达尔文的建议，用尽办法，来扰乱石蜂的方向感，但都无济于事。实验结果和达尔文想的不一样，也和我想的不一样，跟乡村传说中的猫故事也不一样。不管怎样，石蜂都能够沿着陌生的长途，迅速回家。我愿意接受达尔文的想法，可昆虫们不接受这位大师的想法。事实就在那里，比最精明的推断和理论都更有说服力。

引导石蜂回家的特殊器官在哪里呢？每当我们无法解释昆虫的行为，很多人就将之归于触角，似乎这两条小细线无所不能。可我依然怀疑，怀疑那对小触角是否真的有那么多功能。在石蜂回家的实验中，我剪去了石蜂的触角，而且尽可能齐根剪断，但它们依然飞过陌生的道路，轻松回家。到底是什么在引导石蜂回家，我不知道，也没能给达尔文提供一个明确的答案。同样，他的进化论也没办法解释这个昆虫的秘密。

我的猫和荒石园的红蚂蚁

昆虫学回忆录之五：老猫回家是个辛酸的故事

我们住在阿维尼翁的时候，院子的墙上出现了一只可怜巴巴的流浪猫，瘦得皮包骨，有气无力地叫着。那时我的孩子们还小，他们用浸过牛奶的面包喂它。我们去摸它的背，天！它是有多瘦啊！一群小孩子叽叽喳喳地和我商量，要收养这只可怜的小东西，它就留在了我们家。而且，不久它就变成了一只漂亮的雄猫：肌肉发达的腿，脑袋又大又圆，红棕色带斑点的毛，简直像一只小美洲豹。我们给它取名叫"阿黄"。后来我们又收养了另一只流浪猫，正好是只雌猫，它就成了阿黄的女伴儿。它们在我家生儿育女，也一直跟着我辗转搬家，一晃就是二十年。

1870年我第一次搬家。那时我在学校教物理学和博物学，信心十足，干劲十足，因为那些认真专心的听众，上课简直成了我的节日。尤其是植物学课，种子怎么发芽，花朵怎么开花，我讲得兴致盎然，听的人浑然忘我。但在有些人看来，这全是毫无用处、荒唐透顶的事。他们无知的心和松弛的眼皮不仅看不到知识的光亮，还要想方设法熄灭我们课堂上闪光的灯盏，处心积虑赶走我这位点灯的人。他们串通我的房东，要把我赶走。我的房东也是一样，她把我教的那些知识都看作十恶不赦的罪行，破坏了他们的美好世界。就这样，我从阿维尼翁搬家，或者说逃亡到了奥朗日。

让猫和我们一起搬家也真是费了不少工夫。把小猫放在篮子里，它们会乖乖地和孩子们一起旅行，一路都很安静。可是要带走老猫，却不是容易的事。老猫有两只，一只是阿黄家族的老祖宗，真的很老了，我们得带走它；另外一只是阿黄的孙子，还年轻力壮，我的一个朋友愿意收留它。天黑的时候，他把猫装在一个有盖的篮子里带走了。晚上，我们坐下来吃饭，谈着那只猫和它的新家，还有它的好生活。可是，它却湿淋淋地从窗户跳进来，来到我们身边，高兴地呼噜呼噜叫着。

第二天，我就知道了整个故事。猫到了新家，被关在一个房间里。结果，它发疯一样到处乱跑乱撞，扑向玻璃窗，不知道砸烂了多少东西。我朋友的妻子和孩子被这个小疯子吓坏了，赶紧打开了窗子。几分钟后，那只猫回到了我们这里。这可真不是件容易的事啊！它要穿过大半个城市，走过人来人往、错综复杂的陌生街道，躲过调皮的孩子们、车辆和小狗们带来的种种危险，还有，它还要渡过穿城而过的索格河。河上有不少桥，但这只落汤鸡一样回来的猫让我们知道了它的选择：勇敢地跳进河里，走最近的路。

这只猫的艰辛旅程让我们心疼，我们决定带它走。可是没过几天，它被毒死在了灌木丛里。谁毒死了它？当然不会是我的朋友。

那只老猫呢？我们动身时，它不在家。正好车夫还要回去搬东西，我嘱咐他一定把那老猫带回来，我会给他十法郎作为报酬。这样，车夫把老猫放在车座下面的箱子里，带了回来。可是，当车夫打开箱子，我们几乎都不认识它了：乱毛直竖、满眼血丝、口吐白沫、乱抓乱挠、喘着粗气，简直像是一头疯狂的野兽。可是，它是被吓坏了吧，是被陌生人带离家园的恐惧吧。好几个星期的时间也没法让它安静下来，它的眼里始终是野性的光，阴郁、痛苦、警惕、悲伤，似乎什么都有，就是没有了以前的温顺和快乐，它就那样待在角落里。直到有一天早上，我们看见它死在了炉膛的柴灰上。

我没办法去彻底了解一只老猫的心理，但如果它不是这样苍老，而是再年轻一点，有足够的体力，它会回到阿维尼翁去吧。而它太老了，身体太弱了，会因无法回家而痛苦不堪吧。它的死，和那种痛苦也有关吧。这只老猫没有做到的，它的孩子会做到。

我们第二次搬家是要搬到赛里昂，我希望在那里找到一份安定的工作，能安居乐业。我们搬家就会涉及猫的问题。阿黄的家族已经繁衍了好几代，它的后代中有一只成年的公猫很棒，我们都喜欢它，但搬家时其他小猫都很容易，只有它最麻烦，我把它单独放进一只篮子里。这样，我们终于平安抵达赛里昂。小猫们到了新家，查看一个个房间，用玫瑰色的鼻子嗅着家具，都还是它们熟悉的东西，陌生的是环境。但小猫们很快就适应了新家，又开始幸福生活。

但那只成年公猫总有返还旧居的愿望，我们看得出，所以也就特殊照顾它。把宽敞的阁楼分给它，它可以自由嬉戏，我们陪着它，安抚它，也让别的小猫陪它玩儿，给它好吃的，让它知道我们爱它，它在这里可以和以前一样快乐地生活。无微不至的关怀似乎起了作用，它可以温柔地让人抚摸；喊它，它就咕噜咕噜叫着过来，和以前一样撒娇。一个星期的封闭和温柔照顾，应该让它喜欢上新家忘记了旧居吧。我们把它放出来，它就下楼，跟别的小猫一样安静地待着。阿格拉艾还带着它去花园，它会自己回来。我们都开心起来，以为它不会走了。

可是，第二天，我们找啊，叫它的名字，却根本找不到它。它把我们都骗了！回到奥朗日去了。除了我之外，家里没人相信它会这么有心机，这么大胆。阿格拉艾和克莱尔返回了奥朗日，在那里找到了它。赛里昂和奥朗日直线距离是七公里，还有艾格河的激流横亘其间。阿格拉艾他俩把这只猫放在了篮子里，又带回了赛里昂。但最后，我们只好放弃，因为还不到二十四小时，它就又回奥朗日去了。

独自回去的那只猫只能过着不幸的生活，这是它的选择。我在奥朗日的邻居告诉我，他有一次看见那只猫躲在篱笆后面，嘴里衔着一只小兔子。以前它习惯了舒适的生活，有吃有喝，有人照顾，现在它只能成为一个小偷。小偷的结局会是怎么样的呢？我们都能想得出。

人们都说把猫装在袋子里转动就可以让猫找不到回家的路，但真的是这样吗？第一个把这方法告诉我的人，其实是听另一个人说的；另一个人也一样，只是重复了第三个人的说法；而第三个人的说法无疑是来自第四个人。他们都是这种方法的传播者，但没有人去检验一下其可靠性。流行的很多说法都是这样的，没人思考，没人怀疑，没人检验，它就能畅通无阻地流行开去。你如果问他们要证据，他们都会诧异地说："大家都是这么说的啊！"

小猫可以很快适应新家，但成年的猫，无论你怎样转动袋子，它们都要毅然决然地回家。这个实验，我从没成功过，我也不相信会有人成功。我曾把一只猫放在袋子里旋转了个天翻地覆，然后把它从赛里昂带到皮奥朗克，可是没有什么能阻止它再次回到赛里昂。成年的猫和石蜂一样，和燕子、鸽子一样，都能千里迢迢返回旧家。我不能解释，达尔文也不能解释。我的猫们辛酸的回家故事，就一点也不符合"优胜劣汰""适者生存"的进化论。

红蚂蚁们悲壮的回家之路

荒石园的红蚂蚁像是到处抓奴隶的古代亚马逊人，它们除了这个臭名昭著的本事外似乎什么都不会，连动物最基本的东西都不会：不会觅食，不会育儿。它们真的有点像奴隶主，有奴隶伺候它们吃饭。甚至，它们抢劫不同种类的蚂蚁邻居，把别的蚂蚁蛹搬到自己家里，羽化出来的蚂蚁就是它们的小奴隶。

六七月份酷热的下午，我经常看见红蚂蚁远征的队伍，浩浩荡荡，长达五六米。平安无事时，它们会一直保持着队形。然而一旦发现别种蚂蚁窝的迹象，前面领头的蚂蚁就停下来，在原地打转，其他蚂蚁随即聚集过来。负责侦察的蚂蚁回来报告，说一切正常。这支强盗队伍就再次前进，穿过荒石园的小路，消失在草丛里。然后又从稍远的地方钻出来，钻进枯叶堆里，大摇大摆地出来，到处乱找它们要找的东西。

最终，它们找到了一个黑蚂蚁窝，二话不说，就钻入黑蚂蚁的育儿室，和负责保卫的黑蚂蚁展开激战。双方力量悬殊，结果也就可想而知：红蚂蚁胜！它们用大颚咬着战利品——黑蚂蚁的蛹，打道回府。

从它们的军营出发时，红蚂蚁没有固定的抢劫目标，所以远征的道路也就只是一条偶然走出来的路而已。不毛之地、茂盛的草地、枯枝败叶、乱石堆积，什么样的道路都无所谓，它们就是这样盲目地走着，一路走，一路找，寻找着打劫对象。但，回来的路只有一条，就是原路返回。不管来时的道路多么曲折复杂，有怎样的艰难险阻，它们都不会改变，好像下定了决心，从哪条道路来的，就要沿着那条道路回去。

而回来的红蚂蚁，已经过长途跋涉，又经过了一场混战厮杀，疲惫的强盗们还带上了沉重的战利品，而回去的路宛如迷宫，到处是深渊，危机四伏，随时都有可能失足落入死神的魔爪。实际上，它们只要偏离一点原来的道路，就有可能走上一条平坦的道路。但，不！这群筋疲力竭的强盗不会有丝毫的变通，它们一定要原路返回。

有一天，我又发现一队红蚂蚁出门打劫，它们沿着池塘护栏内侧前进。我前一天刚刚在池塘里养了金鱼，此刻它们在水里游来游去，嬉戏、觅食。一阵大风吹过，把几行红蚂蚁强盗吹到了水里。金鱼迅速游过来，张开嘴巴，吞食着落水的蚂蚁。红蚂蚁的队伍就这样走在危机重重的路上，等到走过池塘，队伍小了许多。我想，它们回来的时候应该绕过致命池塘，换另一条路走吧。但事实不是我想的那样，衔着战利品的红蚂蚁依然沿着这条危险的道路回来，结果，池塘的金鱼们又得到一批天赐的美味。这群固执的红蚂蚁，就像非洲大草原上迁徙的角马，明知前面的河水里有可怕的鳄鱼，可它们依然前赴后继，跳进河里。为什么会这样呢？宁可再次走进龙潭虎穴，冒着落水而死的危险，红蚂蚁也一定要走来时的路。

爬行的毛虫出窝觅食，在走过的路上织一条丝线。在外面吃饱喝足后，丝线会指引它回家。似乎每一种昆虫都有自己回家的方法。红蚂蚁和善于回家的石蜂一样，也是膜翅目昆虫，可它们回家的办法却显得愚蠢得多。它们之所以一定要走来时的道路，就是因为不走这条路，它们就无法回家——原路返回是它们回家唯一的办法。那么，问题是，它们是靠什么找到出发时走过的道路呢？有人说是靠嗅觉，我荒石园的红蚂蚁像是到处抓奴隶的古代亚马逊人，它们除了这个臭名昭著的本事外似乎什么都不会。

下面的实验将证明这种说法的错误。

我没有时间专门在蚂蚁窝边蹲点，等它们出窝远征。真这样做，也许要浪费几个下午，因为没人知道它们什么时候出发。做这件事的是我的小助手——我六岁的小孙女露丝，她没有我那么忙，而且这个调皮鬼喜欢蚂蚁——有几个孩子不喜欢蚂蚁呢？她早就和我一道观赏过红蚂蚁和黑蚂蚁的混战，而且她对小小年纪就可以服务科学这件事充满了自豪。接受任务以后，小露丝跑遍荒石园，监视红蚂蚁，仔细辨认强盗们走到抢劫地点的道路。她的热情已经接受了考验，我完全可以放心。实际上，我真应该专门写一章表达我的谢意，题目可以叫作《以科学的名义感谢你，我的孩子们》。我的读者在《昆虫记》中经常可以看到孩子们的身影，他们热情洋溢地做我的助手，兢兢业业地参与着我的科学实验。

"是我，露丝，快来呀，红蚂蚁进了黑蚂蚁的家，快来！"露丝气喘吁吁地跑来敲门。

"你看清它们走过的路了吗？"

"是的，我做了记号。"

"是吗？做了什么记号？"

"像拇指姑娘那样，在它们经过的路上撒了白石子。"

我跟着小露丝跑过去时，强盗们已经结束战斗，带着战利品返回来，也正走在我的合作者用石子标明的道路上。道路全程有一百米左右，我有充裕的时间展开事先策划好的实验。我拿起一把大扫帚，把蚂蚁走过的道路全部清扫干净，扫的宽度约有一米。我看见蚂蚁们在扫净的道路前犹豫起来；往后退，回来；再次后退，再次回来。蚂蚁的队伍乱哄哄地散开来，长队变成了横队，裹步不前。但最后，有几只蚂蚁硬着头皮走上了我扫过的道路，其他的也就跟了上来。最终，它们还是沿着原来的道路回到窝里。

几天以后，露丝再次报告蚂蚁远征的消息。我的小助手还是把石子撒在了蚂蚁走过的路上，而我，拉过荒石园浇水的水管，打开阀门，汹涌的流水有一米宽，冲断了蚂蚁们回家的路。当回来的蚂蚁队伍到达水边时，我放慢水的流速，减少水的深度，以免疲惫的强盗们过于体力不支。如果强盗们坚持走原路，那么，这激流是它们必须要逾越的障碍。

蚂蚁们犹豫了很久，可是——它们还是毅然决然地开始前进——踩着露出水面的石子走进了激流，流水冲走了不少回家的勇士，虽然只能随波逐流，但它们没有放弃战利品。被水冲回岸边的红蚂蚁，再次寻找渡河的办法。地上有几根麦秸被水冲散，它们就成了一些蚂蚁要走的独木桥。有些蚂蚁则爬上橄榄树叶的木筏，希望能横渡激流。整齐的队伍被激流冲得溃不成军，但即便遭遇灭顶之灾，也没有蚂蚁丢掉战利品。不管用哪种办法，红蚂蚁的队伍还是穿过了激流，狼狈不堪地沿着原来的道路回家。

第三次实验，我用气味浓烈的薄荷叶覆盖蚂蚁们走过的道路，依然没用，没有阻挡住蚂蚁们原路回家。这三次实验，我想足以否定蚂蚁靠嗅觉回家的说法。

而第四次实验，我的设计很简单，在蚂蚁回家的必经之路上，用石子压住了几张大报纸。报纸改变了道路的样貌，但不会像以前的清扫和流水那样毁掉路上的气味。可是，蚂蚁们在报纸面前，却比以前犹豫得更久，更手足无措，几张报纸带给蚂蚁的困惑竟然超过了激流，这是我从没有想到过的。经过好多次侦察和尝试，它们还是犹豫着走进了这个陌生区域，回到了原来的路上。前面的路上，我事先撒了一层薄薄的黄沙，截断道路，而蚂蚁在黄沙面前的犹豫程度依然超过激流。不过，最终，它们还是走过"漫漫黄沙"，回到它们要走的路上。

报纸和黄沙没有改变道路的气味，但它们让蚂蚁止步不前，也许说明，蚂蚁不是靠嗅觉回家，它们靠的是视觉。当然，最重要的应该是记忆力，我相信蚂蚁有非常好的记忆力。我曾多次看见当战利品太多，无法一次搬走的时候，第二天，甚至第三天，红蚂蚁会沿着当初走过的道路——不会有偏差，再次远征，直奔它们打劫过的蚂蚁窝。

在蚂蚁回家的队伍里，我随便抓走几只，带到离它们的道路几步远的地方。结果，它们东走走，西看看，却再也没回到原来的路上去——它们在距离要寻找的道路两步远的地方迷路了，成了永远的流浪者，再也无法回家。同是膜翅目昆虫，石蜂从不会在陌生的地方迷路。指引石蜂回家的特殊能力，或者感觉器官，同是一个类别的蚂蚁没有，比昆虫高级的人也没有。这样的故事，不！这样的事实看多了，我想达尔文先生如果在世，会重新思考进化论的问题吧。

石蜂的苦难

石蜂的遗言

石蜂是勤劳的昆虫。整个5月，我都可以看见石蜂在卵石上筑巢。初夏的氛围中，黑压压的石蜂群热情洋溢地建造着自己的房屋，昆虫的建筑工地上热火朝天，嗡嗡的声音简直像是石蜂在唱着劳动的赞歌。它们用大颚挖掘附近道路上的沙土，再用唾液搅拌成建筑水泥。这些小昆虫完全沉浸在劳动的喜悦中，过路的行人也不能赶它们离开，有的石蜂就在路人的脚下丢了性命。

刮下沙粒、拌好水泥的石蜂离开工地，飞向几百步远的卵石。很快，水泥用完了，石蜂再次起飞，去寻找水泥。在房屋建好之前，它们不会休息，上百次地飞回选好的开采工地。它们会始终去同一个地方，大概是那里的原料最好吧。

房子盖好了，就马不停蹄地飞来飞去，采集花粉和花蜜。如果附近有岩黄芪开着玫瑰色的野花，那里便是石蜂采蜜的地点。每次去那里采蜜，都要飞过五百米左右的长途。石蜂从花丛回来的时候，蜜囊里装满了蜜，肚子上沾着花粉。把花粉花蜜储存在蜂房以后，又飞回花丛里采蜜去了。辛苦了一整天，也看不出它们疲惫的样子。只要阳光照耀，它们就工作着。天色暗了，夜来了，它们就在蜂房里过夜，低着头，趴在门口，后半个身子还露在外面。它们这样的睡姿也不是无缘无故，而是为了堵住储蜜室的大门，防止盗贼入室抢劫。

5月的石蜂忙着建造蜂巢，储存花粉花蜜，而房子和粮食都是留给未来的孩子们的，忙碌的石蜂没有时间安居乐业，享受自己工作的成果了。房子建好了，粮食足够孩子们长大了，石蜂也疲惫到了极点吧，它的生命也走到了尽头。这个筋疲力尽的小昆虫会找一个隐蔽的地方，独自休息，然后死去。"我工作了，我尽了自己的职责。"也许这是石蜂留给世界的遗言。

石蜂的生命只有五六个星期，它毫无保留地把自己的生命都献给了未来的孩子们。它以为给孩子们安好了家，有充足的粮食，有阻挡风雪的庇护所，有防止敌人入侵的城墙，孩子们可以平平安安长大，它就可以放心离开了。但可怜的母亲想错了——盖房采蜜的都是雌石蜂——不幸与苦难正在等待着它的孩子们。

寄生虫的生活也艰辛

给温和勤劳的石蜂带来灭顶之灾的寄生虫有十来种之多，每个家伙都有自己的手段，每种手段都毁灭着石蜂用生命给孩子们留下的遗产：粮食被偷，房屋被占，孩子被害……石蜂不知道，它死后会家破人亡。

站在石蜂的立场，当然我们可以义愤填膺地诅咒寄生虫坏事做绝，十恶不赦，但大自然有大自然的法则，不需要人滥施同情。在人类社会，寄生虫等于好吃懒做、不劳而获，但这不是昆虫世界的寄生虫。事实是，寄生虫的生活同样充满艰辛，而且，我们不仅不能说它懒惰，还应该说一句：它太忙了！它一刻不停地飞着，一刻不停地寻找可以寄生的巢穴，但往往无功而返。在幸运地找到一个合适的巢穴之前，不知它多少次钻进毫无用处的洞里。

　　暗蜂是石蜂的寄生虫之一。当暗蜂找到一个储藏蜂蜜的石蜂蜂巢时，这个孱弱的小东西要做的第一件事就是进入蜂巢。而石蜂的蜂巢非常坚固，整个外层涂抹了至少一厘米厚的泥浆。这层泥浆外壳简直像水泥一样坚硬，我用尖刀才能费力地把它打开，可以想象暗蜂要付出怎样的辛劳才能破门而入。暗蜂在蜂巢的外壳上一下一下咬着，要一点点地咬出一个入口，这得是一个多大的工程啊！暗蜂需要多少时间才能完成啊！估计大半天的时间是完不成的。有一次，看暗蜂在蜂巢上挖掘，我还忍不住帮了它一把。如果真让暗蜂独自挖洞，一定会把它累个半死。

　　暗蜂打开进入蜂巢的通道，钻了进去，但它闯到别人家里不是要满足自己的口腹之欲，而是把卵产在里面。将来，孵出来的幼虫就可以和石蜂的孩子一起分享巢里的食物了。产完卵以后，暗蜂还要修补被自己破坏的蜂巢。这样，蜂巢的毁坏者又变成了建设者。它从蜂巢下面采集我们种植百里香和薰衣草的红土，用唾液将红土搅拌成紫砂，然后像个泥瓦匠一样，细心地把破洞补好。石蜂的巢一般是灰白色的，上面要是出现这样的铁红色泥点，往往就意味着暗蜂来过。

　　蜂巢里暗蜂的寄生卵孵化出来以后，最初和石蜂的幼虫也能相安无事，大家一起吃饭。可是渐渐地，石蜂幼虫的日子就很难过了，因为食物在减少。暗蜂幼虫有点反客为主的意思，它吃得快，长得快，石蜂的幼虫还没有长大，暗蜂已经吃完了蜂巢内的食物，结果，石蜂的幼虫被饿死了。当然，也有可能，暗蜂在产卵时，毁掉了石蜂的卵。不管怎么说，雌性石蜂给孩子建房储蜜，希望它们在蜂房的摇篮中长大，可是，摇篮变成了坟墓。

石蜂的另一种寄生虫就不像暗蜂这样辛苦。在石蜂们热火朝天地建房储蜜时，束带双齿蜂会大摇大摆地靠近，像是在参观石蜂新居一样。石蜂不知道束带双齿蜂会给它带来什么样的灾难，只是忙着自己的事。没人去驱赶不速之客，甚至连敌意都没有。不管为了建筑封顶，还是采集花粉花蜜，石蜂都要暂时离开蜂巢。主人一走，束带双齿蜂就会立刻钻进还没完工的蜂窝。束带双齿蜂出来时，我看见它嘴上沾满了蜂蜜。而且，我怀疑它来此的目的不仅是偷几口蜜吃，而是把卵产在了一个秘密的地方，比如花粉堆里。有一点可以肯定，束带双齿蜂的卵肯定不会产在蜂巢储存食物的表面，因为如果是这样，回来的石蜂肯定会发现。我曾把一枚别的昆虫的卵放进蜂巢，回来的石蜂见了，立刻把它扔了出来。

束带双齿蜂的卵孵化出来以后，石蜂的卵会有怎样的命运呢？不管什么时候，每次打开双齿蜂产过卵的蜂巢，我都找不到石蜂的卵、幼虫或者成虫，蜂巢里只有束带双齿蜂。石蜂的卵或者虫到哪里去了呢？被先孵化出来的双齿蜂幼虫吃掉了。

有些蜂窝里的石蜂卵躲过劫难，孵化成虫，充足的食物把幼虫养成了大胖子，像个球似的。这个大胖球开始织茧，为未来的生活做准备。它要在茧子里美美地睡上一大觉，然后羽化成蜂，去阳光下飞翔。但它飞翔的梦注定只是一个梦，卵蜂、佩剑蜂或者褶翅小蜂来到了蜂巢。很快，睡着的石蜂幼虫旁边出现了另一种小虫子，这些小虫子张开嘴，把睡着的石蜂幼虫当作了美食。

蜂巢入侵

我看着眼前的蜂巢，蜂巢里有九个蜂窝，其中三个住着卵蜂，两个成了褶翅小蜂的家，两个被暗蜂占据，一个为惮格米蜂所有。整个石蜂的蜂巢被瓜分，入侵者只给石蜂留了最后一个蜂窝，位于蜂巢的中央，像是一座被包围的孤城。我从瓦片下或者卵石上取下的蜂巢中，没有一个是完好无损的，所有的巢都被入侵。蜂巢的被入侵并非是石蜂死后才有的事，而是在石蜂活着的时候就已经开始。

5月，石蜂忙着给孩子筑巢储蜜的时候，青壁蜂和切叶蜂也和石蜂一道忙碌着。比起强壮的石蜂，青壁蜂和切叶蜂都很小，小到可以把石蜂的一个窝分割成五到八个小单间。善于分割房间的是青壁蜂，它会精打细算，根据不同地形用笔直或弯曲的墙壁把蜂窝分割成不同规格的单间。青壁蜂把一种植物叶子咀嚼成绿色的黏胶，然后用这种黏胶来做隔墙，隔墙都是绿色的，和它的名字一样。

三叉壁蜂喜欢到群居热闹的人家去寄居，所以常常成为棚檐石蜂家的房客。但它不是自己去，拉氏壁蜂总是黏着它，和它形影不离。作为房客，壁蜂和石蜂相处还算融洽，它们一起劳动，各干各的活儿，外人都看不出蜂群里有两种不同的蜜蜂。但壁蜂也不单是在蜂巢中占个过道或者被废弃的蜂窝，它的存在也影响了石蜂的生活——它们占据的蜂窝越来越多。而温和的石蜂不吵不闹，只好自己去清扫旧蜂巢，修补老房子自己住，新房子让给了壁蜂。

卵石石蜂也是这样，虽然它有点孤僻，不像棚檐石蜂那样能和房客和谐相处。各种壁蜂占据了它的蜂巢时，它宁愿再去寻找居所，也不愿和壁蜂们同居一处，即便不会发生冲突。石蜂和壁蜂永远不争不斗，甚至，石蜂会自愿放弃自己的好房子，让给本来是入侵者的壁蜂，真不知道它们前世有什么样的缘分，才让石蜂对壁蜂有这样的好脾气。因为如果是别的寄生虫，别说登堂入室，就是前来参观，也会立刻被强大的石蜂赶走。就是石蜂之间，也会为了争夺先人遗留下来的房产而大动干戈，但它忍让了壁蜂。而壁蜂也好像生来就是要享受石蜂的居所的，把石蜂家当作了自己的家，心安理得。

石蜂把蜂巢建得坚不可摧，可还是被别的昆虫摧毁了。本来是要用坚固的房子保护孩子，可是弱一些的孩子不能穿透出口，干死在里面。坚固的摇篮变成了坟墓，埋着死了的成虫、幼虫、储存的食物、茧子的碎片。我从屋顶的瓦片上取下一个棚檐石蜂的蜂巢，里面堆积着那些没有生命的干枯残骸，散发着腐臭的气味。这个蜂巢很大，已住过几代石蜂了吧，像座古城，也像几代石蜂的坟墓。不知存了多久的蜂蜜已经变酸，没有吃过的食物变成了泥土。古城的地下室里，还有没羽化的石蜂，没变态的幼虫。

蜂巢的坟墓也能养活那些专吃死尸和腐物的昆虫，比如鞘翅目的喇叭虫、蛛甲和圆皮蠹。喇叭虫的幼虫和成虫都有好看的颜色：幼虫的头是黑色的，身体是漂亮的玫瑰红；成虫呢，鲜红的衣服还镶着绿边儿。它们来古旧的蜂巢享用过期变质的蜂蜜，圆皮蠹吃的则是蜂巢里的尸体。它们的到来，也没有引起石蜂的不安，似乎把它们当作了清洁工。

流逝的岁月也侵蚀着蜂巢。经历过太多的风吹雨打，卵石上的蜂巢脱落、摔碎。瓦片会给屋顶的蜂巢遮挡一点风雨，但也难以承受一代代石蜂不断的扩建。瓦片上的潮气渗入最老的那层蜂巢，曾经稳固的根基渐渐摇摇欲坠。几代石蜂建起来的大宅子，最终变成无法修复的废宅，被遗弃的废墟。石蜂是眷恋祖宅的昆虫，只要还有一丝修复的希望，它们都不会离开，而最后，它们走了。

石蜂离开了旧巢，来的是一群蜘蛛，它们占据了衰败得不成形的蜂巢，在残垣断壁之间拉上蛛网，守株待兔，等待猎物送上门来。蜂巢的角落里，还有一些昆虫在等待机会，它们是随着蜘蛛来这里的，比如蛛蜂、短翅泥蜂。从蛛蜂的名字你就会知道，它的主食是年幼的小蜘蛛。

卵石石蜂和棚檐石蜂的故事跟命运就是这样多灾多难，有点让人悲伤。灌木石蜂有不同的蜂巢，也有不同的故事跟命运。它把自己的巢建在灌木丛的树枝上，这个随风摇晃的蜂巢很少有入侵者光顾，大概是因为根基不稳有危险吧。也因为蜂巢的脆弱，灌木石蜂不会眷念旧宅，它们每年都会给孩子们建新的房子。

二十三年的时间才解开土蜂之谜

二十三年前在阿维尼翁的树林遇见土蜂

我翻开过去的笔记本，翻到的是在伊萨尔树林的观察日记，日期是1857年8月6日，已是二十三年前的事了。

那时我在阿维尼翁教书，各种昆虫学研究计划塞满了脑袋。只要一放暑假，我就不再是老师了，而是重回做学生的美好时光。学生，多好的身份，多好的时光啊！可以不停地学习，学到的每一个东西都是一个新鲜的大世界——让我痴迷的昆虫世界。似乎每一个昆虫都有那么多好故事，要讲给我听；每一个昆虫都有很多的谜语，等我去猜。哪个年轻人不喜欢听故事猜谜语呢？尤其是关于生命的故事和谜语。

每天，我都像一个锄茜草的农民，扛着一把结实的鹤嘴锄去阿维尼翁附近有名的伊萨尔树林。背上的袋子里还装着瓶子、盒子、小铲子、玻璃管、镊子、放大镜等等各种不同的工具。当然，还有一把大伞给我遮阳，毕竟，这是酷暑盛夏。青眼虻也飞到我的伞下避暑，还有一些昆虫，居然冒冒失失地飞到我的脸上。

我在林中一块空地上停下来。地是沙地，四周是浓绿的橡树丛。灌木丛下面，堆积着厚厚的落叶。一年前我就发现，土蜂喜欢光顾这里。

土蜂是昆虫中的巨人，有的土蜂有戴菊莺那么大。戴菊莺是北方的一种小鸟，头顶是橙黄色的，雾气弥漫的初秋，它会飞到农家小院啄食蔬菜上的虫子。我们地区的花园土蜂，身长四厘米以上，张开的翅膀宽达十厘米。土蜂是黑色的，可翅膀像漂亮的琥珀，反射着紫色的光。那些威武的带刺蜂都怕它，所以，即便是爱好昆虫收藏的人初次见它，都会心怀畏惧，怕被它蜇到。最初，我也是这样。可现在，我知道那只是假象，土蜂的性情很温和。看见一只土蜂栖息在菊花上，我会毫不顾忌地伸手用指尖把它捏住。

在伊萨尔树林里，我刚坐下来，就飞来几只双带土蜂，然后就越来越多。它们身材偏小，动作轻柔，一看就知道是雄蜂。它们贴着地面慢慢地飞着，四面八方地飞，来来回回地飞。远处，一只土蜂落在地面上，用触角拍打着沙土，似乎想知道下面有没有什么动静。然后，它飞起来，来来回回地飞着。

它们来来回回地飞，到底在找什么呢？是在找吃的吗？当然不是，离这里不远的地方就有刺芹生长。在这个阳光把植物都烤干了的季节，饱满多汁的刺芹是它们的美味佳肴，但没有一只土蜂落到刺芹上。显然，它们此刻不关心蜂蜜，只留意着地面。地面会有什么呢？地下的虫茧裂开，雌蜂就会钻出满是沙土的地面，像是维纳斯从大海里缓缓升起。只要有一只雌蜂钻出地面，几只雄蜂就会一拥而上。雌蜂掸着身上的尘土，一群雄蜂在它身边争风吃醋。膜翅目昆虫的这种爱情游戏，我已见过很多次了。每每看见，还是让人想笑。

我看着一只雌蜂钻出地面，快乐地展翅飞舞，几只雄蜂在它身后追逐。它们飞走了，我开始工作，用鹤嘴锄挖掘雌蜂离开的洞穴。直到挖了大约一立方米，我才有所收获，是一只刚刚破壳的茧，茧的两侧粘着一层薄薄的表皮，那是土蜂幼虫吃过的食物。茧里的那层虫皮，无法确认是什么。从残留的大颚和轮廓来看，我猜可能是金龟子的幼虫。

　　时候不早了，而且我也累得筋疲力尽，该回去了。发现一只裂开的茧和那张可怜而古怪的虫皮，再疲惫也是值得的。热爱天地万物的人，血脉里都有神圣的火种在燃烧。炽热的阳光下，扛着一把鹤嘴锄去树林里，蹲在地上，大半天挖一个虫子的洞穴，腰酸腿疼，口干舌燥，头痛欲裂，但心里自有一种别人不知道的欢乐，忘记了现实的贫困，陶醉在这次远行之中，就为了一块残缺的虫皮。这欢乐和名利无关，和神圣的精神有关。

　　我仔细观察着那块虫皮，最初的猜想得到验证：应该是金龟科鳃金龟类昆虫的表皮。土蜂幼虫应该就是以那种昆虫为食，但它到底是哪一种鳃金龟呢？而且，这个茧真的是土蜂的吗？要想找到答案，我必须一次次重返伊萨尔树林。

　　我回到树林了，可是，在茫茫的沙地上，我该挖哪里才能找到土蜂的洞穴呢？土蜂不像其他膜翅目昆虫那样挖洞筑巢，也没有固定居所。它们总是随便找个地方，只要土地不是太坚硬，就钻进去，而且是一直向下钻，永不回头。外面看不到洞口，也没什么其他痕迹。贴近地面飞舞的雄蜂，本能会告诉它们雌蜂将在哪里出现，也就给我指示了大致地点。可是它们来回乱飞，指示也就极其模糊不清。所以，我就只能这样貌似漫无目的地乱挖，期待着幸运之神的眷顾，让我遇见还未破茧的土蜂的巢穴。季节推移，雄蜂也不来了，寻找变得更加

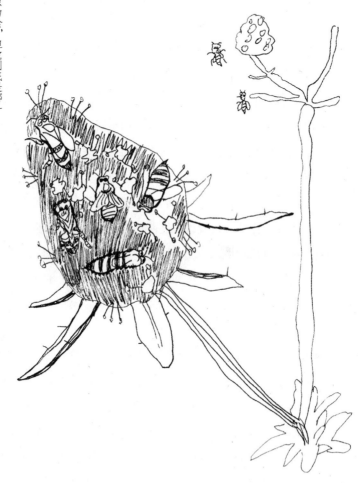

土蜂幼虫应该就是以那种昆虫为食，但它到底是哪一种鳃金龟呢？

艰难和无望。

土蜂是爱清洁的昆虫，经常可以看见它们用毛刷掸着身体。以前我抓到土蜂，还看见它们腿上沾着土渣儿。当时就曾怀疑，它们钻到地下干什么去呢？在伊萨尔树林看见的那块虫皮突然启发了我——它们就像鼹鼠一样，在地下生活，所以，我在挖掘时才会在地下见到那么多纵横交错的羊肠小道，它们是在寻找金龟子的幼虫，给未来的孩子准备食物！8月末，雌蜂和雄蜂欢爱后，就钻入地下，忙着产卵和贮藏食物，尽着母亲的职责。

我辛苦的挖掘并没有回报，后来又找到了几只破壳的茧，几块金龟子幼虫干枯的表皮，但从没有找到过新鲜的食物、卵或者幼虫。

挖掘持续了很久，我只能宣告失败。但失败的挖掘中，零散的收获汇聚在一起，我对土蜂也有了一点大致的认识。这收获里面，有几只完好的茧子，包着两种不同的土蜂，虽然已经死去，但还是能辨认出是双带土蜂和沙地土蜂。而且，它们茧子外面的虫皮虽然都源自金龟子，但虫皮并不相同，也就说，这两种土蜂应该是以不同的金龟子幼虫为食。如果再把我挖到的幼虫、蛹和成虫都聚到一起，那么实际上只有两种金龟子：绒毛鳃金龟和朱尔丽金龟。而且，我确信，沙地土蜂茧子上的虫皮是绒毛鳃金龟的。朱尔丽金龟，是用我死去的小儿子朱尔命名的，我一辈子都会怀念这个我研究昆虫最好的伙伴。但现在还是说土蜂的食物问题。朱尔丽金龟不是双带土蜂也不是沙地土蜂的食物，双带土蜂茧子上的虫皮，我还不能辨别是属于哪种金龟子。

在伊萨尔树林，我对土蜂的认识也就只能到此为止。树林离家太远，八月酷暑到树林去，旅途劳顿，又加上对挖掘点毫无所知，最终也就只能泄气，放弃。说到挖掘点，二十三年后我才知道我的错误。那时，为了避开难挖的植物网状根系地带，我总挖掘没有植物的地方。而实际上，富含腐殖土的灌木丛，才是我最应该寻找的地方。如果在遍布落叶朽木的地方开挖，我肯定会遇上我心心念念的土蜂幼虫。

二十三年后在荒石园解开伊萨尔树林里的谜团

1880年8月14日，法维埃在荒石园的一个角落里干活儿。腐败的落叶和泥土在那里已积成了一个大土堆，家里的狗狗布尔总是从这里翻墙而过，跑出去会情人。而每次回来，布尔总是狼狈不堪，耷拉着的耳朵上还流着血。但它也不吸取教训，只要吃饱喝足，就会忘记过去的伤痛，再次蹿到土堆上，翻过墙头。为了让这只风流成性的小狗少受一点伤，我让法维埃把这个大土堆清理掉。

法维埃在土堆那里挥动着铁锹，把它们铲起来装到独轮车里。突然，他大叫起来："先生，大发现，快来看啊！"我赶紧跑过去，我的天！真是大发现啊！让我欣喜若狂的大发现：新翻出的土里冒出很多只雌性双带土蜂。宁静的生活突然暴露在光天化日之下，它们一副惊慌失措的样子；还有无数鲜活的虫茧，每一只都在孕育着新的生命；还有金龟子，幼虫、蛹、成虫，金龟子不同时期的形态应有尽有，完全可以排成它们的生命系列。第一次出现在阳光下的金龟子，展开的翅膀闪闪发光。

金龟子的品种很多，这个土堆里最多的是花金龟的幼虫，多达上百只。花金龟又有三种类型：金绿花金龟、奥星花金龟和多彩花金龟。应该说，二十三年前在伊萨尔树林未能解决的问题，现在终于有了明确的答案：双带土蜂的猎物是花金龟。因为如果把土蜂蛹上的虫皮和花金龟的幼虫对比一下的话，结论是：完全相同。真要感谢这偏僻的乡村啊！赠我荒石园的乡村！二十三年前我在伊萨尔树林苦苦寻觅也没有得到的东西，在这里却唾手可得。这里虽然是穷乡僻壤，但多好啊！它赠予我太多的财富！这财富就是我热爱的昆虫。我在这里可以和我亲爱的昆虫们生活在一起，一点点走进它们生命的每一个角落，解开昆虫世界的一个个谜团。它们奇妙的生活可以让我一直欣赏下去，研究下去，写下去。

但现在还没到产卵的季节，所以土堆里没有一枚土蜂卵，没有一只土蜂幼虫。所以，我决定让这个大土堆继续留在这里，这样，土蜂就会在这里继续生活、繁衍，明年我就可以继续研究，就可以弄清土蜂完整的生命故事。已经等了二十三年了，也不在乎多等一年，耐心些吧，我这样跟自己说。而且，不仅不搬走原来的土堆，我还把荒石园的枯枝败叶都堆在这里，让土蜂的天堂更大一点。

第二年，一到8月，我就每天来观察这个大土堆。下午两点，阳光走过周围的松树林，落到我的宝贝土堆上。雄性土蜂在附近刺芹的花朵上吃饱喝足，成群地飞到土堆这里，又是来来回回飞舞，和二十三年前在伊萨尔树林一样。一只雌蜂从土堆里一钻出来，雄蜂们就又开始争风吃醋，大打出手。决斗结束，胜利者带着雌蜂飞过了荒石园的高墙。8月以后，雄蜂就很少来了，雌蜂钻入地下，也不再露面。

9月2日，我的小儿子埃米尔用铲子和叉子翻着土堆，而观察的结果，真让人想兴奋地大叫一声啊！尽管去年在这里发现土蜂后，我就充满信心地期待着，但还是没想到会有这样美妙的时刻和发现：埃米尔翻开的土块里，有无数胖胖的花金龟幼虫，它们一动不动。每一只花金龟幼虫的肚子上都贴着一只土蜂幼虫，而土蜂幼虫正在贪婪地吃着母亲给它准备的美味。

伊萨尔树林里的挖掘已经告诉我，土蜂不像其他蜂类昆虫，它们不会费尽心力为孩子们筑巢。土蜂母亲只管挖掘腐殖土，只管搜寻花金龟幼虫。找到后，就用蜇刺的技术麻醉猎物，这方面，土蜂和别的蜂没有区别。麻醉猎物后，土蜂把卵产在猎物的腹部，随即离开，把虫卵和猎物随意丢在土里，继续寻找猎物，继续产卵。土蜂的幼虫就这样在土里，也在金龟子幼虫的腹部孵化、生长、织茧、羽化。

　　二十三年的疑问一朝豁然开朗，那是怎样的快乐啊！我愿意和我的读者一道分享土蜂的故事，也分享岁月赠予我的快乐。

预知未来的天牛幼虫

漫长黑暗的树内岁月

当灰色的天空预告寒冬即将来临，我便开始着手储备冬天取暖用的木材。我再三叮嘱伐木工人，要给我选择伐木区内树龄大而且虫痕累累的树干。我的要求让忠厚的伐木工感到可笑，他告诉我，好木材更容易燃烧。他明白壁炉里火的燃烧，但不知道树干上那些虫子蛀过的痕迹，会点燃我的生命之火。

但伐木工最终还是送来了我想要的木头，漂亮的橡树干上满是一条条蛀痕，有些地方简直可以说是被开膛破肚，橡树带着皮革味道的褐色眼泪在伤口处闪着光。而干燥的沟痕里，各种昆虫已经做好安然过冬的准备：扁平的长廊是吉丁虫的杰作；壁蜂用嚼碎的树叶在它挖出的长廊里盖好了房子；切叶蜂用树叶做成睡袋；而天牛幼虫住在多汁潮湿的树干内，它们才是毁坏橡树的真正的罪魁祸首。

天牛幼虫长相奇特，像是一节蠕动的小肠。而这段蠕动的小肠，要在树干内生活三年。在粗壮的橡树树干里面，天牛幼虫缓慢地挖掘天牛幼虫长相奇特，像是一节蠕动的小肠。

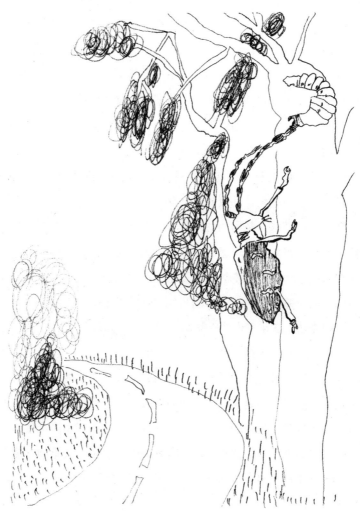

隧道，挖掘出的木屑就是它的食物。有句俗语叫作"约伯的马吃掉了路"，而天牛幼虫吃掉了自己的路是真实存在的，不是俗语中的比喻。它的大颚像木匠的凿子，是天生的挖掘工具。在黑暗的树干内，天牛幼虫一边挖一边吃，一边吃一边拉，排泄出来的粪便丢在身后。

天牛幼虫的身体像个杵，就是过去舂米或者捶衣服用的木棒，前面粗后面细。这样的体型，让天牛幼虫把肌肉力量集中在身体的前半部。这在昆虫里也不算特殊，另一个优秀的木匠吉丁虫也是这样，甚至更为夸张：用来挖掘坚硬木材的前半部分身体肌肉强健，而后半部分异常纤细，被拖在后面似乎只是构成一个完整的身体而已，扔掉也没什么关系。

天牛幼虫嘴边有一圈黑色角质盔甲，用来加固挖掘工具——大颚。除了这里的黑色，幼虫的整个身体如同象牙一样，洁白闪光，皮肤像缎子一样细腻，是因为它体内营养丰富的脂肪层，白白和胖胖总是联系在一起也就是这个道理。几年时光幽闭在黑暗的树干内，饮食贫乏得只有木屑，可天牛幼虫还是这样白白胖胖，在我们想来，这是多难的一件事啊。天牛不理我们怎么想，整天只是啃啊吃啊嚼啊拉啊，这好像是它在树干内唯一可做的事。

天牛成虫有敏锐的眼睛，但在黑暗的树干内生活，视力又有什么用处呢？所以，天牛幼虫身上，连最微弱的视觉器官的痕迹都没有。厚实的树干里面，也是个没有声音的地方，没有声音的地方，也不需要听力。可以说，天牛的幼虫是个没有眼睛、没有耳朵的家伙。我曾做过实验，趁天牛幼虫休息时，检测它的听力。可无论是硬物撞击的声音，还是用锉刀挫锯子的声音，甚至我用尖刀刮擦树干，模仿出其他昆虫啮咬木头的声音，都完全没用，天牛幼虫始终无动于衷，就像没有生命的东西一样。

那么，天牛幼虫有嗅觉吗？嗅觉帮助昆虫寻找食物，可天牛幼虫不需要寻找，因为正如我们在前面说过的，木头既是天牛幼虫的房子，也是它的食物。一句话，它就生活在它的食物里，不需要寻找，嗅觉对于它也就毫无用处。当然，我也做过实验检测它的嗅觉。我把它放进有强烈树脂味道的柏木里，给它闻刺激的樟脑丸，结果是，任何刺激的味道对它都毫无作用。不管周围弥漫着什么样的味道，只要找到合适的地方，它就舒适地躺下来，不动了。

在橡树中生活三年，能吃的只有橡木屑，我们可以想象，这样的生活怎么可能会有敏感的味觉呢？如果让天牛幼虫来评判它吃过的食物，也许它的回答会是：新鲜多汁的橡木是美味，干燥的橡木会让人乏味。这可能就是天牛幼虫的全部味觉记忆。天牛幼虫也会有触觉，但同样敏感不到哪里去，大概它只能感到没有抛光的树内通道有些粗糙，会刺痛皮肤。但经过三年的摩擦，也会日渐习惯吧，刺痛感也会麻木起来。

预知未来并准备好迎接未来

我常做一个白日梦：如果变成昆虫来看待世界，世界会是什么样子呢？生活在黑暗的树木里面，天牛幼虫没有视觉和听觉，有味觉和触觉，但极其迟钝。它需要的只是一个消化功能强大的胃，消化那些潮湿或干燥的木屑。以这样的方式面对世界，应该是全无感觉，也可以说是对自己存在的世界几乎一无所感，因此也就一无所知。

但这样的一只小肠一样的虫子，却能清楚地预知未来，并为了迎接未来做好了一切准备。

三年的时间里，天牛幼虫在橡树干内流浪辗转，爬上爬下，在温度适宜、安全舒适的树干内部挖掘出一个复杂的迷宫，排出的便便更是给迷宫增加了难以逾越的障碍。未来的天牛成虫如何能走出迷宫走向外面的世界呢？更何况，最初幼虫钻进树干时只有一小节麦秆大小，到最后它长成手指粗细；那么，它挖掘的隧道就随着身体的变化而由窄变宽。天牛幼虫身体柔软灵活，而成虫有坚硬的甲壳、伸长的触角、修长的足，如果它能克服一切困难，走出幼虫制造的曲折复杂的迷宫，那真要算得上逃生大师了。但问题是，它不是。

我从伐木工人送来的木材中找到一些刚刚羽化的天牛成虫。将一段橡树干劈成两半，并在剖面上挖凿了一些合适天牛成虫的洞穴，把天牛放进去后，再把树干合起来，用铁丝固定好。6月，我听到木头中传来敲打的声音。应该说，逃离洞穴是不太困难的事——只需要一个两厘米长的通道！然而，没有一只天牛成功逃生。当木头内的敲打声停止下来，我打开合拢的树干：它们全死在了里面。洞穴里只有一小撮木屑，还不足吸一口烟的烟灰量，这便是它们能做的全部。

下一个实验中，我把天牛成虫关在芦竹茎里，直径和天牛天然的通道相当，障碍物只是一块天然隔膜，隔膜只有三四毫米厚，也不坚硬。这次，有一些天牛成功逃生，但有一些依然被隔膜阻挡，死了。连芦竹那么薄的隔膜都难以逾越，又如何期待它们打通坚硬的橡木逃生呢！

这些实验让我深信，尽管天牛体格健壮，但靠自己的力量无法从橡木迷宫逃生。那么还能靠谁，只能靠幼虫，幼虫得为成虫迎接未来做好全部的准备，给它开辟出一条通向外面自由世界的通畅道路。出于一种神秘不可知的预感，天牛幼虫离开橡木内无法被敌人攻克的城堡，爬向树表，尽管它的天敌啄木鸟正在寻找美味昆虫，但天牛幼虫就是这样冒着生命危险，为天牛成虫挖着通向外面世界的通道，一直挖到橡树树皮，只留下一层薄薄的门帘隐藏自己。有些冒失大胆的幼虫，甚至会捅破门帘，把出口都给成虫做好。

挖好出去的通道之后，天牛幼虫会后退一点，在距离出口不远的地方凿一个小房间，等待化蛹。房间用木屑和天牛幼虫的分泌物做出两到三层封顶，能防御敌人入侵，大小也能让蛹羽化后的成虫伸伸还不太有力的腿脚。封顶的材料因为含钙而有坚硬却易碎的特点，那是幼虫从胃里分泌出的稀稀的糊状物，一口一口吐出来，慢慢做成。这个没什么感觉器官、可以说混沌懵懂的天牛幼虫，依靠着完美又强大的本能，为未来安排好一切。

凿出蛹室并做好装饰，啮咬下房间墙壁上的木屑，铺在地上做成地毯。天牛幼虫做完这些，也就完成了自己的全部使命，在房间里变态成蛹。蛹柔弱无力地躺在柔软的地毯上——头朝着门的方向！这个细节依然重要，也是幼虫为成虫迎接未来做的重要准备。幼虫身体灵活，可以在房间里随意翻转，头朝向哪里都无关紧要，但成虫浑身坚硬的角质铠甲，让它无法在狭窄的空间内自由活动。如果不把头对准出口，羽化出的成虫就会必死无疑，根本没机会走出木头，看看外面蓝天下的世界。

而已经消失的幼虫终究为成虫做好了所有准备。暮春时节，已经很强健的天牛成虫渴望外面的世界，它要离开黑暗的囚牢了。三两下就可清除钙质封盖，只要用坚硬的前额用力一顶，封顶就会整块松动，脱落。然后，再走很短的一段路，它就走到了幼虫安排好的门口。天牛只要咬开薄薄的门帘，就可以走到阳光下的自由世界去了。我看见，走出黑暗的天牛，长长的触角激动不已地颤抖着。

我年轻的时候，曾经非常崇拜雕塑家肯迪拉克。他曾说天牛有天赋的超级嗅觉，它们嗅一朵玫瑰花，花香就能让那只昆虫产生奇思妙想。这个说法也带给我无数联想：只要嗅一下雕塑家的作品，那些雕塑就会活过来，就像一粒石子能在死水里激起层层涟漪一样。那些雕塑会因为我的一嗅，能看这个世界，能思考，有记忆，一个有生命的人能有的一切感觉它都会有。现在，天牛幼虫做了我的老师，它的教育让我看见人的局限。很遗憾，头脑灵活的人只想象出一只能嗅玫瑰花的天牛，但想不出一个具有某种本能就可以让人赞叹不已的形象。我多么希望人能意识到：动物，当然也包括我们人类，除了我们熟知的那些感觉能力，还有与生俱来就拥有的那些神奇的本能。

家有昆虫长腹蜂

热爱火热世界的长腹蜂

长腹蜂喜欢在人的住房内安家。比起另一些住在人们家里但爱吵爱闹、爱出风头、给人添乱、让人讨厌的昆虫，长腹蜂没什么名声，好名坏名都没有。它显得有些沉默寡言，默默无闻。虽然和人朝夕相处，但人们往往注意不到它的存在。我想讲讲这个具有安静谦逊品格的小东西，以免它彻底被人们遗忘在房间角落的同时，也被遗忘在记忆的角落里。

长腹蜂害怕寒冷，或者说，它热爱温暖甚至火热的环境。让橄榄成熟、知了歌唱的烈日，是它的最爱。有时我甚至想，长腹蜂对火热环境的痴迷，可能意味着它是一位非洲移民。从椰枣的国度来到橄榄的国度，发现阳光的热度不够，便找到了人类壁炉里的火，来重温它对于热带的记忆。

长腹蜂到人的住房内安家，首先就是为了寻求温暖。比起城市雪白的水泥墙壁，它更爱乡下的老屋，房前最好有一棵苍老的无花果树，树荫下有一口水井，而房子里面，要有宽大的壁炉。这样的房子，它可以在夏天享受火一样的骄阳；而到了冬天，木柴不断地被添加到壁炉里去，炉膛里燃烧着的美丽火焰给长腹蜂带来无尽的欢乐。房顶上的烟囱越是黢黑，越会得到寻找住家的长腹蜂的青睐。一间没有被烟熏黑的房屋，长腹蜂是不会去拜访的，它可不想在冬天被冻僵。

夏天酷热的七八月份，长腹蜂就开始为冬天寻找温暖的家了。找到了，它就悄悄地进来。屋内嘈杂的人声，人们的来来往往，都丝毫不会打扰到它。大家各忙各的，互不相扰。虽在同一个房间，但也宛如两个不同的世界。不管人们在忙什么，长腹蜂只忙着选择适合筑巢的地方。它快乐地、蹦蹦跳跳地巡视着房间。用触角探测被熏黑的天花板的四角、房梁的四周，尤其是壁炉和烟囱。决定好在什么地方筑巢了，长腹蜂就飞走，很快，它就会带着一团湿润的泥巴回来，为投入建设的蜂窝抹上第一块泥。

在人的家里安家，长腹蜂筑巢的地点也不会一成不变。但不管选择哪里，那里首先得是温暖的，温暖的环境才适宜幼虫生长。对于昆虫来讲，筑巢首先是为孩子。长腹蜂最爱的地方是烟囱入口大约半米高的地方，当然，这个温暖的地方并不完美，也有问题——像把家安在火焰山上一样，得饱受烟熏之苦。有烟熏还能接受，火燎是不可以的。如果真被火苗燎到，窝里的幼虫宝宝就会被烤熟。所以，长腹蜂会很小心，享受温暖火热，还要避开火焰。

但还是会有意想不到的事发生：它忙着产卵筑巢时，回家的路却被阻断，而且一堵就是一整天。比如女主人洗衣服的时候，一整天，锅里的开水冒着热烫的蒸汽，锅下面潮湿的木屑、树枝、树皮和树叶难以充分燃烧，因此浓烟滚滚。热气和浓烟，像是一片密不透风的乌云，阻挡着回家的长腹蜂。我们这里有一种生活在水边的乌鸦，也被叫作河乌，有时它把巢建在瀑布后边，因此，它回家时就要穿越瀑布，那真是一道奇异的风景。而回家的长腹蜂也是一样，虽然只是一只小小的昆虫，但它有足够的勇气搏击炽热的烟云。热气和浓烟挡不住它回家的路，它咬紧泥巴，飞进了浓烈的烟云之中。那情景真是有点惊心动魄，可是，轻轻的唧唧声时断时续地从烟云后面传来，那是长腹蜂筑巢时哼唱的快乐小调。而歌声停止时，长腹蜂又会煽动着翅膀，飞出烟云，身姿矫健，体态轻盈，仿佛是来自明净的童话王国的小精灵，也像是在苍茫的大海上搏击闪电和乌云的海燕。只要蜂巢还没有筑成，还没有给未来的孩子们准备好食物，它就会勇敢地在炽热的烟云之间飞进飞出。

当然，不管是对于长腹蜂，还是充满好奇心的昆虫观察者，这样的情况都不多见，我也只是在十七岁那年见过一次，而且是在我家的壁炉里。有时，我真想故意制造一种火焰、烟雾和蒸汽的障碍难为一下长腹蜂，看这个小精灵飞进飞出的雄姿。当时如果我真的这样做了，房东一定会怀疑这个年轻人的脑子是否正常。在很多人眼里，整天看虫子是精神有问题的人才会做的事。

那次以后的四十多年里，我家的壁炉再未接待过长腹蜂。在荒石园，我把冬天收集到的长腹蜂的蜂窝放在合适的地方：厨房、实验室的壁炉、窗口、天花板四角。夏天，那些蜂窝里会孵出长腹蜂，我希望它们喜欢我安排的地方，在那里安家，可是我从未成功过。它们长大后，很快就决绝地离开，再也不回来。

长腹蜂的巢

我没办法让长腹蜂在我的家里安居，只好走出荒石园去观察。幸好，荒石园所在的这个乡村，随处可见长腹蜂。它们喜欢将蜂巢建在墙壁上、房梁上或者天花板上，但我的笔记里也记下了几处好玩儿的筑巢地点，这地点真是让人想笑。

第一处是一只挂在壁炉上的葫芦里。葫芦里放着主人狩猎用的铅弹，因为葫芦口敞开着，一只长腹蜂就钻了进去，在铅弹上筑巢隐居。蜂巢很大，想把它取出来，得把葫芦打破才能办得到。第二处是蒸馏厂的账簿上。蒸馏厂有乡村的安宁，也有锅炉的高温，这两个条件实在是吸引长腹蜂。锅炉的高温和蒸汽，好像是人造热带气候。所以这个厂子里到处都是长腹蜂的蜂巢，把巢筑在废旧的机器上也没什么，但有一只居然把它的巢建在了账簿上。

在访问阿维尼翁一带的农庄时，我仔细观察了主人厨房里宽大的壁炉。农夫们成群结队从田间回来，在厨房里围着餐桌坐下来，安静地吃午餐。干了半天活儿，农夫们胃口都很好，吃得也很快。休息的时候，大家脱掉罩衫、摘下帽子，挂在墙壁的钉子上。结果，草帽和长衫的褶皱被长腹蜂相中。就餐的时间很短，可是，等到农夫们从餐桌旁站起来要去穿衣戴帽时，有人抖罩衫，有人拍帽子，橡栗那么大的蜂巢就会被抖落下来——长腹蜂在人们的罩衫上和帽子里筑了巢。

农夫们离开后，厨娘跟我发牢骚，说那些大胆的"苍蝇"让她头疼，天花板、墙壁和壁炉被抹上"印泥"还可以忍受，但最让她操心的是窗帘和衣服，上面也被弄得满是"污渍"，害得她每天都要不停地去抖动窗帘，用拍子驱赶那些可恶的"苍蝇"，可根本不起什么作用。第二天，那些顽固的飞虫又满是热情地飞来。

不管人们在忙什么，长腹蜂只忙着选择适合筑巢的地方。

我完全理解她的烦恼，可我多希望这些长腹蜂来我家尽情玩耍啊！即使它们将所有的衣物、窗帘、装饰都涂上泥巴，随心所欲地在上面筑巢，我也会听之任之，因为我是多么喜欢那些被厨娘厌恶的"印泥"和"污渍"啊！而且，我也真想看看它们如何在窗帘这样飘来荡去的东西上筑巢。小灌木丛中的石蜂把巢筑在摇晃的树枝上，可是巢很坚固，禁得住风吹雨打。而长腹蜂真是一位拙劣的建筑师，它不会从以往的失败中吸取教训。它有时居然还把巢筑在垂下的桌布上，哪怕只是一阵微风吹过，它脆弱的巢都摇摇欲坠。

长腹蜂筑巢的材料就是从水边衔来的泥巴，我在荒石园就可以悠闲地观看它们采集"水泥"。它们用的水泥也真是"水泥"——就是水边的烂泥，不会有任何加工。当水渠里的水流到菜畦里，夏天的烈日晒蔫了的蔬菜又挺起新鲜的茎秆时，附近的长腹蜂就会蜂拥而至，采集泥巴。能干的主妇干脏活时小心地卷起袖子，以免把自己弄脏；而长腹蜂更出色，虽然在泥潭里工作，但它丝毫不会弄脏自己，依然是干干净净的，因为除了大颚和前足用来采泥外，它的整个身体都会和烂泥保持着距离。我们村中央有个大水池，这一地区的人们都来这里饮牲口。牲口的践踏和水池中溢出的水，把水池四周变成了一大片黑色的烂泥地。行人讨厌这里，可它为长腹蜂所钟爱。如果你从这块臭烘烘的泥塘边经过，一定会看见几只长腹蜂在那里工作。

石蜂筑巢时选择干燥的泥土，然后用唾液把它搅拌成泥巴，有黏性，可以把巢牢固地固定在什么地方。但长腹蜂不懂这些，它只是用现成的泥巴筑巢。我曾从长腹蜂没有建完的巢上偷来一块泥巴，把它和水边的烂泥比较，没有任何区别。这样建起来的巢只是一团晒干了的泥巴，危机四伏，一滴水都可以让它变回烂泥。所以，它也根本无法抵御外面的风霜雨雪，这应该也是长腹蜂选择进入人类居所的原因之一。

长腹蜂的蜂巢坚固性不够，但却也不缺乏艺术的优雅。我曾观察一个未完工的蜂巢，蜂巢从顶端到底部逐渐增大，表面抹了一层泥浆，均匀光滑，还有细细的纹路，让人想起装饰用的花边儿或者流苏。而且，蜂巢的细纹也像树木的年轮，每一道细纹就意味着长腹蜂的一次奔波。一间小小的蜂房上，大概会有十五到二十道细纹，也就是说，建那么小的一间蜂房，长腹蜂就要往返二十次左右。很多个这样精致的小蜂房一个挨一个地排在一条线上，看上去像一只排箫。我曾数过，大一点的蜂巢能有十五间蜂房，也有十间的，三间五间的，甚至还有就一间的。蜂房的数量等于长腹蜂产卵的数量——每一间蜂房里有一枚卵。

蜂房建好了，长腹蜂去捕猎。捕猎场所不远，临近的旧墙，用芦竹围起来的小花园，白菜地四周的山楂树篱笆上，随处可见蜘蛛在织网，或者在网中央等待猎物，它们不知道自己也成了长腹蜂的猎物。长腹蜂是敏捷的猎手，它不讲究动作的花哨，只是猛冲过去、抓住、离开、飞回蜂巢，把猎物拖进蜂房，在第一只猎物上产下一枚卵。然后，再次离开，直到把蜂房塞满猎物。

现在，已经做好了一切，长腹蜂封闭了蜂房上面的出口。出口方向一定是朝上的，但有不少书上居然说蜂房的出口是向下的。坛子竖立摆放才能存放东西，有谁见过把坛子口朝下摆放的呢？道理很简单，但很多简单的事就是这样被想当然地说错，然后传播的人也不假思索，只是以讹传讹。

按说蜂巢的事应该结束了，但是还不行。长腹蜂把蜂房封闭以后，又开始采集烂泥。但这最后一步已全无筑巢时的精心和耐心修饰，只是在蜂巢外面胡乱涂抹。结果，最初的雅致优美被一层乱涂一气的泥巴彻底淹没。蜂房之间的沟纹、流苏一样的花纹，外墙的光滑与光泽，全被一堆烂泥所代替。最后的蜂巢就像是一团偶然溅到墙上后晒干了的泥巴。长腹蜂为什么要用烂泥掩盖它的艺术杰作呢？长腹蜂没说。

本能的差错和生命

比起昆虫，人多了理性，总是追问做事的意义。我也禁不住追问自己。蒙田把转瞬即逝的时光称为"生命的锦缎"，那么，我耗费了那么多"生命的锦缎"去观察一只昆虫，了解长腹蜂在哪里居住、如何筑巢、怎样捕猎，就只是让自己在垂暮之年还保有一点孩子般可爱的稚气吗？写出书来让孩子们了解昆虫那点事儿吗？经历过那么坎坷的岁月，太多严肃的问题淤积在生命里，我如何可能只是悠闲地在昆虫世界里做天真的游戏？

生命是什么？我们会有一天追溯到它的源头吗？将来我们真能在一滴蛋清中窥探出生命的本质吗？人的智能是什么？它与动物智能的不同在哪里？什么是本能？不同物种是不是真的像进化论说的那样，在某种谱系里彼此联系？它们是不是真的只是一枚被沧海桑田的岁月捶打成的纪念章，迟早又会被时间的风雨改造成另一种完全不同的样子？我们，人，又会"进化"成什么？这些问题困扰着所有受过教育的大脑，过去是，现在是，将来也是。

要回答内心这么多的疑问，我们需要高明的理论，也同样需要观察生命的事实和呈现。这也是我在昆虫学上花费那么多"生命的锦缎"的原因。任何一个领域的科学研究，都应该有一个更高的目标：就生命的某个问题发问。迄今为止，我做的一切，就是向昆虫发问——生命和生命的本能到底是什么？

研究昆虫，除了观察，还需要实验。观察已经很是累人，但它只是提出问题，我们还必须实验，实验才能解决问题。我们创造条件，让昆虫说出自然状态下不肯说出的生命之谜。

说得太多太抽象了，让我们回到长腹蜂，看看我们能不能从纷繁复杂的现象中窥见一些真理。即便我们的实验最终也没能解决多少问题，但我希望它至少可以让我们在混乱中发现一些通向真理的蛛丝马迹。

有间蜂房完工了，捕猎者带着第一只蜘蛛回来。它将猎物拖入蜂房，在蜘蛛的肚子上产下一枚卵，随后飞走，继续捕猎去了。趁它不在，我用镊子将蜘蛛从蜂房里取出来。长腹蜂回来，面对被盗后空空如也的蜂房，它会做什么呢？那枚卵可是它筑巢和捕猎的唯一目的啊！

长腹蜂带着第二只蜘蛛回来了，快乐地把猎物拖入巢中，仿佛什么都没有发生过。然后是第三只、第四只……而每次它飞离蜂房时，我都会将蜘蛛拿出来。也就是说，长腹蜂每次回来，它面对的都是一个空荡荡的蜂房，而它一无所知，它不知道自己做的一切都是徒劳。连续两天，它执拗地猎捕着蜘蛛，然后运回来，存入蜂巢。它放一只，我偷一只。我的耐心不曾减退，长腹蜂也一直保持着工作的热情。但运回来第二十只蜘蛛时，它开始封闭蜂房，依然不知道它的蜂房实际上一无所有。

我在石蜂的蜂巢里也做过同样的实验，结果也是一样。石蜂把蜜汁和花粉搅拌成花粉糊，给未来的幼虫做食物。而我，掏空了它的蜂房。石蜂却全无所知，依然按程序产卵——在空空的蜂房里产下卵，然后将蜂房密封好。它不知道蜂房里没有了食物，未来的幼虫会饿死在里面。

在思考第一个实验的结果之前，我又做了第二个实验，结果更加惊人，或者说荒谬。在前面我说过，长腹蜂在结束筑巢时，会用泥巴胡乱涂抹本来精美的蜂巢，而我碰巧看到一只长腹蜂正往刚落成的蜂巢上涂抹着粗糙的烂泥。看着眼前的蜂巢，我伸出了手，把它从白石灰涂过的墙上拿了下来。我隐约感到，我会有新的发现，而且会是非常有价值的发现。我取下蜂巢后，墙上只留下了一片蜂巢的轮廓。

长腹蜂衔着烂泥回来了，就像往空荡荡的蜂房里存放蜘蛛一样，它依然没有丝毫的犹豫，直接飞向蜂巢曾在的地方，把泥巴贴在墙上，略微抹开了一点，粉刷着已经不存在了的蜂巢。蜂巢是泥巴的颜色，而现在只有白墙；蜂巢在墙面凸起，而现在这里光秃秃的一无所有，但长腹蜂完全没有意识到它的蜂房已经不翼而飞了。它依然热情地来回飞着，衔着泥巴回来，在墙上快乐地涂抹着。这样徒劳无功的往返有三十次之多，长腹蜂不辞辛苦地做着本能让它做的事，它以为把泥巴涂抹在了蜂巢上，而蜂巢早已不存在了。热衷于理论体系的理论家们赋予昆虫极高的理性，而我，对这个小生命的理性完全没有信心。或者说，我观察到的事实告诉我，并不是所有的生命都有理性，明白自己在做什么。就像这些小昆虫，无论我们多么热爱它们，我们得知道，大多数时候，它们只是在执行本能。

本能从一开始就是固定下来的，时间不会给它增添什么，也不会减少什么；它过去是什么样子，现在和将来依然会是这个样子。本能不会在时间中改变，因为它是完美的，完美到创造出无数生命的奇迹：泥蜂精准的麻醉术，天牛幼虫为成虫准备好的一切，红蚂蚁能记住只走过一次的复杂道路……这样的奇迹我们可以一直说下去。但问题是，这些小昆虫们意识不到它们拥有这么完美的本能，也就是说，它们的所有行为都是无意识行为。它们的整个生命只是执行本能，而不会理性地思考，也不会对本能做出调整。无论发生什么，世界有怎样的改变，它们只是无意识地、机械地、按部就班地执行着本能规定好的程序。就像一台水磨，一旦轮子被发动起来，就再也无法停止旋转，即使没有稻谷，它也旋转着，坚持着一项没有意义的工作，一直到它报废，再也无法转动的时候。

昆虫是这样的生命，它们没有思考、回忆和追溯历史的能力，缺乏了这些能力，它们一生所做的事情，就是一个阶段接一个阶段地盲目向前推进，不会有重新来过的可能性。无论它们做什么，筑巢也好，捕猎也好，都和它们的生命一样，呈现着明晰的阶段性：第一个阶段完成，就自动进入第二个阶段，然后第三阶段，直到工作完成，生命稀里糊涂地结束。即便某一阶段的工作被毁灭，也无法阻止它们义无反顾地进入下一阶段。

它们有自由飞翔的翅膀，或者用天生的美好歌喉自由歌唱，而究其实质，它们只是被本能束缚着的奴隶，没有任何自由的行动。

长腹蜂、燕子和麻雀以前住哪里

关于虫窝鸟巢的追问和历史想象

关于长腹蜂的文章写完了，但我的思考还没有结束：人类在地球上修筑房屋之前，长腹蜂住在哪里呢？附近的山区到处都是古代加那克人的遗迹，他们打磨燧石做武器，剥下兽皮做衣服，用树枝、野草和泥巴搭起茅屋。那个时代，长腹蜂就已经走进人们家里，和人同居一室了吗？它在原始人类烧制的陶罐里筑巢，也据此教育后代，以后可以寻找挂在农家壁炉上的葫芦作为筑巢地点，会有这样的事吗？它们以后敢把巢筑在下垂的桌布上、窗帘的褶皱里、农人的衣服上，就是因为在原始时代它们曾在鹿角上挂着的狼皮和熊皮上筑巢，会有这样的因果联系吗？加那克人的遗址里，还看得出房屋中央有烟囱的痕迹——由四块石头砌成的锥形烟囱，长腹蜂会选择在这里筑巢吗？就像以后选择温暖的壁炉一样。古老的烟囱也许没有我们现在的烟囱精美，但炉膛里燃烧着同样的火，在冬天温暖着怕冷的昆虫。

如果长腹蜂真的曾经居住在古加那克人的房屋里，那么经过这样悠久的岁月，它们的筑巢之地已经有了怎样的进步啊！只是，它们的筑巢技术没有一点进步。它们跟着人类文明的进步，享受越来越舒适的现代生活。这只怕冷的昆虫看着不同于原始人类茅屋的建筑，恐怕要欢欣地自言自语："这里多温暖啊！我们就住这儿吧！"它们住下了，在人类现代的房子里筑着依旧古老的巢。

人，是最后一个来到这个世界的动物。所以，我才会追问：人类之前，长腹蜂住在哪里呢？这个问题也不仅是在问长腹蜂，而是一切走进我们的房子，并在房子里里外外安家的动物，比如燕子和麻雀。在屋顶出现之前，燕子在哪里筑巢？在有窟窿的墙壁出现之前，麻雀在哪里安家？

古希伯来的第二位国王大卫王默默低语："就这样在屋子里孤独一生吧。"他那个时代已经有了房屋，有了房屋，就会有从大自然赶来的访客，或者直接叫作房客。炎热的夏天，麻雀就躲在房檐阴凉的瓦片下，叽叽喳喳地唱着悲伤或欢乐的谣曲。但是像巴勒斯坦那样的地方，只有骆驼毛织成的帐篷，麻雀又在哪里栖身呢？

在《埃涅阿斯纪》中，维吉尔写到善良的英雄艾万德，他在两只高大的牧羊犬的带领下，来到特洛伊王子埃涅阿斯的身边。大清早，艾万德就被鸟儿的歌唱唤醒：

第一缕和煦的晨光，惊醒了报晓的鸟儿。它们开始尽情歌唱，唤醒了陋室中的艾万德。

曙光初现于清晨的天空时，国王的屋檐下，是什么鸟儿在啁啾欢歌呢？我只看到了燕子和麻雀。它们曾是农神时代的闹钟，现在，依然每天把我从沉睡中唤醒。农神时代，国王的宫殿也不会有多么奢华，顶多是比其他茅屋宽敞一点的茅屋而已，也许是用树干搭起来的，也许是用芦竹和黏土搅拌成的水泥砌成的，艾万德就住在这样的"陋室"。"给埃涅阿斯的树叶床铺一张利比亚熊皮"，更是让后人知道，古时王宫的家具之简陋。但无论人的居所多么原始，燕子和麻雀就在那里，至少诗人这样告诉我们。

麻雀和燕子，还有长腹蜂，以及其他动物，筑巢时都不可能完全依赖人类的建筑。每一种鸟，每一种昆虫，都会有自己独特的筑巢技术，这是本能早就安排好的事。有好的条件，它们就享受好的条件，比如选择人类的居所筑巢；没有好的条件，就用最古老的方法，虽然古法一定比在人类居所筑巢要困难得多。

性格外向的麻雀首先告诉我们，在没有墙壁和屋顶的时代，它们会在哪里安家。即便附近到处都是老墙和屋顶，麻雀也会更喜欢树洞。因为树洞高高在上，会更安全，可以更好地避开冒犯者，狭窄的洞口还可以让它躲避风雨侵袭。而如果洞里很宽敞，那简直就是鸟的天堂。爬到树上掏过鸟窝的孩子，都熟悉这些。由此，我们知道，在利用艾万德的陋室和大卫王岩石上的城堡之前，树洞已是麻雀喜欢的洞天福地。

麻雀燕子筑巢的古与今

两棵枝繁叶茂的法国梧桐几乎遮蔽了我的房子，树枝都伸展到屋顶上去了。整个夏季，麻雀都迷恋着这里。小麻雀的数量太多了，几乎要把我的樱桃树枝压断了。而法桐稠密的青枝绿叶则成了麻雀歇脚的最佳驿站。小麻雀在出去觅食前，要在这里叽叽喳喳闹一会儿；在田间把肚子吃圆的麻雀回来时，要来这里消消食；大麻雀要在这里而法桐稠密的青枝绿叶则成了麻雀歇脚的最佳驿站。

教育淘气的孩子，鼓励胆小的孩子；麻雀情侣们来这里恩爱，或者斗嘴；还有的麻雀在这里聚群，聊着白天的见闻……从早晨到黄昏，它们都在法桐树上，蹦蹦跳跳，吵吵闹闹。可是，十二年间，我只见过一次，麻雀在法桐树上筑巢。第二年它们就搬走了，搬到某户人家的屋檐下去了吧。

法桐树上没有足够大的树洞，麻雀把巢安在了枝杈间。它们用从附近捡来的碎布头、碎纸片、棉絮、羊毛、麦秸、干草等等乱七八糟的东西，以三四根小树枝为依托，做了一个大大的空心球状的鸟巢，侧面有一个窄窄的门。这是它们最原始的筑巢方式吧，现在已难得一见了。因为，麻雀们发现，在人们的屋顶墙角安家，既稳定又省力，谁还会费心费力地在树上搭窝呢。

经常来拜访我的燕子有两种，按照它们不同的习性，我把它们分别叫作墙燕和家燕。墙燕和家燕筑巢的地点不一样，鸟巢的形状也不一样。墙燕不像家燕那样完全信任人类，它对人始终有点敬而远之的态度，所以，它也不会登堂入室，把家安在房内。墙燕的巢和麻雀在树上筑的巢有些相似，也是圆球形的，侧面留着出口；但也几乎和长腹蜂的巢一样，有点弱不禁风，所以，它必须选择一个能遮风挡雨的地方安家。这样，遮阳又避雨的屋檐下就成了墙燕理想的居所。每年春天，墙燕都会来我的屋檐下，我认为它们喜欢我，或者我的房子。

我家附近是吉贡达山脉，有一处悬崖近乎笔直，像是神话中巨人泰坦的城墙，城墙下面有一块岩石构成的巨大平台。有一天我来平台这里采集植物，突然，一大群在此繁衍生息的鸟儿吸引了我。它们安静地飞着，露出白色的肚皮，还有筑在悬崖峭壁上的球形鸟窝，让我一下子就能认出它们：墙燕。书本里没有写过，但大自然的悬崖上写着：在走近人类的屋檐之前，墙燕把巢筑在陡峭的悬崖上。尤其是悬崖的某处伸出一块岩石，可以替它们遮风挡雨。

家燕和长腹蜂一样，早已习惯了和人同屋而居。但长腹蜂毕竟是只很小的昆虫，占的地方小到不为人注意；家燕可是不小的鸟啊，但它真是把人的家当成了自己的家，真的把自己当作了家庭的一员，因此，它们一点都不客气。它们在农家的厨房里筑巢，在熏得乌漆麻黑的房梁上安家。甚至客厅、储藏间、卧室，反正一切有门有窗，能够自由出入的房间，它都敢筑巢，好像还在对人说："我很信任你哦，我们是一家人嘛！"说也奇怪，家燕和人真是有一种特殊的亲密关系。家燕在厨房餐厅筑巢，生儿育女，人们在燕窝下摆桌吃饭。有时小燕子吧唧一声把便便丢到人的餐桌上，可不会有人把燕窝给毁掉，把它们轰走。而且，大人还要教育孩子，要好好和燕子相处，不要淘气掏燕子窝。很多地方都有燕子报恩的传说，说燕子给救它的人衔来一颗葫芦种子，结出的葫芦里满是金子。这样美好的传说只是传说，世间终究没有这样的燕子，也没有那样的葫芦，但世世代代，燕子依然亲密地在人家筑巢，人们听之任之，依然信仰筑巢的燕子能给家人带来好运。

每年春天，我都担心家燕会大摇大摆地来我家，在各处随意筑巢。我总是提前给它们预备好可以筑巢的房间，可它们老是不知足，还要抢占我的实验室。它们衔着泥随意地飞到我的房间，如果桌上碰巧放着一本很贵重的书，或者我静心画好的蘑菇素描，它们从这飞过时，常会遗落下一块泥巴，或者一坨鸟粪。所以，它们的到来真让我有点提心吊胆，得小心翼翼地提防着这群大胆的鸟儿。

有一年春天，我好心地同意了家燕在实验室的一个墙角筑巢，为了成全它们，我还搬走了燕子窝下面的一个大理石托架。平时，那里总是放着一些我要随时查阅的图书。可爱的小燕子出生之前，还算平安无事。可是，当雏燕破壳而出，我宁静的乡居生活、书斋生活全部结束，好像一切都乱了套。六只新生的小东西，一刻不停地拉屎，我的屋内简直可以说是落粪如雨。我只好不停地去打扫，可是我读书写字时，全无书香，只感觉自己像是在臭气熏天的粪堆里。而且，晚上，这间房子通常都要关上窗户，结果，每天天还没亮，燕子爸爸燕子妈妈早早地就来窗前等着。我如果不去开窗，它们就焦灼得叫个不停。我没办法，只好睡眼惺忪地开窗，让人家一家团聚。可团聚了，它们又会欢快地说个没完没了。我真是不堪其扰啊！

可这些在人类的居所安心安家的家燕，远古时候的它们住在哪里呢？它们不说，也没有一本书告诉我，我自己也从不曾看见家燕在自然环境里的巢穴。所以，我能做的只有合理地推想。我们的居所对于家燕意味着什么呢？替它们的泥巢遮风挡雨，给怕冷的鸟儿以温暖。那么，人在地球上建造房屋之前，能满足这些条件的地方只能是山间洞穴吧，那里可以做它们天然的庇护所，而原始人也是在那里栖身的。那么，燕子和人的亲密关系可以追溯到穴居时代了。

寻找长腹蜂的原始巢穴

每一种在人类居所筑巢的动物，我相信，最初没有人类可以依赖的时候，一定有它们自己原始的筑巢技术和筑巢之地。即便今天，它们也会在某种情况下，恢复原始记忆，建造古老的巢。前面说起的麻雀和墙燕，都曾证明古老记忆的存在。长腹蜂呢？我和它交往三十多年了，但和家燕一样，它也一直缄口不谈它的原始居所。我深入岩洞和朝向阳光的岩石下面，寻找家燕和长腹蜂的居所，始终一无所获。但苍天不负有心人，幸运之神最终还是降临到我头上，虽然晚了一些。

赛里昂地区古老的采石场上，堆积着几个世纪的废弃材料，到处是一堆堆碎小的石子。碎石堆成了田鼠的乐园，它们从附近的树林里搜集来杏仁、橄榄核和橡栗，在碎石堆下面的干草垫上享受着这些美味坚果。有时，它们也会换换口味，吃点蜗牛的鲜肉。因此，碎石堆下面会散乱着很多蜗牛壳。壁蜂、黄斑蜂和螺蠃这些膜翅目昆虫会飞来，选择合适的蜗牛空壳筑巢。为了寻找有昆虫筑巢的蜗牛壳，每年我都会来这里，把那些碎石堆翻个底朝天。

也真是无心插柳柳成荫，就是这样翻碎石堆的时候，我曾三次偶遇长腹蜂的蜂巢。这些乱石堆里的蜂巢，结构和长腹蜂在壁炉里筑起来的蜂巢完全一样。现在，我们可以说，在搬进人类的居所之前，长腹蜂就是在这样的地方安家落户的。但这样恶劣的环境，也没能让这位热爱温暖的昆虫提高一点造房的技术：建筑材料依然是简单的泥巴。长腹蜂按本能筑成的这些原始蜂巢，稍微想一下就会知道，在自然环境下会有怎样的遭遇：我见到的那几个蜂巢都惨不忍睹，湿淋淋的，几乎成了一小堆烂泥。我兴奋地发现这些蜂巢时，正是寒冷的冬天，蜂房的出口还封闭着，里面还有琥珀色的茧，但已然像破棉絮了。这应该是当年的新巢，但茧里已没有幼虫。

这些蜂巢破败如此，原因很简单，水渗入了石子堆。如果再下点雪，情况会更糟。蜂巢被水破坏，包裹幼虫的茧裸露在外，如果有一只田鼠正好来到这里，那么，幼虫就成了田鼠的美餐。

面对蜂巢的废墟，我在想，长腹蜂原始的筑巢之地真可以说是危机四伏，随时都会有天灾人祸：雨雪会侵蚀蜂巢，田鼠等动物会来掠食幼虫。也正是这样的原因，长腹蜂发现了人的居所后，就举家搬迁了吧。

至少，在我们这里，长腹蜂根本不适宜野外生存。它原始的筑巢技术，只适合干旱少雨的环境。我非常愿意想象长腹蜂来自炎热的非洲，它们应该是普罗旺斯的非洲移民。听说，在遥远的非洲，长腹蜂的巢真的就是建在朝阳的石头下面。它们来到法国多久了呢？只能像讲古老的民间故事一样，说很久很久以前吧。很久很久以前，它们翻山越岭，飞越西班牙和意大利来到法国，一排排翠绿的橄榄树是它们迁徙的界碑和见证。但它们为什么要迁徙到这个陌生的国度呢？这个国度的自然环境根本不适合它们的巢，不适合它们在这里繁衍生息。如果长腹蜂在这里没有找到温暖火热的壁炉，我还能有机会和它相识吗？

切叶蜂和它们喜欢的叶子

从鸟和植物说起

每一种鸟都有它喜欢的植物。

植物不仅给鸟们奉献出甜美的果实，也给它们提供筑巢必需的材料。比如漂亮的燕雀，它们筑巢时要做的第一步就是采集干燥的苔藓、细细的麦秸和植物的根须，先把这些植物放在一个结实的模子里；然后再铺上一层羽毛、羊毛或别的什么绒毛做垫子；最后呢，在鸟巢的外面敷上一层苔藓植物的地衣。这是燕雀标准的鸟巢，只要原材料供应充足，它对这些植物的偏爱就不会改变，筑巢的植物列表也会一直是这样，不会随意替换。但如果身边没有这些植物，它会放弃筑巢吗？当然不会，它们会轻松地解决这个小小的困难。

燕雀是精通植物建筑材料的行家。鸟和昆虫一样，也不会去很远的地方采集植物、觅食或者捕猎。如果筑巢的时候，附近地区很难找到某种植物材料，它们就会寻找其他在外形、颜色和软硬度方面都近似的植物来替代。假如找不到地衣，这位讲究实际的苔藓专家，会改用另外的苔藓植物，以给孩子们安一个简陋的家。动物们都有不会改变的本能，这是它们生命中机械的一面，本能规定怎样，它们就会一丝不苟地严格执行；但任何动物也有灵活的一面，在不改变本能基本规定的前提下，做局部细节的调整，以应对生活环境的变化。长腹蜂用烂泥筑巢是本能，无论如何它都不会变成石蜂，学会石蜂高超的筑巢技巧，但它可以改变筑巢地点，走进人的家里寻求庇护和温暖，把依然脆弱的巢筑在壁炉的烟囱里。圆网蛛是长腹蜂的最爱，但如果找不到圆网蛛，长腹蜂也会退而求其次，猎捕其他类似的蜘蛛。当然必须是蜘蛛，不可能是蝗虫，蜘蛛以外的猎物可不在本能允许的范围。动物的灵活性不会突破本能，它只是在本能限定的范围之内闪烁出一点智力的光。

现在，我们再说一种怪异的鸟吧。

欧洲剥皮伯劳是我们地区常见的一种鸟，剥皮的名字听起来就有点残酷。这种鸟也真有一种莫名其妙的残酷本能，它也以此而著名，被人称为屠夫鸟：它会在灌木丛中制造绞架，把刚长出羽毛的小鸟、小蜥蜴、蚱蜢、金龟子、田鼠等小东西吊在荆棘尖利的刺上。远远望去，悬挂在那里的一个个小尸体就像一块块等待风干的肉，而且远远地就能闻到腐臭的味道。我们这里的人不知道伯劳为什么会有这种怪癖，只是感到一种莫名的神秘和恐怖。

除了绞杀猎物之外，伯劳对植物天真无邪的痴迷也广为人知。尽管它的鸟巢规模宏伟，但整个鸟巢只用一种植物做建筑材料。这种植物浅灰色，毛茸茸的，是庄稼地里常见的杂草，植物学家称之为絮菊，普罗旺斯地区俗称为伯劳的草。老百姓不懂植物学家的学问，但注意到了一种草和一种鸟的联系，于是这棵幸运的草就有了一个生动有故事的名字。故事里的伯劳深深地迷恋着絮菊，情感是那么专一。

任凭弱水三千，只取一瓢饮，伯劳只用伯劳的草来筑巢。人们都这样说，但真的是这样吗？当然不是，伯劳也有它的灵活性。絮菊，在广阔的平原上生机勃勃，随处都可以生长，但在干燥的丘陵地带，则是罕见难觅的。生活在丘陵的伯劳，也不会飞到远方，跋山涉水寻觅伯劳的草，它会在栖身的大树或者灌木丛附近寻找相似的替代品。干燥的土地上生长着一种草，叶子细小有绒毛，花朵一小簇一小簇的，形状像是小泥球儿，长得很像絮菊。但这种草的叶子有点短，不太容易编织。还有一种野生不凋花，也有长长的绒毛，长长的细枝。在找不到伯劳的草的时候，伯劳就这样在所有长着绒毛和细枝的菊科植物中寻找长得相似的替代品，然后因陋就简，把它们横七竖八地铺开，建它的巢。

有时，伯劳甚至会采摘一点菊科以外的植物。我曾详细地分析伯劳鸟巢里的植物，如果列个植物一览表倒是蛮有意思的事。大致来说，伯劳筑巢的植物可分为两类：有绒毛的植物和光滑无毛的植物。绒毛植物有开喇叭花的旋花属植物、芦苇属植物茎梢的花穗等；无毛植物有天蓝苜蓿、三叶草、草原香豌豆、荠菜、蚕豆、小孢子菌、早熟禾等等。我倒是希望伯劳多喜欢几种不同的植物，不同的植物有不同的颜色和不同的味道，睡在不同的颜色和味道里多好。

伯劳的植物鸟巢还有一件有意思的事也曾触动我：大多植物的茎梢上都有含苞欲放的花蕾。从花店买插花的人一般会买这样的花苞，带回家让它慢慢开放。若说伯劳等着鸟巢上开出不同的花来，那是想象，但也真是挺美好的想象。还有，伯劳不会采集饱经风霜的枯枝败叶，而是喜欢还带着新鲜绿色的植物细枝。我曾亲眼看见一只伯劳欢快地用喙啄一棵旋花的细茎，啄断后就摊在地上。这样，植物的细茎或细枝被太阳迅速晒干，有点褪色，但还是绿色，而不是枯黄。

切叶蜂的叶子蜂房和本能的奇迹

昆虫中喜欢用植物做巢的是切叶蜂。

喜欢在花草之间流连的人，也许某一天会在不经意间发现，丁香树和玫瑰花的叶子上有许多奇怪的小洞，有圆形的，也有椭圆形的，仿佛有谁用灵巧的手剪出的美丽图案。这些图案的作者就是切叶蜂，一种淡灰色的小蜜蜂，它用大颚做剪刀，旋转身体做圆规，裁下一小块叶片，也在叶子上留下了自己的作品。当然，切叶蜂裁剪植物叶子不是在进行艺术创作，它要用裁下的叶片做蜂房。切叶蜂用那些小叶片做出的蜂房是一个正方体的小盒子，它会把这些小盒子一个挨一个地连在一起，一排排的叶子蜂房里装满花蜜，在花蜜里产下卵。卵孵化出的幼虫就在这个装满蜂蜜的叶子蜂房里长大、织茧、羽化、飞去。

切叶蜂像个裁剪叶子的大师，会裁剪叶子做漂亮的蜂房，但它不会建造蜂巢的艺术，所以，只好在别的昆虫家里寄宿，同时也把这些有卵的蜂房寄养在那里。寄宿可不是随便的寄人篱下，而是有自己的品位和选择。切叶蜂喜欢蚯蚓在地下挖出的隧道、天牛幼虫在树干里钻出的坑道、石蜂的蜂巢、壁蜂留在蜗牛壳里的旧巢，或者偶然遇见的一段芦竹、墙上的一条裂缝……

白腰带切叶蜂通常选择蚯蚓在斜坡上钻出的隧道做自己的居所，蚯蚓整天在地下钻来钻去，隧道当然会很长。切叶蜂用不了那么多，一般只用上面的一段隧道。但不用的那部分隧道会有太多隐患：羽化的成虫很难从这么复杂的隧道里离开，去蓝天下飞翔；不用的隧道也可能成为袭击者偷袭蜂房的通道。所以，切叶蜂选择在此栖息后，所做的第一件事就是阻塞通道。阻塞用的材料当然还是切叶大师最热爱当然，切叶蜂裁剪植物叶子不是在进行艺术创作，它要用裁下的叶片做蜂房。

的叶子，只不过不像造蜂房那样精挑细选，精心裁剪，而是随便选一些又厚又硬、毛茸茸的叶子，然后草草堆在那里而已。阻塞通道的屏障中，我能辨认出的叶子有布满绒毛的葡萄叶、开红花的岩蔷薇叶、长满长毛的圣栎叶、光滑坚硬的山楂树叶、大芦竹的叶子。而造蜂房的叶子一般光滑细腻，比如它最常用的玫瑰花叶和槐树叶。

切叶蜂对树叶的爱有点死而后已的味道。我曾发现过几条塞满了叶子的隧道，而隧道里根本就没有蜂房。这些荒唐的防御工事毫无用处，切叶蜂为什么要做这样的事呢？而且，我从坑道中取出那些叶片，居然有一二百片之多，一般情况下，切叶蜂用二十几片叶子就够建设屏障了，为什么会这么用力地做这件事？是它阻塞通道之后，本来应该造蜂房了，可是在去裁剪叶子的途中出了意外吗？被大风吹走了？在某种灾祸中丧生了？如果有人这样想，我会说肯定不是。三叉壁蜂在生命即将终结的时候，这位勤劳了一辈子的小昆虫依然闲不下来，虽然它已完成了一生该做的事。于是，它开始砌墙，把一条通道分成许多全无用处的蜂房。它就是用这样毫无意义的劳动耗尽最后的生命。切叶蜂采集大量树叶，建造无用的屏障，应该也是这样的。防患于未然已不是工作的目的，唯一的目的就是用它爱了一辈子的叶子填充生命的最后阶段。

不说这些了吧，让我们回到年轻力壮的切叶蜂选择的隧道。无用的通道被厚厚的树叶阻塞后，切叶蜂开始建造一排排蜂房。精心裁剪的椭圆形叶子做方盒子一样的蜂房，圆形叶子做最后的盖子，密封蜂房。一间蜂房需要十片左右的椭圆形叶子，这些叶子大小不一，大的做外墙，小的做内壁。这位高明的叶子裁剪大师知道，大叶子可以迅速让蜂房成形，但会留下缝隙，于是用小叶子来作为补充。这样，才能建成滴水不漏的房子，装满蜂蜜。

蜂房出口一定会用几片圆叶盖住，这些叶片的大小基本相同。切叶蜂蜂房的盖子真是让人叹为观止，感叹本能创造的奇迹：叶片的直径和出口几乎分毫不差！叶片的边缘正好搭在出口的边上，不大不小正合适。在没有模型的情况下，切叶蜂是怎样切出这么精确的圆叶的呢？

一个冬天的夜晚，壁炉里的炉火温暖地燃烧着，真是适合围炉夜话，于是我跟家人谈起切叶蜂高超的裁剪技艺。然后，我说："厨房有一只常用的坛子没有了盖子，这是猫干的坏事，它跳来跳去，把盖子摔碎了。明天奥朗日的集日，你们谁去赶集的话，临走看看坛子，记住坛口大小，但不要测量，就靠记忆，你们谁能从城里买回一只不大不小正合适的盖子吗？"大家七嘴八舌，都说不让测量，没办法买回合适的盖子，至少也得带一段与坛口直径一样长的麦秸。否则，就只能靠运气了。

对我们来讲，在离家很远的地方，一刀切出一片和坛子口大小完全吻合的小圆叶肯定比登天还难，但对切叶蜂来说，这只不过是信手拈来的事儿，像玩儿一样。我们需要尺子麦秸之类的东西来测量，记住尺寸，但切叶蜂什么都不需要。而且，切叶蜂是在黑暗的隧道里工作，它根本没见过蜂房的样子，更不用说出口的大小了，但它带回来的圆叶就是量身定做的最配套的盖子。我们怎样的猜想都无法完美解释本能创造的这个奇迹，和切叶蜂裁剪出的那片完美的叶子。

蜂房用圆叶封好后，切叶蜂又飞走，采回叶子，封好隧道的出口。

切叶蜂和它们喜欢的叶子

用植物筑巢的鸟儿，不管是燕雀，还是伯劳，都不会一成不变地只用一种植物；昆虫中的切叶蜂对植物更是泛爱，而不是只对某一种叶子情有独钟。观察昆虫采集不同的植物叶子是为了科学研究，了解昆虫的习性，但看着一种蜜蜂不是在花丛间采花蜜，而是在树丛草丛中裁剪绿叶，也真是让人感觉到一种新鲜的诗意。那时候，会觉得科学和艺术之间没有那么遥远的距离，而是非常亲近。

建造蜂房的时候，每一种切叶蜂都会有自己的偏爱，不同切叶蜂的偏好也不尽相同，但相同的是，除了偏好，它们也都能接受其他的叶子：柔丝切叶蜂最爱铜钱树、山楂树和葡萄藤，但也会使用野玫瑰树、荆棘、圣栎、鼠尾草和岩蔷薇的叶子；兔脚切叶蜂最喜欢剪裁丁香和玫瑰的树叶，偶尔也采点刺槐、樱桃和榅桲树的叶子；银色切叶蜂和兔脚切叶蜂一样喜欢丁香和玫瑰，但也采摘石榴树、荆棘、葡萄和山茱萸的叶子；白腰带切叶蜂钟爱刺槐柔软细腻的小叶子，同时也会使用葡萄、玫瑰、山楂、芦竹和岩蔷薇的叶子。切叶蜂都是植物学大师和树叶专家，不用说观察它的人一路跟着欣赏树叶的美，就是写下或者听见这么多树或者草的名字，都让人感受到葱茏的绿意。

比起植物的种类，切叶蜂会更在意距离。它们不会远行，而是就在离家很近的植物上寻找合适的叶子。可以这样说，只要发现切叶蜂在建造新的蜂房，我就能很快在附近找到被它们裁剪过叶子的树或者灌木。只要树叶质地柔软、细腻、有韧性，到底是什么品种的树，它们好像也不太在乎。圣栎树成熟的叶子太坚硬，切叶蜂不会在它上面裁剪，但嫩叶还是可以凑合着用一下的，柔丝切叶蜂有时就会裁剪一些带回去。我曾看见兔脚切叶蜂在丁香树上热情地工作，丁香树丛中也混杂着各种不同的灌木，比如柴胡、金银花、假叶树和黄杨等等，可切叶蜂为什么不采摘柴胡和金银花的叶子呢？黄杨的小叶子不用加工就是一片很小的椭圆叶片，只要切断叶柄就可以，可切叶蜂没有光顾过黄杨，为什么呢？是因为叶子有点硬吗？如果这里没有丁香树，切叶蜂会对这些它现在不屑一顾的植物另眼相看吗？

除了在意距离和叶子质地，切叶蜂流连的都是本地常见的植物，这应该也是它选择树叶的一个重要标准。切叶蜂喜欢葡萄树叶，除了这种叶子丝绒一样的质地，也因为葡萄被广泛栽植，容易找到吧。还有切叶蜂喜欢的山楂树和野玫瑰，在普罗旺斯地区也是随处可见的植物。

现在，遗传学很流行。有遗传学家讲，某种个体习性代代相传，最后会固定下来。如果真是这样，我家乡的切叶蜂世世代代在这里生活，它们会成为本地植物的专家，也可以说，对本地植物的熟悉和喜好会成为固定下来的习性，那么，相应地，当它们初次遇见陌生的外来植物，就一定会拒绝，尤其是它们身边有世代沿用，已经很熟悉的植物的时候。真是这样吗？科学的结论不能只依靠逻辑推理，还需要拿证据来。我要用实验去检验这样的理论，以及由理论推导出的认识。

在我的荒石园，兔脚切叶蜂和银色切叶蜂很常见，我可以问问它们对上面这个问题的认识。我知道，这两位裁剪树叶的大师常去的是玫瑰树丛和丁香树丛。我在这两个树丛中栽了两棵"外国树"：一棵原产日本的女贞树，一棵来自北美的假龙头花。这两棵树的叶子质地柔软，切叶蜂会因为不认识它们而置之不理吗？结果是，切叶蜂对它们没有丝毫的陌生感，就像它们已认识很久了一样。它从丁香树飞到女贞树，从玫瑰花飞到假龙头花，认真地在这两棵本来陌生的树上裁剪着它们根本不认识的树叶。

有一只银色切叶蜂自愿在我的芦竹蜂箱内安了家，我想再问问它对于上面问题的认识。于是，我把蜂箱搬到了荒石园的迷迭香花丛中。迷迭香的叶子太薄，不适合它筑巢，但我在蜂箱旁边放了几棵外国植物的盆栽：墨西哥罗皮菜和印度长辣椒。如果近旁就有合适的叶子，切叶蜂是不会舍近求远的。陌生的罗皮菜一下子就赢得了切叶蜂的好感，它的新蜂房基本都是用罗皮菜的叶子建造起来的。辣椒叶子也没有完全被拒绝，但用得不多。

愚笨切叶蜂是不请自来，自愿参与实验的。二十多年以前，整个炎热的7月，它都不断飞到我的窗前。这个被称为"愚笨"的家伙和别的切叶蜂不一样：它不切叶，切花。它这种美丽的怪癖毁了我鲜花盛开的窗台。那年，窗台上开花的是天竺葵。不管是红色花朵，还是白色花朵，所有的花瓣都被这位裁剪大师喜爱，于是花瓣残缺，留下圆形或椭圆形的缺口。当时，我真想问问它，这样的天竺葵，算是你的艺术创作吗？我应该不再欣赏花朵，改为欣赏你的残缺艺术吗？二十多年后的现在，窗台上没有天竺葵，这位老朋友突然光顾，它用什么筑巢呢？我正疑惑的时候，它已经开始裁剪我从开普敦买来的异国鲜花。它那熟练的裁剪技术，真让人觉得这个种族似乎世世代代就钟爱着这种花朵。

在草丛和树木间飞翔、工作的切叶蜂真是有点"一叶障目不见树不见草"，不管是本地草，还是外国树，它只看见叶子，只问叶子是否适合筑巢，别的一切都不在乎。书上说，"如果让昆虫的筑巢艺术发生一点变化，无论变化多么微小，它都会愈演愈烈，最终导致一个新物种的产生。"真的是这样吗？切叶蜂完全可以用祖先从没用过的叶子建造蜂房，可是切叶蜂还是切叶蜂；筑巢材料如此变化无常，可切叶蜂还是切叶蜂——过去是，现在是，将来也还会是。

蝉和蚂蚁的寓言故事

故事就是故事

名声大多是靠传说传开来的，人的名声是这样，昆虫的名声也是这样。但应该知道，故事终究只是故事，往往和事实相差很远。

比如说蝉，会有谁不知道它的名声呢？法国的小孩子，很早就会背诵一首朗朗上口的小诗。小诗是一个寓言，道理很简单，讽刺蝉只知道唱歌，却不为未来做准备，注定受到惩罚。严冬到来，蝉跑到邻居蚂蚁家乞讨，结果只讨到一个冷酷无情的回答——

你过去不是唱歌的吗？我很高兴
现在，你去跳舞吧。

就是这两句流传很广的小诗，让蝉的名声传遍四海，因为它留在了孩子们心里。蝉这么出名，首先应该归功于儿童。什么东西一旦成为儿童的记忆，往往就坚不可摧了。从此，蝉在蚂蚁面前那副可怜兮今的样子深入人心，似乎再也没有什么能改变蝉在人们心目中的那种形象了。虽然，那首小诗就像"小红帽"一样，只是一个讲给孩子们的故事，但结果是，孩子们记住了那首小诗，也记住了故事里的奇谈怪论。冬天不会有蝉，可故事里说蝉在寒冷的冬天挨饿；蝉会乞求蚂蚁施舍给它几颗麦粒，事实上，麦粒根本不适合蝉娇弱的吸管；尽管蝉从不吃苍蝇和蚂蚁，可有故事说，蝉会乞讨这些作为食物。

犯这个荒唐错误的是大名鼎鼎的拉·封丹，虽然他的大多数寓言可以说是观察入微，令人着迷，但在蝉这件事上，他实在是考虑不周，错得离谱。他寓言里的其他主角，如狐狸、狼、猫、山羊、乌鸦、老鼠、黄鼠狼，还有很多别的动物，他都非常了解，写起来也准确细腻，非常有趣。那些都是他熟悉的动物，是他的邻居，他熟悉它们的集体生活，也熟悉它们的私生活。蝉是拉·封丹寓言世界里的外乡人，因为他从来没听过蝉的歌唱，也没见过它的身影。我甚至想说，拉·封丹要写的那个可怜的歌手不是蝉，应该是蝈蝈儿。

格兰维尔给拉·封丹寓言绘制的插图，线条狡黠刁钻，和那些故事真是相得益彰。但在蝉和蚂蚁的故事上，他犯了同样的错误。图画里，蚂蚁穿得像个勤劳的主妇，站在门槛里，身旁有大袋大袋的麦子。而门槛外乞讨的蝉伸着脚，哦！对不起，按故事和插图作者的理解，应该是伸着手，乞讨的手。而蚂蚁不屑地扭过头去，头戴十八世纪宽边女帽，腋下夹着吉他，裙摆被呼啸的北风吹得贴在腿肚子上。这就是他们想象出的蝉的样子，但据我看，这完全是蝈蝈儿的形象。和拉·封丹一样，格兰维尔也没见过蝉长什么样子，但正好出色地再现了那个流传很广的普遍错误。

说句公道话，拉·封丹这个浅薄荒唐的故事并非他自己独创，而是别有出处。蝉在蚂蚁家遭受白眼冷遇的故事，和这个故事的半个主题——利己主义一样，也真是历史悠久。早在古代的雅典，背着草筐子去上学的孩子们，草筐里装满无花果和橄榄，嘴里嘟囔着背诵课文："冬天，蚂蚁们把受潮的粮食搬到太阳下晒干。一只饥饿的蝉来乞讨，它请求给几粒粮食。吝啬的收藏家回答：'夏天你唱歌，冬天你就跳舞吧。'"情节枯燥了些，可正是拉·封丹寓言的来处——伊索寓言。

伊索是希腊人，希腊也是蝉的故乡，他应该非常熟悉这种昆虫才对。即使我们村里没什么见识的农民，也知道冬天绝不会有蝉。寒冬将至，需要给橄榄树培土。翻弄土地的人，会认识挖出来的蝉的若虫。也会知道，到了夏天，这些若虫从它们自己挖的圆井洞里钻出来，爬到树上，背部裂开，把比羊皮纸还干硬的外壳蜕去，草绿色的蝉钻出来，样子美丽而脆弱，但不久就会变成有黑色身体和透明翅膀的蝉。树上的蝉是一夏天的歌唱。

伊索比拉·封丹还不可原谅，因为他身边就有蝉，却只讲书本里看来的蝉，而不去认真了解就在他身边吵闹着的、活生生的蝉。不关心周围生动的世界，只是以讹传讹，这样的人顶多不过是毫无生机的陈年旧事的应声虫。

事实就是事实

我将用我观察到的事实为蝉——这个被寓言诋毁的歌唱家——平反。

当然，我也承认，蝉是个令人讨厌的邻居。我家房前有两棵高大蓊郁的法国梧桐，每年夏天，数不胜数的蝉来树上安家。据说，雅典人用笼子养蝉，好随时欣赏它们的歌唱。确实，饭后打盹时，听一只蝉唱唱歌，也许会是件惬意的事。可我房前的树上，是千百只蝉啊！它们从早到晚唱个不停，敲打着我的耳膜，如同酷刑。震耳欲聋的奏鸣曲中，我根本无法安静地思考写作。当然，蝉也振振有词地说："你法布尔来荒石园之前，两棵大树就是我们的家，是我们先占领这里的，鸣叫是我们的权利。"这样说来，我倒成了多事又无理的入侵者。好吧好吧，你们说得有理。不过，为了让我能替你们写出真实的故事，还是调低一点责备我的音量吧！

事实会驳斥寓言家不负责任的肆意杜撰，因为蝉和蚂蚁的关系跟寓言故事所讲的正好相反：任何时候，蝉都不会跑到蚂蚁门口去乞讨。恰恰相反，是蚂蚁饥肠辘辘地来求歌唱家，而且，还厚颜无耻地把蝉抢劫一空。这个事实，至今也没有多少人知道。

7月的下午，暑热几乎令人窒息。一般的昆虫都干渴乏力，徒劳地在干枯的花朵上游荡，找水解渴。但水荒和蝉没有关系，它一笑置之，把小钻头一样的喙钻进汁液饱满的树皮，再把吸管插进钻孔。蝉就是这样，在酷暑的日子，一边尽情歌唱，一边畅饮着树皮下面源源不断的甘泉。

我观察着，知道会有意想不到的灾难发生。一大群口干舌燥的家伙在东游西荡东张西望，它们发现了蝉开凿的水井，是井边渗出的水暴露了蝉的秘密。那群饥渴难耐的家伙蜂拥而上，开始的时候还小心翼翼，只是舔着井边渗出来的泉水。我辨认出，来抢水的家伙有胡蜂、苍蝇、球螋、泥蜂、蛛蜂、花金龟，但最多的是蚂蚁。

为了靠近泉水，蚂蚁钻到蝉的肚子下面。蝉宽厚地抬起脚，让不速之客自由通过。那些大一点的昆虫，不耐烦地跺着脚，赶紧猛喝一大口，然后走开，到旁边的树枝上溜达一圈，然后又返回来。这次，它们不像刚才那样收敛，而是越发贪婪起来，变成一群乱哄哄的侵略

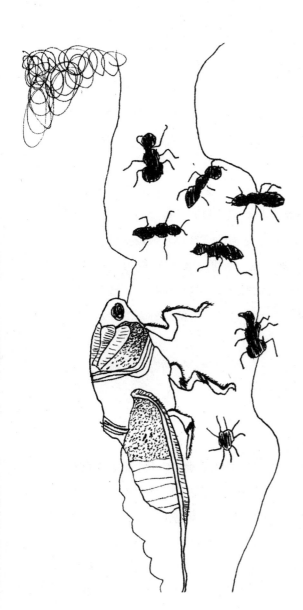

一大群口干舌燥的家伙在东游西荡东张西望，它们发现了蝉开凿的水井，是井边渗出的水暴露了蝉的秘密。

者，要把挖井人赶走。

强盗团伙中，最不知羞耻的就是蚂蚁。我看见它们撕咬着蝉的脚，拉扯着蝉的翅膀，甚至爬到蝉的背上，咬着蝉的触角。一只大胆的蚂蚁，竟然抓住了蝉的吸管，拼命想把它拔出来。巨人给小矮人们烦扰得受不了，最终放弃，朝这群强盗们撒了一泡尿，飞走了。对蚂蚁来讲，这种轻蔑算不得什么，重要的是，它们成了蝉开凿的井的主人。当然，井很快就会干枯。没关系，蚂蚁们会奔向另一根树枝上的另一只蝉。

蚂蚁和蝉的故事还没有结束。五六个星期之后，热情的歌唱家生命衰竭下去，蝉从树上跌落下来，尸体被太阳烤干，给来往行人践踏。蚂蚁又来了，死去的蝉成了它们的美餐。它们撕扯着，把蝉的尸体大卸八块，分割成碎屑，运回洞里，充实它们的粮仓。有时，从树上跌落的蝉还没有完全死去，在尘埃中挣扎着，透明的蝉翼还在微微颤抖，就有一队蚂蚁赶来，把它活活肢解。这才是蚂蚁和蝉的真正关系。

科学与诗

古希腊的抒情诗人阿那克里翁曾为蝉写过一首颂歌，夸张地歌颂蝉，说它和奥林匹斯山的诸神一样。诗人歌颂蝉，但个中理由也不太合适。他说蝉有三个特性最值得称赞：生于泥土，不惧疼痛，有肉无血。不必指责诗人的错误，这不过是那个时代普遍的说法而已。而且，在人们学会睁眼仔细观察世界之前，这个错误已经流传了很久。

即使在今天，和阿那克里翁一样熟悉蝉的诗人，在写作关于蝉的作品时，大多也并不关心真实的蝉。不过，我有位朋友不在此种批评之列，因为他不仅是诗人，而且首先是个热情的观察家。他也写过一首关于蝉和蚂蚁的长诗，其中有着十分严谨的科学态度。他在诗中讲述的故事，和我每年夏天在荒石园的丁香树上看到的情况是一样的。原诗用普罗旺斯语写成，我愿意把它翻译出来，附在我这篇文章的后面，呈现给我的读者。当然，诗意的形象和道德的评判，无论是功是过，都是他的，荒石园的博物学土地上开不出这么娇美的花朵。

蝉和蚂蚁

1

上帝，真热啊！只有蝉才会热爱这样的时光，
它们快乐得发狂，大声歌唱——
火一样的阳光，
黄金般的麦芒。
只是，收割的人，在土地上，
弯腰弓背，口干舌燥，有歌也无法歌唱！

是你的好时光，你就放声歌唱！
娇小可爱的蝉呀，
把你的铙钹敲响，
扭扭你的肚子，让两片镜子闪亮！[1]
农民手里挥动的镰刀啊，
在金黄的麦地里闪光！

1　法布尔在后文中有解释：铙钹和镜子是普罗旺斯人对蝉发音器官的命名，参见本书第153页。

小水罐在人的腰里晃荡，
野草塞住罐口，清水在罐里发出好听的声响。
可农民在烈日下喘着粗气，
似乎骨髓都热得滚烫！

可是蝉啊，你能找到有泉水的地方，
你尖细的小嘴探进树皮，
树枝上就有了一口小小的水井，
水井里甘甜的清泉汩汩流淌，
看你吮吸得多么欢畅。

唉！太平美好的时光总是不会太长，
你的左邻右舍尽是盗贼，
还有散兵游勇到处游荡。
它们都看见你甘洌的水井，
它们口渴难耐，蜂拥到你的树上，
要抢夺你的玉液琼浆。
小心啊！可爱的蝉，
它们开始时还有点谦卑的模样，
但很快就会像无赖一样发狂。

最初，它们还只用井里溢出的水沾沾嘴唇，
但贪心不足蛇吞象。
它们抬起头来，开始和你争抢。

它们搔弄你透明的翅膀，

爬到你宽大的背上，

抓你的嘴，咬着你的触角摇晃。

你火冒三丈，

你向它们撒一泡尿，

便飞去别的地方。

剩下那帮无赖流氓，

喝着清泉，趾高气扬。

这帮抢夺泉水的强盗中，

有苍蝇、黄边胡蜂和螳螂，

但要数蚂蚁最是坏心肠。

因为，它们不但抢你的水，

还把你的身体弄伤。

它们踩你的脚，挠你的脸，

咬你的鼻子，拉扯你的翅膀。

2

现在，我要把一个不足为信的故事讲一讲。

以前，有老人对我们说，

冬天，你无精打采，肚子饿得咕咕响，

耷拉着脑袋，偷偷前往

蚂蚁的地下大粮仓。

蚂蚁把露水打湿的粮食搬到门外
晒太阳。
你眼里流着泪，一副可怜模样：
"我又冷又饿，快要死啦，能否借我一点你的余粮，
甜瓜成熟的时候，我连本带利，一定还上。"

"滚开吧，你夏天不停地唱，
冬天饿死才应当。"
古老的寓言就是这么讲，
它鼓励我们做吝啬鬼，
不要一点好心肠。

寓言作家气得我牙齿咬得咯咯响，
说什么你冬天去乞讨
苍蝇、小虫，还寻找蚂蚁的粮仓。
可你从来都不吃这些东西啊，
你有自己的甘泉，甜酒酿，
从不需要别的什么做食粮。

冬天，你的孩子在地下的洞穴里，
睡得酣畅。
而你，不会再在树上歌唱，
你的尸体落到地上，
觅食的蚂蚁，又来到你身旁。

在你干瘪的尸体上，

大群的蚂蚁在争抢，

把你撕成碎片，掏空了你的胸膛，

大雪纷飞的时候，

它们把你吃个精光。

3

这才是真实的故事，

和寓言说的完全不一样

……

蝉的一生：出洞、羽化和歌唱

若虫的洞和出洞

夏夜抓蝉的幼虫，应该是很多人童年的美好记忆之一。

晴天的夏夜，暑热渐渐消散，天凉下来。树下多了很多小洞洞，蝉的若虫要爬出来，或者已经爬到树上去，准备羽化成蝉。孩子们把手指伸进一个个洞洞里，或者抬头搜寻着每一棵树的树干，看看是否有知了猴儿。蝉的若虫是孩子们的虫，不同地方的孩子们也给它取了不同的名字，知了猴儿是这些名字中流传很广的一个。如果要讲童年记忆，可以一直这样说下去。但现在，我们暂停回忆，跟着法布尔，用科学的眼光看看这个当年的小虫子。而且，科学也会照亮久远的伊甸园记忆，让我们更清晰地看看那只我们以为熟悉但实际很陌生的小虫子。

在雷沃米尔之后讲蝉的故事有点冒险，因为这位昆虫学大师同时也是讲故事的高手。但我还是有信心讲出一点人们还不大知道的新故事，因为雷沃米尔研究的只是蝉的标本——浸在烧酒里，用马车从我家乡拉去的标本；而我，则可以站在树下，观察活生生的蝉。

一进入7月，蝉就占领了荒石园。荒石园属于我，也属于蝉。我们朝夕相处，相看两不厌，雷沃米尔没有这样的条件，蝉也是只喜欢温暖的昆虫，寒冷的地方看不见它的身影，听不到它的歌声。

夏天到了，蝉的若虫就开始出现了。被阳光暴晒、又被来来往往的人踩得硬邦邦的小路上，大树下，到处都开始出现一个个圆圆的小洞，大概有手指头那么粗吧。蝉的若虫就是从那里爬出来，爬到附近的高树上、矮草上，在那里羽化成蝉。蝉的若虫好像是要炫耀锋利的挖掘工具似的，喜欢专门从坚硬的地方钻出来。小虫子不怕土地的坚硬，我也只好不怕，在7月的阳光下，开始用镐头刨开它们离开的洞穴。

洞穴深约四十厘米，直上直下。洞是个死胡同，洞底比上面略微宽敞一些，是若虫栖息的蜗居和避难所。若是爬到洞口的若虫发现有危险，它会立刻警觉地退回到洞底来。发现这个地方时，我似乎都能听见若虫惊魂未定的喘息。洞壁被涂抹了一层泥浆，显然是为了防止塌方，这和隧道的建设者用砖石加固地道是一样的道理。蝉的若虫也是高明的工程师，若没有这层泥浆，在干燥的沙土里就没办法挖出隧洞，因为挖出的沙土如果不被固定，就会随时流到身后，堵住刚挖出来的隧洞。这么深的洞，却不见挖出的土，那些土去了哪里呢？而且，在干燥得像炉灰一样的洞里，涂在墙壁上的泥浆是哪里来的呢？

天牛的幼虫在黑暗的木头里挖隧道，一边挖一边吃，挖出的木屑被吃掉，可是蝉的若虫只有那么细的口器，怎么能吃那么干燥的沙土呢？而且，即便是天牛幼虫，它吃的木屑经过消化后排出，也会完全阻塞它身后的通道。蝉的若虫把挖出的土弄到哪里去了呢？它挖出的土没有阻塞通道。此外，刚钻出地面的若虫，像是一个刚刚通过水沟的工人，身上都沾满了泥浆，这又是为什么呢？它是从很干燥的洞里钻出来的，泥浆又是哪里来的呢？

拿镐头刨若虫地洞的时候，我挖出来一只正在工作的家伙。它应该刚刚开始挖掘，只挖出了大拇指长的一段隧洞。这只若虫还没有老熟，老熟的若虫是棕色的，而这只的身体还很白，连大大的眼睛都是白色的，似乎看不见东西。也是，在黑暗的地下，没什么可看的，也不需要视力。出洞后的若虫，眼睛会变成又黑又亮，外面的世界还是要看的，它就有了视力。

另外，这只白色若虫浑身胀满了液体，把它抓在手里，尾部还会有清澈的液体渗出，像是因为害怕在撒尿。我们就把它身上的这些液体称为尿也没有关系。当我们说到这里时，我们已找到了问题的答案，知道了消失的沙土的去向：在挖掘隧洞的时候，若虫把尿浇在挖掘出的沙土上，把它变为泥浆，再用身体把这些泥浆涂抹到洞内墙壁上，既解决了无用沙土的存放问题，也解决了墙壁装修和塌方的问题。在这样的通道内，才可以自由地来来回回，不用担心塌方滑坡之类的危险。

身体的蓄水池用完了，又到哪里蓄水呢？地下加水站在哪里呢？我想，我也找到了答案。我挖开的地洞里，每个洞穴的洞底都有一根有生命力的树根嵌在那里！蝉的一生都离不开树，卵被产在枯枝里，树是蝉的孵化器和襁褓；鸣叫的蝉在树上，吮吸着树皮下面流淌的汁液；若虫呢？那么多年待在地下，但依然不会离树太远，因为树根会给它生命的源泉。

地下的最后时光，若虫要挖掘通向地面的隧洞，也依然需要水，用水把沙土搅拌成泥浆。蓄水用完了，就再退回洞底，把吸管插进树根。身体里再次蓄满水的若虫又爬到上面，继续挖掘。

这个小小的洞穴，若虫要挖上几个星期，甚至几个月，一直挖到距离地面只有一指厚的土层。老熟的若虫应该出洞，完成最后的也是最重要的蜕变，变成一只真正的蝉。距离外面的世界只有最后一层土了，但它不急，不会像急着发芽的种子那样急迫地破土而出，虽然它在黑暗的地下已待了四年。据说美国有一种蝉，若虫要在地下待十七年。已经那么久了，再等几天也无妨，老熟的若虫等着一个理想的好天气。若是急着出去了，遇见了狂风暴雨的天气，那可是天大的灾难。若虫还太纤弱，刚羽化出的蝉更是弱不禁风。在那样的天气完成蜕变、羽化，可是有致命的危险的。

蝉的若虫是个气象学家，在太深的地下没办法知道外面世界的天气情况，它就会爬到洞穴上面，最后一层土的下面，探知外面的天气情况、空气的温度和湿度。如果得到的消息是天气还不太合适，它就退回洞底，静静地在那里等候；如果是很理想的天气，若虫就推开最后一道阻碍，从地洞钻出来。也许它们来到这个世界，最先看见的是漫天星光，因为它们钻出地洞的时间一般是在晚上。但不管是星光灿烂的夜晚，还是伸手不见五指的黑夜，它们来了，就已准备好迎接生命中值得歌唱的美好时光。

蝉的羽化、美味和药效传说

若虫从地下钻出来，就急着离开地面，爬上一棵大树、一丛百里香、一根坚挺的草茎或者小灌木的树枝。用铁钩一样的前足牢牢地抓住树干、树枝或者草茎，两只前足就足够让它牢固地待在那里，休息一会儿，等候蜕变。

蜕变从背部开始，背上的中线裂开，裂口纵向拉长、横向变大，像被撑破了一样，我们已能看见淡绿色的成虫；接着，头罩从眼前裂开，露出红色的眼睛；慢慢地，整个头都自由了。脆弱的成虫用力向后仰着，努力摆脱旧的躯壳。最后，除了尾部还在若虫的壳里，它的整个身体已经全部挣脱出来，因为一直在后仰，以至于身体以水平的姿态悬在空中，头和腹部都朝着天空的方向。这个时候，可以叫它们蝉了，虽然它们的翅膀还皱巴巴的，不能飞翔。但用不了多久，它的翅膀就会伸展张开。现在，可以完全摆脱过去的束缚了。蝉用腰部力量将自己重新竖立起来，前足抓住空壳，把尾部也解脱出来，结束蜕皮和蜕变。

现在的蝉还很脆弱，但和蜕变前若虫的模样已有天壤之别。它有了像玻璃一样透明的翅膀，翅上的脉络也还是柔弱的浅绿色。昆虫的一生似乎都在等待，等待每一次的蜕变。蝉也是这样，它在地下用了那么久的时间学会等待，也等待了那么久，现在，最后的蜕变已经完成，它还要做最后的等待，等待让自己强壮起来，让翅膀能够飞翔。

两个小时过去了，它还是那么绿，那么柔弱。它用前足勾住旧躯壳，微风吹过，它的身子都会摇晃起来。就这样等着，在等待中，体色开始变化，由柔弱的绿色变成闪光的结实的黑色。我见过一只蝉上午九点就完成蜕变，悬在树上，到十二点半才突然张开翅膀，飞走。

除了背上的裂缝，整个蝉蜕没有破损，牢牢地挂在那里，秋风秋雨也不能把它打落。我常看见久经风雨的蝉蜕，就以蝉羽化的姿态挂在树枝上或者草茎上，一挂就是好几个月，甚至整个冬天都会一直在那里。蝉蜕质地坚硬，像干羊皮。

若虫蜕变成蝉必须有支撑，一棵大树或者一根草茎都行，它用前足把自己固定在那里，才能完成蜕变。我曾做过两个实验：第一个实验是用一根线拴住若虫的一只后腿，把它头朝下悬挂起来。这样的姿态，若虫能做的只有垂死挣扎，而挣扎往往也无法让它完成蜕变，无法完成蜕变的若虫死了。第二个实验是把若虫放在一个玻璃瓶里，瓶底铺了一层薄薄的细沙，可以让若虫前行，但它们无法爬上光滑的玻璃，把自己竖起来。结果也是一样，没有完成蜕变，若虫就死了。

不知怎的，蝉的蜕皮让我想起一个美食的话题，据亚里士多德说，蝉是希腊人高度赞赏的一道美味佳肴。这位大博物学家的书我没有读过，乡村书店里没有这样高级的读物，我是从另一本权威著作里知道的这件事。那本书的作者是优秀的学者马蒂约，他在书里说："亚里士多德称赞不已的是，若虫在蜕变成蝉之前食用是无比的美味。"蝉的若虫真有这样的美味吗？

7月的一个清晨，当灼热的阳光已经把蝉的若虫诱惑出地洞的时候，我们一家老少开始寻觅起来。我们五口人搜遍了荒石园，只要找到若虫，就把它浸在水里，防止它羽化，可是两个钟头也才找到四只。在这方面，我们真是不如不懂博物学的村民和村里的孩子，因为他们可以很轻松地找到很多。先不管这些，把这些若虫做成可吃的菜肴再说。

我的烹饪方法很简单：几滴油，一撮盐，一点葱，就这些。吃饭时，所有的"猎人"都享用了这道油煎若虫。大家认为还是能吃的，甚至还有一点虾的味道，不过要说美味，那我认为有些夸张，我不会向人推荐古希腊人喜欢的这道菜肴，即便伟大的亚里士多德都说是美味。在我看来，亚里士多德说若虫美味，完全是听信了乡村的传言。亚里士多德之后的另一位伟大博物学家普林尼也一样幼稚轻信，还把那些传言当作宝贵资料记录了下来。

如果我也把这些乡村传闻当真的话，那么，我能收集到更多关于蝉的故事，因为这样的故事，我听得实在不少。现在就说一个吧，就说一个，不多说。

你有没有肾衰，有没有因为水肿而走路打晃，需要民间秘方吗？乡下药物手册会向你推荐蝉。我们这里的人，夏天收集蝉，在太阳下晒干，串成串，宝贝似的藏在柜橱里。如果一个家庭主妇没有在7月搜集几串蝉，她会很自责的。

如果你尿路不畅，赶快用蝉熬汤药吧。按民间说法，没有比这更好的药了。从前，就有一个好心人在我不知情的情况下，给我喝过这种药汤子，说是能治疗哪里哪里不舒服。我感谢他的好心，但我有点怀疑这药的药效。古希腊医生、植物学家迪奥斯科里德斯也建议用同样的药物，他说，蝉，干嚼能治疗膀胱疼痛。普罗旺斯的农民对此深信不疑，不过吃法有点改变：迪奥斯科里德斯建议烤着吃，而普罗旺斯的农民熬成汤药。人们相信蝉利尿的原因真是荒唐：蝉爱撒尿。有人抓它的时候，它会猛地朝人撒一泡尿，然后飞走。

拉伯雷在其名著《巨人传》里写卡冈都亚坐在圣母院的钟楼上，从他巨大的膀胱里射出尿的洪水，淹没了在巴黎大街上闲逛的人们。蝉也有这样神奇的尿吗？

蝉为什么歌唱

雷沃米尔没有见过蝉，也没有听过蝉的歌唱，但无疑，他是位伟大的昆虫解剖学家。通过解剖昆虫标本，他已准确地描述了蝉的发声器官。他之后的昆虫研究者，如果要讨论蝉的歌声，都绕不开这位昆虫学大师。

在大师收割过的麦田里，后人也并不是完全无所作为，我们还能捡拾大师遗落的麦穗，在大师讲过的话题上，也还可以"接着说"。

对我来讲，至少我有比大师更优越的条件：蝉那震耳欲聋的交响乐响起的时候，我能听到的比我想听到的还要多。

在荒石园和附近的村子周围，我能搜集到五种蝉：南欧熊蝉、山蝉、红蝉、黑蝉和矮蝉。乡村封闭的生活也不会消灭人类的好奇心，村里的人听着蝉鸣，也好奇这么个小昆虫怎么会有这么大的声音。有好奇，就会有探究。乡村的人不懂解剖学，但也大致搞清了蝉的发声器，还以他们特有的形象思维给这些器官取了好玩儿的名字。南欧熊蝉个头最大，人们最熟悉，所以就以它为标准来考察蝉的发声问题。

雄蝉的后胸有两块宽大的半圆形盖片，这是蝉发声器的音盖。两片音盖下面各有一个大空腔，普罗旺斯人称之为小教堂，两个小教堂合起来就是大教堂。小教堂前面有一层薄膜，普罗旺斯人名之为镜子。科学家不会这么想问题，但不能否认，这真是有想象力和趣味的命名，让人浮想联翩，有点神秘，又有点让人想笑。

大教堂、音盖和镜子是比较容易被人看见的发声器。如果一只蝉不再歌唱，人们就说它的镜子破了。而且，这种说法还可以指失去灵感的诗人。这真是新鲜的说法。

但上面说的那些还不是蝉真正的发声器，蝉把真正的发声器宝贝似的藏了起来，一般人都注意不到，当然，还是没骗过好奇的人们。在两个小教堂的外侧，蝉的腹部和背部交接处，有一个小孔，我把它叫作音窗。音窗里面可叫作音室，蝉真正的发声器就密藏在音室里面，是一块干干的薄膜，普罗旺斯人称为铙钹。

二十多年前，巴黎的人们突然迷上了一种可笑的玩具，我还记得这玩具似乎叫作"噼啪"或者"唧唧"之类。玩具非常简单，就是一块钢片，一端固定在金属座上。用大拇指挤压钢片，让它变形，一放手，钢片就自己弹回去，发出一点也不悦耳的叮当声。让群众为一件事或者一个人买账，真是很简单的事，甚至都不需要什么优点之类。当然，买账的群众也是善于遗忘的，很快也就忘记了为谁和为什么买账，转向下一个对象。现在，那个可笑的玩意儿早就被忘得一干二净了。我之所以说这个玩具，是因为蝉的铙钹和它非常相似，发音原理都一样：肌肉牵动铙钹到一定程度，放开，让它弹回去，就有声音了。当然，我们听到的蝉歌，已经通过了音室、教堂和镜子的处理。这三个器官不发声，但处理声音，能改变音质，加强共鸣，放大声音。

蝉真是热爱歌唱的昆虫。山蝉，我们这里的人叫它喀喀蝉，它用沙哑响亮的声音唱着"喀！喀！喀！喀！"。它的个头比南欧雄蝉小一半，但腹部的前三分之二都是半透明的，繁衍种族、保存个体生命的器官都被压缩到了不透明的地方。半透明的地方是个巨大的空腔，相当于一个巨大的音箱。除了它，没有谁能用多一半的身体做音箱。有这么大一个音箱，也能想象，它的声音是多么洪亮。为了唱歌，山蝉把生命的主要器官都缩小到极限，尽可能多地腾出地方给音箱。在它的生命中，唱歌是第一位的，其他都是次要的，包括生命。

也真应该庆幸，山蝉没有听信进化论，否则，它们一代比一代热衷歌唱，腹部音箱越来越大，大到发出牛叫的声音。一夏天的蝉鸣变成一夏天的牛叫，真要这样的话，普罗旺斯总有一天变成空空荡荡的普罗旺斯，人都不堪其扰，搬到别处去了。只剩下蓝紫色的薰衣草，忍受着牛叫一样的蝉鸣。

蝉给自己准备了那么丰富的发声器官，整个夏天都在唱着。但它为什么这样热情地歌唱呢？那么大的声音有什么作用呢？我周围的乡民们都说，蝉在收获季节唱的是：收割！收割！他们干活的时候，蝉在用歌声给他们加油！收获思想的人和收获稻穗的人都在工作，一个为了智慧所需的面包，一个是为了身体所需的面包。我尊重他们和我不同的劳动，也喜欢他们朴素的智慧。

但我想，对于蝉为什么歌唱这个问题，更多的人会不假思索地回答：是雄蝉在唱情歌，召唤伴侣。夏天的蝉鸣就是情人们的大合唱。真的是这样吗？我不能不假思索就信口开河。还是那句话，经过那么复杂的生命炼金术，我们才拥有了能思考的大脑，这样的大脑不能满足于人云亦云。对于人们不假思索就能回答的问题，我总是有点怀疑。

每年夏天，蝉都在我的房前屋后唱着。虽然我不太喜欢听它们的音乐会，但却非常热情地观察着它们。我看见它们成群地在法桐光滑的树枝上栖息和歌唱，雌雄混杂，彼此近在咫尺。求婚的对象就在身边，求婚者还需要这样没完没了地唱吗？

它们把吸管插进树皮，吮吸着树皮下的泉水。时光流逝，日影移动，蝉们也跟着移动，它们喜欢待在最明亮最炎热的地方。但不管怎样动，它们都不会停止歌唱。如果这歌是唱给恋人的情歌，我可从没有看到过雌蝉有什么其他表示，它们依然一动不动。雄蝉唱了一个夏天，可是为什么雌蝉总是无动于衷呢？对我来说，雌蝉无动于衷就意味着它根本不在乎雄蝉的歌唱，或者说，它根本就听不见雄蝉的歌声。

对歌声敏感的人无疑应该有敏锐的听觉。对昆虫来讲，敏锐的听觉即警惕的哨兵：一听见风吹草动，就会意识到危险的存在或来临。鸟这个杰出的歌唱家就有灵敏的耳朵，一片树叶的摇动，一句路人的交谈，它们都可能会惊飞。可是，蝉，对外界的声音，完全没有任何不安的表现。

蝉的视觉非常好，大大的复眼能让它注意到左右两边发生的事情；还有三只钻石般的单眼，就如小小的望远镜，能探测头上有什么事发生。但在它看不见的地方，你大声讲话、用劲吹口哨、用力拍手，甚至拿着两块石头互相撞击，如果是一只鸟，早就被吓跑了，而蝉呢？继续唱着，好像什么都没发生一样。

我做过很多实验来测试蝉的听觉，说说我最难忘的一次吧。每逢节日，镇上都会鸣放礼炮，我借了两门那种炮来做实验。炮手也很乐意把炮装上火药，来朝我家门口树上的蝉放上一炮。为了避免把窗玻璃震碎，我特意把窗户都敞开。两门炮都安放在了我的法桐树下，不需要伪装，树上专心歌唱的蝉根本不会注意到我的阴谋。

我们全家人都来做礼炮的听众，大家也都是实验的参与者，他们要帮我仔细观察歌手的数量、歌声的响亮程度和旋律的变化。炮响了，巨响如晴天霹雳……可树上的蝉依然专心地唱着。六个人一致证实：炮声根本没有改变蝉的歌唱。这也真是应了一句俗语：叫喊得像个聋子。

荒石园小路的碎石堆上，蓝翅蝗虫幸福地沉浸在明媚的阳光里，用强壮的后腿做琴弓，摩擦着粗糙的革质翅边缘。暴雨将至的时候，雨蛙和喀喀蝉在灌木丛中热烈地叫着、唱着。它们都是在召唤远方的情人吗？蝗虫的琴弦奏出的乐曲声音太小了，而雨蛙和喀喀蝉的声音再洪亮也是徒劳，因为期待的伊人没有赶来。

昆虫们都需要响亮的歌唱，喋喋不休地表白爱情吗？我观察到的情况与此相反：昆虫和异性靠近时，它们都会沉默下来。所以，不管是蝗虫的琴声，还是雨蛙的风笛，或者蝉的铙钹，在我看来，都是为了表达生命的欢乐而奏响。每一种动物都有自己表达生命欢乐的方式。

一只雌蝉每次产下三百到四百枚的卵，而雌蝉刚把象牙白的卵产在枯树枝上，寄生的蜂就把自己的卵产在了蝉卵的旁边，蝉卵也就成了寄生蜂幼虫将来的食物。四百枚卵有多少能变成蝉的若虫呢？孵化出的若虫又有多少成了其他动物的猎物？又有多少能找到松软的土地一头钻进去？生命，似乎就是步步危险，能存活下来就是幸运。而千辛万苦幸存下来的若虫在黑暗的地下生存了那么多年，当它来到阳光下的时候，生命已接近了尾声。但这更增加了阳光里生命的珍贵，这"生命的锦缎"多么值得歌唱啊！

螳螂的捕食和情爱

修女和女杀手

蝉因为唱歌而成名，螳螂则是沉默的昆虫，沉默当然不会带来名声。如果上天也赐给螳螂一副金嗓子，再加上它非同寻常的体形和性格，相信它一定让蝉这个男歌星黯然失色——会唱歌的蝉都是雄蝉。而讲螳螂的故事，主角一定是雌螳螂，普鲁旺斯地区的人们叫它祈祷虫，它的学名是修女螳螂。

把螳螂比作传达神谕的女先知可算是由来已久，自古希腊时期起，人们就这样称呼螳螂了。在阳光明媚的草地上，农民们看见螳螂仪态万方，威严地半立着，宽大轻薄的绿色翅膀宛如拖地的长裙，前足就像手臂一样伸向天空，活脱脱一副祈祷的样子。老百姓无知，但有丰富的想象。也正是这些想象，创造了荆棘丛中的美好形象——发布神谕的女预言家，和向上帝祈祷的修女。

人，因为无知犯了多少错误啊！把螳螂塑造成绿衣的神秘先知和修女，是美好的想象，但可惜不是事实。螳螂那祈祷的神态背后，其实是残忍的习性；伸向天空宛如祈祷的双臂，其实暗藏杀机；那双手不会捻动慈悲的佛珠，而是刺向猎物的匕首。人们恐怕想不到，螳螂是直翅目食草昆虫中的另类，它可不是吃素的，而是以捕杀活的猎物为食。它强壮有力，嗜杀成性，可说是田野草丛里的霸王，昆虫世界里残忍的杀手。这个被人们看作修女的昆虫，实际的残暴程度简直不亚于穷凶极恶的吸血鬼。

单从外表看，螳螂不仅不让人害怕，还有点让人喜欢，因为它长得确实好看：体态轻盈，着装高雅，再配以淡绿色的身子，薄纱一样的翅膀，看起来真是高贵优雅。它的前胸内侧还有一个美丽的黑色圆点，圆点中心有白斑，像是美丽的饰品。而且，它也没有老虎钳一样凶残的大颚，相反，它的小嘴尖尖的，好像是小鸟用来啄食的喙。螳螂脖颈柔软，所以它的头能自由转动，俯仰自如。所有的昆虫中，只有螳螂能引导自己的视线，观察四周，上下打量。而且，它的脸上，似乎还有生动的表情呢。

身姿安详，静如修女；前足锐利，被比喻成杀人机器——反差也真是大到让人瞠目结舌。螳螂的身体结构简直就是为了让它成为一个完美杀手而设计：前足有钢针一样的钩刺，腿节有钢锯一样的锯齿。前胸长而有力，也正是为了随时举起屠刀，迅猛地刺向对手。螳螂就是这样，不会守株待兔，而是主动出击。

螳螂前足的硬钩真是可怕的割刺武器。现在想起来，我的皮肤上都有火辣辣的痛感。因为捉螳螂的时候，有好几次都中了它的辣手。我双手抓着它，腾不出手来，只好请人帮忙，才摆脱它那毒辣的钩爪。如果不把插到肉里的螳螂硬钩拔出来，想强行挣脱，那你的皮肤一定会像掉进玫瑰花丛一样，被划出一道道血痕。我的经验里，很少有比螳螂还难对付的昆虫。想要活捉它，不能用力，否则它会被你掐死；但你要不用力，它就会挣扎着拿钩刺扎你，用老虎钳夹你，简直让你无法招架。

休息的时候，螳螂把前足折起来，举在胸前，看起来又像安静的修女祈祷了，毫无伤人之意。但只要有猎物经过，祈祷立刻结束，两只前足迅速张开，用力甩出去，勾住猎物就往回拉，两只锋利的钢锯像一把老虎钳，紧紧夹住猎物。不管是蝗虫、蝈蝈儿，还是更强壮的昆虫，一旦被螳螂勾住，很快就会香消玉殒，丢了小命。因为不管它们怎样拼命扭动，或是疯狂挣扎，螳螂的杀人机器——两只带有钩刺的前足，都不会有一点放松，只会刺得更深，勾得更紧。

饲养螳螂观察记

如果想系统观察和研究螳螂，仅有野外是不够的，还需要室内饲养。养螳螂也容易，只要吃得好，这家伙不在乎在哪里生活。我把它们关在纱罩的监狱里，但每天给新鲜的食物，它们也就乐不思蜀了。看不出它们有多么厌恶没有自由的监狱，多么渴望自由的田野。对它们来讲，自由远没有吃更重要。

我用来关押螳螂，或者说饲养螳螂的纱罩，原本是罩在饭桌上挡苍蝇的。现在，纱罩下面的大桌上不是我们的剩饭，而是装满沙子的瓦钵，一簇百里香，一块平坦的石头，这就是我给螳螂设计的家，那块石头是供螳螂产卵用的。每天的大部分时间，阳光都能落到这里——螳螂的家或者监狱，随便你怎么叫它。纱罩下，有的螳螂单独关押，也有一群螳螂一起关押的。

8月下旬，枯草地上或者荆棘丛中，都可以看到成年的螳螂了。肚子很大的雌螳螂也一天天多起来，瘦小的雄螳螂却不多见。所以，我要花大力气才能为纱罩里的雌螳螂找到伴侣。伴侣这么难找，可雌螳螂一点也不会珍惜，相反，还经常把它们吃掉。不但不珍惜伴侣，螳螂甚至连食物都肆意挥霍。雌螳螂也是大胃王，要养它们是很辛苦的，可我辛辛苦苦找来的食物，它们尝几口就弃之不顾。我真是不明白，它们怎么这么难伺候。在需要自己捕食的荆棘丛中，它们不会这么奢侈吧，因为野外捕食真的不容易啊。

本来吃的就多，还这么浪费，我一个人可养活不了它们，我只好收买了附近几个没事儿干的小孩子。小孩子总是好骗，给几片面包或者西瓜，他们就跑到周围的草地上，在芦苇编成的小笼子里装满活蹦乱跳的蝗虫或者蝈蝈儿。那些是螳螂的日常食谱，我呢，负责给螳螂捕捉高级野味，因为我想看看，螳螂的胆量和本事到底有多大。

我抓的高级野味中，灰蝗虫个头比螳螂大得多；白螽斯有强悍的大颚，我抓它时都要小心翼翼，避免被它咬伤；古怪的长鼻蝗虫戴着金字塔形的帽子；葡萄树距螽能发出吱吱嘎嘎的声音，滚圆的肚子末端还长着一柄大刀；圆网丝蛛和冠冕蛛是我们地区最大的两种蜘蛛，像恶魔一样让人害怕。

而不管我把什么放进纱罩，螳螂都会义无反顾地向这些昆虫发起猛烈进攻，简直把纱罩当作了格斗场。在纱罩之内，螳螂不缺吃喝，尚且如此凶猛，可以想象，它在捕猎没有那么容易的野外草丛，更会主动挑战任何对手。这种胜负难以预料、危机重重的格斗，也并非螳螂心血来潮，而应该是其无所畏惧的好斗本性所致。当然，这种格斗，在野外可能难得一见。

各种各样的蝗虫、蝶蛾、蜻蜓、大苍蝇、蜜蜂，还有中等大小的昆虫，只要一放进纱罩，螳螂就会大开杀戒。纱罩之内，女杀手无所畏惧，从不退缩。即便灰蝗虫、螽斯、圆网蛛和长鼻蝗虫这些大个子和狠角色，迟早也会被螳螂勾住，夹在它钢锯一样的前腿中，无法动弹，只能等待死神降临，做了螳螂的一顿美餐。

螳螂的翅膀和它幽灵般的姿势

雄螳螂是必须有翅膀的，它要在荆棘丛中飞翔着寻找伴侣。它的翅膀发达，一次飞跃相当于我们的四五步。雌螳螂吃得多，肚子里又有卵，所以它的身子太胖太重。它不飞，恐怕也飞不起来，只是在地上漫步，但它也有翅膀。雌螳螂告诉我们，翅膀不仅可以飞翔，还可以战斗。

看见大蝗虫冒失靠近，螳螂触电似的跳起来，突然摆出一副凶神恶煞的样子。它的速度如此之快，架势如此吓人，修女突然变魔鬼，连我这个纱罩外面的观察者都被吓了一跳——

螳螂猛然打开前翅，斜着甩到两侧，后翅完全展开，像船帆一样竖起来，那副凶恶样子简直像是展开翅膀准备扑上去的斗鸡。而且，还发出"呼哧呼哧"的喘息声，像是受惊后吐着信子的蛇，更是增加了紧张恐怖的气氛。螳螂就那样虎视眈眈，用后面四条腿站在那里，前胸挺得几乎和地面垂直，原来叠放在胸前的捕捉足，现在打开，交叉成十字形伸出去，姿势和古代准备格斗的武士一样。

摆好姿势的螳螂一动不动，紧盯着蝗虫，但它的头会随着对手的移动而转动。很明显，螳螂在震慑对手。而在大蝗虫看似无动于衷的长脸上，我看到了不安。一个凶恶的幽灵直挺挺地站在面前，受到威胁的昆虫肯定会意识到危险，甚至能闻到死神临近的气息。如果现在逃亡，也许还来得及——大蝗虫大腿粗壮，是昆虫里著名的跳远健将，但是，它站在那里，呆若木鸡，甚至还慢慢地靠了过去，简直是自己去送死。

　　有人说小鸟会在毒蛇张开的大嘴前吓瘫，在毒蛇凶恶的目光中完全傻掉，听凭蛇靠近来抓而不知飞走。大蝗虫似乎也是这样，完全被螳螂的气势压倒，一任螳螂两只坚硬的钩刺把自己钩过去，等它想要挣扎着反抗的时候，它的大颚已经咬不到螳螂，而螳螂却已死死咬住了它的颈部。战斗结束，螳螂收起了翅膀，开始用餐。吃掉和自己一样大，甚至比自己还要庞大的大蝗虫，螳螂只需要两个小时，那情景真像是罕见的食肉巨妖。当它进食完毕，身下只剩了大蝗虫干硬的翅膀，连翅膀根上的一点点肉都被吃了个精光。当然，如果你要问，这个饕餮之徒的肚子怎么能盛得下比自己身体还大的食物呢？道理简单，它有消化功能强大的胃。食物进去，马上消化，消失不见了。

　　回到捕食的话题，如果对手不是大蝗虫和螽斯这样的狠角色，而只是长鼻蝗虫和距螽，螳螂就不会摆出那么吓人的幽灵般的姿势，它不需要震慑对方，把大弯钩伸过去就行了。

　　面对难以对付的对手，螳螂首先摆出那个幽灵般的恐怖姿势，亮出气势，以势压人，让猎物不寒而栗。这个幽灵姿势中，翅膀所起的作用实在不小。甚至那"呼哧呼哧"吓人的声音，也不是从螳螂嘴里发出来的，而是腹部末端摩擦翅膀上翅脉网的声音。我只要用指甲尖迅速刮擦螳螂张开的翅膀，就会出来这种声音。现在，我们可以说，雌螳螂的翅膀不会飞，但却是捕猎的武器。只要遇见强大的对手，它竖起的翅膀，就如幽灵展开的尸布，充满恐怖气息。

　　甚至对自己的同类，它们也会张开幽灵的翅膀。我的纱罩里，如果同时放上几只雌螳螂，相安无事的和平时光也不会太久。它们的空间足够大，不必抢夺地盘。我深知，草料架上干草少了，脾气再好的驴子也会互相争斗。我不会给螳螂争食的机会，所以每天喂两次蝗虫，保证它们能够吃饱喝足。纱罩里也没有雄螳螂，所以也无须争抢配偶。但好斗和杀戮不需要任何借口。没过多久，纱罩内的螳螂们开始了疯狂的厮杀。对着自己的同类，螳螂摆出那副杀人的幽灵姿势，翅膀张开，并发出"呼哧呼哧"的声音——不是喘息，而是厮杀前的振翅。

据说，凶恶的狼是不会吃自己的同类的，可螳螂，真是凶残的昆虫啊！它无所顾忌，没有底线，捕食同类，平静地咀嚼着自己的姐妹。即便四周都是它爱吃的蝗虫，但螳螂依然会向同类张开翅膀，举起屠刀。

惨无人道的情爱

凶悍的雌螳螂不仅猎杀自己的姐妹，甚至还吃掉自己的情郎。螳螂孕妇的反常行为，我真是难以接受。但螳螂不管我接不接受，雄螳螂们前赴后继，向雌螳螂献出爱情，延续种族；也献上自己，满足雌螳螂的怪癖食欲。

我把一对对雌雄螳螂分别放在不同的纱罩里，每对情侣一个窝，让它们自由谈情说爱。8月末，雄螳螂这个瘦弱的小个子觉得求爱的时机已经成熟。它歪着头，挺起胸，向强壮的雌螳螂频送秋波，尖尖的小脸上一副多情的样子。它就这样一动不动，久久凝视着雌螳螂。雌螳螂也没动，一副无动于衷的样子。我至今也没有弄清楚，多情的雄螳螂是怎样接收到了同意求婚的信号。反正，雄螳螂靠上前去，张开翅膀，激动地颤抖着抽搐着，这就是它知道对方同意后的狂喜吧。它扑到雌螳螂的背上，用力缠住它的身子。交配和前面的求婚仪式一样，都很漫长，一次交配会长达五六个小时。

这对伴侣一动不动，直到交配结束，它们才分开紧紧拥抱的身体。不过，很快，它们又亲密地黏在一起，耳鬓厮磨。瘦弱的雄螳螂不仅是因为能为雌螳螂提供精子而被爱上，而且，它同时也是作为美食得到了伴侣的青睐。就在交配结束的当天，最晚第二天，雌螳螂就抓住配偶，按照它的饮食习惯，先咬住雄螳螂的脖子，然后一小口一小口，有条不紊地把它吃个精光，只剩下翅膀丢弃在那里。

我很好奇，想知道刚受精的雌螳螂会怎样对待第二只求爱的雄螳螂。实验结果实在惊人：一般情况下，雌螳螂绝不拒绝第二只雄螳螂的求婚和拥抱，但也会一如既往地吃掉雄螳螂。两周的时间里，我就这样看着，同一只雌螳螂接受了七只雄螳螂的求婚，也吃掉了它的七个配偶。雄螳螂的爱情，要付出生命的代价。在观察中，我也无意间看到了最令人恐怖的情爱——雄螳螂趴在雌螳螂背上，紧紧抱着它的爱人。但这个可怜虫，已经没有了头、颈，连胸也几乎没有了。而雌螳螂扭着头，泰然自若地吃着爱人最后的身体。

有诗人说：生命诚可贵，爱情价更高。在昆虫的世界里，雄螳螂用自己的生命对这首诗做了最好的证明。雄螳螂的脑袋都被吃掉了，已是一具无生命的尸体，可它还是紧紧拥抱着自己的所爱，直到被彻底吃掉，消失在这个世界上。

如果说婚礼结束，延续种族的使命完成，把那衰竭的、从此百无一用的小个子当作美食吃掉，对无情无义的雌螳螂来说，还算情有可原，那么，还在最亲密的时候就咀嚼起了情人，则实在超出了我的想象。但我却看到了，亲眼看到了，并且至今想起那残酷恐怖的场景，都有点毛骨悚然。只是，这杀戮的原因是什么呢？我至今不得而知。

螳螂幼虫、樱桃树和生命的炼金术

小螳螂们的灾难

螳螂的坏话说得太多了，说点螳螂的好吧。螳螂的好，在好听的故事里。故事是16世纪英国博物学家托马斯·穆菲讲过的，说有个孩子在田野迷路了，就去向螳螂问路。螳螂伸出爪子，指给孩子要走的方向。据说螳螂指路，从不会指错方向。作者说，这个故事是以天真可笑的方式讲出来的。

故事讲螳螂伸出爪子，说的应该还是雌螳螂。不管说它是修女祈祷，还是指路，雌螳螂的前腿确实引人注意。当然，我们已经知道，雌螳螂伸出前腿，可不是什么心怀善意，那可是它的捕捉足，是猎杀的武器。我们不能以人的世界去想象昆虫的世界，就像雌螳螂，它从来都不是什么良善之辈，不会温柔贤淑，它是连伴侣都要杀死吃掉的。

虽然吃掉了伴侣，但雌螳螂也已完成了交配，会产卵，延续种族。雌螳螂的大肚子能够产下上千枚卵，卵的孵化是在一个灿烂的6

月，上千枚卵不是同时孵化出幼虫，而是陆陆续续：螳螂窝里靠近出口的地方容易晒到阳光，晒到阳光的虫卵先孵化出来。每次，当上百只小生命突然孵化出来，场面也真是惊人。

我经常观察螳螂卵的孵化，有时是在荒石园，有时是在我的实验室。实验室朝阳的地方放着我在冬天搜集来的螳螂窝。我曾天真地以为，把螳螂窝放在实验室，可以更好地保护那些刚孵化出来的柔弱小东西，可每次，我每次看到的都是灾难。小螳螂一出现，蚂蚁就来了。

蚂蚁们轰也轰不走，它们抓住小螳螂，任凭那些小东西做着无谓的挣扎，把它们咬成碎片。屠杀很快结束，那么一大群小螳螂只剩下不多的几个死里逃生。昆虫世界里未来的杀手，让大蝗虫和螽斯们胆战心惊的死亡幽灵，它们刚生下来的时候，却是小蚂蚁的美食。而且，蚂蚁走后，在墙壁上晒太阳的小灰蜥蜴匆匆赶来，于是小螳螂们的浩劫继续。晚来的小灰蜥蜴伸出舌头，把从蚂蚁嘴里死里逃生的小螳螂舔进嘴里。我看见它们每吃一口，眼睛都会半闭起来，很享受很满足的样子。

而实际上，在蚂蚁到来之前，灾难就已经开始。雌螳螂做好窝，产下卵，走了，寄生蜂就来了。它把卵产在螳螂窝里，寄生蜂的卵孵化出来时，螳螂的卵成了寄生蜂幼虫的食物。我收集的螳螂窝，很多都是空的，那就是因为寄生蜂来过。

就是这样，一只雌螳螂的一千枚卵，经过这么一系列灭顶之灾，活下来的也许只有一只小螳螂。

那么，问题来了。进化论的信仰者认为生存的原则是适者生存，也就是说，生物要根据环境来调整生存策略和方式，要以"大量的生产来平衡大量的被毁灭"。所以，面对虫卵和幼虫难以避免的灭顶之灾，雌螳螂就要提高它的生殖力。是这样吗？有些人是这么认为的。

樱桃树和生命炼金术

我窗前的池塘边，有一棵很大的樱桃树。这棵树不是我的祖辈栽植，而是自然野生在那里的。树上所结的樱桃味道一般，它令人肃然起敬的，是枝干的粗壮。每年4月，那么大一棵樱桃树上，白色的樱桃花像雪一样开着、落着。开着的，把一棵树装饰成一把巨大的白色绸伞；落下去的，是白花的地毯。白花落尽了，结出红色的果。哦！多美的一棵树啊！

樱桃红了，树上树下都是小鸟和昆虫的节日派对和盛宴，可以持续几个星期的欢乐派对和美味盛宴。最早来的是麻雀，它们早晨来，黄昏来，一群群地飞来，叽叽喳喳地叫着。是麻雀告诉翠雀和黄鹂鸟的吗？它们也飞来，分享美味的鲜果。蝶蛾们在樱桃上跳舞，一边舞一边吃，吃完一颗，又飞到另一颗上去，继续舞蹈。花金龟大口大口地吃着，吃饱了，就在树上睡着了。胡蜂和黄边蜂咬破了樱桃，吮吸着甜甜的果汁，醉倒了。一条胖胖的蛆虫，趴在果肉上，心满意足地吃着，吃得更胖了，它会在这里摇身一变，飞起来，变成一只优雅的苍蝇。

樱桃落到地上去了，地上也欢乐起来。夜里，田鼠把潮虫子、球螋、蚂蚁、鼻涕虫啃过的果核收集起来，藏到洞穴里。等到冬天，它们会在果核上钻个洞，享用里面的果仁。

慷慨的樱桃树养活了多少生命啊！

有一天，这棵樱桃树老了，要让它的孩子继续在宁静的湖边生长、开花、结果，它需要什么呢？一粒种子就够了，而它每年要结出无数的种子。为什么？你能说樱桃树最初结的种子很少，只是因为要面对无数的饕餮之徒，它才慢慢变成了现在满树果实的样子吗？你是不是要像说螳螂一样说起樱桃树，"以大量的生产来平衡大量的被毁灭"？樱桃的种子和螳螂的卵以及幼虫一样，它们来到这个世界，确实是为了生生不息。但那只是一小部分使命，而且是很小的一部分。如果所有的种子萌芽，都能长成大树，那么，地球上早就没有樱桃树生长的地方了。它的绝大部分果实和种子另有使命，那就是养活别的生命。

构成生命的物质，需要缓慢而精细的制造，就像炼金术。亘古洪荒，漫长而悠久的岁月里，多少神秘的技艺，多少不为人知的生命加工者开采，提炼，把构成生命的物质炼成灵魂赖以生存的最奇妙物质：大脑！这样艰难得来的神奇大脑，我们会满足于只说"2+2=4"吗？

螳螂和鱼一样，历史都可以追溯到蛮荒的时代。它那奇怪的体型和野蛮的习性，都告诉了我们，它至少已在这个星球上存在几千万年。这么悠久的时间过去，它们还在为生命的炼金术做着贡献。当然，贡献很小，但是，生命的金子就是由这样一个一个很小很小的贡献炼成。

泥土养育的草地绿了，蝗虫咀嚼着青草，螳螂吃掉蝗虫，产下上千枚的虫卵，卵孵化出幼虫，蚂蚁就来了，吃掉小螳螂，而蚁鸢喜欢吃蚂蚁。普罗旺斯人把蚁鸢叫作伸舌头，因为它站在蚂蚁中间，伸出黏糊糊的大长舌头，就粘了一舌头黑压压的蚂蚁。到了秋天，蚁鸢肥得冒油，浑身是肉。对人来讲，蚁鸢就是一块美味的烤肉，虽然它很小，只有云雀那么大。

现在，我要为那些微不足道的昆虫，也包括螳螂，说句公道话了。晚饭后，收拾好餐桌，我安静下来，暂时摆脱了饥饿的煎熬，脑子里的思想开始闪出火花：螳螂、蝗虫、蚂蚁，还有更小的昆虫，它们通过复杂曲折的途径，都给我们的思想之灯上添了一滴油。它们的能量，一代一代慢慢加工、积蓄、传递，最终注入我们的血管，滋养着我们的身体和灵魂。我们靠了它们的死，活着。

生物链的循环让我想起那个古老的象征：咬住自己尾巴的蛇。世界就是一个回到自身的圆，每一个生命都存在于这个圆之上——一个生命的死亡是另一个生命的开始，每一个生命的开始都是生物链上的炼金术炼出的金子。

昆虫的颜色和歌声

昆虫的颜色

昆虫的颜色和生命的颜色一样，是多彩且闪光的。

潘帕斯草原上最漂亮的食粪虫是亮丽亮蜣螂，这个名字没有一点的夸张，亮丽亮蜣螂身上总是闪烁着宝石的光彩和金属的光芒。随着光照的角度不同，这个食粪虫身上放射出绿宝石的光，还有红铜的金属光。这个在粪堆里讨生活的小东西，简直是有生命的宝石。

大多数食粪虫虽然衣着朴实，但都喜欢豪华的装饰品。有的嗡蜣螂会用佛罗伦萨的青铜色装饰前胸，有的则爱在鞘翅上涂抹酱红的颜色。黑粪金龟的黑色在背部，而腹部则是黄铜矿石的颜色。粪堆粪金龟的名字不好听，看上去只是一只黑乎乎的虫子，但它的腹部却装饰着紫水晶般华丽的紫色。

步甲、花金龟、吉丁虫、叶甲等其他的昆虫，在佩戴色泽艳丽的珠宝方面不会逊于食粪虫们，甚至会超过它们。有时，这些珠光宝气的昆虫聚在一起，连珠宝匠都会目迷五色、眼花缭乱。天蓝色的丽金龟，生活在山间小溪边的赤杨和柳树上，它们的颜色是好看的蓝。那种蓝比天空的蔚蓝更加甜美、柔和，世上难得一见，除了丽金龟，我们只能在某些蜂鸟的脖颈上或者赤道地区某些蝴蝶的翅膀上，才能找到类似的美丽颜色。

白额螽斯有象牙白的脸、乳白色的大肚皮，但它长长的翅膀上装饰着褐色花斑，真是漂亮极了。7月，是它走进婚姻殿堂的日子。婚期将近，它离开这个世界的日期也随之近了。它愉快地过着最后的日子，也为最后一个节日漂漂亮亮地打扮着自己。

彩带圆网蛛穿着彩条的衣服，蛋黄的黄和雪白的白，两种颜色的彩条交替横排在腹部，而腹部的末端则是黑色和黄色两种竖条纹。它的胸前，还装饰着一个鸡冠花一样的图案。

根据着色用的是涂料还是染料，昆虫的颜色有两种情况。一种是用画笔一扫就可以扫掉的颜色，或者说是涂色。就像是仅仅用涂料把颜色涂在了皮上，而皮层本身是没有颜色的，这和艺术家把颜料涂在彩绘大玻璃上一样。一种是染色，就是对皮层上色，皮层和染料融合在了一起，无法清除。我们还可以用彩绘大玻璃窗来打比方，因为有一种彩绘玻璃是染料和金属氧化物用坩埚熔炼的结果。生命这个无与伦比的艺术家，它的熔炼技巧简单，却熔炼出丰富斑斓的颜色。

成虫用颜色装饰着自己的身体，也装饰着我们共同拥有的这个世界，幼虫也是一样。飞蝗泥蜂的幼虫像清澈的水一样透明，透明的皮下，长长的消化囊带着红葡萄酒的颜色。大戟天蛾的幼虫要比飞蝗泥蜂幼虫鲜艳得多，小小的身体上居然聚集了红、黑、白、黄等多种颜色，真算得五颜六色。在我们地区，它是最惹人注目的昆虫，原因就是它的颜色丰富多彩，以至于昆虫学宗师雷沃米尔亲昵地叫它"美人儿"。

从幼虫到成虫，昆虫也一直在变幻着颜色，让昆虫世界的颜色更加丰富和离奇。圣甲虫褪去蛹的旧衣服，露出一套迥异于未来成虫的颜色。圣甲虫成虫是黑色的，而幼虫的头、足和胸都呈现出鲜艳的铁红色，鞘翅和腹部则是白色的。接下去，圣甲虫会遍体通红，但头部和前足上，浅褐色像淡雾一样开始弥散，这是身体日渐成熟的标志，柔软的小虫子正在变成坚硬的成虫。褐色的雾逐渐弥漫全身，代替了红色，褐色继续加深，以发亮的黑色结束颜色的变幻。一个星期的时间，圣甲虫在颜色的变化中走向成熟，展现着生命美丽的色彩和光芒。

夏夜情歌

有声有色才是一个生机盎然的美好世界。昆虫不仅用颜色装点生命，它们也是地球上最早出现的陆地居民，最早从事声音艺术的抒情诗人。尤其是半翅目和直翅目昆虫，比如蝉、螽斯和蟋蟀，它们更是昆虫世界中最优秀的歌手。

现在是7月中旬，盛夏已经开始，只有晚上才会凉爽一些。

今晚，村里在庆祝国庆，鼓声随着烟花的上升而响起时，我独自一人，在黑暗的角落，倾听着田野联欢会的音乐。这个联欢会，比村庄广场上用火药、篝火、纸灯笼、烧酒构成的节日盛典更庄严，美丽而简朴，恬静而有力。

夜深了，唱了一天的蝉累了，睡了，停止了歌唱，但是它安静的睡眠常被打扰。法桐稠密的枝叶间，会突然传来蝉短促而尖锐的哀鸣，那是夜间狩猎的绿蝈蝈儿抓住了它，那哀鸣是它留给世界最后的声音，痛苦而绝望。

我远离喧嚣来倾听、沉思。当蝉被开膛破肚，成为绿蝈蝈儿美餐的时候，梧桐树上的音乐不会停止。只不过，合唱队已经做了更换，轮到夏夜的歌手上场了。幽暗的树冠深处，蝈蝈儿低吟，像摇动纺车的声音，还伴随着轻微的击打金属才有的清脆响声。那乐曲是多么微弱啊！没有螽斯的响亮，也比不上蟋蟀的，当然更不会像蝉声那样聒噪。即便是在寂静的夜晚，也要有我的小保尔那样敏锐的耳朵才会听到吧。蝈蝈儿的歌声之间是间歇的静默，还有低声的伴唱，轻轻几声，欲唱还休。蝈蝈儿的歌声，即便是合唱，也过于微弱了。但当四野的蛙声和其他虫鸣暂时沉寂下去，蝈蝈儿那若有若无的小夜曲却是柔和的，正符合苍茫夜色的静谧情调。

　　暮色沉沉，当我开始在荒石园漫步、思考的时候，我脚前有什么东西在跑，是被风吹动的落叶吗？不！是小铃蟾，荒石园最小的两栖类居民，可爱的摇着铃铛的小东西。刚才，我的脚步打扰了它的旅行，现在，它藏在一块石头后面，或者草窠里，又摇出清脆的铃声。

　　国庆的夜晚，我身边有十来只小铃蟾，一个比一个唱得欢。它们音质清纯，节奏缓慢，抑扬顿挫，好像在吟唱一首老歌。这个唱一句："克吕克——"另一个细小的声音回唱："克力克——"第三个是男高音吧，唱一句："克洛克——"就这样，小铃蟾夏夜的歌声像节假日乡村的教堂钟声，一直重复着："克吕克——克力克——克洛克——"

　　小铃蟾的合唱让我想起了一种琴，我6岁时渴望拥有的一把琴。那时候，我的耳朵对奇妙的声音开始有了灵敏的感觉，我渴望拥有一把琴，很简单的一把琴。可以不管什么和弦、反和弦、八度音，只是随便拨弄琴弦就能发出乱七八糟却好听的声音，这样简单但能满足一个孩子对美好声音渴望的一把琴。

暮色沉沉，当我开始在荒石园漫步、思考的时候，我脚前有什么东西在跑，是被风吹动的落叶吗？不！是小铃蟾。

作为歌曲，你可以苛求小铃蟾的歌没头没尾；可是作为大自然清纯的声音，它是悦耳的，大自然的音乐都是这样。当然，你也会知道，夏夜此起彼伏的柔和歌声，都是情郎唱给女友的情歌。

歌声中的沉思

在这些夏夜的歌手中，如果说有谁唱出不同的音调，那么可以说是长耳鸮，别称"小公爵"的夜间猛禽。也许只有它的歌声，可以跟小铃蟾柔和的铃声一比高下。这个厉害的家伙模样优雅，有着金黄的眼睛，额头上还有两根羽毛触角，也因此被当地人称为"带角猫头鹰"。它的歌声单调，但响亮清脆。在万籁俱寂的夜里，它一个的歌声就可以响彻夜空。连续几个小时，长耳鸮对着月亮唱着它的"去啊——去啊——"之歌，节拍一直不变。

广场上的人们大喊大叫，法桐树上的一只鸟受惊飞了起来，过了一会儿，落到我身边的一棵柏树上，请求我接待它。我静听着它的歌唱，那歌声打断了蝈蝈儿和小铃蟾的合唱，也压倒了夏夜所有的乐曲。

远处传来像猫叫的声音，跟我身边柔和的音乐形成对照。我知道，那是猫头鹰求偶的喊声和表白。白天，它蜷缩在橄榄树的树洞里，夜幕降临，它就开始大声歌唱起来。它在黑暗中上上下下地飞翔，飞到荒石园的老松树上，把它猫叫一样的歌声加入夏夜的音乐会中。不过，由于离得还比较远，那声音在夜色里变得悠远、柔和了一点。

绿蝈蝈儿，我亲爱的宝贝，如果你拉的琴声再响亮一点，那么，我相信你会是比声音嘶哑的蝉更好的歌手，也会有更多人注意到你、喜欢你。可是，你的琴声太轻了，只有在四周稍微安静一点时，我才能听到你轻轻的琴声。

当萤火虫点燃小灯笼时，意大利蟋蟀便从四面八方赶来，落到迷迭香花丛上，参与到夏夜的合唱中去。意大利蟋蟀也叫树蟋，大概是因为它喜欢停留在各种小灌木上吧。意大利蟋蟀很小，不是田野蟋蟀那样闪光的黑色，而是苍白瘦弱可怜楚楚的，人们都不敢轻易去抓它，生怕碰坏了它娇嫩的身子。但它却有一面小羊皮鼓，歌唱起来，歌声要远远超过蝈蝈儿。这个音乐家看似纤弱，但大大的翅膀却像云母一样闪闪发光，而且它的声音大得可以盖住小铃蟾单调忧郁的歌曲，有点像黑蟋蟀的鸣唱，不过它的琴声更响亮，更优雅，颤音更优美。有人把它当成了普通的田野蟋蟀，但要知道，一般的蟋蟀都是春天的合唱队员，炎热的夏季不会有它们的歌声。夏夜的歌手是意大利蟋蟀，它缓慢而柔和地唱着动人的"克里——依——依"……

以上这几位音乐家，可以说都是夏夜音乐会的主唱。如果安静下来，在夏夜倾听，我们可以辨别出长耳鸮独唱着忧伤的情歌，小铃蟾在奏鸣曲里摇出它清脆的铃声，意大利蟋蟀拉响它的小提琴，绿蝈蝈儿则似乎在敲着小小的三角铁。今天，我们在庆祝攻陷巴士底狱而开创的新时代，昆虫们并不关心人类的吵吵嚷嚷，它们只歌唱生活的欢愉——欢乐的昆虫才会歌唱。

一两个世纪之后，除了博学之士，还会有多少人谈论攻陷巴士底狱呢？我们将会有新的欢乐，也会有新的烦恼。但应该还会有人愿意在夏夜里，听听星空下昆虫的歌声。现在，人类热切渴望无所不能，但过度发达的文明给人类带来的到底是什么呢？小铃蟾在蝈蝈儿、长耳鸮以及其他昆虫的陪伴下，一直唱着它的老调子。它在我们之前就在这个星球上歌唱，并且还会继续唱下去，歌唱太阳万年不变的灿烂光芒。

遗传论、我的家族史和我

从昆虫的无父爱说到遗传说到人

所有昆虫对交配和生育都有本能的狂热，但在满足了情欲，完成了繁衍的任务之后，也几乎所有的雄性昆虫都会立刻和情人断绝关系，它们对未来的孩子当然更是漠不关心，好像和它完全没有关系。给孩子盖房子、准备食物，所有养育孩子的事，基本上都是母亲一个人在做。不管孩子们的母亲累得怎样筋疲力尽，那个父亲却只会像个浪荡子一样，东游西逛，拈花惹草。它为什么不去帮帮孩子们的母亲呢？为什么不学学燕子呢？燕子的家里，总是父母一起把麦秸和泥浆带回来，一起筑巢，一起捉虫子喂养刚孵化出的小鸟。当然，也有的昆虫父亲，在完成交配后迅速衰老下去，不久就死了，似乎它们整个生命的意义就是繁衍种族。这件事做完了，它们的生命也就变得毫无价值，没必要再活下去。这样的父亲，我们不仅无法责备，反而会同情。因为我们总以为，生命应该更丰富一些，应该能体验到更多的美好和欢乐。

如果有人要执拗地在昆虫世界寻找神圣的父爱，那么，我建议他应该把视线投向整天和粪便打交道的食粪虫。采集花蜜的膜翅目昆虫是最灵巧和有天赋的昆虫，它们为孩子贮存一罐罐蜂蜜，准备好一筐筐猎物，可它们的种族里没有父爱这回事，养育孩子的事都是母亲在做，父亲从不参与，雄蜂完成交配后，它的生命和生活就是无所事事。以粪便为食的食粪虫种族才有可能产生承担父亲职责的昆虫，雌雄食粪虫恩恩爱爱，齐心协力为未来的孩子准备好一切。这是大自然的安排，和人的想象完全不同。

当然，也不是所有雄性食粪虫都愿意奉献父爱。赛西蜣螂和圣甲虫都是食粪虫，它们有同样的技艺、同样的养育孩子的方法，可为什么雄性赛西蜣螂是勤劳的好父亲，而雄性圣甲虫却游手好闲，对孩子不闻不问呢？月形粪蜣螂和西班牙粪蜣螂是近亲，可为什么月形粪蜣螂父亲不离不弃，愿意协助伴侣，一起为孩子的到来做准备，而西班牙粪蜣螂却不管孩子什么时候出生，很早就离家出走了呢？

我们暂且放下虫子有无父爱的问题，来看看人，想想我们人的事。人有人的本能，当某些本能从平凡中凸显出来，达到巅峰状态，我们就称之为有天分，甚至天才。天才们展现出的奇异能力，让我们惊叹不已，就像看见上帝赠予人的大脑，在黑暗中闪闪发光。我们惊异、赞叹，却不明白那些高超的才能是如何降临到那些人身上的？

一个牧童在山间牧羊，数着一堆堆小石子打发时光。可后来他成了心算大师，那些压得我们喘不过气来的数字，在他的大脑中却井然有序。对他来说，计算就是数字的游戏，和数山间石子没有什么区别。他怎么会有这样超乎寻常的"数"的天赋呢？

第二个孩子离开欣喜若狂地玩弹子和陀螺的同伴，在角落里一个人待着。他的脑袋就像一座摆满管风琴的教堂，他听见别人听不见的天籁般美好的声音，他也为此心醉神迷。祝福这个孩子吧，将来的某一天，他会用音乐在我们心中引发高尚的情感，因为他有"音乐"的天分。

第三个孩子，在吃东西还会把果酱弄得满手满脸的幼小年龄，却喜欢用泥巴捏出天真可爱的小塑像，用尖刀把欧石楠的树根做成生动的面具，用黄杨木雕出小羊和小马。任他这样发展下去吧，如果上天再助他一臂之力，有朝一日他就有可能成为优秀的雕刻家，把他善于把握形态的天赋发展到极致。

在人类生活的每一个领域里，都会有像上面我们说的这三个孩子一样的人，他们在某个领域如鱼得水，自由展现他们的天分。我们每个人都是带着某种天分来到这个世界的，可这种天分是从哪里来的呢？有人肯定地说，是遗传。有时是直接的遗传，有时是遥远的遗传。如果翻开家谱，一定能追溯到那种天分的根源。

遗传！多么深奥又神秘的一个词啊！科学已经在努力地赐予它光辉，然而，在这里，科学只是为自己创造了一种不合理的行话，让神秘难解的事物更加晦涩难懂。当这样的词语作为一种知识抵达大众时，他们唯一学会的就是自欺欺人地用根本不懂的词语回答根本不懂的问题。把那些晦涩无意义的词语和荒诞不经的理论送给那些喜欢它们的人吧，我追求清楚地面对世界。我没有那么多理论，我只有属于我自己的思考，和我亲眼观察到的现象。真正的理论和概念都有它们的意义，但它们不能是空中楼阁。它们应该来自现象，并能真的解释现象。我希望我的昆虫学研究能展示出丰富的生命和生命现象。但现在，我将用我自己取代小木凳上的粪金龟，像思考昆虫那样思考自己，像一次次向昆虫发问一样，问问我自己：生命的本能和天分到底来自哪里，是否来自遗传？

达尔文在他的著作中赠给我一个"无与伦比的观察家"的称号，如果这是肯定我对昆虫的好奇心，那么，我承认我是热情的昆虫观察者。因为，我感到了自己这方面的才能，感到了鼓动我的无法不走近昆虫世界的本能。但它是怎样发展起来的呢？其中有什么东西应该首先归功于遗传呢？

祖父母和祖父母的家

我对外祖父完全没有印象，只是有人跟我讲过一点他的事。他是个低等文人，一直在社会的下层，跟艰辛的生活搏斗着。那样的人生，自然对昆虫也不会有什么兴趣。如果遇见昆虫，说不定也就是用脚后跟把它踩死。外祖母呢？她的世界里只有她的家和一串念珠。她那个时代，一个普通的小老百姓，没人会关心读书写字的事。对她来说，没有公家盖章的字纸，就是毫无用处的东西。至于昆虫，她更不会放在心上。如果她在泉水里洗菜，看见菜叶上有条虫子，她会被吓一大跳，然后想法把讨厌的害虫扔得远远的。所以，我对昆虫的爱好，肯定不是从外祖父母那里遗传来的。

我的祖父母健康长寿，我在他们身边也生活过不短的时间，所以应该说很熟悉这两位可亲的老人。他们是种田的农民，一辈子没有翻过书本。他们耕种的那块贫瘠的土地在淡红色的高原上，寒冷的山脊上满是花岗岩。他们居住的房子孤零零地，周围杳无人烟，只有山里的狼偶尔会来拜访一下。除了赶集时去附近的村子，他们的世界就是那块贫瘠的土地、那幢房子，和在房子四周生长、开花的金雀花树和欧石楠。

孤寂的荒野人烟稀少，但也并不缺乏别的生命在这里欢快地生活：牛栏里的牛粪永远深得没到我的膝盖，有牛粪当然就会有牛。荒野低洼的沼泽有水滋润，就有牧草长出来，让牛悠闲地咀嚼。夏天，斜坡上会遍布不高的野草，野草中星散着的是白色的绵羊。蹦蹦跳跳的，是快断奶的活泼的小羊羔。还有不停在土里刨食的公鸡母鸡，呼噜噜地哼哼着的母猪，一窝小猪仔吊在母猪的奶头上。这些都是我爱的，一个贫穷的孩子在贫瘠的土地上找到的欢乐——哪个小孩子会不喜欢乡下的这些动物呢！

风调雨顺的时候，人们放火焚烧遍地的金雀花灌木丛，然后，把焚烧后的草木灰翻到土地里，让它肥沃一些。这样的土地，会给人们贡献出黑麦、燕麦和土豆。庄稼地的角落上，会种上大麻，这是祖母喜欢的植物，因为大麻茎皮纤维长而坚韧，可以用来纺织麻布。

祖父是个很好的牧人，是养羊养牛的好手，但他对别的事一无所知，也不感兴趣。如果他知道居然有人乐此不疲地看虫子，一定会瞠目结舌：世上怎么会有这样疯疯癫癫的人！他一定会这样想。如果他知道了那个人就是我，那个脖子上挂着小围兜，坐在他身边吃饭的小孙子，他一定会大发雷霆，骂我不务正业，把时间浪费在无聊透顶的事上。当然，即便发生这样的事，我也不会责怪这个勤勤恳恳、为家人的饭桌奋斗的老人。我理解他，他的世界太小，没办法知道世上还有严肃、高尚又美好的事。

这个一家之长总是板着脸，我可不敢在他眼皮底下养蝈蝈儿、挖食粪虫，虽然，对一个孩子来说，那是多好的童年游戏啊！

冬天吃晚饭的时候，全家老少坐在长桌两边的长凳上，桌子上老是摆着一个简直和车轮一样大的面包。祖父用刀子切好面包分给大家，祖母则用一只铁勺子舀出热乎乎的萝卜汤，依次倒在每个人的碗里。汤在炉膛温暖的火上沸腾着，散发出萝卜和猪油的香味。桌子的另一头放着水罐,渴了就自由地喝。多美好的晚餐啊!屋外是数九寒天,可我们的大壁炉里燃烧着整根的金雀花树干,熊熊的火焰温暖着整个屋子和屋子里的人。照明的火光也是山间的产出:松树碎片。盛着胡桃油的小油灯是不轻易点燃的。不过这也没什么遗憾,那些松树碎片因为浸透着松脂,燃烧时会有一种好闻的松香味道。

吃完饭,祖母就坐在炉火边的小木凳上,开始纺线。我们这些小孩子们,蹲在火炉旁,围着祖母,聚精会神地听她给我们讲故事。那些故事讲来讲去也没什么变化,但依然好听。故事的主人公经常是一匹狼,我们小孩子是既害怕又爱听。我真想看看它,可祖父不允许我夜里去牧场。

当大家谈够了怪兽、龙和蝰蛇,松香味道的小木块也快燃尽,红光渐渐微弱下去,我们就该睡觉去了。我在家里最小,有权利享受床垫,一个燕麦壳填充的口袋。我的哥哥姐姐们,只尝过睡在麦秸上的味道。

亲爱的祖母,您或许遗传给了我结实的身体、勤劳的品格,但您不会理解我对昆虫的热情。但这又有什么关系呢?在您的膝盖上,我找到了安抚悲伤的温情。每当想起您,我就会想起许多温暖的事,好像童年的我一直在您和那个燃烧着金雀花树干的大壁炉旁边。仁厚黑暗的地母呵,愿在你怀里永安她的魂灵!

我的父母和孩童时代的我

我对昆虫的热爱,我的父母也毫不了解。我母亲目不识丁,她的全部教育都来自艰辛困苦的生活、辛酸苦涩的人生。她的世界里,没有余地留给昆虫。我父亲呢?那个像祖父一样强壮勤劳的男人倒是上过几天学，能读几页书，但难度不能超过历史小故事。在我们家族里，他是第一个为城市所诱惑的男人，但他也因此饱尝了乡下人进城的苦痛和绝望。他心地善良，但得到的却只是噩运和生活的重负。当他看见我用昆虫做的标本，二话不说就给了我几个耳光。那是他对我从事昆虫研究唯一的奖赏，也许他是对的。

也许有人会说，我对家族史的追溯还不够久远，但即便我一直追溯上去，我又能找到什么呢？我的家族史里只有在庄稼地里播撒黑麦种子的农民和养牛的牧人。而我，和每一个孩子一样充满好奇心，我只是喜欢观察，有耐心地观察。

为了让贫困的家庭少一张吃饭的嘴，我只有五六岁的时候就被送到了祖父母家里。在那个荒野中的房子里，在过早体味到的寂寞中，在一群牛、羊、鹅中间，我的心里有一种光亮起来，穿透了以前无法穿透的黑暗，我睁开懵懂的眼睛，开始看世界。当一个人开始看世界的时候，他才真正在生活。

有那么一天，我这个喜欢沉思默想的小男孩，背着手，转身面向着太阳。令人晕眩的阳光让我沉醉，那时候，我就像一只被灯光诱惑的尺蠖蛾，飞向灿烂的光。我是用眼睛来享受绚烂的光吗？我问自己。亲爱的读者，请不要笑我。那是未来的观察家在锻炼自己的眼睛和心灵。我闭上眼，阳光消失了；我睁开眼，阳光再次扑面而来。这是我的第一个观察实验，实验的结果是，我发现了眼睛的功能——它们能看。我把这个了不起的发现告诉家人，祖母温柔地笑话着我的幼稚。其他的家人也嘲笑我，他们都认为这是不证自明的事。而我，我以为我发现了我的眼睛。

夜色的荆棘丛中，我听见一种清脆的声音，轻轻的，那么柔和。是谁在黑暗的荆棘中吟唱呢？是鸟窝里一只还不会飞翔的雏鸟吗？耳朵听见的声音诱惑我用眼睛去看,揭开这个声音的秘密。祖父祖母告诉我,会有狼从树林里出来。但我还是要去看看,那声音,就在金雀花树的后面。

耐心是一个观察家不可缺少的品格,我就在那里守候着,但还是徒劳。只要荆棘丛稍微摇动一下,稍微有一点声音,黑暗中的吟唱就会消失。第二天我重新开始守候,第三天我再次守候,这次,伏击成功:我伸出手,一把抓住了歌手——不是鸟,是一只蝈蝈儿。我的伙伴们曾教我品尝过这只小昆虫的大腿,但现在,我比他们更了解这个小东西——它不仅是淘气孩子的美食,它还爱在黑暗里歌唱。我没有把这个秘密告诉家人。

自从我发现了眼睛,我的世界里多了太多美好的事物。孤寂的原野和房前屋后,我看见美丽的花朵睁着紫色的大眼睛向我微笑着。花落了,我看见一颗颗的红樱桃,我品尝过它们的味道。那味道,好的不好的,都留在了我的心里。秋末,祖父把我观察的土地翻得天翻地覆,刨出一袋袋、一筐筐的土豆,我认识它们,因为我们常在炉灶上煮这种大地的产出。各种颜色的花和果,永恒地留在我的记忆中。想起它们,我就能想起它们的颜色、声音和味道。

我,一个6岁的小男孩,就这样到处看着、观察着,为每一棵草、每一朵花和每一只昆虫着迷。这种迷恋,也引我一次次走向花朵,走向昆虫,就像粉蝶飞向菜畦里的甘蓝,蛱蝶飞向蓟草。他的好奇心始终蛊惑着他去看,去了解他看见的一切。然而,我在遗传中找不到这种热爱观察的根源。那个孩子身上隐藏着他的家族里从未有过的某种特殊才能的胚芽,隐藏着他的亲人们没有的火星,等待某一天去点燃他的生命热情。如果没有学校滋养它成长,没有教育锻炼它让它更加强壮,那么,最初的胚芽早就枯萎,火星早就熄灭。

我的学校，我的教育

我的学校，也是鸡窝和猪圈

满7岁的时候，我回到了我出生的村子，回到了父亲的家里，因为我该上学了，再也没有比上学更美好的事情了吧。

我该怎么说我即将在那里识字的那个房间呢？它是学校、教室，也是厨房、卧室和食堂，有时候它还是鸡窝和猪圈。谈到学校，那时的人们还想不到华丽的建筑和舒适的教室，一个破破烂烂的避难所也就足够学习了。

老师的房子，或者说我的学校，有两层。做我们教室的那个房间有个宽大的楼梯通到楼上。楼上有什么呢？我没去过，也不知道。但有时会看见老师从上面抱着喂母驴的干草下来，有时又会看见老师搬下一筐土豆。楼上可能就是个仓库吧，放牲口吃的东西，也放人吃的东西。

下面这间就是我们上课的学校。朝南的墙上有一扇很小的窗户，整个房间唯一的一扇窗户。如果站在窗前，可以俯瞰大半个村子，村子坐落在山谷的斜坡上。山坡是明亮的，房间有点阴暗，亮着的是窗户。阳光的明亮，哪怕只是一幅小画那么大的一块，也会让人心情快乐起来。老师的桌子，摆在被阳光照亮的窗户旁边。

正对着窗户的墙上有一壁龛，壁龛里放着一只铜桶。铜也在发出它的金属光芒。桶里是水，渴了就可以去那里喝水，桶的旁边放着杯子。阳光从那扇很小的窗户照射进来，映照着贴满了墙壁的廉价画像。承担七种苦难的圣母表情悲伤，她蓝色的外套微微敞开，七把利剑刺在她裸露的胸膛。在太阳和月亮之间，天主瞪大着双眼。他的袍子鼓胀，像是有风在吹。

窗户右边的墙上，画的是永恒流浪的犹大。他穿着白色的袍子，脚上是钉着钉子的鞋子，手里拿着根棍子。画上写着这样一句悲歌："人们从来没有见过这样满脸胡须的人"——他的胡子好像是雪崩似的垂落，一直垂到膝盖。

窗户左边是被污蔑的女人热纳维埃芙，陪伴她的是一只母鹿。凶狠的戈洛隐藏在荆棘丛中，手里握着一把匕首。这幅画的上边，画的是克雷第先生之死，他在小酒店的门槛上被刺杀。房间的墙壁，就这样被五花八门的绘画占满。那些画把这个乱七八糟的房间变成了一座博物馆，让我赞叹不已。红、黄、蓝、绿，那些丰富的颜色老是吸引着我的眼睛。虽然老师用廉价的图画装饰他的墙壁，并非为了培养孩子们的审美情趣和思想境界——他不会把这些事放在心上的，但他用他的趣味装饰自己的房间，我们用它装饰了我们的心灵。美好的心，得有丰富的颜色和画面，这对一个孩子尤其重要。那些图画，让我感到幸福。

还有南墙的壁炉，和祖母家的壁炉一样大。在寒风凛冽、大雪纷飞的冬天，壁炉里的树枝燃着火，吸引着我们再靠近一点。壁炉两侧有两个很大的壁橱，每个壁橱里都有一张床，两个寄宿生住在那里。炉火上的小锅里煮着麸皮和土豆，虽然炉膛里燃着我们带来的木柴，但锅里煮着的东西是给小猪吃的。寄宿生享有特权，坐在凳子上，其他人蹲在炉边，或者说锅边。锅里沸腾着，冒着蒸汽，发出"扑通扑通"的声音。老师扭过头的时候，胆大的孩子就会用尖刀扎出个土豆来，放在自己正吃着的面包上。在这里，我们学得不多，但吃得很多。一边写字，还一边吃着胡桃，或者面包。

房间有个门通着饲养场，母鸡带着小鸡在粪堆里刨食，小猪在水槽里玩水。那扇门常是开着的，我们有事没事就到外面去，看看大鸡小鸡，大猪小猪。有时，门一打开，小猪就跑进来，一个挨一个，像是排着队，它们直奔锅里煮着的土豆。纤细的小尾巴卷在一起的小猪，也会在我们的腿上蹭痒痒，用玫瑰色的娇嫩小嘴拱着我们的手讨吃的。在教室里，它们是自由的，东跑西颠，老师和气地赶走它们。

母鸡也会进来，还带着一群毛茸茸的小鸡，我们都会高兴地把面包弄碎，来喂它们。还用手指抚摸着小鸡柔软的绒毛。在学校里，我们很快乐。

忙碌的老师和我们的课

我们的老师是个出类拔萃的人，能者多劳，所以他是个大忙人。

他替外村的一个地主管理财产：看护地主的古堡，负责收割和储藏干草，采摘胡桃和苹果，收割燕麦。天气好的时候，学生们都会去帮忙。也因此，冬天去上学的时候，那个做学校的房间空空荡荡的，只剩下了几个还太小，不能帮着干农活儿的孩子。这样的时候，上学变成了一件更让人快乐的事，因为课堂被搬到了干草堆或者麦秸垛上。上课的内容就是清扫古堡的鸽子棚，或者把雨天从堡垒里爬出来的蜗牛压碎。

老师的手是灵活巧妙的。在学校，他把火鸡或者鸽子的羽毛削成羽毛笔，然后根据孩子们的水平，在他们练习本的第一行画一条线，或者写几个字母或者单词，做学生模仿和练习的范本。老师写这些的时候，我们充满期待——期待老师赶紧写完这些字母和单词，然后开始作画。比起字母之类，孩子们肯定更能从图画里感到美。老师的手灵巧得像是跳舞，移动、旋转着他的羽毛笔，于是，他写的那行字下面，很快就出现了一只花环，而花环里面是一只展翅欲飞的鸟。孩子们都被惊呆了，盯着老师像变魔术一样画出的花环和鸟。晚上，一家人聊天时，会把这幅杰作传来传去，还忍不住赞叹："多了不起的人啊！他一笔就画出了圣灵。"这样灵巧的手不可能只在练习本上给孩子们写字和画画，因此，他还是本村的理发师，给村长、牧师、公证人这些当地有头有脸的人理发。

村子里有婚礼、洗礼的时候，也少不了我们老师，因为老师还是敲钟人。甚至雷雨将至，我们也会停课，因为老师要去摇动大钟来警示人们做好预防准备。给大钟上发条和校正时间这些事，理所应当地由老师来做，这也是他光荣的职务。他只要看看太阳，就会知道是什么时间，然后走上钟楼，把木板打开，置身在一大堆齿轮中间，就是这些齿轮转动着外面的大铁叉一样的表针，但只有我们老师知道铁叉背后的秘密。

老师还是唱诗班的领唱人。晚祷上高唱圣母赞歌的时候，老师响亮的歌声响彻整个教堂。

在这样的学校，有这样的老师，我们可以学习到什么呢？

我们年龄小的孩子每人一本识字课本，课本的封面是灰色的，

母鸡也会进来，还带着一群毛茸茸的小鸡，我们都会高兴地把面包弄碎，来喂它们。

画着一只鸽子。老师太忙了，他在学校有限的时间又花在大孩子们身上。所以，那本识字课本最大的功用只是让我们像是个小学生的样子。我们有模有样地拿着课本坐在板凳上，如果碰巧坐我旁边的孩子认识几个字，就可以让他教教我。当然，坐在锅边的孩子们，会更关心锅里的土豆熟了没有。有时也会为一件小事或者一个小玩具争吵起来。而小猪进来了，小鸡进来了，都会干扰到我们认真看这本书。

在学校，终归是要读书。我们读什么呢？最多是读几篇圣徒故事。也读拉丁文，目的是晚祷时我们也能跟着唱圣歌。历史和地理呢？没有人提起过。地球是圆的还是方的，似乎和我们也没什么关系。让人说话更优雅的语法呢？老师不关心，我们也不关心。放学后，我们回家放羊，花大力气搞懂语法，说话文绉绉的，又有什么用呢？算数呢？还好，这个要学一点。我们会齐声背诵数字、乘法表，孩子们的嗓门之大，足可以把溜进来的小猪小鸡吓跑。

我的自然观察课

在这样的学校里，我那开始萌芽的嗜好会变成什么样子呢？在那样一个既是猪圈又是鸡窝的幽暗的教室里，我对观察的迷恋应该被压抑，最终会彻底消失吧。按逻辑推理，应该是那样，但那不是事实。孩子们对什么事的热爱，可不会那么脆弱。它会纠缠着孩子们的血管，很难离开。它像一个野生的小动物，四处觅食，让自己成长。我热爱观察的眼睛，也像小野兽，在那本识字课本上找到了食物：封面上那只鸽子。我观察那只鸽子的心思，远远超过了对识字的兴趣。

那只鸽子圆圆的眼睛，好像在对我微笑。它的翅膀，我知道，是在天空美丽的云彩之间飞翔。对那双翅膀的热爱，让我一次次细数上面的羽毛。那些羽毛组成的翅膀，带我飞到山毛榉的树林里。山毛榉光滑的树干挺立在苔藓铺成的绿色地毯上，白色的小蘑菇也从那里钻出来，就像是到处溜达的母鸡在树下生的蛋。那双翅膀还把我带到积雪的山峰，这只美丽的鸟会用红色的小爪子在雪地上印下星星的痕迹。多好的鸟啊！因为有了它，我坐在板凳上，很安静。没人知道那个安静的小孩子，眼里有一只鸟，心跟着翅膀飞到了什么地方。

忙碌的老师让我们去帮忙干活儿时，我就把它看成是学校搬家，搬到了蔚蓝的天空下面，我爱这样的露天学校。老师把我们带到黄杨木树林边上，要我们把那里的蜗牛踩碎。而我的脚总是在一堆蜗牛那里犹豫起来，它们是有多漂亮啊！黄色的、玫瑰红的、白色的、褐色的，那么五颜六色的蜗牛。我把它们装在袋子里带走，这样我就可以随时看看它们了。

在帮老师收割草地时，我会把青蛙的皮剥掉，用它做诱饵，在小溪边钓虾。在赤杨树上，我可以捉到丽金龟。这种金龟子特别美，比蔚蓝色的天空还要美。我采来水仙花，倒不是欣赏它的美，而是学着吮吸花蜜。我知道，水仙花蜜吸多了会头疼，但还是忍不住去采水仙美丽的白花，它的副花冠有一圈好看的皱褶花边。

打树上的胡桃时，贫瘠的草地上会有蝗虫，它们也是我的伙伴。有些蝗虫的翅膀展开，是蓝色的、扇形的；有的则是红色的、扇形的。露天学校，即便是在数九寒天，也会让孩子们的好奇心感到饥饿。虫子和植物喂养着我的好奇心，我也越来越热爱它们。

学校里的那扇窗子是老师和大孩子们的特权，他们不在那里的时候，我才能站在窗口，让眼睛享受外面缤纷的世界。而在我的家里，我拥有自己的窗子，能够随心所欲地看窗外的一切。从那里，我甚至以为我看见了世界的边缘。阻挡了地平线的丘陵有个缺口，我的目光穿过那个缺口，看见赤杨和柳树，以及树下流淌的小溪，溪水里会有虾在迅疾地游动。高大的橡树矗立在山脊，长到云霄里去了。再远就看不见了，看不见的地方，充满神秘。

半山腰上有一棵高大挺拔的椴树。我们小孩子玩游戏时，被岁月掏空了的树干是我们最爱的藏身之地。如果是集日，赶着牛羊经过的人可以在它巨大的树冠下停下，人和动物一起在树荫里歇歇脚。

书里有人还有植物和虫子

每天的观察，让我熟悉天地间的植物、昆虫和飞鸟，但识字课本依然陌生，我花在它身上的时间太少了，真的太少了。而父亲，从城里给我带回一张看图识字的挂图，五彩缤纷的，挺好看。图被分成很多格子，每一个格子里都有一个动物，旁边写着它的名字。我把这张图贴在了我的窗边，这样我就可以自由地看窗外高大的椴树，还有挂图上那些动物：驴子、牛、鸭子、火鸡……还有我一点也不熟悉的河马和瘤牛。

看图上的动物是一回事，认字是另一回事。我和那些动物日渐熟悉，但和那些字却亲近不起来，我们依然陌生。还好，有父亲帮我。结果，我进步很快，几天工夫，我居然就可以阅读那本画着鸽子的课本了。父母很吃惊，我这样的进步是他们不曾预料的。今天，我得说出这其中的秘密，是父亲给我的那副挂图，格子里那些动物帮助了我。我爱它们，它们就回报我。

好运再次降临：作为对我进步的奖励，我得到了一本拉·封丹的《寓言诗》。书里有许多图画，虽然小得很，也不太准确，但已足够满足一个孩子对动物的热爱了。乌鸦、狐狸、狼、喜鹊、青蛙、兔子、驴、狗、猫……全是我认识的动物！书是有多美好多奇妙啊！书里的动物是可以说话的，我甚至觉着它们可以坐在一页页的书上和我说话。因为这些动物，会说话的动物，我把拉·封丹当作了永远的朋友。

10岁的时候，我上了罗德兹小学。在这所学校，我学了不少希腊神话，满脑子巨人和英雄。因为对自然的热情，我总是很快就能在书里找到植物和虫子。即便神话里的巨人和英雄，他们也离不开植物和昆虫啊！像神话中说的，腓尼基人卡德穆斯把龙的牙齿种到地里，像播撒蚕豆种子一样，然后就会从土地里长出士兵和军队。这是多有想象力和好玩儿的说法啊！蚕豆一下子就拉近了我和英雄们的距离，我没见过龙的牙齿，但熟悉蚕豆啊！脑子里有了卡德穆斯，我也不会忘记田野。星期天和星期四我会去看看报春花和黄水仙，看看它们是否还在草原上生长，开花；朱顶雀是否还在刺柏上孵它的鸟蛋；花金龟会不会从摇曳的白杨树上落下来。对大自然，我始终怀有磨灭不了的激情。现在，我把同样的热情也给了那些好看的书。

我开始读伟大的古罗马诗人维吉尔，他的诗歌里除了人，还有蜜蜂、蝉、斑鸠、小嘴乌鸦、山羊和金雀花。读那些描写田野的响亮诗句，就和到田野去观察植物跟虫子一样让我幸福。读过维吉尔，他就和拉·封丹一样，留在了我的精神世界里。我喜欢通过书，把一个个伟大的人拉进我的脑子里，让一棵棵植物在心里生长，一只只昆虫在心里蹦蹦跳跳。

人不是任凭风吹雨打的麦秸

正当我沉浸在维吉尔和田野里的植物跟虫子的时候，我不得不向学校告别了，家里已经贫困得揭不开锅了。我得努力去挣几个买土豆的钱，生活就是这样，不会照本宣科，也不太理会你设计的蓝图。

很多人说过，理想主义不能当饭吃。那么，在这样贫困和慌乱的日子里，我该离开昆虫，昆虫也该离开我了吧。我只能说，庸人的哲学不能解释我的人生。我的生活像遇到海难的墨杜莎轮船，我也确实像在求生的木筏上挣扎，但海浪没有吞噬我，我是那个幸存者。因为，即便在那样艰难的境遇里，我也无法忘记初次遇见松树鳃金龟的情景，那只昆虫的触角、翅膀上的图案、栗色身子上的白色斑点，都是我艰辛生活中的阳光。

幸运之神不会抛弃勇敢的人，它把我带到了一所初级师范学校。在那里，粗粮粥和粥里的栗子、鹰嘴豆能填饱我的肚子。校长是个慷慨大方的人，感谢他对我这个新生的鼓励和信心。只要我达到学校的基本要求，他就差不多任由我做我迷恋的事。我学过一点拉丁文，就用它整理与植物和昆虫相关的知识。我比任何时候都更加沉迷于昆虫和花朵。我的同学翻着字典检查听写练习的时候，我却在悄悄钻研着夹竹桃的果实、金鱼草的果壳、胡蜂的螫针以及步甲虫的鞘翅。

那时候，博物学正在经受着傲慢与偏见，一个人不可能靠博物学挣一碗饭吃。我也得考虑未来的谋生手段，就这样，我选择了不需要投资太多的数学，一块黑板、一支粉笔和几本书就足够学习这门学问了。就这样，我废寝忘食地投身于圆锥曲线和微积分的学习。缺少导师，也没有什么帮助，我只能靠我自己。为了将来的饭碗奋斗拼搏时，我逃避着植物和昆虫，害怕被一棵新的禾本科野草和一只不熟悉的鞘翅目昆虫所诱惑。我把那些我热爱的博物学图书从脑袋里拿走，逼迫着自己学习数学。

师范毕业后，我被派到阿雅克修一所中学教物理和化学。这也是不幸中的幸运吧。生活就是这样，不幸也不可能彻底不幸下去，而是总会有幸运相伴。学校离海不远，美丽的贝壳被海浪冲到沙滩上，我把它看作上帝赐我的礼物。诱人的香桃木树林里，密密麻麻地生长着野草莓树和黄连树。华丽的大自然以极大的优势和我的数学搏斗着，最后，我忍不住对自己妥协：把闲暇的时间分出一点给贝壳研究和植物标本采集。假如没有数学书里的XY来骚扰我，这个地方将会是一个怎样美好的露天学校啊！我又将会怎样痴迷地学习大自然安排的一门门课程啊！

毕竟，人不是听凭风吹雨打的麦秸。命运可以随时变成厄运，把我们设计好的人生引向相反的方向。这没什么可抱怨的，虽然生活的不幸让我脸色苍白，面容憔悴。但我还是一棵树，根须汲取着生活赐予的每一滴苦水，也汲取着每一滴甘泉。为生计而被迫学习的数学，只是耗费了我的青春；但上帝却也赐予我对昆虫的热爱，抚慰了我艰辛的生命。

大名鼎鼎的植物学家雷吉安来到阿雅克修，我把这也看作生活给予我的甘泉。雷吉安是个热爱植物也热爱朋友的人，不管走到哪里，他都会随身带着一个做植物标本的纸板盒，会把精心做成的标本分送给朋友们。我跟他也很快熟悉起来，一有闲暇我就会陪他四处走走，跟他研究植物。可以自信地说，我应该是这位植物学大师最认真用心的学生。

在雷吉安的引荐下，我随后又结识了莫干·唐东。我先是写信给这位著名的学者，向他求教植物学的问题。后来，他也来到了阿雅克修，准备编一本植物图集。他来的时候，我请他住在我那里：睡的是一张临时搭建的面向大海的床，吃的是海鳝、大菱鲆和海胆做成的食物。这样的食宿让这位博物学家倍感新鲜。我的热情也感动了他，我们也很快就熟络起来，无话不谈。用了半个月时间，我们完成了植物采集。

和莫干·唐东在一起，激发了我身上新的才能，也让我有了新的人生远景。在我眼里，他不仅是记忆力超群的学者和教授，而且是一个有大胸怀大视野的博物学家，一个能从微小细节思考生命大问题的哲学家，一个能用有魔力的话语表达真理的诗人。跟他在一起，我体会到了前所未有的精神愉悦。

我带莫干·唐东去海岛中心的雷诺索山，把白霜不凋花介绍给他。当地人把我喜爱的这种花叫作盘羊草，或者毛茸茸的玛格丽特皇后。从它的这几个名字你也会知道，这棵植物不会惧怕寒冷，它在皑皑白雪里开花，它的花朵是银白色的，毛茸茸的，像是温暖的棉絮。除了白霜不凋花之外，这位热情欢快的学者还采集到了许多罕见的植物品种。他的热情和欢快比白霜不凋花还吸引我、感染我，他对我讲的一番话更是久久回荡在我心里，让我陷入沉思，思考我的未来："放弃数学吧！你根本不喜欢那些公式。去研究虫子和植物吧！如果你确实像你表现的那样，对于植物和虫子，血管里有无限的热忱，就不必担心将来没人倾听你讲述它们的故事。"从雷诺索山寒冷的山峰走下来的路上，我打定了主意：放弃数学，把生命献给我真正热爱的东西。

我不仅热爱植物和昆虫，而且，我知道我有这方面的天赋，我生来就是个动物画家：我善于观察它们，并且能够讲述它们的故事。至于为什么我是这样的人？我不知道。我只知道，我们每个人生来就在不同的领域有自己特殊的天赋，这种天赋可以让我们成为我们自己。

动物有本能，人有天赋。本能和天赋都可以让生命达到平凡之上的高峰。本能代代相传，经久不变。对于一个动物种族来说，本能是永恒的、普遍的，始终如一，没有差异，不同的节腹泥蜂有着相同的本能。而天赋不能遗传，天才的儿子也可能是庸人，甚至白痴。天赋也不能获得，但可以通过练习完善。我的学校，我的书，我遇见的人，各自都以特殊的教育方式，提供给我不同的信息和练习机会，完善着我的这种天赋。

天赋就在那里，至于人能把它实现到什么程度，那是另一回事。如果有人注定是听凭风吹雨打的脆弱麦秸，那么，他的天赋就只能是没有发芽就霉烂了的种子。

蟋蟀的住所、歌唱和情爱

蟋蟀的住所和童年记忆

人们对植物的认识要远胜于对昆虫的了解，被人熟悉的昆虫屈指可数，甚至可以说寥寥无几。蟋蟀算是昆虫中最享有盛名的一个，有不少文学作品写过它，它也在很多人的童年记忆里。文学作品会写它的住宅，人们会喜欢会怀念它的歌声。住所和歌声，也是蟋蟀获得不小声誉的主要原因。

除了拉·封丹的寓言，弗罗里安也写过一篇蟋蟀的故事，可惜只顾追求辞藻华丽，结果却是全无生气，缺乏纯真的风趣，而后者实在是一篇好文章必不可少的东西。但其中写到一句蟋蟀的话，还有点纯真的风趣："我多么喜欢我深深隐居的地方！"

写蚂蚁和蝉时，我曾引用了一首无名诗人的诗，他还有一首蟋蟀的诗，写得也不错。和弗罗里安一样，他也写到了蟋蟀的住所，诗中说狂风暴雨也不会让蟋蟀惊慌，它待在自己家里，依然可以欢乐地歌唱。在这首诗里，我看到了我熟悉的蟋蟀，像个豁达的隐士，身居陋室，但怡然自得。

在居住这方面，蟋蟀的确与众不同，因为一般的昆虫只有临时住处，只有蟋蟀成年后有固定的居所，从不搬家。而且，那居所是蟋蟀自己一手建造，它们没有别的依靠，靠的就是心灵手巧。在建造住宅这件事上，蟋蟀着实胜过很多动物。它不会随随便便造房，而是要选址，环境要干净卫生，方向要朝阳。它也不会利用废弃的洞穴，而是全靠自己一点点挖成。蟋蟀不是出类拔萃的挖掘手，因为它没有专门的挖掘工具，和食粪虫那样强壮的建筑工相比，它优雅得近乎柔弱。那样的身体，能挖出那么精致的居所，真是让人惊叹。大概只有人类，在建造住宅方面比蟋蟀高明一点。

说起蟋蟀的家，应该会有很多人知道的吧。因为我们还是小孩子的时候，到草地上玩耍，会常常停在蟋蟀隐士的家门前。蟋蟀很胆小，不管你的脚步有多轻，蟋蟀都会听见，听见了，就迅速向后缩，逃回到洞穴深处。说是深处，其实能有多深呢？最多也就是八九寸。

是因为喜欢蟋蟀的歌声吧，小孩子们都喜欢抓蟋蟀，也都是抓蟋蟀的行家。即便蟋蟀逃到洞里去了，小孩们也有办法。把一根稻草插进它的洞里，轻轻摆动。蟋蟀是有可爱的好奇心的昆虫吗？那根摆动的稻草把它逗弄得心里痒痒的，它想知道上面发生了什么，就犹豫着离开洞穴深处，摇动着触角探测外面的情况，最后实在抵不住诱惑，彻底走出洞穴来。走出来的蟋蟀是很容易抓的，因为它简单的大脑已经被那根稻草摇昏了。但如果你第一次没抓住它，让它逃回洞里，再抓可就有点难了。任凭你摇动稻草，它都疑心重重，不轻易出来。但没关系，稻草的挑逗不行，那就采取比较野蛮的方式——一杯水倒进洞里，就可以把不肯就范的隐士冲出来。

天真活泼的孩子在草地上抓蟋蟀，把它带回家，关在草编的笼子里，用生菜叶或者南瓜花喂养它。深居简出的蟋蟀不讨厌笼子，依然幸福地生活，快乐地歌唱。拥有一只蟋蟀，可以说是孩子们最宝贵的财富，他们精心照料那只小昆虫，那只小昆虫呢，作为回报，为孩子们演唱纯真欢乐的田野之歌。那个和蟋蟀歌声一样纯真欢乐的时代真是美好，让人怀念。多少年过去，我还在草地上寻找蟋蟀的家，但不是单纯怀旧，也不是只为聆听蟋蟀的歌唱，我是在搜寻研究的对象，那是另一件美好的事。小蟋蟀们，今天我又看见了你们，给我讲一些你们的秘密吧。

青草丛中的蟋蟀，把家安在朝阳的斜坡上，它会在那里挖一条隧道，在土里面修建它的居所。外面的雨水迅速流过斜坡，不会流到家里去。更何况，蟋蟀的家门口还有一丛草。俗话说兔子不吃窝边草，蟋蟀也是一样的。它走出家门去吃周围的草，但不会吃门前的草，因为那是它的遮雨棚，遮挡雨水，也隐藏起了家门。蟋蟀的门前总是打扫得干干净净。春夜，四周安静下来，蟋蟀就坐在门前，拨动琴弦，开始歌唱。

蟋蟀的歌唱和家庭的不幸

4月末，蟋蟀开始歌唱。起先是零星地、羞涩地独唱，但不久，零星的歌声就汇聚在一起，成了春天的合唱，似乎每丛小草里都有蟋蟀在歌唱着。蟋蟀，是春天的歌手，它们的歌唱，是最美的春之声。灌木丛中，百里香和薰衣草的花朵盛开时，云雀飞到云霄里去了，它在蓝天上高歌，优美抒情的歌声从云端落到大地。大地上呼应着云雀的，正是蟋蟀的歌声。歌声旋律简单，但那单纯的声音，却最配得上春天的新鲜和欢乐——这是大自然生命复苏的赞美之歌！是萌芽的种子和初生的新叶喜欢的歌！在云雀和蟋蟀的二重唱中，谁应该得到胜利的棕榈叶呢？[1]
我要把这棕榈叶颁给蟋蟀，尽管文学作品中总是赞美云雀的歌唱。我的
颁奖理由是：蟋蟀歌手数量众多，歌声此起彼伏，连绵不断，而且时而
柔和低吟，时而雄浑嘹亮；那歌声有抑扬顿挫的节奏，有完美的颤音，
这样的歌声欢乐又庄严，完全压倒了对手。云雀听了蟋蟀的春之歌，停
止了歌唱。田野里青蓝色的薰衣草在阳光下摇曳，如同香炉里升起的袅
袅烟缕。它们，都像是在静听蟋蟀的浅斟低唱。

　　春日的阳光里，春夜的月光下，蟋蟀在自家门口歌唱，唱给自
己，也唱给女邻居们。雌蟋蟀和雄蟋蟀都是独居的隐者，那么，当春
天到来，雄蟋蟀唱响情歌，是谁走出家门，走向对方呢？是唱歌的雄
蟋蟀唱着歌去找意中人，还是雌蟋蟀禁不住歌声的诱惑，顺着歌声去
找唱歌的人？按我们的想象和推理，应该是沉默的雌蟋蟀顺着歌声去
寻找歌手吧？但事实正相反，是唱歌的雄蟋蟀走在月光下，或者黑暗
里，去寻找低头不语的意中人。虽然二者相距也不过就是二十几步，
但对于平时足不出户的隐者来讲，那实在是一段漫长的旅途。我甚至
担心，它到处游荡，会找不到回家的路，最终无家可归，悲惨地死在
路上，成为夜间觅食的蟾蜍或者别的什么昆虫的美食。

　　而当雄蟋蟀千山万水，终于走到意中人门前时，那雌蟋蟀却跑
开，躲到草丛里去了。古代的牧歌诗人明白这其中的秘密，写道：
"它一边向草丛逃去，一边偷看着求婚者。"两千年前的诗人，观察
细腻，诗句动人，自有一种欢乐纯真的风趣。诗句把情人间的打情骂
俏写得欢快又圣洁，而且也让人知道，古今中外，情人间的伎俩都是

1　希腊神话中，太阳神阿波罗生于棕榈树下，后来，这棵树就被栽在了太阳神神庙里。阳光透过
高大的棕榈树叶照射大地，神秘而神圣。因此，在古希腊的运动会上，会颁给胜利者棕榈叶，作
为极高的荣誉。以后的西方文化中，棕榈叶也就成了胜利的象征。

一样的啊！

　　雄蟋蟀的歌声再次响起，雌蟋蟀最终被歌声里的激情所打动，从草丛里走出来，而那雄蟋蟀赶紧迎上去，又猛地转过身子，倒退着走向意中人，它要钻到雌蟋蟀的身下去。这种奇怪的仪式和动作完成时，蟋蟀的交配也就宣告结束。来年的草地上，会有无数可爱的小蟋蟀在这里跳跃、长大，学会歌唱。

　　雄蟋蟀靠着歌声的魅力赢得了雌蟋蟀的青睐，它们住到了一起。但婚后的生活并不幸福，昨天还亲密的伴侣，今天就拳脚相加，全无恩爱了。雌性对雄性异常凶残，这种情况在昆虫世界中不算少见。住在一起的蟋蟀经常吵架，而吵架的结果就是：雄蟋蟀被打得遍体鳞伤，甚至残废，连它的小提琴都被撕碎了。

　　蟋蟀有不幸的家庭生活，但就是那样的家庭，延续着蟋蟀种族的生命，延续着田野草丛间动人的歌唱。我的荒石园里，夜间歌唱的蟋蟀非常多。每一丛蔷薇花中都有蟋蟀的合唱，每一簇薰衣草上都有蟋蟀的琴声。那些枝繁叶茂的野草莓树，那些笃耨香树，都是蟋蟀们歌唱的舞台。草丛和灌木丛里，蟋蟀清脆动人的歌声，是生命间互相的问候。每个歌手都有自己的歌，但歌声都是一样的，庆祝着生命的欢乐。

　　夜空中，天鹅星座在银河划出一个大大的十字架；大地上，就在我的身边，蟋蟀的交响乐起伏回荡。这些歌唱欢乐的小昆虫，让我忘记了璀璨的星空。天上的眼睛平静而冷漠地看着我们，无法打动我的心弦，因为星星缺乏生命的秘密。可是，我亲爱的蟋蟀们，有你们的陪伴，我才感到生命的悸动，而生命才是这个星球的灵魂。这就是我为什么漫不经心地看着天鹅星座，却全神贯注地聆听你们的小夜曲。我的小蟋蟀们，一个有生命的小不点，一个能让人感受欢乐和痛苦等各种复杂情感的小昆虫，比没有生命的浩瀚星空，更让我热爱。

蝗虫的角色

和孩子们一起抓蝗虫

"孩子们，准备好，明天要早起，我们去抓蝗虫！"我的这个通知让正在吃饭的孩子们都欢呼雀跃起来。我的这些小合作者们，我相信，今晚的梦里一定有蹦跳的、飞翔的蝗虫：蝗虫的蓝色翅膀、红色翅膀，扇子一样突然打开；带锯齿的天蓝色或者玫瑰红的大长腿，在他们手指间踢着蹬着。孩子们的梦中都有盏神奇的魔力灯，他们在魔力灯光下看见的东西，我也曾在梦中看见过。感谢生命中有那么美好的天真无邪，它赠给孩子们澄澈的欢乐，也让老去的人保持心灵的热情。

如果有一种狩猎没有杀戮、没有危险，只有纯真的欢乐，而且老少皆宜，那一定就是抓蝗虫。那个抓蝗虫的早晨，我和孩子们是多么欢乐啊！我的观察昆虫的小助手和小伙伴们，每当我看到他们在灌木丛抓捕成功，手里拿着弹跳的小猎物时，那是一个多么闪光的时刻啊！在烈日晒焦的草坡上我们越走越远，这是多么让人难忘的旅程啊！我将永远记住我和孩子们的美好合作，我相信，我的孩子们也将永远忘不了他们和父亲一起抓蝗虫的欢乐。而且，我要以科学的名义感谢你们——我的孩子，你们是我观察昆虫最忠实的合作者，我的研究也离不开你们。

蝗虫也会唱它的歌，但没有多好听，声音又很小，估计只有小保尔那样机敏的耳朵才能捕捉到它微弱的歌吟。而且，小保尔也不仅耳朵机敏，他还手脚敏捷，眼光锐利。有时，我会停下来，看这个小孩子在野菊花丛里认真搜寻猎物。他知道，长鼻蝗虫圆锥形的脑袋就在花丛中仪态万方地做着沉思状。他仔细察看灌木丛，肥胖的灰蝗虫像受惊的鸟一样，从那里跳出来，又飞速逃走。猎手拼命追去，可到了最后，猎手往往只能呆呆地停下，看着蝗虫云雀一样消失在远方。下一次他会小心些，也会幸运些，因为每次狩猎，他都能带回几只漂亮的俘虏。

玛丽-柏丽娜比保尔还年幼，她耐心地寻找着有黄翅膀和胭脂红后腿的意大利蝗虫。她还喜欢另一种穿着更优雅的蝗虫：背部有四条白色斜线，聚在一起就成了一个十字架；外衣上还有几片铜绿色的花纹，就像古代的奖章。安娜举着手，等着找准时机，对准猎物，迅疾扣下。她轻轻地靠近，再靠近，手扣下去，啪！逮住啦！赶快用纸袋把蝗虫装起来吧。安娜也是抓蝗虫的老手了，她把蝗虫的头放在纸袋口上，蝗虫一跳，啪的一声，就跳进纸袋里去了。

我们就这样，每个人都抓了一只又一只，纸袋子都鼓胀起来。在太阳热到难以忍受之前，我们已经拥有了各种各样的蝗虫。把这些小俘虏养在网罩里，如果我们善于询问，它会给我们讲述它的故事。现在，我们带着满满的收获和欢乐，回家。

蝗虫的吃与被吃

书本上的蝗虫声名狼藉，它们被指责为害虫。真的是这样吗？我有点怀疑。当然，那些在东方和非洲酿成毁灭性灾害的蝗虫要排除在外。蝗虫的恶名据说是由于它的能吃，简直被说成了饕餮之徒，但是，我这个地区的农民从来没有抱怨过它们。植物上的芒刺，绵羊咬不动也不吃，蝗虫把它吃掉了；比起庄稼，蝗虫更喜欢吃庄稼地里的杂草；蝗虫吃不结果实的植物，而这往往是其他动物不吃的东西；它们有强壮的胃，可以靠别的动物根本不吃的东西为生。田野里的麦子确实会吸引它们，可是，当它们出现在田野里的时候，麦子早就成熟被收割走了。即使它们进入菜园，也不过是咬坏了几片生菜叶子而已，远远够不上罪大恶极。

我们不能一叶障目不见森林，用一畦萝卜的遭遇来判断无垠的大地。见识浅薄的人，为了保护几只李子，似乎就要打乱整个宇宙的秩序。幸亏他们永远没有这种权利。如果要彻底消灭被指控破坏了庄稼地的蝗虫，你们知道后果是什么吗？

秋天，小孩子们用竹竿赶着火鸡来到收割后的田野，荒芜的田野上只有几簇矢车菊和它们最后几个没有飞走的绒球，那是它们带冠毛的种子。在这样荒凉如沙漠的地方，那些家禽一边走，一边发出心满意足的咕噜咕噜声，它们能在这里找到什么美味呢？答案就是蝗虫。正是这里的蝗虫把火鸡喂养得肥肥的，成为圣诞餐桌上的美餐。

除了家禽，还有野外的鸟。如果你是猎人，而且喜欢生长在法国南方丘陵地带的红胸斑山鹬，那么请剖开山鹬的嗉囊，你看到的还是蝗虫，它喂养了人们喜爱的野味。

还有其他许多动物喜欢吃蝗虫，或者干脆说，以蝗虫为美食，尤其是爬行动物，比如蜥蜴和壁虎。我曾多次看到墙上的壁虎嘴里叼着蝗虫。甚至鱼都会吃蝗虫：喜欢跳跃的蝗虫如果跳到水里，淹死了，就成了鱼的美食。也因此，钓鱼的人会用蝗虫做钓饵。

用不着再举例子了，因为我们已经清楚地看到，草地上的蝗虫，在大地给人制造食品的产业中扮演着重要角色。没有营养的禾本科植物养育了蝗虫，蝗虫养肥了各种飞禽走兽，而后者成了人类的美食。也可以说，通过一种迂回的途径，蝗虫为人类贡献着美味佳肴。甚至，人还会直接享用蝗虫。

有位阿拉伯作家写过一本《大沙漠》，书中写道："在沙漠，蝗虫是人和骆驼最好的美食。"而且他还写了具体的吃法，如何烤着吃，如何炸着吃。在基督教的《圣经》里，蝗虫似乎再次成为人类的神圣食物。《马太福音》中记载施洗者约翰吃的是蝗虫和野蜜。

其实，和我们这里所有的孩子一样，我小时候也吃过蝗虫——我们生吃蝗虫的腿，还觉着味道蛮好的。很多年后，为了尝尝圣人们吃过的圣餐，我还尝试着做了一道蝗虫菜，晚餐时和我的孩子们一起吃。我的做法很简单，拣选肥一点的蝗虫，裹上奶油和盐，用油煎一下。结果，大家认为它比亚里士多德吹捧的蝉好吃多了，甚至可以说味道鲜美。尽管肉不多，但还有点烤虾烤蟹的香味。不过，我不会再吃了。

据说科学无所不能，有人预言它会给人类带来一个新的食品时代。那个时候，牛羊、麦子、水果、蔬菜，都只能成为博物馆的古董，人类的新食品将出自工厂，而不是土地。人类也随之进步到不再需要田间劳作，酷暑严寒中在土地上耕种放牧，都会成为遥远的记忆。真的会这样吗？我深感怀疑。

我相信的是，无论何时，人类都会明智地保存农业、牧业和渔业，我们永远需要大地上的动植物耐心地给我们准备食物；比起粗暴的工厂，我还是信任大自然细腻的加工办法，尤其是信任大肚子的蝗虫。因为是它们齐心协力，给我们送上了圣诞晚餐的火鸡。比起蝗虫喂肥的火鸡，真的会有人喜欢用什么技术手段制造出来的工业仿制品火鸡吗？

松毛虫的"松"是松树的"松"

思想的收获不会依赖远方的风景

　　青春年少的时候，我也曾有过周游世界的梦。那时候，渴望着像鲁滨逊一样漂流，幻想着《天方夜谭》里那张飞行的魔毯，它能带我去想去的任何一个地方。而多少年后，印度的热带雨林、巴西的原始森林、南美洲大兀鹰喜爱的安第斯山脉，所有的这些远方都被压缩成了一小块围墙围着的地方——我的荒石园。

　　但我不会抱怨，因为我知道，思想的收获并不依赖远方的风景。在日常散步的乡间小路上，让-雅克·卢梭为采集到新的植物而快乐着；窗子角落偶然长出一棵野草莓，贝纳丹在那里发现了一个大世界；梅斯特尔足不出户，把扶手椅当作马车，做了一场著名的屋内旅行，写出《围绕我房间的旅行》。我当然渴望观察地球上每一个角落的昆虫，但我首先得观察在我身边生活着的那些虫子们。

　　在荒石园，我一站一站地旅行，仔细观察每个角落，挨家挨户地拜访我的邻居——我热爱的昆虫们，耐心地问这问那。也许直到很久以后，我才能得到它们只言片语的回答。对此，我不仅不会介意，而且心里满是温柔的情感。我熟悉昆虫们生活的每一个地方，每一个地方都有我生命的温情：修女螳螂居住的树枝，切叶蜂常来的丁香树丛，苍白的意大利蟋蟀居住的荆棘丛——宁静的夏夜，那里会升起它们轻轻的歌声。

有时，我也会走出荒石园，来一次"长途旅行"——在离荒石园一百米远的地方，我绕过篱笆，去问候圣甲虫、天牛、粪金龟、螽斯、蟋蟀，还有绿色蝈蝈儿。研究这些部族的生活史、生命史，像是我这一生的使命。当然，因为过分熟悉，有时我也会对这些近在咫尺的邻居感到厌倦，毕竟，生命总是渴望新鲜。但热爱生命、探究生命的人，不用长途跋涉，就是在日日生活的地方，也总会找到生命的新鲜，和新鲜的生命。

在荒石园丛生的荆棘中，几棵参天的松树巍然挺立。成串的松毛虫在树上爬行。但它们对我来说，还有点陌生。我决心走近它们，研究它们，听它们给我讲一些新鲜的生命故事。

松毛虫卵块和美学原则

在过去的年月里，松毛虫占领了荒石园那几棵高大的松树。松毛虫的松是松树的松，它们喜欢在松树上安家，但对于松树来讲却是一场浩劫，就像一场森林火灾一样。如果我任凭它们为所欲为，松树上将再也见不到绿色的松针，而我，将再也听不到松树的喃喃细语。所以，为了保护松树，每年我都不得不清除松毛虫的窝。

松毛虫，我们缔结一项条约吧。你们给我讲述你们的故事，讲一年，两年，或者更长的时间也可以，直到我了解你们的全部。如果你们答应我，我愿意奉献出我的松树，和风穿过松树时松针的呢喃。你们知道，那是我爱的。

8月上旬，站在松树下，眼前郁郁葱葱的青枝绿叶上就有松毛虫的卵。松树针成双成对，一对叶子的叶柄像是被一个笔套给包住了。这个笔套似的圆筒就是松毛虫的卵房，看起来就像是榛树或者柳树还没有开放的柔荑花序。它的长度大概有三毫米，直径四五毫米，白中略带点橙黄，如丝绸般柔软光滑，上面覆盖着鳞片。鳞片像是屋顶上层层叠放在一起的瓦片，排列整齐，牢牢地贴在松针上，保护着里面的卵：松间的风不管有多大，都不会把它吹下来；雨水，或者露水，也不会渗进去。

这个保护虫卵的鳞片层是哪里来的呢？昆虫学大师雷沃米尔写过松毛虫的生命史，他没有见过虫卵，但曾根据观察雌蛾——松毛虫的母亲——做过这样的推测：

雌蛾身体尾部有一块发光片，我第一次看见时，其形状和光泽就引起了我的注意。我发现，那是一个奇妙的鳞片堆。雌蛾好像要用这些鳞片来覆盖虫卵。可惜，松毛虫蛾并不想在我的住处产卵，最终也没告诉我，那些鳞片有什么用处。但我知道，那些鳞片不可能毫无用处地堆在那里。

是啊，大师说的是对的。天生我材必有用，大自然不会制造毫无用处的东西。而且，您猜测雌蛾尾部那些鳞片可能会用来保护虫卵，这也是对的。雌蛾产卵后，蜕下自己的壳，为卵做了一个遮风挡雨的温暖的小房子。

我用镊子取下那些有绒毛的鳞片，虫卵就露了出来，晶莹得像白色珐琅小珠子。那些小珠子紧密地贴着，形成九个纵列。我数了一下，每列大概三十五个左右，九排的总数大约是三百。一只雌蛾有这么多孩子，那真是一个大家庭啊。

而且，那些小珠子一样的卵排列得多美啊！雌蛾简直像是一个穿缀珍珠的艺术家。每一枚卵都同临近的卵交错，所以珠子和珠子之间没有任何空隙，真像是珍珠艺术品。一种黏胶把这些小珠子黏合在了一起，也固定住了防御性的鳞片。风和日丽的时候，欣赏雌蛾怎样制造精美的艺术品，真是一件有趣的事。奇妙的是，松毛虫的卵看起来像是整齐的竖列，但实际上，雌蛾却是绕着圈产卵的：一圈一圈地由外及内。保护虫卵的鳞片朝上的末端被用黏胶固定，自上而下，纵向排列，构成保护虫卵的屋顶。凝视眼前这座精美的微型建筑，或者毛茸茸的小穗儿，我想无论是谁，都不可能不发出由衷的赞叹：它是有多漂亮啊！漂亮的是那些珍珠一样的虫卵，更是它们整齐的排列。有人说，是完美的秩序支配了蒙昧无知的虫子，才产生了这样的艺术品。是的，一只卑微的虫子也遵循着和谐的原则，和谐，有秩序，才会有美。

也许，不同的星球会有不同的审美标准。我们的雕塑艺术杰作在天狼星人的眼睛里，也许只不过是大理石或者青铜的玩偶，并不比儿童用橡皮泥或者泥巴捏出的东西更美；我的风景画在它们眼里不过是胡乱的涂鸦；我们的歌剧不过是烦人的噪声……确实，欣赏米洛斯岛断臂的维纳斯需要特殊的眼光和审美标准。但无论在什么样的星球上，无论它是白还是红，是蓝还是黄，我想宇宙间的美，有一种放之四海皆准的原则，那就是秩序。正如柏拉图所说：它已被纳入了永恒的几何学规则，它是至高无上的美的准则。有秩序的美，是万物存在的理由。

也不仅是松毛虫的雌蛾，可以说所有的蛾子在产卵时，都变成了精通美之原则的艺术家。它们用不同的技艺，制造着美的作品。比如天幕毛虫蛾，它产下的虫卵像是美丽的珍珠手链，套在苹果树或者梨树的树枝上。任谁见了，都会以为那作品应该出自珍珠女纤美的手指。我的儿子小保尔看见这种小巧玲珑、精美可爱的手链时，都会不由得瞪大双眼，惊讶地大叫一声："啊！"秩序的美，可以震撼一个小孩子单纯的思想和眼睛，让他不得不热爱，不得不赞美它。

松毛虫卵9月开始孵化，如果此时轻轻掀起卵块上的鳞片，就会看见一些黑色的大脑袋正在咬着卵壳。刚刚孵化出的松毛虫只有一毫米长，白色的身子，发亮的黑色脑袋。它们从壳里钻出来就开始进食，啃咬着坚硬的松针。

松毛虫离开后，鳞片下的卵壳排列在那里，依然整整齐齐。

松毛虫的窝和共产主义社会

11月，天气日渐寒冷。松树的高处，松毛虫开始修建越冬的居所。房址选在松针密集的树枝尽头，松毛虫把丝线缠在松针上，编织一个抵御寒冬的窝。当然，它们不会预测未来，不知道未雨绸缪，不知道冬天的苦难为何物，不会知道冰霜雨雪，它们只是做着本能安排好了的事。它们白天在阳光下睡觉，天气好的晚上，在松枝的建筑工地上热火朝天地劳作，建造、加固虫窝。那热情的场景，直让人觉着它们一边在工作，一边欢乐地唱着："松树摇动落了霜雪的枝形大烛台，我们建好房屋，挤在里面睡觉，多么美好！为了那个美好的梦，让我们热情地工作吧！"

劳动结束后，它们从虫窝上下来。这些身披橙黄色浓密纤毛的昆虫聚在一起，构成一个群落。它们三三两两地列在松针上，压弯了绿色松树小小的针叶，这是多迷人的景致啊！

建好后的虫窝顶部会有一些铅笔粗细的圆孔，那是窝门，松毛虫就是从这里进进出出。虫窝四周，没有被咬过的松针顶端上，也都被系上了丝线，一条条地拼在一起，像是阳台上的遮阳棚。

白天，松毛虫们会来到阳台上，一条虫靠在另一条虫身上，大家挤在一起，一动不动，很惬意地在阳光下小睡一会儿。丝线的遮阳棚既减弱了强烈阳光的照射，也保护着松毛虫不被松间风吹到树下。晚上六七点钟，贪睡的松毛虫才会醒来。大家分开，各做各的事。

晚上七点到九点，如果天气还好，松毛虫就会从窝里出来，下到树枝上。这样的时候，松枝上密密麻麻，挤满了松毛虫，咬嚼着它们的美味针叶，一边在松枝上走着，一边拉扯着丝线。带着一身鲜黄色绒毛和斑纹的松毛虫，波浪似的在白色丝绸上起起伏伏：降下去的，升起来的，横着走的，向前走的，那景象真是美得让人迷醉。

外出觅食时，松毛虫的纺丝器会一直制造丝线，这些丝线挂在嘴上，又被粘在走过的道路上。日积月累，松枝上便被覆盖了一层厚厚的丝线。这些丝线帮助松毛虫找到回家的路，也加固了它们在枝头建起的窝。

要观察自然状态下松毛虫的生活，除了天气必须暖和之外，还需每天夜里提着灯笼去荒石园的松树下观察。即便这样，我可能还是会错过许多生动又重要的细节。要想详细了解一只昆虫的生命史，实验实在必不可少。因此，我在暖房里安置了半打虫窝。当然，还有一束小松枝。松针被吃光后，我再补充新枝就是。

一堆松毛虫在一起就餐时，头向前伸着，安详而宁静，黑色的脑袋在灯光的照耀下闪着光。这真是一幅值得一看的图景，远胜过蚕宝宝的蚕食桑叶。我们家不管老少，都对此有浓厚的兴趣。晚上的聚会聊天，也都是以去欣赏暖房里的松毛虫而结束。松毛虫们会一直吃到深夜。当所有的松毛虫都回到窝里去的时候，已经是凌晨一两点钟。

根据化学分析，似乎具有树脂芳香的树叶都应该适合松毛虫的口味。但松毛虫们不管那些科学分析，只在普通松树、海洋松树和阿勒普松树上生活、觅食。我也按照化学分析所得的材料，向松毛虫提供荒石园产出的其他树叶：冷杉、紫杉、侧柏和刺柏的叶子。这些松针代用品根本无法赢得松毛虫的青睐，它们下决心宁可饿死，也不去碰这些东西。按化学分析做事，却一败涂地，不由让我重新思考科学和生命的关系。科学技术制造了大量对生命有毒的东西，但却很难给人生产出真正的食物。一种工业生产的食品，尽管它的成分似乎非常符合人体营养，但你的胃和身体并不了解那些东西会以怎样的方式在你体内存在，会怎样作用于你。人体的需求，不能用试剂分析、定量。松毛虫的胃和我们的胃一样挑剔，谨小慎微，自有它的奥秘。

我的松毛虫，我总是有太多的事想知道，所以只好再次烦扰你们。请慢慢享用你们中意的松针，同时也请想想我的问题吧。在你们冬天的居所里，为什么居民会渐渐比最初多起来呢？而且，虫窝的大小也参差不齐，最大的相当于五六个小的，大的虫窝是因为居民越来越多，大家一起建起来的吗？你们出行时在松枝上留下密密麻麻的丝线，就像大地上纵横交错的道路，那么，是不是有的松毛虫回家时走错了路，走到了一个陌生的住所呢？走进了别人家里，又会发生什么事呢？

一个简单的实验也能回答很多问题。我把一个虫窝倒空，把里面的松毛虫全部放进另一个虫窝里。结果呢？主人和新来的客人之间没有任何争吵，大家该睡觉时睡觉，该出窝时出窝，平静地吃着松针，就像什么事都没有发生一样。吃饱了，都毫不犹豫地回来，就像始终生活在一起的兄弟姐妹。睡觉前，大家一起纺线织布，把房子的墙壁弄得再厚一点，再暖和一点。我又把三个窝里的松毛虫放进一个窝里，让这个家比原来大了三倍。结果还是一样，松毛虫是多么宽厚地接受新来的居民啊。而且居民越多，纺织工人就越多，大家一起纺线织布建房子。再补充一句，搬迁到新居所的松毛虫对旧家没有丝毫的怀恋，它们没有任何返回家园的尝试，在别人家完全跟在自己家一样，丝毫没有做客的感觉。

在松毛虫的世界里，一个虫群在返回家园时误入别人家是常有的事，几个虫群合并在一起也并不少见。甚至可以说，松毛虫的社会里，就没有什么你家我家的区分，"一切都是大家共有的"，松树上成串爬行的松毛虫这样告诉我。窝是大家的，大家一起来住；松针也是大家的，大家一起来吃。"我为人人，人人为我"，"大家好才是真的好"。每天晚上，松毛虫们一起为一个住所献上自己的丝线，虫窝就这样不断扩大着。如果单枪匹马，孤军奋战，是什么也做不成的，也不会有温暖的虫窝。每条松毛虫都为公共的事业吐出自己微不足道的丝线，织出温暖的房子和大被子，抵御寒冷的冬天。每条松毛虫都为自己劳作着，也为大家劳作着。我的松毛虫啊，你们简直是共产主义理想的完美实践者！对人类而言还是乌托邦的共产主义社会，你们这些小虫子却完美地把它变成了现实！

松毛虫盲从的行列和走不出怪圈的悲伤

拉伯雷的《巨人传》中有这样一个情节：巴汝奇把领头羊扔进大海，商人丹德诺的羊群就前赴后继地跟着跳到大海里。拉伯雷说，绵羊实在是世界上最愚蠢的动物，领头羊往哪里走，它们就跟着往哪里走。松毛虫，比绵羊更盲从，第一条松毛虫爬到哪里，其余的松毛虫排成整齐的行列，就跟着爬到哪里，行列没有丝毫间断，像是一条连绵不断的带子。松毛虫在民间被称为"宗教的仪仗队"，其实古希腊前往圣殿朝圣的行列都没有松毛虫的行列那样秩序井然：每条松毛虫都和前后的同伴首尾相连。

至于领头的松毛虫，也不是靠实力得来的权位，它只是偶然走在了队列前面。也就是说，松毛虫的行列里，谁都有机会做"领头虫"。如果你拿走行列中任意一条松毛虫，那么一队行列就变成了两条，也就有了两个领头虫。于是，两队松毛虫跟着各自行列里的第一条虫子东爬西爬。盲从的松毛虫行列长短不一，我见过最长的行列有12米长，由将近300只松毛虫构成，那盲从的队伍也真是壮观！

现在得说一句：松毛虫终生都是走钢丝的杂技演员。因为它们一边走一边吐丝，而且只在铺设好的丝线道路上前进。这样的前进方式，让我想起了只按着轨道前行的火车。如果给这些虫子一个圆圈的丝线轨道，它们会坚持走一条没有尽头的道路吗？

在我安置松毛虫窝的地方，有几只直径为1.5米的大花盆，里面栽着棕榈树。松毛虫常常沿着花盆爬上来，一直爬到花盆的边沿上。

1896年1月30日，临近晌午，我突然看见一大队松毛虫在窗台上前进，一直爬到了它们喜欢的花盆边沿。另一些松毛虫也陆续赶来，加入进去，把队伍拉长。我停下来，看着它们，等着，等着松毛虫的行列围着花盆闭合，形成一个我期待的圆圈。一刻钟，只用了一刻钟，松毛虫就围着花盆铺设了一条环形轨道！这条没有缺口的环形路线多么完美啊，非常接近一个真正的圆圈！

现在，我得清除还在攀升的松毛虫，它们是圆圈不需要的成员，而且它们的到来只会扰乱圆圈的秩序。还有圆圈之外的其他丝线也得清除，让环形轨道没有岔路，只是一个完美的圆圈。一支大画笔可以完成第一项任务，扫除多余的松毛虫；一把粗刷子，擦抹掉花盆壁上的其他丝线。这两件事做完，一个奇怪又奇妙的景象出现了——

在这个环形的丝线轨道上，松毛虫的行列没有了领头虫，它们只在丝线的引导下移动。没有一条虫子会走下轨道，改变路线，大家亦步亦趋，规规矩矩，围着花盆，或者说，围着花盆四周的轨道，周而复始。在一条只有循环、没有终点的道路上，它们就这样永无休止地转下去吗？

人们常用驴子来象征愚蠢，比利当还用它提出了一个著名的哲学假设：一头蠢驴置身于两份燕麦之间，这两份让驴子垂涎的燕麦重量相同，方向相反，结果，蠢驴因为不知该吃哪一份而饿死。这可算是经院哲学对驴子这头值得尊敬的动物的诽谤，因为现实中的驴子当然不会这样，它会把两份燕麦全部吃掉，来回答闭门造车的哲学家和他的理论假设。但我想问我的松毛虫，你们会有一点聪明才智吗？在没有出路的环形封闭轨道上，经过一次次没有尽头的循环，你们能冲破这个身陷其中的怪圈吗？你们能偏离一点既定的轨道吗？你们热爱的美味松针就在一步之遥的绿色松枝上。如果不能偏离轨道，那么，你们真的会成为哲学假设中被饿死的驴子。

那天中午，风和日丽，松毛虫的队伍在环形的轨道上开始前进。它们步伐整齐，每条松毛虫都紧跟在前面的虫子后面。这些移动的生命没有自由、没有意志，如同机械的齿轮做着机械运动。它们就这样围绕着花盆周而复始地循环着，如同指针之于钟表。面对这条松毛虫带子一小时接一小时的重复转动，我无法赞叹这奇迹般的景象，它们只让我惊得发呆！——生命居然可以这样，如同没有生命的机械。

在松毛虫队伍不停的转动中，最初狭窄的丝线轨道在变宽。我看见，一条漂亮的丝带在花盆淡红的底色上闪光。一天就这样结束了，轨道没有偏离一点原来的轨迹。到晚上十点，天冷了，走了十多个小时的松毛虫们也累了。饥寒交迫，前进的速度越来越慢，直到没有了速度。只要离开轨道，向下，它们很快就能走到我给它们准备好的新鲜松枝上去。可是，这些可怜的虫子不知道这样做，它们饥肠辘辘，却依然对那根带子唯命是从。十点半，我离开了它们。我希望寒冷的黑夜能让它们的脑子开点窍，带给它们一点意志，我希望它们能走出怪圈。

那天夜里，严寒骤然降临。拂晓，荒石园里种着迷迭香的小路上，白霜反射着冷冷的光。松树上的松毛虫躲在窝里，不再出来。天一亮，我就去看花盆上的松毛虫，它们还在，只是一动不动，是险些被冻僵吧。花盆上没有温暖的窝，松毛虫们乱七八糟地聚成两堆，紧紧地挤在一起，熬过了一个难捱的寒夜。

有时，灾难和不幸也是有意义的。冬夜的严寒把松毛虫环状的队伍冻裂，分成了两段，这应该是获救的机会。分成了两段，就有了两只领头虫，就有了偏离怪圈找到出路的可能。环状的队伍像没头的苍蝇，只是盲目地在怪圈里转动；而现在，有了两个领头的松毛虫，它们可以稍微摆脱一点盲从，探寻一下出路啊！

太阳出来了，天暖起来，麻木的行列复苏了，两队松毛虫开始移动。看着那些东张西望、惴惴不安的黑色脑袋，我期待着它们——这些脑袋——能带领松毛虫们偏离一点，只要偏离一点轨道，就能摆脱陷阱一样的怪圈。但我还是失望了。没有多久，两队松毛虫又在环形轨道上连在了一起，自己制造了走不出的怪圈。环形的队伍又开始重复昨天的行动——前进，没有前方的前进，只有循环往复的圆圈。松毛虫的队伍像是精确的机器，严格地沿着轨道移动着。

　　第二个夜晚，荒石园静静的，仿佛一切都被冻住了，包括声音。满天的星斗，冰一样闪着寒冷的光。星光熄灭，又是白天。花盆上聚集成堆的松毛虫再次复活，它们再也无法忍受饥寒交迫的时光了吧？哪怕是为了求生，它们也应该挣扎着离开没有尽头的怪圈。终于，有一条松毛虫离开轨道，虽然它犹豫着，踟蹰不前，但最后还是冒险爬到了花盆边缘，下到花盆来到泥土上，六条毛虫跟着它。而其他松毛虫，冻僵的身体还没有缓过来吧，待在那里，没有动。

　　白天的阳光温暖了这些可怜的虫子，队列恢复常态，又开始在丝路上前进。由于缺了几只虫子，环形队伍的圆圈有了缺口，有缺口就是有了领头虫，它可以带领大家走出去。但什么都没发生，它们依然在怪圈的陷阱里。而出走的松毛虫呢？幸运并没有眷顾它们，棕榈树上没有它们的粮食。饥肠辘辘的它们，沿着留下的丝线回来，回到队伍中去。于是，圆圈又完整了，又开始转动。

　　传说一些可怜的灵魂被施了魔法，永无休止地绕着圆圈跳着舞着，直到一滴圣水滴到他们身上，魔法才会解除。什么样的圣水能拯救怪圈上的松毛虫，引领它们回到松树上去呢？

　　第三个夜晚来了，过去了。第四天，依然没有奇迹。只有一些松毛虫暂时离开轨道，沿着昨天那七只虫子留下的丝路爬到了棕榈树上，重复了一次失败的逃亡。然后，又原路返回，加入队伍中去。于是，一切依旧。

　　第五天，寒夜过后，阳光照耀大地，松毛虫又一次苏醒过来。这一次，漂亮又可怜的环形队伍有些混乱起来。这应该也是获救的可能。昨天和前天出走的松毛虫在花盆上铺满了丝路，今天，又有松毛虫离开轨道，走上另外的丝路。这样，就有了两个松毛虫的行列，它们距离很近。忍饥挨饿的松毛虫队伍越来越乱，有的衰弱不堪，放弃了前进。放弃的毛虫越多，队伍的断裂也就越多；断裂越多，独立的行列也就随之增多，逃离的可能性也就跟着增大。可是，我的希望再一次落空。黑夜降临之前，所有的毛虫再次聚到一起，再次回到怪圈。

2月4日，一个温暖晴和的日子。花盆上，松毛虫的怪圈，断开又连上，连上又断开，就这样重复着无法走出的魔咒。一条松毛虫带着四条虫子离开轨道，向花盆下面爬去。花盆下面就有我放在那里的松枝，但下降到花盆一半的时候，已经离救命的松枝那么近了，它们却转身向上爬，又回到了怪圈的队伍中去。

一次次尝试的失败也不是全无用处，盆壁上留下了怪圈之外的丝路。第八天，花盆上的松毛虫分分合合，时而分成几个小队，时而又合并成长列，走到了花盆纵横交错的丝路上，终于走出了怪圈，从花盆上走了下来。夕阳西下时，最后的松毛虫也回到了窝里。

算是个大团圆的结局吧，那么，对这些没有理性、缺乏思考的虫子，我还要说什么呢？那么多天深陷怪圈，但它们不会总结经验，吸取教训，高贵的理性和它们无缘。它们回到窝里，不是理性的结果，而是环境偶然的改变。如果没有严寒冻裂队伍、如果没有因极度疲劳而引起的停顿和队伍断裂，如果没有轨道之外的几根丝线，没有这一连串的偶然，它们就会冻死饿死在走不出的怪圈上。

昆虫的装死：童年游戏和我的怀疑

昆虫学回忆录之六：装死是个童年游戏

世界各地都有孩子玩过装死的游戏——不是孩子们自己装死，而是他们有魔法，能让手里的小动物们装死。我相信，一定会有读者读到这里的时候，叫一声：是的，我也玩过，但我都忘记很久了。

1833年，我在罗德兹皇家中学上学，现在那所学校是公立中学。还记得那年的复活节到来以前，作业做完了，我们几个淘气鬼跑到山谷，卷起裤管，到溪水里抓花鳅。花鳅没有抓到，附近的苹果树也会给孩子们带来欢乐，尤其是偷偷地从别人家的树上摘下苹果的时候。

给孩子们带来欢乐的还有为复活节准备的火鸡。火鸡随处可见，它们闲散地四处游逛，在农庄周围啄食着蝗虫。我们每人抓住一只火鸡，把它的头压到翅膀下面，摇晃一会儿，然后让它侧卧在地上，这个可怜的家伙就不再动弹了。火鸡们就这样被讨厌的孩子们摆布着，整个草地上到处都是一只只被孩子们折磨得"装死"的火鸡。有时，火鸡的主人——农家女会拿着竿子向我们冲来。但那时，我们的腿多灵活啊，我们跑得多快啊！一边跑还一边大笑不止，孩子们多容易欢笑啊！

我们这些罗德兹的小学生，从哪里学到让火鸡"装死"的魔法呢？肯定不是书本，估计它和孩子们玩的很多游戏一样，没有人知道是从什么时候又从哪里开始。自从有孩子开始玩这种游戏，它就在孩子们中间流传，给一代又一代的孩子带来欢乐。

孩子们能让家禽"装死"，更会让小昆虫"装死"。而且，它们"装死"的样子简直令人吃惊地相像。当然，这是孩子们爱玩的把戏，但怀念孩提时代的成人偶尔也会"折磨"小动物或者虫子们吧，童年的游戏总是以各种方式存在，有时，也会在不再是孩子的人们中间复活。因为，说起昆虫的"装死"，我想起了四十年前的事。

那时，我刚在图卢兹通过了博物学学士学位考试。学位只是一个学习阶段的结束，但也是另一个阶段的开始。如果一个人真正热爱生命，他就会终生都是个小学生。只不过不仅是书本的学生，更是包含世间万物的天地这个大学校的学生。

7月的清晨清凉宁静，我在塞特海滩上采集植物。那天，我第一次采到高山钟花。浪花拍打着海岸，高山钟花的叶碧绿发亮，玫瑰红的钟形花朵盛开。一种奇怪的蜗牛睡在禾本科植物上，它的身体缩在它扁平的壳里，壳是白色的。干燥的沙地上有一段很长的痕迹，像是小鸟在雪地上留下的爪印，只是小了一些。还是小孩子的时候，我就喜欢这些爪印，它让我那么快乐。我跟踪这些微型足印，就像猎人搜寻猎物。到达终点，我就开始挖。在地下不深的地方，会有一只漂亮的大头黑步甲。

抓到黑步甲以后，我让它在沙滩上走，看它留下长长的足迹——像小鸟的爪印那样漂亮的足迹。黑步甲真的很漂亮：它穿着黑衣服，

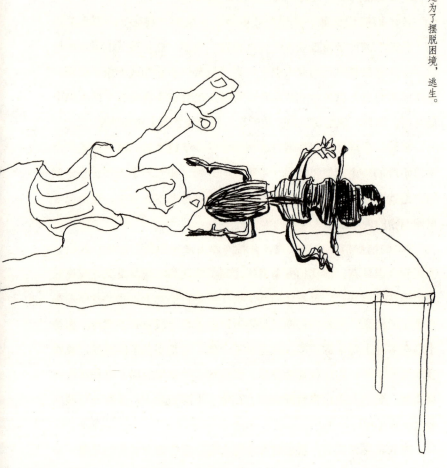

听说，步甲装死是耍花招，是为了摆脱困境，逃生。

但在阳光下，身体却闪烁着黄铜和金子一样金属质地的光泽。但这么漂亮的昆虫，实际却是个愚蠢又凶残的杀手、开膛手。它最擅长的就是疯狂地猎杀，不管对手是软弱的大孔雀蛾幼虫，还是犀牛一样强大的葡萄根蛀犀金龟，这个凶残的家伙都会将对手开膛破肚，掏肝挖心。孩子们不会对昆虫的杀戮感兴趣，他们喜欢的是它会"装死"。让凶残的步甲装死是件很容易的事，我把它夹在指头中间转动，折腾它一会儿，它就像死了一样毫无生气。

听说，步甲装死是耍花招，是为了摆脱困境，逃生。它的智商不足以让它认识人，在它那个小天地里，不会知道人类是什么；孩子们捉它，还是学者捉它，对它来说不会有什么分别。但是，在人们看来，装死的步甲是"知道"，或者说"意识"到了危险。比如，它惧怕它的天敌——食虫的鸟。为了迷惑要捕食它的鸟，步甲就仰面朝天，把爪子聚拢在一起，装死。这样，鸟，或者别的什么猎食步甲的东西，就不再理睬它了，它也会因此成功逃生。

步甲的小脑袋里有这么复杂的想法，是我没有想到的。但这样的说法和解读流传很广：有两个伙伴，在树林里遇到熊，其中一个在逃命时摔倒了，于是就躺在地上屏息装死。熊走到他身边，嗅他的面孔，被蒙蔽，以为是个死人，就走了，这个人用装死保住了性命。那头熊真是天真得可爱。

但实际上，如果真有这样的事，鸟遇见了装死的昆虫，我相信它不会上当，装死是保不住性命的。因为我从未遇见过一只麻雀或者翠鸟，因为蝗虫一动不动，因为苍蝇已经死去，而放过它们。只要昆虫的味道还鲜美，即便它真的死了，鸟依然会把它吞下肚子。

孩子们认为昆虫会装死，这只是他们的游戏而已，只要他们玩得快乐，也不必深究；民间流传的荒谬说法很多，也不在乎多一个昆虫装死；但问题是，学者也这样说。可以说，在昆虫装死这件事上，孩子与成人，民间与学界，居然达成了共识。但即便全世界都这样说，我依然怀疑，昆虫混沌的小脑袋中真的有这样一片理性的天空吗？它真的能"知道""意识到"危险，并且经过"思考"，找到逃生的办法吗？

装死何为？

要装死，就得对死有几分了解。道理很简单，我们无法模仿我们一无所知的东西。昆虫，还有人之外的其他动物，它们会认识到生命的有限性吗？它们简单的脑子里，会思考生命末日这个令人痛苦的问题吗？我跟昆虫们接触这么多年，还从没有遇见过一只和我讨论死亡的虫子。不懂死亡，如何能模仿死亡，去装死？

对生命终点的认识，既是人类最大的痛苦，也是人类的崇高伟大。卑微的动物们免除了这种痛苦，同混沌状态中的孩子一样，动物们活在当下，它们不会记忆历史，也不会思考未来。动物们永恒在混沌中，而孩子们会很快走出混沌。

我们家有一只可爱的小猫咪，全家人都喜欢它，尤其是孩子们。但被疾病折磨了很长一段时间后，昨天夜里死了。早上，是孩子们先发现它躺在窝里，身体僵硬，大家都很难过。4岁的小姑娘安娜尤其悲痛，她看着曾和她一起玩耍的小伙伴儿，抚摸它，叫着它的名字，喂它牛奶，然后伤心地跟我说："小猫赌气了，它不吃我的早餐，它睡着了，什么时候醒来呢？"

孩子面对死亡时的话语、行动和天真无邪让我心如刀绞。我想办法支开孩子，悄悄埋葬了小猫。以后吃饭的时候，小猫再也不会出现在饭桌周围了，悲伤的小姑娘最后终于明白：她的小猫不会再来了，它醒不来了——它死了。死亡的概念第一次模模糊糊地进到了孩子的心里。小孩子不明白的事，昆虫会明白吗？小孩子渐渐明白了的事，昆虫会渐渐明白吗？它能理解生命未来的结局吗？我们不必急着下结论，还是直接去问问它们吧。

我首先问的是黑步甲，这个会装死的家伙曾在塞特海滩上陪我度过了一个个美妙的早晨。离开那片海滩多年后，我依然能轻易让那个凶残的杀手"装死"：用手指摆弄它一会儿就可以了。更好的办法是让它从不高的地方掉落到桌子上。受到震荡的黑步甲一下子就仰面朝天躺在那里，再也不动。我连续做了几次实验，黑步甲装死的时间最短也有一刻钟，最长的一次将近一个小时。

装死的黑步甲躺在我前面的桌子上，我观察它，它也用炯炯发光的眼睛望着我，观察我。看着它面前庞然大物的一个人，这只昆虫会看到什么呢？从无限渺小的深处看，广阔无垠也是子虚乌有。

如果黑步甲是在装死，它在看着我，并认出我是迫害者。那么，只要我在那里，它就会一直装死。相反呢？如果我走开，它面前没有了迫害者，按"装死"的逻辑，它应该立刻翻身爬起来，逃之夭夭。

我走到大厅另一端，隐藏起来，也不发出任何声响。但是，黑步甲没有站起来，而是和我在的时候一样，继续装死。也许它发现我了吗？我应该走得再远一点，走出屋子，走到荒石园。二十分钟后我进屋去看它，它依然仰面朝天；四十分钟后，我进去看它，它依然一动不动。如果是为了欺骗迫害者，那么当迫害者走了，不在了，欺骗也就没有必要，黑步甲应该逃走才对，可是它没有。显然，黑步甲装死的目的——如果它真有目的的话——不是为了欺骗敌人。

还有，黑步甲要欺骗谁呢？欺骗鸟？可它会受到鸟的威胁吗？这个浑身散发着刺激性气味的家伙，根本就不会吸引鸟来吃它。而且，它白天藏在洞穴深处，晚上才出来，而这时鸟已归巢，不会在沙滩捕猎。没有了鸟，黑步甲几乎成了夜晚出没的昆虫中的巨人和霸王。如果说弱者用装死的办法来逃命尚符合逻辑，但黑步甲这个天不怕地不怕的凶残杀手，为什么草木皆兵，动不动就被吓得要死，以至于装死逃命呢？我对此种说法越来越怀疑。

回到我的实验。这是夏天，讨厌的苍蝇飞来飞去。如果不加干涉，就会飞过来用它的足骚扰装死的黑步甲。而黑步甲的跗节就像受到轻微电流的触击一样，颤抖起来。跗节微微颤抖、唇须和触角缓缓摆来摆去，这是装死的昆虫"复活"的前兆。如果苍蝇的骚扰时间长一点，而不是蜻蜓点水，那么装死的步甲会抖动六条腿，一骨碌翻过身，迈着小碎步一溜烟儿地跑走。

也不仅苍蝇的骚扰，桌子的颤动，阳光的直射，都会让装死的黑步甲"装"不下去，复活过来——准确地说，应该说是"苏醒"过来。因为，所谓"装死"的昆虫根本没有"装死"，它是真的处于一种麻木状态的假死。否则的话，苍蝇的骚扰都可算是外界存在危险的信号，面对危险它应该装死才对，可是它却仓皇逃跑，这完全不符合"装死"的目的及其"理论"。同样，如果是装死，那么我们也无法解释它们"复活"的前兆：跗节的颤抖，唇须和触角的摆动。如果是耍花招，那么这些苏醒前的细致动作有什么必要呢？那些动作和人睡醒后打个哈欠伸个懒腰倒是有点相似。我们小孩子把火鸡折磨得装死，其实也是无师自通地学会了家禽催眠术，它们的复活也更是"苏醒"。

说到这里，我又想起人们常说的蝎子"自杀"。据说蝎子被火包围而又无法逃脱时，会用有毒的螯刺来刺自己，以"自杀"的方式结束无法面对的痛苦。对此，我有同样的怀疑：自杀也得建立在了解死亡的基础之上。而我不相信昆虫有了解生命终点的能力。

当然，结论还得通过实验来证明。我从我饲养的蝎子中选出一只最强壮的来做这个实验：把它放在烧着的炭火中央。被火包围的蝎子惊慌失措，无论前进还是后退，它都会遇见火。这时，它绝望了，它愤怒了，疯狂地挥舞着大刀，挣扎着。直到后来，它抽搐着，躺在地上，一动不动了。如果它真的刺杀了自己，那么它应该真的死了才对。可是，如果你用镊子把蝎子轻轻夹出来，你会发现，它根本没死，又复活了。

我的实验对象还有粗壮的黑吉丁，附近碎石下面的杨树叶甲，邻居借给我的鹅，我自己的母鸡和鸭子，不论是家禽还是昆虫，我都认真做过实验。实验之后，我得出的结论都是一样的：人之外，我没有遇见过装死的昆虫和家禽。人之外，也没有懂得生命有终点的昆虫。自杀，在昆虫的世界里是不存在的事。

天地万物，只有人才知道生命的欢宴会以怎样的方式结束，只有人才能预见生命的末日和彼岸，也只有人才会崇拜死者，并且拥有高贵的理性，追求生命的意义。

古币和住在石头里的老象鼻虫

古币遐思录

冬天，昆虫藏起来了，我的世界也安静了。没有昆虫的日子，我也不会寂寞，美好的日子总会有美好的事物来填充。这个冬天，我认真倾听一些古币讲述古老的故事。脑子闲不下来的人，什么都会点亮思想之光。

我生活的普罗旺斯地区，古希腊人曾在这里栽植过橄榄树，拉丁人曾在这里制定法律。现在，农民翻耕土地时，会不时地挖出一些古老的小金属圆片。他们把这些古董带给我，问我值不值钱，当然，他们不会问我这些古币的意义。意义，属于迷恋思想的人。这个农民发现了古币上的铭文，对他来说又有什么意义呢？意义？那是饱食终日无所事事的人的消遣，这个艰辛度日的农民心里会这样想吧。

对历史的存在，我这样的人无法超然物外。甚至可以说，历史总是穿越回来，参与我今天的生命。我用指尖刮擦着古币上的泥巴，用放大镜，也用心，读着上面的文字。当这些铜元或者银元开口说话的时候，我的心里充满欢乐。对我来说，那上面是人类生命史的历史档案。

这枚银币来自毗邻的小城市维松，一千八百多年前，大博物学家普林尼曾经在那里度假。但一枚银币会更愿意记下一次战役，而不是一位伟大的博物学家，虽然后者带给我的不是杀戮，而是对世界真相与美好的进一步认识。这枚古币上，一面是个武士的头像，另一面是一匹奔马。画面粗劣不堪，第一次用小石子在灰墙上涂鸦的小孩子也画不出这么粗劣的图画。

还有一枚来自以弗所城的银币，正面是古罗马神话中的月亮女神和狩猎女神狄安娜的头像。说实话，头像不美，只能说是豪华奢侈。但比起今天被时髦追着的女人们来说，还是美多了。时尚社会和商业社会最擅长的事就是指鹿为马，以丑为美。商人讲，买卖顾不了美。在美和利润之间，商人热衷的是后者。古币的反面是一头张着血盆大口的狮子。就是这样，用某种可怕的野兽来象征力量这种野蛮的行为也不仅是古人的专利，恶，似乎一直是力量的最高表现。还好，我对人性还有点信心，以为无论何时，人都不会彻底丢弃对善和美的热爱与追求。

比起这些古币，我们今天使用的银币是多么令人喜爱啊：一个播种的女人，在东升旭日的光芒中，用灵巧的手在犁沟里撒播着美好思想的种子。这图画简单，但崇高。古币上狄安娜的浮雕华美，雕刻者应该也是一位手艺高超的版画家，他不缺技法，缺的是对美的辨识，艺术应有的对美丽心灵的召唤：古币上的狄安娜不像美丽的女神，倒像个放荡不羁、令人厌恶的女人。

尼姆曾是古罗马的殖民地，在来自那里的一枚古币上，我看见奥古斯都和大臣阿格里帕并列在一起的侧面像。我不喜欢奥古斯都，虽然温和的维吉尔提到他的时候说"成功造就神"。什么是成功呢？什么是神？不同的人有不同的成功，造就不同的神吧，令一些人忘乎所以的成功在另一些人看来也许一钱不值，一些人热烈崇拜着的神在另一些人看来也许只是小丑。对我来说，奥古斯都罪恶的计划是成功了，但他依然是恶棍屋大维。对阿格里帕，我要献上我的敬意，因为他开凿水渠，修建道路，让粗野荒蛮的地方有了文明的闪光。离我的村子不远处，一条宏伟的道路从艾格河岸笔直地穿过辽阔的平原。这条庄严雄伟的道路就是阿格里帕修筑的道路的一段，它连接起马赛和维也纳两个古老而伟大的城市。现在，已经有两千年的历史了，保护它的城堡已经变成衰败的古堡，道路上也不会再见到古罗马的军团，只有领着羊群或者猪崽的农民，沿着这条道路前往奥日朗的市场。这样平和的日常更好，比老是看见身着战袍的士兵更好。

翻过这枚盖满绿锈的铜钱，文字之上是一条锁在棕榈树上的鳄鱼，树上悬挂着一顶王冠，这是被殖民者征服的埃及的象征。尼罗河的这头野兽，在它熟悉的棕榈树下咔咔咬着牙齿，它对我们谈起古罗马的统治者酒色之徒安东尼，也跟我说起埃及艳后克里奥佩特拉。这个埃及女人如果有一个塌鼻子，也许世界就是另一种样子了。臀部有鳞片的爬行动物，也会给人讲述人类曾经的历史。

很长一段时间里，金属的古币像老师，给我上课。这些课程光怪陆离，变幻莫测，都和普罗旺斯这个狭小的地区有关，却也会无限开拓出去，因为它们和人类的历史、心灵、道德……和生命的一切有关。

那个冬天，我的窗棂，这个古老岁月的知己，跟我谈论着一个已经消失，却还存在于心灵中的世界。

写在大自然手稿边上

　　土地太苍老了，比起古币，土里掩埋动物尸骨的历史更长。在我眼里，那些尸骨上还保留着过去生命的印记，虽然它们已然成为土地里的石头。我生活的这片土地上，这样的石头堆里，海胆的尖头、各种鱼的椎骨和牙齿、贝壳的残片、石珊瑚的碎块，都在给我讲述着地球上生命的历史和故事。甚至，我的荒石园的砾石墙壁，都像一个收藏箱，收藏着消逝者的圣骨。

　　岩石层像坚硬的甲壳，覆盖着荒石园附近的高原。从古罗马的阿格里帕为奥朗日剧院采割大青石的时代起，采石工就在那里挖掘着。采石工挖掘的是建材，我凝视的是生命的化石。那些石头里最惹人注目的是牙齿，光亮得好像新长出来的一样。然而，那是怎样的牙齿啊！牙齿排成几列，一直延伸到喉咙。有那样一口牙齿的鱼嘴会是怎样一个恐怖的深渊啊！让人不寒而栗。这个想象起来都像死神般的怪兽，属于角鲨，古生物学家称之为巨型噬人鲨。今天的鲨鱼，跟巨型噬人鲨比起来，就像矮子站在巨人面前一样。这个牙齿武器化石像尼罗河的鳄鱼、马赛的狄安娜、维松的战马一样，记录着这个世界一直发生着的杀戮。同时，这个杀戮的牙齿也告诉我："你思考的化石来自高原，但这里曾经是一片大海，大海里住着凶残的杀戮者和弱小的被吞食者。在离你的住所不远的地方，曾经波涛汹涌，浊浪滔滔。"这就是世界，时间里的世界。

　　在这个曾经的海湾现在的高原上，一个很久以前的漩涡将一堆形状各异、大小不同的贝壳聚拢在一起，沧海变桑田，它们被淹没在这个高原上。在这个古老生命的坟茔中，我挖出一些长半米、重两三公斤的牡蛎。其他的扇贝、芋螺、骨螺、锥螺、笔螺等等，这些曾经的海洋生命，埋在高原的每一个角落里。这样一个偏僻荒凉的高原上，因为这些生命的遗迹而充溢着远古生命的激情。

被埋葬的贝类还在讲述着时间——这个世界秩序的耐心改革者，它不仅毁灭了一个个生命的个体，而且还毁灭了一个个物种。只留下一些残片，只言片语讲述着生命的过往，让后人想象生命曾经的存在。比起远古，这里的气候渐渐冷了下去，似乎太阳在慢慢熄灭，一个个物种正在消失。窗棂周围的石头和古币一样，对我讲述着生命的考古学。

在阿普特附近，触目皆是风化成奇形怪状的片状岩石。这些岩石像是白色的薄纸板，甚至真的能像纸一样燃烧起来，吐出火苗，冒出黑烟，散发出沥青一般的味道。这种石板应该来自大湖湖底，鳄鱼和巨龟常去的大湖。现在，湖底隆起，变成丘陵。烂泥平静地沉淀于薄薄的地层，最后，风化成坚硬的岩石。

我从岩石中分离出一块石板，用刀尖再把它"裁切"成小片。做这件事时，我感觉在分开一本大书中的书页——宇宙赠给高原和大山图书馆的自然之书，一卷插图华美的图书。这是大自然的手稿，比埃及的莎草纸还要悠久，每页都有精致的插图。

这一页集中展示鱼类，鱼刺、鱼鳍、脊椎、头骨、已变成黑色小球的晶状眼球都清晰可见，所缺的只是让生命存在的血肉。这张书页也有缺失，缺失的是一本书应该有的文字。我只能用我的思考代替文字，写在这部大自然手稿的边上。

那些被摧毁的生命，逃脱了风霜雨雪的侵蚀，穿越时间，留在这部大自然的手稿里。它们还将存在下去，无限期地穿越时间的隧道。我们不在了，它们还会在，以一种特殊的方式留存着生命。

我翻开那些石板，不，是大自然手稿的一页。这页上有长着翅膀的种子，有褐色的树叶印痕。在石头里永恒的植物和专业植物标本一样，呈现着生命不一样的形态，不一样的美。这些植物化石讲述的历史和前面提到的贝壳讲述的一样，都是生命的变迁、消逝和留存——普罗旺斯的植物已不是从前的植物。高大的棕榈树，飘香的月桂，一树绿羽叶的南洋杉，还要很多大树小树以及灌木，都已不在这里生长。它们在这里的生活史，留在了坚硬的石头里。

我继续翻阅，这一页是昆虫。你们知道，我迷恋昆虫，而我观察的都是在草丛间活蹦乱跳的昆虫，我还没想过生活在过去、死在石头里的昆虫。现在，我也向沉默的石头请教，请它们开口讲述过去时代曾经存在的昆虫。

住在石头里的老象鼻虫

住在石头里的昆虫中，最常见的是双翅目，它们很小，小到似乎微不足道，但天下没有不足道的生命。大角鲨的牙齿在粗糙的岩石中那样纤细光滑，已经让我惊讶不已。石头中的这些小飞虫呢？让我目瞪口呆：那娇弱的小生命，手指轻捏都可以让它粉身碎骨，却在崇山峻岭的重压之下丝毫没有变形。是宇宙的奇迹，还是生命的奇迹？

六只纤细的小爪子摊展在石头书页上，好像是在休息，那么放松地展示着完整又完美的形体。稍微一碰就会掉下来的足，完好地保存着，甚至那么小的跗节都在。在放大镜下，那么纤细的翅脉还是一张完整的小小的网；触角的羽饰让人想象它当初的精致和鲜艳；腹节四周是一列微小的颗粒，那是它曾经的纤毛。是很久很久以前的洪荒时代吧，一个欢乐的早晨，这只小飞虫从湖边的灯芯草上掉下来，溺死在澄澈的湖水里，也被掩埋在湖底的淤泥里。

除了双翅目昆虫，还有粗短矮胖的鞘翅目。它们的数量仅次于双翅目，那狭窄细小的头和独特的喙清楚地告诉我们，它们是长鼻鞘翅目昆虫，人们叫它象鼻虫或者象甲，因为它是甲壳虫，却有一根长长的喙，像大象的鼻子。它们体型差异很大，但个子和今天的同类并没有什么差别。它们在石灰质石片上呈现的姿势没有上面说的那只小飞虫那样端正，好像乱七八糟地随意摆放在那里一样。

这些形体扭曲、残缺的象鼻虫，它们是被突然而至的灾难埋葬的吧？除了个别的象鼻虫来自远方之外，大多数应该来自附近地区。它们被雨水冲刷下来，流动的河水里满是树枝和石子，它们的身体在水里经历了一部小小的变形记。留在石头里的样子，就是它们混乱行程的结局。

除了象甲科昆虫之外，阿普特片状岩石的书稿里再也没有写到别的种类的虫子。步甲、食粪虫、天牛和象鼻虫一样，都是鞘翅目家族的成员，可这些陆上昆虫为什么没被大自然写进昆虫史稿呢？这些昆虫家族，今天繁荣兴旺地生活在荆棘、草丛和树干里，但我面前这部大自然的书稿里，没有留下它们的蛛丝马迹。水龟虫、豉甲、龙虱这些水中的鞘翅目虫子又在哪里呢？如果远古的湖水里生活着这些虫子，湖底的淤泥应该把它们保存起来。可是，这部大自然书稿里，没有任何关于那些鞘翅目昆虫的信息。那么，那个时代没有它们，未来在等待着它们。如果这些石头书页装订起来的自然之书是真实的昆虫史，那么可以说，象鼻虫应该是鞘翅目昆虫中的老大、先祖。

在生命起源的远古，宇宙曾热衷于制造一些并不和谐的奇特生命形式，简直可以说是不折不扣的怪兽。蜥蜴类动物被创造出来的时候，十五至二十米的巨兽是那时的时尚。这些怪物的鼻子和眼睛上被安装了角，背上铺了古怪的鳞片，脖颈上缀满了有刺的包。宇宙甚至它们是长鼻鞘翅目昆虫，人们叫它象鼻虫或者象甲，因为它是甲壳虫，却有一根长长的喙，像大象的鼻子。

试图让这些巨大的怪兽长出翅膀，但这个实验没有太成功。而鸟被创造出来的时候，嘴里居然有爬行动物的尖牙利齿。这些奇形怪状的动物丑得令人恐怖，令人心绪不宁。当然，也有人欣赏这种狞厉之美。这些远古动物身材庞大，却有一颗很不和谐的小脑袋，因此智力很差。可以说，古代的这些怪兽首先是以捕捉食物的杀戮机器和消化这些食物的强大的胃而闻名。智慧，与它们无缘。

象鼻虫是很小的虫子，但它以自己的方式重复着远古动物的怪异和设计误差。看它头上那个稀奇古怪的延伸部分，那么奇特、那么长的一个喙：像象鼻子，像印第安人的长烟斗，跟马尾丝毛一样纤细，跟它的身体一样长，甚至更长。这个奇特工具的末端是个大剪刀一样锋利又灵敏的大颚。这样的长喙，是鼻子还是嘴呢？它有什么用处呢？象鼻虫为什么要发明这样一个独特的器官呢？没有任何鞘翅目昆虫有这样奇形怪状的喙。此外，还有它那狭小的脑袋，那是一个在长喙一头稍微膨胀起来的小球儿，一个容纳有限本能的小得不能再小的容器。这个奇怪的小虫子像是从远古走到今天的信使，向我们展示怪兽时代生命最初的奇特形态。

大自然提供给我的这部书稿中，象鼻虫这一章的题目应该是"不变的历史"：改变的是历史，不变的是象鼻虫。走过千万年的岁月，它没有丝毫改变。它今天的样子，和洪荒时代一模一样。本能永恒不变，与之伴随的，是生命形态的不变。了解了今天生活在草木丛中的象鼻虫，我们也就了解了住在石头里的老象鼻虫，经历了沧海桑田悠久岁月的老象鼻虫。在它生活的时代，古老的普罗旺斯用高大的棕榈树遮盖住辽阔的湖泊。而今天的象鼻虫，也会向我们讲述它祖先们的古老故事。

活在草木丛中的象鼻虫

色斑菊花象和它的花、"象鼻子"以及生命之酒

菊花象之所以叫菊花象，是因为它们不仅在大蓟、矢车菊、飞廉、刺菜等菊科植物上安家，也在那里生子——花朵下面肉肉的花托是菊花象幼虫的褓褓。在我生活的地方，菊花象是常见的一种象鼻虫，它最爱的是大蓟。

整个夏天，还有整个秋天，大蓟一直在路边开着花，直到严寒的冬天来临。它美丽的蓝紫色花朵也让它获得了一个蓝刺头的名字，好像它带刺的花朵是个蜷缩的小刺猬似的，但它更让我想到插在一棵大野草上的天蓝色海胆。大蓟绒绒的花球是优雅的，花球里一朵朵小花像一颗颗星星，隐藏着千百根扎手的刺。不仅花朵是有刺的，大蓟的叶子上绿下白，上面有裂缝，裂开的叶子边缘也是有刺的，让人望而生畏，估计不会有人想去摸它吧，但它是色斑菊花象祖传的产业。

6月尚未结束，色斑菊花象就开始在大蓟还绿着的、只有豌豆大小、至多小樱桃那么大的花球上盖房子，准备安家了。两三个星期

的时间里，这些象鼻虫在一天比一天蓝、一天比一天大的花球上忙碌着。

家不仅是个房子，有夫妻、父母和孩子才是家。早晨明亮的阳光下，一对色斑菊花象温柔地走进婚姻。它们搂在一起，足也紧紧缠在一起。它们这个种族婚礼的序曲就是这样，有点乡下人的笨拙，但也别有一番风味。雄菊花象用前足抱着妻子，用后足轻轻抚摸妻子。雄菊花象时而狂热，时而温柔地和妻子欢爱，而雌菊花象则抓紧时间，用它长长的喙在大蓟的花朵上给未来的孩子们准备着婴儿房。即使是新婚蜜月，雌虫也为家庭操劳着。

欢爱结束，雄菊花象转身离开新娘，去吃东西。兔子不吃窝边草，雄菊花象也不会吃身边的蓝色花球，那是要留给孩子们的，它吃的是叶子。准备做母亲的雌菊花象还留在花朵上继续干活儿，把长长的喙不断插进很小的花朵组成的花球中。菊花象的喙看起来真是个奇怪的东西，哪怕在万圣节，人们也不会为自己做这样的一根鼻子。但请不要嘲笑菊花象反常、奇怪的鼻子，因为它上面不仅有大颚和口器用来吃东西，更闪烁着母性的光辉：在花球的不同地方插了一刻钟以后，雌菊花象转过身子，把腹部末端对准喙刺出的坑道，产下它的卵。

安置好虫卵以后，雌菊花象离开了大蓟的花朵。几小时后，我站在那棵草的旁边，用刀尖取出花朵，在花朵底部，也就是花托上，有雌菊花象用喙掘好的圆形育儿室，虫卵就在那里。在大蓟的一朵花里，我找到了五六枚虫卵。花朵的中央通常还有个洞口，大概是雌菊花象给孩子们做的通风口吧。

一个星期后，虫卵就会孵出小虫，很小的小虫，橙黄色的脑袋、白色的身子。蓟草贫瘠的餐桌上，五六只虫子实在太多，所以，最多有三只能填饱肚子活下来。三四只小虫靠着大蓟贫乏的产出活下来，已是生命的奇迹。

大蓟能够给色斑菊花象幼虫提供的固体食物实在太少，所以，那些小虫子也不吃固体的食物，它们能吃到的真算是清汤寡水。它们有节制地在大蓟的茎或者花托上咬开一个小缺口，汁液流出来，小虫子就在那里舔着、吸着。我们看作清汤寡水的东西，在这些小虫子那里，也许会视若珍宝，那是蓟草给它们准备的生命之酒。只要蓝色花球还有生机，隐藏在花朵下面的"小酒店"就会安然，不会停业，生命之酒也就会不断流淌。

色斑菊花象幼虫在大蓟身上切开的口子，不会损坏大蓟蓝色的花房，也不会妨碍植物茎内的导管正常供水。所以，虽然小虫子在花托上生活，但大蓟蓝紫色的花朵依然盛开着。时光流逝，花朵日渐枯萎。大蓟枯萎的花朵下，住着几只菊花象幼虫，它们在那里成长。

9月，大蓟花朵下的小房子空了。虽然，支撑色斑菊花象幼虫住所的大蓟还在生长，最后的蓝紫色花朵也即将开放，但菊花象幼虫却离开了。冬天，蓝刺头的大蓟被呼啸的北风连根拔起，萎在地上。菊花象幼虫本能地预见到冬天的灾难吧，它们提前离开，寻找一个安全的地方安家。在那里，它们不必担心风霜雨雪。

关于菊花象，我们知道的实在太少了。我还会继续观察，搜集它们那个世界里的各种平凡或奇异的现象。夸夸其谈也许会让更多人喜欢，但烟花只会给人一刹那的悦目，或者说是眼花缭乱，马上又会陷入更加深沉的黑暗。而生命中斑斓丰富的现象，不管初看起来多么琐屑，但我相信，有朝一日，它们会放射出纯净的光辉，照亮生命的某个角落。

朝鲜蓟上的熊背菊花象和它的食物及其便便

夜里，我提着灯笼出去走走、看看。灯笼微弱的光只能照亮我脚前一点点的地方，远处还是一片黑暗。我能隐约看到大致的轮廓，但看不到细节。黑暗里存在什么，昏暗的灯光无法告诉我，阳光才会照亮那里的一切。科学，不是阳光，是我手里昏暗的灯笼。灯笼再亮，灯光能达到的地方也是有限的，我们依然被黑暗里的未知事物包围着。我们这些被好奇心和求知欲蛊惑的人，能提着灯笼东走走西看看，驱散一点黑暗，能多看见一点本来隐藏在黑暗里的事物，就很快乐满足了。

今天，灯笼把我带到一棵朝鲜蓟那里。在荒石园，没有什么植物会比朝鲜蓟以及它的近亲刺菜蓟更端庄大方、绚丽多姿。这两种大草有一两米高，花苞有两个拳头那么大，宽大的苞片像瓦片一样层叠排列，有人看见它们会想起荷花的花苞吧。巨大的花苞下面，是多肉的花托，有半只橘子那么大。花托上长满密密的一层白毛，南极北极的动物也不会有比这更好的毛皮。蓟草的种子，就被这张毛皮严严实实地包裹着，种子上也会有这样浓密的纤毛，像羽毛的装饰。花托之上，待到娇嫩的苞片变得坚硬尖利，花簇也会娇艳地盛开，让人迷醉——那花朵的颜色，是比矢车菊的蓝还要美的蓝紫色。两种象虫那么幸运地选择了它们，在它们花朵下面的花托上安家：朝鲜蓟上住着熊背菊花象，刺菜蓟是斯氏菊花象的家。

刺菜蓟的花朵如果够大，可以把二十只斯氏菊花象幼虫养得白白胖胖；而朝鲜蓟虽是一棵巨型的大草，一朵花却只能养活一只熊背菊花象。一只菊花象母亲在朝鲜蓟花朵上产下一枚卵后离开，如果另一只不知情的菊花象母亲也把卵产在这棵朝鲜蓟上，那么，晚来的卵孵出的幼虫只能在这里饿死。大蓟的一朵蓝刺头能养活三四只色斑菊花象幼虫，那是因为它们只是吮吸草茎内源源不断的汁液，而熊背菊花象幼虫既畅饮草茎汁液如同宝宝喝奶，又啃食多肉的花托。朝鲜蓟也称菜蓟，多肉的花托和鲜嫩的花苞是人们餐桌上的美食。美食就在身边，在这里安家的象虫幼虫怎么会放弃品尝呢。

苞片包着的朝鲜蓟花苞像是一个安全的城堡，掩护着下面的花托。花托上部平坦，下部锥形，这里是熊背菊花象幼虫的美味餐厅。新孵出的小虫很快就会从花朵上的巢穴下到餐厅，两个星期的时间，它在这里给自己挖一个舒服的窝窝，然后在这里过着悠闲的隐居生活。

如果你在8月打开朝鲜蓟的花朵，你会发现，不同的花朵里住着不同龄期的幼虫，它们是这里悠然的房客。问题是，吃固体食物一定会有便便，但你在象虫的房间里根本找不到便便的任何痕迹，它们哪里去了呢？我看见熊背菊花象幼虫把身体弯成一个圆圈，头尾相连。当便便从身体尾部排出，象虫会用嘴咬住便便，那么小心，好像生怕有一粒会掉下去似的。不要以为它会再把这些便便吃下去，象虫也爱美，它把嘴里的便便涂抹到房间的天花板和墙壁上，来装饰它的家。而且，也不仅仅是装饰，涂抹了便便的房间也会更加坚固，像个堡垒，防御敌人入侵。

朝鲜蓟不仅有美味的花托和花苞，而且实在是适合象虫长期居留的住所。冬天，当开着蓝刺头花的大蓟萎弃在路边的时候，朝鲜蓟却依然挺立着。除了不易腐烂的根，朝鲜蓟的花朵也像一所坚固的房子，雨水很难渗入。色斑菊花象早早地离开大蓟上的家，躲到枯叶或者碎石间抵御冬天的寒冷，而熊背菊花象平静地待在它出生的家里，冬天也不会离开。

1月，一年中最寒冷的日子，我走出去，走到朝鲜蓟那里，打开它枯萎的花朵。在那里，我总会找到熊背菊花象的幼虫。它的身子已经有点被冻僵，但没关系，它可以等，等着温暖的春天来临。只有到了那时候，象虫才会钻破枯萎花朵的屋顶，离开它出生、长大的这所宅子，和天地万物一起去享受春天的欢乐，生命的欢乐。

昆虫是天生的植物学专家

飞廉浑身上下从茎到叶到花托，到处都布满了锋利的尖刺、钉子和螯针。这样一株凶恶的蓟草，估计对植物种子感兴趣的金翅雀都不敢落到上面。但一只小小的象虫却敢做鸟都不敢做的事，而且做得非常好。7月，雌菊花象忙着在飞廉的花朵上产卵。在这棵浑身是刺的恶草上，每一朵花都会养育三四只菊花象的幼虫。

除去螳螂、负葬甲和泥蜂等少数昆虫，大多数情况下，雌性昆虫缺乏温情的母性。它们只知道在哪里产卵，但对虫卵和幼虫却漠不关心。比起平庸无能的母亲，昆虫的幼虫倒是有着令人惊叹的高超本领。它们出生时就没有家庭的温暖，也不会有来自父母的任何教育，但它们都有着独自面对种种生存困境的能力。菊花象的母亲能干什么呢？它只知道把卵产在蓟草的花朵里。但是幼虫有多奇特的本事啊！它们既没有手脚，也没有别的工具，却为自己建造房屋，用嘴衔住肛门里的排泄物装修。色斑菊花象只吮吸草茎中的汁液，能排出体外的也只有液体，但它能把这些液体制造成"沥青"，涂抹房间内部的天花板和墙壁。在严寒的冬天到来之前，这些从未经历过冬天的虫子却能未卜先知，知道蓟草无法保护它们度过寒冷的日子，而提前离开它们花朵下的家。

昆虫母亲也好，幼虫也好，都是天生的植物学家，拥有让人叹为观止的植物学知识。再平庸的昆虫母亲也会知道选择什么样的植物安置虫卵，幼虫孵出后，能在这棵植物上有食物可吃，能在这里长大。浑身是刺的飞廉让人和鸟都望而生畏，但象虫母亲却知道它可以养活自己的幼虫。

　　昆虫母亲和幼虫的饮食习惯差别极大，它是如何知道幼虫在什么植物上能找到喜欢的食物呢？甘蓝对粉蝶没有任何吸引力，但它会把卵产在这株叶片紧紧包在一起的植物上，那些甘蓝的叶子会养育粉蝶的幼虫；蛱蝶飞到荨麻上产卵，它自己在那里找不到可食的东西，但幼虫会在这棵植物上填饱肚子。有人解释说是记忆，昆虫母亲记得自己是幼虫时喜欢的食物。但，还是不要谈什么记忆吧，那只能是不通常理的玩笑，不是科学。人，倒是有相当的记忆天赋，但我们当中谁会有一点点对母乳的记忆吗？婴儿时期的食物，我们人都难以留存在记忆里，却希望昆虫在经历那么多剧烈的变化后能够记取，那不是太荒唐了吗？昆虫母亲怎么会懂得辨别哪些植物会给孩子提供食物，我不知道，这是一个永远无法解开的谜吧。

　　色斑菊花象初次看到蓝刺头的蓟草就一见如故，毫不犹豫地选择它作为未来孩子的家。过去是这种蓟草，未来也会是这种蓟草。别的昆虫不喜欢这棵草，色斑菊花象也不会欣赏和开发别的植物。就这样，色斑菊花象在盛开着蓝紫色花朵的大蓟上繁衍生息，代代相传，永恒不变。而熊背菊花象只钟情朝鲜蓟。我们这里的人把这种草当作餐桌上的蔬菜，它的花苞饱含榛子味的汁液，可以生吃，也可以用来炒鸡蛋，美味可口，风味独特。这种蓟草的花有拳头那么大，开在用叶子编成的篮子里。七八月份，我看见朝鲜蓟在明媚的阳光下开花，象虫就在那独一无二的花朵上忙碌着，不是采蜜，是产卵。而且，产卵的雌虫知道它应该产几枚卵，因为它知道一朵花能养育几只幼虫：大蓟的蓝刺头里有三四枚色斑菊花象的虫卵，朝鲜蓟的花朵里只有一枚，撒斑菊花象在飞廉上安置的卵不会超过四枚，而斯氏菊花象在刺菜蓟上一次就产下二十枚左右的卵。

菊科植物有那么多，但菊花象们生来就知道哪一棵属于自己的家族，不用实验就会知道哪种蓟草适合自己的孩子。它们对植物的熟悉令人深思。而它们的幼虫一孵出来，就会在母亲给它们安排的植物上生活，如鱼得水般自由。而我，这个精通本地植物的博物学家，如果被引领到一个陌生的地方，在没有可靠信息的情况下，我可不敢随意把某种植物的果实放进嘴里。

菊花象们生而知之，我们人只能学而知之。但是在为昆虫的本能赞叹之后，我们要知道，本能只能在非常有限的范围内，准确无误地给昆虫提供信息。而人，拥有的是智慧。智慧引导我们寻找道路，有时也会迷失方向，但也会重新找到正确的道路。本能让菊花象熟悉一种自己需要的蓟草，它们也只是这棵蓟草的专家。而人却可以靠智慧引导，熟悉田野中的每一棵草，每一棵树。本能的领域是有限的，菊花象们拥有的也仅仅是浩渺空间中的一棵草；而人类智慧的领域，却可以是整个宇宙。

欧洲栎象之死及其母爱

各种菊花象选择了菊科植物的花朵安置虫卵，而欧洲栗象和榛子象选择的是橡栗和榛子这些坚果，真是有点不可思议。人的牙齿都很难咬开那些坚果坚硬的外壳，这个小小的虫子是怎样把虫卵安放在坚果里的呢？我知道，会有人对这样的问题不屑一顾。如果生命的目的就是用不可告人或者可告人的手段赚钱，那么，我这样的问题确实全无用处，简直可以说是无聊，是吃饱了撑的没事干才会有的胡思乱想，不值一哂。

幸好世界上还有一种人，他们评价事物轻重的标准不是名利或者成功之类，而是精神和真理。他们热爱思想，对世界充满好奇，并在好奇心的诱惑下去探索万物之道，丰富着人类的精神世界。他们知道，思想的面包是用细小的面团儿揉捏出来的。所以，在他们的眼里和心里，世上没有什么东西是渺小的。渺小的只是人——人的视野、境界和胸怀。热爱思想的人，会用思想的面包屑滋养精神。

10月上旬的一天，我看见欧洲栗象在橡树上忙碌着。欧洲栗象是只多滑稽的虫子啊！别的虫子长嘴的地方，它却长出一个稀奇古怪的长烟斗，是的，它那个奇怪的器官老让我想起北美印第安人嘴上叼着的烟斗。还是不要取笑它那个橘红色的长鼻子了吧，我们看看它在橡栗上干什么呢。

今天天气很坏，寒风呼啸，冷彻骨髓，在这样的日子里干活儿，真是需要坚强的意志。这个季节，橡栗还是绿色的，但个头儿已经不小。再有两三个星期，橡栗就会成熟，变为栗色，落到地上。要想在橡栗上做什么事，现在确实是最好的时机。我很幸运，抓到了一只欧洲栗象，它的"象鼻子"——非常长的吻管已经有一半钻到橡栗里面去了。北风摇撼着树林，在树下观察有点不可能。我折下树枝放到地上，我自己也蹲到旁边，看着象虫干活儿，一丛灌木还能为我遮挡点寒风。

象虫的吻管像是一个钻头，在橡栗坚硬的壳上艰难地开凿。吻管太长，操作不易，果壳坚硬，不易钻透，这些都让栗象的工作变得异常艰难。而且，有时还会有生命危险：我看见不少的栗象吊在橡栗上死去。这是工作的栗象把钻头钻进橡栗后突然失足，结果悬在空中，无法回到橡栗上去，这样的意外死亡并不少见。

这么一个小虫子钻透坚果真是太难了，虽然它有百折不挠的勇气和耐心，但需要的时间实在太长了，我只好让我的家人和我轮流观察。在一枚坚果上，栗象钻了整整八个小时，到了最后，它居然弃之不用，离开了已经钻透的橡栗，又去选择别的坚果。这是为什么呢？

我们已经知道，菊花象把喙插进花朵是为了产卵，栗象也是一样，它那么艰难地在一枚坚果上钻孔，也不是为了自己进食，而是为了和菊花象一样的目的：产卵。但一枚橡栗只能养活一只栗象幼虫，所以，栗象在产卵之前要检查坚果里是否有人捷足先登，已经把虫卵安置在里面。而且，只看坚果外表无法了解里面的食物是否可口，所以，就像母亲在喂孩子之前要自己尝一口一样，欧洲栗象也有同样的母性柔情，它也要尝一下果壳里的食物，只是这代价太大了：食物可口还好，它就可以放心地把卵放在里面，但食物如果不合适，那么，长达几个小时的艰辛工作就付之东流了。为孩子准备第一口食物时，欧洲栗象母亲是多么细心，多么不辞劳苦啊！人们可以看到一只欧洲栗象以柔克刚地钻透一枚坚果，可不一定想到，这只小虫子为了孩子会把自己累得筋疲力竭，而且还常有生命危险。

幸福的榛子象为什么要离家出走

如果说只要有豪宅有美食就是幸福，那么榛子象可算是最幸福的，比拉·封丹笔下那只在奶酪里隐居的老鼠还幸福。隐居的老鼠没有完全逃离和尘世的联系，也就无法完全逃离烦恼。它冷漠地拒绝了鼠族代表的求助，砰的一声关上了门，那声音也在它平静的心里回响吧，就是怦然心动嘛。拉·封丹没有写隐居老鼠关上门之后的心理，但我这样推测应该也算合理吧。

榛子象幼虫就完全没有尘世的烦恼，它住在牢不可破的城堡里，那里没有和外界保持联系的门和窗，也就不会有人敲门敲窗来骚扰它。完全封闭的榛子壳里，一片静谧。一枚榛子养不活两只象虫，所以总是一只象虫独自享用味道甜美的果仁。在这安全又美味的住所里，象虫可以过上三四个星期舒服安逸的幸福生活。不用辛苦地到处觅食，甚至不用移动一下身子，张嘴就有美味甜食，百分百享受着好吃懒做的生活，又无人责备，清清静静，一定会让不少人羡慕不已吧。

喜爱吃榛子的人大多会认识榛子象——在用坚固的牙齿咬碎这枚坚果时，突然感觉吃到一个黏黏的东西，一种苦苦的味道。呸呸呸！那在榛子里隐居的蠕虫就是榛子象，养尊处优的生活，让它长得白白胖胖。但请先别急着厌恶它吧，我们可以花一点时间认识认识这个和你一样喜欢榛子的小东西。

榛子象的住宅好像是一次成型，没有任何接缝，也就不会有入侵者。但没有入口，榛子象是怎么进到这所安全美味的宅子里的呢？无知的人除了惊讶，还有古老而天真的幻想。当搞不清一只肥胖的虫子是怎么进到密封的坚果时，他们就用神话一样的想象来解释：是月亮施了魔法，释放迷雾，让虫子诞生在果壳里，破坏它们热爱的果实。

我们当然不会相信这古老、离奇又愚昧的信仰，事情的真相是：和欧洲栗象一样，象虫母亲用它长长的喙钻透了榛子坚硬的外壳，把虫卵安置在了果壳里。欧洲栗象选择没有完全成熟的橡栗钻孔，而榛子象选择近乎成熟的坚果，所以果壳也就厚得多，坚硬得多，相应地，钻孔工作也就更加艰难，也更需要毅力和耐心。并且，榛子象要把钻头钻到榛子的底部，因为那里的果仁更鲜嫩好吃。

荒石园有六棵榛子树，榛子也一天天鼓胀起来，诱惑着馋嘴的孩子们。榛树不高，家里最小的孩子也够得着。采榛子和吃榛子，也成了孩子们欢乐的节日。每年，孩子们都会兴高采烈地把榛子装满衣袋。但今年，为了了解象虫，节日被取消，我叮嘱孩子们：不能碰这些榛子。我不知道孩子们会怎么想这个禁令，他们不知道，科学不会平白无故地给人揭示宇宙间的秘密，哪怕是很小很小的秘密，我们都得跟它交换，得付出。现在，要付出的是榛子的美味和欢乐。以后，还会付出更多。但不管怎样，禁令得到了孩子们的理解。以科学的名义，感谢这些懂事的孩子们。

8月，我看见两只榛子象在它们坚固的居所上凿开一个洞，离家出走。洞口开在榛子底部，象虫母亲当时也是从这里钻孔。不管是象虫幼虫还是象虫母亲，它们都不会到处试探，然后选择开凿地点，因为它们天生都知道整颗坚果上，只有这里稍微松软一些。幼虫开凿的洞口圆圆的，非常光滑，但那么肥胖的虫子居然能从那么小的洞口钻出来，真是有点让人目瞪口呆。因为洞口只有象虫的头那么大，而象虫的身子比它的头至少粗三倍。观看象虫缓慢而艰苦的出洞，简直如同欣赏难得一见的艺术体操表演。

一旦破壳而出，榛子象就会离开树，到地上寻找一个稍微松软的地点，用大颚挖坑，把自己埋进去。它会在那里度过秋天，度过冬天，等待春回大地。但问题是，象虫为什么要在炎热的夏季离开那么舒适的房子呢？秋风秋雨的季节，风雪交加的日子，到哪里去找比榛子壳更好的住所呢？而埋在土里，潮湿阴冷，沙土粗糙，还有防不胜防的危险，不说地下的捕猎者，就是隐花植物都足以致命。因为有一种隐花植物，就专门生长在地下的幼虫身上。比如一种蘑菇的菌丝体，它会缠在一条可怜的幼虫身上，吸干它，把它变成石膏一样的东西。榛子壳里多安全啊，为什么要离开那么幸福的家和生活呢？

榛子象不管我的操心和疑惑，毅然决然地离家出走。因为榛子的房子虽然安全舒适，但它会成熟，成熟的榛子会从枝头坠落。而地上有喜爱榛子的田鼠，被榛子象掏空的榛子尤其被田鼠喜爱。对田鼠来说，榛子壳里的象虫无异于肥美的小香肠。我们疑惑不解的时候，象虫本能地知道我们所不知道的危险。

还有一个更重要的原因，促使象虫幼虫必须离家出走：如果在榛子壳里蜕变为成虫，它就再也无法离开，只能死在里面，因为它的"象鼻子"实在太长了。如果那个"象鼻子"短一些、硬一些，我相信它不会离开那么美好的家。我的猜测并非完全的空想，因为毒鱼草象和金鱼草象就不会轻易离开它们出生的荚果。这两种象虫的"鼻子"就是短而硬，因此不必担心长鼻子带来的麻烦。羽化成虫后，在荚果里也能轻松使用"鼻子钻孔器"。

8月，毒鱼草和金鱼草干枯了，但仍然挺立着，挂满荚果。我打开几颗桃核一样坚硬的荚果，象虫已在里面羽化成虫。冬天，我再次走到那里，荚果还在，荚果里的毒鱼草象和金鱼草象也还在。春天回来的4月，我最后一次打开荚果，象虫还没有离开。这时候，附近新生的毒鱼草正开着新鲜的花朵。这样的季节，荚果里的毒鱼草象和金鱼草象才会用短小的"象鼻子"钻孔，准备出去为4月明媚的阳光欢呼，为春天的鲜花欢呼。

本能就是这样，为每一条不同形态的昆虫安排好了一切，哪怕是最细微的地方也毫无疏漏。

树叶上的青杨绿卷象

昆虫故事的主角是母亲，象虫母亲们选择不同的地方生儿育女。菊花象在花朵上，栗象和榛子象在坚果上，卷象在树叶上。在树叶上干什么呢？把一枚枚树叶卷成细长的小筒，它的孩子们会在里面度过童年时光。

卷叶象中最灵巧能干的是青杨绿卷象，它身材娇小，但衣着华丽：背上闪烁着金和铜般的金属光泽，腹部则是靛蓝色。要想欣赏这种卷叶象的工作不难，站在杨树下就好了。只是，你得能受得了5月底温热的阳光。

暮春的微风摇动着青杨的树枝，树叶悬在叶柄上来回摆动，青杨绿卷象就在摆动着的杨树叶上。深绿色的树叶老了，也硬了，卷起来不容易；新叶太嫩，还不够大——青杨绿卷象要选的是即将成熟却又未老去的树叶。正常生长的树叶都有很强的韧性，即便卷起来也会很容易反弹回去。不用担心，青杨绿卷象自有它的办法。

选好树叶后，青杨绿卷象用它的喙在叶柄上耐心地往下钻，切断了给树叶输送水分的导管。没有了水分供应，树叶也就失去了生机和生命的韧性，变得柔软起来，这样的树叶才适合做成叶卷，软脆又没有完全干枯，还保持着新鲜，也正适合做幼虫可口的食品。本能让青杨绿卷象天生就是树叶专家，它熟悉树叶的一切，知道怎样切断叶柄里的导管，知道停止了水分供应后树叶会是什么状态。而且，尽管树叶悬垂，青杨绿卷象绝不会爬到树叶背面，制作叶卷一定是从正面开始。因为正面光滑，弹力会比背面小得多，也就更容易卷曲。对这个问题的认识，小脑袋的象虫和科学家的看法没什么两样。

欧洲栗象和榛子象用喙钻透坚果异常艰难，这很容易理解，但把一枚树叶卷成叶卷，对一只小昆虫来讲，也不是轻而易举的事。青杨绿卷象的生命只有两三周，它日夜不停地工作着，一天一夜，制作出两个叶卷。

叶卷不是青杨绿卷象自己吃的香肠，如果你和我一样充满好奇，打开那根小香肠，你会发现，叶卷的每一层都有虫卵，精巧得像琥珀一样的虫卵。如果你对小虫子们没有偏见，你就会承认，即便一只虫子，生命的开始也是美丽的。

青杨绿卷象母亲在树叶上辛苦地忙碌着，不远的地方，站着青杨绿卷象父亲。昆虫世界里，雄虫大多是游手好闲的家伙，和雌虫交配结束，也就完成了它一辈子的使命，可以无所事事到处闲逛了。5月明媚的春光中，杨树叶上到处都是成双成对的象虫，它们纵情欢乐着。欢乐派对结束，要做母亲的青杨绿卷象开始忙碌着做叶卷，应该离开的绿卷象父亲为什么不离开呢？它要做尽职的父亲，帮助它的妻子做叶卷吗？确实，我不时看见它走过来，跟在妻子后面，用足抓住叶卷，稍微帮一下。但它对这件事显然没什么热情。叶卷还没有卷到一半，它就转身离开，走到树叶的另一端，看着妻子干活儿。但过一会儿，它还会走过来，这回不是帮忙，而是和忙碌着的妻子交配。

昆虫学的普遍规律是，雌虫和雄虫完成交配后，雄虫离开，雌虫准备产卵。但这普遍的规律对青杨绿卷象完全无效。已经完成交配的象虫母亲忙着做叶卷，但象虫父亲却不离开，而是三番五次地来到忙碌着的雌虫这里，没完没了地交欢。这真是有点让我迷惑不解。但随之而来的是柳暗花明：生命的丰富多样不是一条规律所能概括的，宇宙间的生命现象也不是书本所能讲完的。

还有天牛，和青杨绿卷象一样，繁衍生命不是一次性完成的事。整个7月，天牛不停歇地交配。一个月的时间，强壮的雄天牛一次次爬到伴侣的身上。雌天牛就这样被雄天牛骑着、搂抱着，在树干上漫游，寻找安置虫卵的树皮缝隙。隔一段时间，雄天牛会从伴侣身上下来，去吃点东西补充体力。恢复体力后，会癫狂一般地跺着脚，然后匆匆返回，再次爬到伴侣身上。它们就这样，日日夜夜，从事着延续生命的大业。雌天牛安置虫卵的时候，雄天牛用舌头把雌虫的脊背舔得发亮，这是它们温柔又热情的爱抚。一个月后，两只虫子都已耗尽体力，筋疲力尽，它们分开了。几天之后，它们都死了。

关于生命，我们有了不少的知识。但要知道，我们今天了解到的知识和真理往往都是暂时的，明天对生命的探索也许就会带来新知。生命里太多矛盾的现象，如荆棘丛生，杂乱无章。只要探索还没有停止，我们就不会满足于今天的知识。毕竟，知识的最后一个词是"怀疑"。

重返水塘

童年的水上乐园

水塘，我童年的乐园！

那年我7岁，家里除了一幢小房子和一个小花园之外，穷得什么都没有。夏尔·佩罗童话中的小普赛躲在樵夫的凳子下面，偷听着父母愁苦的谈话。我也是，假装睡着，听着父母忧心忡忡的对话。可听到的事没有让我伤心，他们应对艰辛生活的计划到了我这里，简直可以说让我心花怒放。

母亲说："我们养些鸭子吧，这东西在城里挺好卖的。可以让亨利到小溪那里去放。"

父亲回答："行，那就试试吧。"

那天晚上，我做了个美梦，像去了天堂一样的幻梦。我梦见和我的小鸭子们在一起，它们穿着毛茸茸的黄丝绒小袍子，我带它们去水塘，看它们在水里洗澡找食儿。水塘，一个多么吸引我的地方啊！那个刚毛藻染绿了的世界，有多少神秘可爱的小生灵啊——

黑色的小蝌蚪成群结队在水里游；橙黄色肚子的蝾螈，柔软的尾巴像船桨，从容地划着小艇；灯芯草丛中停泊着的，是石蛾的小船队，它们从船里探出半个身子；龙虱带着储备好的氧气，潜到水塘深处去了；黄足豉甲像闪光的珍珠，跳着水上芭蕾；尺蝽聚集在水面，像是鞋匠穿针引线那样挥动着手臂击水，在水面滑行；仰泳的是仰泳蝽，身体扁平的蝎蝽长得真像个蝎子；大蜻蜓的幼虫在水里向前冲去，像是水上的喷气式飞机，只不过，它的尾部喷出的是水，不是火。

水生植物在水面生长，像是水上花园，仰泳蝽、瓶螺、椎实螺和扁卷螺就在这个花园里平静地呼吸着。黑蚂蟥在它的猎物蛆的身体上扭动着。蚊子的幼虫是红色的，成千上万只红色小虫弯曲着身体，有点像漂亮的海豚，在水里旋转着。

在阳光的照射下，死水一样的水塘里有一个多大的世界啊！对生命有好奇心，热爱探究生命秘密的人，会在这里看到无比迷人的景象。我渴望带着我的小鸭子，去水塘寻找我们的乐园。

等了两个月，我终于有了我梦寐以求的小鸭子，整整24只！它们是母鸡孵出来的：一只是我们家的，另一只是从邻居大娘家借来的。最初，小鸭子们就在母鸡慈爱的目光中，在一只小木桶里洗澡玩耍。过了半个月，小木桶就盛不下它们了，而且，木桶里又没有小鸭子们爱吃的小贝壳、水天芥、蠕虫和小蝌蚪，也就是说，小鸭子们到了要去水里觅食的时候了。

母亲曾说让我带小鸭子们去小溪，可是去小溪要穿过村子，可能会遇见吃小鸭子的猫，也可能会遇见把鸭群惊散的狗。我决定带小鸭子们去宁静而偏僻的水塘，虽然，人迹罕至的羊肠小道不好走，但我们可以毫无阻拦地到达那里。开始那几天的日子多美好啊！僻静的

黑色的小蝌蚪成群结队在水里游；橙黄色肚子的蝾螈，柔软的尾巴像船桨，从容地划着小艇。

水塘简直是我们的天堂。可是，我细嫩的皮肤在羊肠小道上磨出了水泡，疼得要命。即使我想穿上只有节日和礼拜天才能穿的鞋子，现在也穿不上了。每天，我光着脚丫子走在石子堆里，拿着竹竿一瘸一拐地跟在小鸭子们的后面。

但这个地方真是美妙极了，塘里的水浅且温暖，还有一块绿色的小岛。小鸭子们在水里游着，撅起屁股，头钻进水里，它们是多么开心啊。可以自由戏耍，还能找到它们爱吃的东西。累了，还能到小岛上休息。当然，水塘也是我的乐园，水里的蝌蚪，水下的贝壳，都是我爱的。还有带着缨子的小虫，它们背上有活动的鳍，可是它们叫什么名字呢？我不知道。我看了很久，水中无法理解的秘密震撼着我。

塘里的水漫延到附近的草地上，草地上生长着赤杨。我在树上找到了绝妙的金龟子，它不大，比樱桃核还小，但它是蔚蓝色的，令人迷醉的颜色，天使大概就是穿这种颜色的衣服吧。我把蜗牛壳擦拭干净，把这只美丽的小昆虫放进蜗牛壳里。我要把它带回家，可以随时欣赏这么美的小东西。

还有水里的石头，砸碎后居然有东西在里面闪闪发光，像节日里教堂的枝形吊灯。我们这些小孩子在打谷场的麦秸垛上，谈论着巨龙藏在地下的珍宝，我想到了国王的王冠、公主的项链，我就这样拥有了一大堆的宝石。还有一些石头，砸碎后，露出的东西多奇怪啊！像公绵羊的角。还有闪闪发光的细沙……

黄昏降临，小鸭子们也已经吃饱，我要带着它们，还有我满口袋的宝贝，回家。那些宝贝让我快乐得忘记了脚上的水泡和疼痛，它们低语着，声音梦幻般模糊又柔和甜蜜。那个声音给我讲水塘的秘密，赞美天使一样的昆虫，也讲述岩石中的故事，还有闪光的金屑、多面的宝石和变成石头的公羊角。

水塘沉思录

水塘的宝贝太多了，撑破了我的裤子口袋。父亲见了，骂道："坏小子，叫你去放鸭，你却捡石头，快把它们扔远一点。"我很伤心，但还是听话，把水塘里的宝贝扔到了门口的垃圾堆里。

母亲很难过，责备着我："你真让我难过。你拔拔草喂喂兔子也好啊，可是，你去捡石头，它们有什么用呢？你被施了魔法才这么倒霉吗？"

可怜的母亲啊，你说得对，我是被施了魔法，只是到今天我才明白那个魔法；也明白了，当人们含辛茹苦挣扎着谋生的时候，谁还会吃苦受罪锻炼自己的智慧呢？谁还会历经磨难去求知呢？

可我，就是在这样困苦的生活里，走在求知的路途上。我知道了水塘里的宝石是岩石水晶，金屑是云母，公羊角的石头是菊石，蔚蓝色的金龟子是单爪丽金龟。可是，有个声音一直在跟我讲：我们都是可怜的凡夫俗子，要什么知识的快乐啊。还是避开水塘的诱惑，去田野里挖沟，管好我们的鸭子吧。把解释世界的烦恼留给受到命运青睐的人吧。

另一个声音在反抗着辩驳着：不！在生物中只有人有求知的欲望，只有人热爱探索事物的秘密，只有人的大脑才会涌出"为什么"，这是虫子所不理解的崇高的痛苦。虽然，在大多数人的心里，利益是生命唯一的目的，但我们不要这样做吧，不要浪费上天赋予我们的最好礼物——大脑。我们应该用它去探索，寻找真理的蛛丝马迹，让未知的事物因我们的探索放射出光辉。在一个糟糕的社会里，也许我们千辛万苦历经磨难，最终却一败涂地，但我的心灵无法舍弃对探索的热爱，我将依然勇往直前。虽然我一生的探索，也不过是人类探索世界的沧海一粟或者一个原子，但它终究给这种无与伦比的探索增加了一滴水、一个原子。想起这些，我就觉着没什么可怨天尤人的，只感觉到欣慰。

所以，我要重返水塘。

尽管水塘让我受到父母的训斥，让我流出委屈的眼泪，但我还是要重返水塘。只是，重返的水塘不会是童年那个盛开幻想之花的水塘。那样的水塘，人的一生中不会遇见两次。在我的记忆里，没有一个水塘比得上第一个水塘。那个童年水上乐园的水塘，无论在我欢乐的时候，还是痛苦的时候，都会引领我遥望岁月应该有的美好前景。

自古以来，有多少水塘被人探访过啊！它们蕴藏着更多的生命和秘密，也被人用求知的目光注视过、探索过。我的重返水塘，只是在这个意义上的重返，那就是热切地探索生命的秘密。我也知道，我的探索计划过于辽阔，比大地上的任何水塘都要辽阔，甚至也许会迷失在这个广阔的世界。可既然我注定要走在探索这个世界的路途上，我就会毫不懈怠地走下去。但那个辽阔的计划，应该首先从一个很小的水塘开始：它可以按照我的意愿让各种生物在这里居住，它可以放在我的小桌上，我可以方便地经常维护它，能让我随时观察水里的秘密。

玻璃水塘

一枚面值二十法郎的钞票被遗忘在抽屉角落里，我悄悄花掉它应该也不太会影响家里的经济状况。对科学，总应该慷慨大方些吧。奢侈的器械适合高级实验室，但研究鲜活的生命活动，奢侈昂贵的器械往往用处不大，简单、廉价、临时制造的器械更适合探索这类生命活动。

我对昆虫以及本能的研究所取得的最好成果，是付出了什么代价得来的呢？除了时间，除了耐心，我并没有付出其他什么东西。二十法郎，对一个小孩子，可是一笔巨款啊！我愿意把它投入到我对生命秘密的探索中去。

铁匠为我收集了几个三角铁做水槽的框架，木匠给框架装了一个底座，并用一块活动板做了盖子，再在框架的四面镶上厚玻璃，再装上涂了柏油的铁皮底和排水的水龙头，我要的水槽就大功告成了。铁匠木匠玻璃匠都很满意自己的作品，这可是他们作坊里从没有做过的新鲜玩意儿。他们纷纷议论，这个小玻璃水槽到底可以干什么用。有人说适合用来储存橄榄油，但不管说什么，都无非是些功利主义的用途。如果他们知道这个价格不菲的东西，我只是用来观察水里的虫子，他们会认为我的精神不太正常吧？

我很满意工匠们合作的这个作品，它外观优雅，可以安放在小桌子上，窗外的阳光让这里的光线非常好，适合生物生长，也适合我观察。我将怎样称呼这个五十升的水槽呢？养鱼缸？不，这个叫法只能让人想到假山、小瀑布和金鱼。严肃的事物应该具有严肃性，这个水槽是我用来观察和研究的，就像观察研究水塘里的秘密一样，所以，我将它命名为"玻璃水塘"。

在我的玻璃水塘里，我放了一堆甲壳，看上去有点像珊瑚礁。甲壳里面，包裹着枯萎的灯芯草，上面粘着一些杂物，还缠着一些牡蛎的绿色短足丝。这种短足丝是细小的刚毛藻，一丛丛的，是水里的绿草地。它们这种微小的植物可以让水保持清洁，这样，我就不用频繁地换水。要知道，频繁换水会扰乱水塘居民的安静生活。卫生和安静，是让玻璃水塘里的小东西们健康成长、快乐生活的最重要因素。

有动物居住的水塘很快会臭气熏天，充满不能呼入的气体以及各种残渣，这样的生态环境无疑会成为谋杀生命的罪恶渊薮。残渣废料应该被净化、消解，让水里充满生命需要的新鲜氧气。能实现这种神奇净化的，就是植物的绿色细胞。当阳光照射进玻璃水塘，甲壳上绿毯般的藻类植物，星光点点，好像美丽的天鹅绒球上插着成千上万颗钻石大头针，从绒球里又冒出发光的气泡，在水里像星星般灿烂，缓缓上升。

动物居民的呼吸和有机残渣的腐烂让水里充满了二氧化碳，藻类植物则通过光合作用分解二氧化碳，产生氧气泡。氧气泡有一部分在水里溶解，另一部分上升到水面。溶解在水里的氧气养护着水里的动物居民，而上升到水面的氧气则净化着水塘周遭的环境。

一包刚毛藻就可以让我的玻璃水塘永远保持新鲜和活力。我经常趴在这个小水塘的外面，兴致盎然地看着水里的神奇世界。那些灿烂星光一样的氧气泡在水中上升时，简直像为庆祝生命而绽放的烟花。我眼前的这个玻璃水塘和水里的一包刚毛藻，让我想象远古时代生命的起源。生命，起源于这颗星球上纯净的空气。

大孔雀蛾的狂欢和我的岁月

大孔雀蛾的狂欢夜

那是一个令人难忘的夜晚。

已经过去好些年了，但我还清晰地记着，小保尔应该也记得。暗夜里，一群大孔雀蛾闯进我们家，飞着，舞着，那真是一个无与伦比的夜晚！大孔雀蛾的狂欢夜。狂欢的是巨大的大孔雀蛾，也是兴奋的我和小保尔。

大孔雀蛾，那么大的蛾子，大得像鸟。这本来已经是生命的奇迹，可你又是多美啊！栗色天鹅绒外衣，翅膀中央圆圆的斑点，好像黑亮的大眼睛，大眼睛里闪耀着白色、栗色、红色，或者其他颜色的斑斓的光。大孔雀蛾，连你幼小的时候都有不同寻常的美：幼虫体节末端稀疏的黑色纤毛中，居然镶嵌着绿蓝色的珍珠。褐色的茧呢？像是渔夫可爱的小鱼篓。那个小鱼篓通常贴在老杏树根部的树皮上，幼虫孵化出来后，这棵树的树叶就是这些小虫子们喜爱的美味。

那是5月的一个上午，我亲眼看着一只雌性大孔雀蛾在实验室的桌子上破茧、羽化——一只长着稀疏黑毛的毛毛虫变成了一只有翅膀的大蛾子，生命的蜕变让人震惊、兴奋。刚刚羽化的大孔雀蛾还潮润润的，我把它暂时安置在金属的钟形网罩里，保护也拘押了这只还十分柔弱的大蛾子。暂时我还没有什么研究计划，只想静观其变，看看会有什么故事发生。可大孔雀蛾送给我的故事，是我根本就没有料到的。

晚上九点左右，我和家人都睡了，隔壁房间叮叮咣咣的声音把我吵醒，最初我迷迷糊糊地以为是搬动东西的声音。等我跑过去的时候，却看见几乎光着身子的小保尔又蹦又跳，使劲儿跺着脚，大叫着："快来啊！来看啊！鸟一样大的蛾子！房间快要装满啦！"

不怪孩子这么激动兴奋，面对这样难得一见的场景，谁能不欣喜若狂呢！我也跟着兴奋起来，看着眼前梦幻般奇异的一幕：那么多大孔雀蛾在屋子里到处飞着。保尔已经抓了四只，关在鸟笼里。而笼子之外，更多的大孔雀蛾上下飞舞着。

"孩子，穿上衣服，跟爸爸去看看别处，一定还有更奇异的事。"我想起了早上刚羽化出的大孔雀蛾，正是它引来了这么一大群飞舞的大蛾子。

我们离开这个房间，去实验室。在厨房里我遇见了保姆，眼前的事也让她惊得目瞪口呆。此时她正慌乱地挥动围裙，驱赶着满屋巨大的蛾子——她把大孔雀蛾当成了蝙蝠！

我们走进雌蛾在的那个房间，天！我相信，不管是谁见了眼前的情景都会一辈子忘不了：一大群大孔雀蛾围着雌蛾的钟形罩飞着，落下又起飞，离开又回来，飞上天花板又降落下来。看着的人站在那里，满眼都是飞舞的翅膀，满耳都是噼噼啪啪的声音。大蛾子们狂乱地飞着，身子擦着我们的脸，翅膀扑打着我们的肩膀，勾住我们的衣服。这个房间啊，真像是招魂的洞穴，一任令人恐怖的大孔雀蛾们上下翻飞。小保尔感到害怕了吧，紧紧握着我的手。

晚会还没有结束，外面还有大孔雀蛾陆续飞来。它们是怎样得到信息，知道这里有一只新生的雌蛾呢？为了这只雌蛾，它们疯狂地飞来，迫不及待地要来表达自己的爱意，向它求爱。

俗语说，飞蛾扑火。这群为了雌蛾飞来的大孔雀蛾也飞向蜡烛的火焰，烧坏了迷乱的求爱者的翅膀。

飞过黑暗漫长的道路朝圣爱情

大孔雀蛾来到这个世界只有一个目的：繁衍生息。它们的一生就是寻觅伴侣，完成这个使命的一生。而它们的一生实在太短了，只有短短的几天。

别的蛾子快乐地从一朵花飞到另一朵花，吮吸着花朵赐予的甜蜜美食，而大孔雀蛾从不进食，它是天生的禁食者。短暂的一生中，没有一口食物进入它的胃里。它的口器只是个半成品，像个装饰，而没有实际的用处。油灯要燃烧，发出光来，就需要不断添油；大孔雀蛾摆脱了胃的束缚，也就放弃了给生命的灯添油，也就放弃了长寿。

我的那只雌蛾，在钟形罩里活了八天。

八天中，每天晚上八点到十点之间，大孔雀蛾络绎不绝，一只只飞来。雷雨将至的夜里，星光月光也隐去了，整个荒石园伸手不见五指，陷在深沉的黑暗中。

而黑暗还不是进入我房间的唯一困难：我的房子建在高大的法国梧桐树丛中，通向房间的道路两边有茂密的丁香和蔷薇；还有松柏和高大的杉树，它们保护着我的房屋不受法国南部寒冷北风的侵袭；房门几步远的地方，小灌木丛生长着。就是这样，大孔雀蛾要想到达它们的爱情圣地，就要在黑暗中迂回前进，避开那些杂乱树枝构成的重重障碍，在我们的想象中，这几乎是一件不可能做到的事。这样的黑夜，猫头鹰都不敢轻易离开它橄榄树上的洞穴，然而大孔雀蛾却穿越种种障碍，蜿蜒曲折地飞翔，勇往直前，飞过黑暗又漫长的道路，来朝圣它们的爱情。它们到达朝圣之地的时候，翅膀完好无损，没有丁点擦伤。它们生气勃勃，充满热情。对这些充满热烈情欲的大孔雀蛾来说，似乎再黑的黑夜都可以被爱情照亮，再黑的黑暗里也有光。

但除却这些诗意的想象，我还要用科学揭开谜底：发情的大孔雀蛾是如何得到信息，确定我的住所里有它们追求的雌蛾？它们又是如何穿越黑暗抵达它们的目的地？

首先应该排除视觉。因为即便大孔雀蛾有超乎寻常的视觉，能在黑暗中辨认道路，但无人能解释为何它们已经抵达我的住所，却在距离雌蛾这么近的地方迷了路？雌蛾在实验室，那么多大孔雀蛾却闯进了保尔的房间和厨房。

有人会猜测是触角。对于昆虫的触角我们有太多神秘的想象。雄性的大孔雀蛾有着宽宽的触角，装饰着华美的羽毛。这样的触角仅仅是美丽的装饰呢，还是也像个探测器，引导着热恋的大孔雀蛾飞向雌蛾？要得出科学的结论，唯一的办法就是实验。

狂欢夜在将近十点时结束，大多数大孔雀蛾从实验室的一扇窗户飞出去，离开。那扇窗户白天和黑夜都是敞开着的，而另一扇窗户关闭着。八只大孔雀蛾没走，在那扇关闭的窗户的窗棂上留了下来。第二天，我找到了它们，请它们来配合我的实验。我用小剪刀剪去了它们的触角，它们倒是一副无所谓的样子，几乎连翅膀都没有扇动一下。一整天，窗棂上静悄悄的，没有任何动静。我把钟形罩里的雌蛾

我用小剪刀剪去了它们的触角，它们倒是一副无所谓的样子，几乎连翅膀都没有扇动一下。

迁移到另一个地方，看看这些剪去了触角的大孔雀蛾还能否找到它们寻觅的恋人。

黑夜来临的时候，六只大孔雀蛾离开它们栖身的窗棂，剩下的两只掉落在地上，它们已经筋疲力尽，奄奄一息。那六只精力充沛的大孔雀蛾还会找到雌蛾吗？

雌蛾的钟形罩安放在黑暗中，离昨天的地方相当远。过一段时间我就会提着灯笼，拿着捕虫网去那里。到十点钟，不再有新的大孔雀蛾飞来，我的实验也就宣告结束。整个过程中，我一共捉到25只，其中只有一只是被我剪去了触角的。这些大孔雀蛾被我关在一个大房间里，我希望它们继续跟我合作做这个实验。

第三天早上，我去看望昨晚被抓住的大孔雀蛾。昨天被剪去触角的那只已经濒临死亡，其他24只又被我剪去了触角。我打开门，给它们自由。但只有16只飞到了门外，其余8只已经衰弱不堪，走到了生命的尽头。夜晚再次来临，这16只被剪去触角的大孔雀蛾，没有一只来到雌蛾这里，参加今晚的狂欢。但这是不是说明触角真的影响了大孔雀蛾的朝圣之旅呢？我还不能下这样的结论。大孔雀蛾的生命实在太短暂了。每晚我都会抓到它们，希望能请它们帮我做实验，可第二天，我总是见到太多虚弱不堪的大孔雀蛾。一连八天，都是这样。那些被剪去触角又飞走的蛾子，也许因为身体的衰竭再也无法回来。

这八天晚上，飞来的大孔雀蛾多达150只。而我所在的这个地方老杏树很少，整整两个冬天，我在仅有的那几棵老杏树的根部周围寻找大孔雀蛾的茧，却总是空手而回。那么，那150只大孔雀蛾应该是来自远方的客人。它们到底是如何知道我这里有一只雌蛾出生的呢？我的实验没有告诉我答案，我依然不能回答是什么引导大孔雀蛾飞越黑暗漫长的道路来朝圣爱情。

雌蛾死了，雄蛾不再来。如果想继续探索答案，我只能等待来年。

流逝的昆虫岁月

夏天，我从邻居的小孩子们那里收购大孔雀蛾幼虫，每条虫子一个苏。这笔买卖让小孩子们很开心，他们跑遍田野，四处寻找。找到了，就把它弄到一根小木棍上带给我，因为这些小家伙不敢用手去碰虫子。当他们看见我用手去拿这些虫子，就像他们摆弄蚕宝宝一样，他们被惊得目瞪口呆。

这些幼虫也没有辜负我对它们的认真喂养，向我提供了优质的虫茧。冬天，我自己也在杏树根下寻找，还有对我的研究感兴趣的朋友帮我。这样，我拥有了足够实验的大孔雀蛾虫茧，其中12只比较大，是会羽化出雌蛾的茧。

按理说，我应该是万事俱备只欠东风，可失望和失败在等候着我。第二年的5月来了，异常的气候几乎把我的准备工作化作了乌有。恶劣的天气里，我的大孔雀蛾饱尝艰辛，羽化得很晚，而且羽化出的雌蛾麻木迟钝，几乎没有雄蛾为它们而来。

那年没有大孔雀蛾狂欢夜。

羽化出的雄蛾被我放飞到荒石园，可它们走了就再不回来，不来向雌蛾求爱。也许是低温寒冷阻碍了狂欢夜的出现，但无论如何，我的实验失败了。我还得等，再次等候来年。

我又一次饲养大孔雀蛾幼虫，又一次跑遍田野，寻找虫茧。

又一个5月到来。这个5月，天气晴朗，温暖，我和我的大孔雀蛾又有了狂欢夜。每天晚上，大孔雀蛾成群结队地飞来，跳着生命中最热烈的舞蹈。而雌蛾却连翅膀都不扇动一下，好像正在发生着的事和它无关，它只是静静地等待着。我和家人没有闻到它有什么特殊气味，没人听见它发出什么声音。

飞来的雄蛾争先恐后地飞向雌蛾，围着囚禁雌蛾的钟形罩转了一圈又一圈，寻找着钻进网罩的地方。各种尝试和努力失败以后，雄蛾失望了，厌倦了，离开了。有几只从窗户飞出去，消失在外面的黑暗里。剩下的，继续飞着、舞着。

每天晚上，我都会把雌蛾带到不同的地方。但不管我把雌蛾放在哪里，在露天或者偏僻的房间，都骗不过远道而来的雄蛾，它们依然能找到它。昨天晚上留下来的雄蛾，我曾经以为记忆会把它们带到雌蛾曾经待过的地方，但错的是我，不会是大孔雀蛾，没有一只会飞到它们昨晚去过的地方。我们可以确信，这些蛾子都拥有一个比记忆更可靠的向导——难道它们是接收到了雌蛾发出的气味，或者某种特殊的电磁波吗？

我把雌蛾放在密封的罩子里，即便天气再好，也不会有雄蛾飞来。而如果罩子不密封，那么，不管这罩子是金属，还是玻璃或者木质，也不管我把雌蛾藏在抽屉还是衣橱，大孔雀蛾依然会如期而至。这些来寻找情人的大孔雀蛾是怎样知道雌蛾的位置的呢？雌蛾都死了的时候，我也没有找到答案。

还要开始第四年的实验和观察吗？不，不会了。我问自己，也回答自己。因为我根本无法在黑暗中深入跟踪一只参加狂欢夜又失望离开的大孔雀蛾。而且，还有灯光。大孔雀蛾在黑暗中也能辨认道路，而我，必须有灯光照亮黑暗，才能观察眼前发生的一切。但是，给我照明的灯会干扰雄蛾的求爱，因为它们实在是热爱暗夜里的灯光。有天夜里，我在雌蛾所在房间的天花板上悬挂了一盏煤油灯。飞来的大孔雀蛾中，径直飞向雌蛾的不多，更多的蛾子跟雌蛾打了个招呼，就会飞到灯光里去。围着灯光盘旋一会儿，它们就在灯光里落下来，一动不动。这些鸟一样的蛾子沉醉在黑暗中的光里，忘记了它们来这里的初衷是寻找爱情。

所以，如果还要探索大孔雀蛾之谜，我就不能再重复过去几年的实验，而是要换一个实验对象：它们要和大孔雀蛾一样"千里迢迢"来朝圣爱情，但时间必须是白天。因为只有这样，我才能自由地观察它们，而不用提着灯笼过来。亮着的灯笼只能让蛾子们分心，让实验无法正常进行。但我怎样才能得到这样一只理想的蛾子呢？

那个七八岁的小男孩提着菜篮子来到我们家，他来卖胡萝卜和番茄。他穿着一件已经很破的短裤，光着脚丫站在我面前，收下我付给他的几个苏，放在掌心一个一个数着。数完后，他从衣袋里掏出一个东西，这是他前一天晚上割兔子草时发现的："你要这个东西吗？"他仰着脸看我，等着我的答复。

"当然要，越多越好。现在，给你两个苏。"我答应着。这个穷孩子不经常洗脸，显得蓬头垢面，但听到我的回答后，他的眼睛里有一种机灵、欢快又充满期望的光，他是期望给贫困的家带来一笔财富吧！

小男孩离开后，我仔细观察他卖给我的东西——这是一只橡树蛾的茧，我确信。据说一只雌性橡树蛾即便远离田野，处身大城市的喧嚣，也会把远方树林或者草地里的雄性蛾子吸引过来。它就是我要找的那只蛾子，我压抑不住内心的兴奋。因为有它，我就可以继续探究蛾子们朝圣爱情的秘密了。

吃货花金龟和它的香花甜果烂树叶，还有便便

丁香花下的祈祷、节日和沉思

我家门外有一条长长的小路，路的两旁栽着丁香花。5月，丁香丰硕的花朵压弯了枝条，枝条搭在一起，遮盖着小路，小路变成了幽深的花的甬道，那是我的小教堂，我是教堂的信徒，忠实地信仰着生命和天地的美。我虔诚地在每一棵开花的树下停住，轻轻地祈祷：我的祈祷，是心灵涌动的生命热情；我的祈祷，是每走一步都情不自禁的赞美——"啊！"是我祈祷时唯一的声音和语言。

5月的明媚阳光照耀着丁香花，这是一年中最美好的节日。只是，这节日是安静的，没有旗子哗哗作响，没有礼炮轰鸣，没有酒后争吵的嘈杂，没有舞会上喧嚣的铜管乐，这是每一个人都可以安安静静享受的节日。

开花的节日，当然会有花朵的朝圣者赶来。它们来畅饮花朵上春天的美酒。平时，毛足蜂这个昆虫里的强盗常常拦路抢劫条蜂，而现在，它们忘掉了积怨，不再互相仇视，在同一朵花上轮流品尝着花

朵为节日献上的美酒；壁蜂穿着红与黑搭配的天鹅绒礼服，毛茸茸的肚子上沾着甜蜜的花粉；尾蛆蝇欢快地嗡嗡唱着，透明的翅膀闪闪发光。有点醉意的家伙悄悄离开，飞到树影下打瞌睡去了。

好斗的胡蜂飞来时，温和的朝圣者们赶忙躲开，飞到另一树花朵上去。忙着采蜜的蜜蜂，看见那群家伙，也躲到一边去了。透翅蛾虽然又短又粗，但它们节日的盛装却色彩斑斓。粉蝶的单眼是黑色的，穿着雪白的舞裙，在丁香花丛中飞来飞去，跳着鳞翅目昆虫特有的芭蕾。累了，便到丁香花上歇歇脚，在花朵的水瓶中喝点水。把吻管伸进细细的瓶颈时，翅膀温柔地轻轻摆动，一会儿竖起来，一会儿又平铺到身上。漂亮的金凤蝶佩戴着橘色的带子，它们身上装饰着新月形的斑点，那些斑点是天蓝色的。它们体形有点大，没有那么灵活，慢慢地飞着。

一大早就赶来的，还有孩子们，大自然的节日少不了他们，他们比大人更能欣赏昆虫们的舞蹈和美。他们伸出手，去抓那些飞舞着的舞蹈家，落在花朵上的金凤蝶飞起来，躲开了，飞到远一点的树上去了。

最小的孩子安娜不去抓金凤蝶了，她发现了更喜欢的小昆虫——花金龟。金黄色的花金龟还贪恋着早晨的清凉吧，甜甜地睡在丁香花上。花树上的花金龟很多，它们太贪睡了，没有意识到危险，没能及时逃脱灵敏的小手，安娜很快就抓到了五六只。要不是我阻止孩子们，会有更多可怜的小昆虫变成俘虏。孩子们把抓到的花金龟放进盒子里，盒子底部铺着花瓣的床褥。等太阳再升高一点，天气再暖和一点，被养在童话般的城堡，或者说，被关在孩子们囚牢里的花金龟们，就会被放出来，但脚上都拴着一根线，有点像古罗马的奴隶，它们会在晴天丽日下旋转起舞，孩子们则欢快地笑着，兴奋地叫着。

看着那样的画面，你会想什么呢？这样的事，在每个人的童年都发生着。如果这本书的读者是一个成年人，我相信，他也会想起自己的孩童时候，曾怎样折磨小昆虫来娱乐自己。概括孩子们的最好词语是年幼无知吧，但年幼和无知完全是两个不同的世界。年幼是天使，是诗意，孩子们与大自然亲密无间，以天地万物为伙伴为玩具，制造着欢乐，追求快乐的游戏占据了他们的大部分世界。每一个成人回忆起那些童年旧事，都会被圣洁、诗意的生命之光照耀。但另一方面，你们还记得那些小昆虫的下场吗？大多是以死亡告终——哪个孩子没有折磨死过一些小昆虫呢！

孩子们是无知的，对于文明世界来讲，无知是罪，而最可怕的罪是对自己的罪一无所知。换一个角度，站在昆虫的立场上，孩子们就是罪人，他们无知，无知就不会知道尊重生命，就会折磨别的生命，甚至残忍地带来一个个生命的死亡。有人会说我小题大做吧，但我还是无法停下对生命与人性的思考：难道圣洁和残忍是人性中与生俱来，又结伴而来的吗？我们希望每一个走出童年，进入文明世界的成人都真的尊重生命，热爱生命，呵护生命。可是，我自己也是有罪的，和孩子们相比，不过是五十步笑百步而已：孩子们折磨昆虫是游戏，是追逐快乐；而我不过是给折磨昆虫找了个光明正大的理由——科学实验，追求真理。而对昆虫来讲，两者不都是一回事！我为了求知，孩子们无知，结果却相差无几。

野蛮的人类为了让同类供出事实真相，残忍地使用刑罚拷问；为了让昆虫讲出它们的秘密，我也会拷问它们，折磨它们，我是不是打着科学和文明的名义，做着最野蛮的事呢？想了这么多，讲了这么多，可是，为了更好地认识生命，我还不能停下，还得做下去。

花金龟的衣服、嘴巴、胃和庸人哲学

谁会不知道花金龟呢？虽然，也许不能把名字和昆虫对应起来，但总该听说过这个名字。或者，见到这只昆虫的时候不会陌生，因为它实在是太常见了，而且常被孩子们喜欢着。花金龟，胖胖的，上下一般粗，有点臃肿，有点卡通。它体型不标致，但色彩绚丽，黄铜般耀眼，金子般闪光，青铜般凝重。要讲述它的故事和秘密，我不需要到处奔波，因为，它和我一样，也是荒石园的居民。

丁香花没开或者凋谢的时候，绿宝石一样的花金龟躺在玫瑰花的怀里。娇艳的花朵，闪耀宝石光泽的昆虫，也真是绝配。花朵的芳香，花蜜的美酒，都让它醺然欲醉。它就这样躺在花瓣花蕊铺成的床上，舒服得一动不动。等到一束强烈的阳光照射在它身上时，它才会恋恋不舍地离开花朵的天堂，嗡嗡飞去。

8月，15只花金龟在我的饲养瓶里破壳而出，它们的上半身青铜色，下半身紫色，这应该属于铜星花金龟。我把它们放在网罩里，给它们梨、李子、西瓜、葡萄这些时令水果。这些小家伙真是贪吃啊！它们一头扎进果酱，甚至整个身子都埋在果酱里，然后就什么都不干了，身子都不再动了，就动嘴，它们这副吃相真让人想笑。它们就这样吃啊吃啊，白天吃晚上吃、阴影处吃、阳光下吃，甚至可以说，醒着吃，睡着也吃。就这样，一直吃一直吃。吃饱了，挺着圆滚滚的大肚子倒在饭桌上睡着了，嘴里还一直舔着。那样子像极了半睡不醒的小孩，嘴里含着抹了果酱的面包片，心满意足地睡着，舌头还舔着嘴上的果酱。

遇见美食的花金龟真是不折不扣的吃货！遇见美食的那一刻，除了吃，别的活动全被取消。网罩里的花金龟没有一只显露出一点想飞走的样子，甚至没有一只想张开翅膀飞一下。外面美丽的田野，湛蓝的天空，盛开的花朵，自由自在的飞翔，没有什么能诱惑它们离开这里。它们一心一意，心无旁骛，完全沉浸在吃的快乐里。

半个月过去了，花金龟丝毫没有厌倦的意思。食粪虫算是昆虫中的饕餮之徒了，可比起花金龟来，简直就是小巫见大巫——有谁能吃半个月依然热情不减呢！昆虫最大的使命不是结婚生子，繁衍后代吗？可花金龟什么都不管，只是吃！为了吃，它们把生育这么大的事儿都推到了明年。这太不符合昆虫世界的常理了！水果丰收的季节，吃货花金龟可不想因产卵而放弃美食。看着树上多汁的梨、甘甜的无花果，花金龟口水都流出来了吧。在美食面前，它们什么都不想，除了吃！穿着好看衣服的花金龟那种贪吃的样子，真让我想起庸人的哲学：人生在世，吃穿二事。对很多人来说，吃点好吃的，穿点好穿的，就可以稀里糊涂高高兴兴地活着了，和花金龟的差别也实在是不大。

盛夏，天气越来越热，就像农民说的，太阳每天都往火盆里加一捆柴。对昆虫来讲，炎热和寒冷一样难耐，它们会蛰伏起来。贪吃的花金龟可以什么都不管，但这样炎热的天气里，也只好暂时依依不舍地告别它们贪恋的美食，躲到沙子里面去了。直到天气转凉，花金龟才会从沙子里钻出来，又开始吃吃喝喝，可再也没有最初饿死鬼般饥不择食的样子了。

秋去冬来，网罩里的花金龟又躲藏到地下去了。花金龟生命力很强大，即便在结成冰的雪块里，身子被冻得硬邦邦的，但只要天气稍微转暖，它们立刻就会活过来，让人赞叹不已。3月还没结束，生命就开始复苏了。花金龟也从沙子里探出头来。如果阳光好，它们就爬到网罩上，散散步，晒晒太阳。如果天冷，它们就会回到地下去。这样的季节，鲜果不多。我喂它们海枣，这种异域的水果皮薄肉美，虽然它们从没吃过，但依然肆无忌惮地吃起来。海枣一直吃到4月，这时候，樱桃树上结出第一批樱桃，这是花金龟热爱的果实。

从鲜花到腐臭的烂树叶

花金龟终于想起了生育繁衍的事，开始交配了。我在网罩里放了一个罐子，罐子里装满了半腐烂的树叶。临近夏至的时候，雌性花金龟先后钻进了罐子中的树叶里。过了一段时间，金花龟钻了出来，它们把卵产在了树叶中。两个星期后，去年贪吃的花金龟，蜷缩在不深的沙子里，死了。

夏至是花金龟产卵的季节。荒石园的围墙边有一棵松树，树荫下堆着去年的落叶，这堆半腐烂的枯叶就是花金龟幼虫的伊甸园。大腹便便的蛴螬——花金龟的幼虫在枯叶里攒动，即便是数九寒天，那里也是温暖的。但是，如果你翻开落叶堆，不仅会发现新孵化的蛴螬，还会发现刚刚羽化的花金龟。不同生命阶段的花金龟同时出现，这也是昆虫世界中不常见的事。但事实也没有那么复杂，落叶堆里的蛴螬和花金龟属于两个不同的世代：春天羽化出的花金龟迷恋着玫瑰花，它们已经享受过春天的花朵，也度过了寒冬，它们在6月产卵，然后死去；而秋天羽化的花金龟从落叶堆里钻出来时，正是蘋果累累的时节，等待它们享用。冬天来临，它们钻进落叶堆里，第二年夏天才回到落叶堆，产卵，繁育后代。

有四种花金龟会来荒石园的落叶堆里产卵，尽管我总是想探寻它们的秘密，把落叶堆翻来翻去，但它们依然在这里繁衍生息。这里最常见的是铜星花金龟，其他三种是金绿花金龟、傲星花金龟和斑尖孔花金龟。

上午九点，我在落叶堆边等待着。不是每次等待都能等到雌性花金龟来产卵，但这次，皇天不负有心人。一只雌性铜星花金龟飞来，在枯叶堆上飞来飞去，一边飞一边寻找着容易进入的地点。终于，它俯冲下来，在落叶堆上挖掘着，钻了进去。它在干燥的外层钻来钻去时，我还能听到枯叶窸窸窣窣的声音。后来就什么也听不到了，静静地，花金龟钻到枯叶堆潮湿的深处去了，它会在那里产卵。让花金龟忙它的大事去吧，两个小时以后我再回来拜访。

趁着花金龟产卵，我们可以想点别的事。不久以前，花金龟还在享受着美丽的花朵，但竟会突然离开芬芳的鲜花，钻进臭气熏天的落叶堆里。为什么呢？答案也简单，为了产卵，繁衍种族。花金龟的乐园在花朵上，而蛴螬的乐园在腐叶堆里，大自然就是这样安排的。花金龟在花朵上飞舞，大吃大喝；而肉肉的蛴螬在落叶堆里才会如鱼得水，那里有它们喜欢的美味佳肴，它们在那里成长，直到羽化成一只真正的花金龟。花金龟本能地知道这些，知道它的孩子们喜欢这里，虽然它自己更热爱花朵。可以说，花金龟的生命中，终于有了一件比吃喝更重要的事。为了一件重要的事，放弃自己热爱的花朵，因为这一点，花金龟赢得了我的尊重。当然，这是我的胡思乱想而已。思想，是人的本能，它让人更了解生命。同时也是一件好玩儿的事，想着这些的时候，我有点想笑。

但现在，让我们回到落叶堆吧。树叶的窸窣声告诉了我们花金龟产卵的大致地点，按着这点提示，找到虫卵不是一件太难的事。花金龟的卵是象牙色的小泡泡，十二天就可以孵化出白色的幼虫。没有哪种昆虫会比花金龟的幼虫更容易饲养，只要一盒子腐叶，把它们放进去，偶尔给它们换换叶子，这些虫子就会长大，老熟，完成变态。当然，这需要一年的时间。但养虫子也真是件好玩儿的事，它会不断给你讲述有趣的故事。严肃的科学和儿童的游戏也不总是壁垒森严，它们都可以给人带来无穷的欢乐。如果把花金龟的幼虫放在桌子上，它就会仰面朝天，用背走路。这样奇怪的走路方式，看见的人不会太多吧。当然，有趣的故事也不仅有趣，也会通向发现和真理；发现和真理是严肃的事，但也不是不可以有趣。观察蛴螬，就给我带来不少孩子般的欢乐和单纯的美感。眼前白白的虫子，背上的肌肉有节奏地一起一伏，像波浪，也像平静的水面上荡开去的涟漪，往前推进着。我看见，蛴螬背上的毛毛弯下又竖起来，就像微风吹起的麦浪。

用便便盖房子

6月，春天的花金龟开始产卵的时候，去年孵化出的幼虫已经老熟，正准备化蛹。蛹室和花金龟刚产的卵一起，都在落叶堆里。花金龟的蛹室球形，大小和鸽子蛋差不多。斑尖孔花金龟的蛹室最小，只有一颗樱桃那么大。

花金龟用什么制造蛹室呢？各种书上都说花金龟的蛹室是土质的，和鳃金龟、蛀犀金龟，以及其他很多昆虫一样。天下文章一大抄，抄来抄去，以讹传讹的书太多了，所以宁信书不如无书，对很多书上的说法我都保持一种怀疑。说花金龟的蛹室是用土做的，我就有点怀疑，原因很简单，花金龟幼虫生活在烂树叶堆里，那里是找不到黏土的。不能光想，还要去做，我自己就在蛴螬们生活的树叶堆里四处寻找过，可连一小杯的黏土也没有。更何况，当老熟幼虫准备化蛹的时候，它就不动了，而不是四处找土。一动不动能做什么呢？只能在身边采集建筑蛹室的材料。而它身边只有一些树叶的碎屑和腐殖土，这些东西根本没有黏性，粘不到一起的。看来，建筑蛹室还得想别的办法。

为了结茧，完成羽化，昆虫幼虫大多在体内制造材料，身体上特有的丝管和喷丝头会把材料带到体外。花金龟的幼虫也一样，它的体内也有建筑材料，身上也有喷丝头，它的黏胶储存在肠道里。平常日子，花金龟幼虫总是不停地拉便便，它走过的地方，也总是留下大量的棕色小粪球。但等到即将化蛹的时候，它就拉得很少了，因为它要把便便节约下来，蓄积成建造蛹室的黏浆，就像是人类使用的水泥。大自然没有人类的顾忌，它直截了当地实现自己的目的，也不管人是喜欢还是厌恶——花金龟就是用便便来建造自己羽化的蛹室！

如果不信，请看我的实验。我把已经老熟准备羽化的幼虫，分别放进几只广口瓶里。第一个瓶子里放了剪碎的棉絮，第二只放纸屑，第三只放香芹种子，第四只里面是胡萝卜籽。我只是随意放进了这些东西，并没有仔细选择。幼虫们一进到瓶子，就毫无陌生感地钻进我放的东西里面。瓶子里都没有土，它们还能建造蛹室吗？答案是肯定的，因为没过几天，每只瓶子里就都有了漂亮结实的蛹室，和我在落叶堆里找到的一样。而且，这些蛹室更好看，都像是精美的小工艺品：幼虫如果在装有棉絮的瓶子里，蛹室的外壳就都裹着一层棉絮，如同温暖的羊毛；纸屑瓶子里的蛹室，外壳像铺了一层小巧的瓦，也像是落满了雪花；种子里找到的蛹室，不用说，外壳上都像装饰着珍珠一样。花金龟幼虫真是使用便便的艺术家，它们择取身边材料，用便便黏合起来，就有了这样小巧玲珑的艺术品。

我不仅要看蛹室的外表，里面的世界也吸引着我。我用刀尖小心地在蛹室上挖了一个小洞。看看吧！幼虫在蛹室里把自己弯成一张弓的样子。我挖开的小洞让它不安，但它很快就查明了事故，于是一用劲儿，就从身体里挤出一团便便，堵住了蛹室的漏洞。花金龟幼虫的肠子真是有本事，无论何时，只要需要，它随时都可以供应便便。

就是这个用便便建造的蛹室里，会诞生出美丽的花金龟，它们热爱玫瑰花和丁香花，也让鲜花和春天更加生动。

臭大姐和生命美学

从鸟蛋的美说起

天地赋予生命物体的形状中，鸟蛋最为简洁优雅。这样说没什么夸张的，并且也不仅我这样认为。日本古典文学《枕草子》中，有一段专门写"高雅的东西"，其中就列入了鸭蛋。没有什么圆和椭圆的结合会比鸟蛋更合理、更完美。而且，鸟蛋的色泽也增添了蛋壳的雅致。有些鸟蛋是没有光泽的白垩色，有些则是半透明的象牙白。知更鸟的蛋是蓝色的，像被雨水洗过的蔚蓝色的天空。夜莺的蛋是深蓝色的，好像浸在水中的橄榄。有些莺类的鸟生出的蛋，颜色和含苞未放的蔷薇花一样，是肉红色的。

鸫的蛋壳上有大理石花纹，优雅的线条像是神秘的天书；伯劳用小斑点装饰蛋壳；而乌鸫和乌鸦则在它们绿蓝色的蛋上随意涂抹幽暗的色块；海鸥蛋壳上的大黑斑让人想起豹子的斑纹。如果留意观察，我们会发现，每种鸟的鸟蛋都有自己的特征，都是独特的艺术品，呈现着大自然不同的美。

鸟蛋简朴的几何图形，优雅的装饰，即便缺乏审美训练的眼睛都会自然地从中感觉到美。为了奖励附近小孩子们给予的热心帮助，有时我会准许他们到我的实验室里参观。我的实验室在周围人们眼里是个神秘的所在，那些小孩子们一定都听大人说过，我的实验室充满奇奇怪怪的东西。那么，这些天真烂漫的小孩子们在我的实验室里会看到什么呢？石头、植物，还是虫子？还是装着玻璃门的大柜子里的贝壳？

这些胆怯的小客人们靠在一起，好像壮胆似的，看着各式各样五颜六色的海蜗牛。他们对着贝壳指指点点，那些贝壳闪烁着珍珠般的光泽，个头儿很大，奇形怪状。孩子们观察我的藏品，我观察孩子们的表情。在他们脸上，我看到了惊讶。来自大海的贝壳，形状过于复杂了吧，无法让每个人都欣赏它的美。孩子们的心里可能在说："多奇怪的东西啊！"而不是："它们有多美啊！"

吸引孩子们的东西在盒子里，盒子里装着的是鸟蛋。为了避免光照，我将我们地区的鸟蛋按照产卵日期一批批地摆放在盒子里。看见这些鸟蛋的时候，孩子们的脸上才退去惊讶的神色，露出激动、兴奋和仰慕的神情，他们交头接耳，窃窃私语，谈论着这些宝贝。大海里的宝贝让孩子们惊讶，而鸟窝里鸟蛋的美让孩子们兴奋不已。是的，鸟蛋来自鸟窝——哪个孩子会不被鸟窝吸引呢！鸟窝里有鸟蛋，也有童年的欢乐！

绝大多数情况下，昆虫的卵不会有鸟蛋这样完美，它一般是小球形、纺锤形，或者圆柱形，缺乏圆形与弧线的和谐组合。而且，色泽也多庸俗，少优雅。即使是外表光鲜华丽的昆虫，它的卵也一样平庸。如果用放大镜观察，虫卵并不缺少细部的装饰，但却过于烦琐，而不是优雅的简朴。锯角叶甲的卵也有壳，壳上还被压制了花瓣一样的鳞片状图案。有些蝗虫的虫卵像雕刻出的小纺锤，外表还有顶针小孔一样的装饰点。这样的虫卵也不能说不美，但就是太豪华奢侈，缺乏鸟蛋的典雅大方。

我们只能说，昆虫有自己的美学，和鸟类完全不同的审美。但我也知道一个例外，有一种昆虫虫卵可以和鸟蛋媲美。我说的这个昆虫遭人厌弃，有点臭名昭著——因为它真的可以释放出臭气，俗称臭大姐或者放屁虫，学名椿象或者真蝽。

臭大姐虫卵的美和卵壳里的故事

臭大姐身子扁平，身体后部有个臭腺开口，遇到危险时会释放臭气，长得又不好看，所以让人厌恶。但是，它的虫卵不仅有设计巧妙的机关，而且，造型简朴优雅，是昆虫世界难得一见的艺术品。显微镜下的虫卵更是让我赞叹不已，无论从哪个角度看，都有同样优美的弧度，简直比白尾鸟天蓝色的鸟蛋还要美。这么美的艺术品因为小而被忽略，得不到人类的赞美，那将是多么遗憾的事啊！

在一根石刁柏的枝条上，我发现了一个臭大姐的卵群，有30枚之多。一般情况下，臭大姐的虫卵总是整整齐齐地排列在一枚树叶上，真像是绿叶上的珍珠镶嵌画。而且，镶嵌得很结实，用刷子刷，或者用手指捅捅，都不会破坏它们和谐的美。石刁柏上的这些卵刚孵化不久，卵壳空空的，但除了上端的壳盖微微抬起，没有什么其他变化，好像集市的地摊上，商贩们井然有序地陈列的小杯子。

臭大姐虫卵的卵壳半透明，呈淡灰色。可以这样想象，截去鸟蛋蛋壳的一端，做成一只小巧玲珑的高脚杯，这高脚杯的形状就是臭大姐虫卵的形状。这些无比精致的小杯子美丽雅致，让我想起了我喜欢的童话。童话里说，在一个很小很小的世界里，很小很小的仙女用很小很美的杯子喝椴树花茶。臭大姐的卵壳，就和童话里小仙女的小杯子一样精美吧。

卵壳的杯肚上有多角形褐色网眼，卵的上部新颖独特，真是有创造性——臭大姐给这个精致的小杯子加了一个小盖子。盖子缓缓凸起，也是一样的圆润，有优美的弧度，也有褐色网眼的装饰。卵孵化出来时，它们会有自己的办法打开这个密封的杯盖。卵壳内，在离杯口很近的地方，有个仿佛用黑色炭笔画出的"个"字形，或者说箭头形图案，这个图案，虫卵孵化后才会有。卵壳上为什么会留下这个古怪的图案呢？美丽的虫卵又留下来一点神秘，供人想象，诱惑人去探索其中的秘密。

刚孵化出的幼虫不会马上离开酒杯似的卵壳，它们等待着，等待着沐浴阳光，等待着清新空气的吹拂。这样，它们柔软的身体才会结实起来，才有力量飞翔，各奔前程，才会有力量把喙插进它们喜欢的树皮，吮吸甘甜的汁液。但我依然好奇，那么弱小的幼虫，它们是怎么打开密封得严严实实的卵壳呢？

4月底，荒石园的迷迭香花盛开，引来成群的昆虫，其中就有臭大姐。真蝽的种类很多，外形和颜色都有不小的差异，比如华丽真蝽的衣裳就是漂亮的红白相间。但不管穿什么颜色的衣裳，它们都是能释放臭气的臭大姐。我想搞清它们虫卵孵化的秘密，但它们喜欢东游西荡，无拘无束，仅靠自然条件下观察是不够的。所以，很多人唯恐避之不及，而我却要饲养臭大姐了。有洁癖的人，会错过探究生命之谜和发现真理的欢乐。厌恶臭大姐的人，不妨也来和我一起听听臭大姐幼虫讲述的卵壳里的故事。从5月上旬起，我饲养的臭大姐开始产卵了，等候我揭开谜底。

臭大姐身子扁平，身体后部有个臭腺开口，遇到危险时会释放臭气，长得又不好看，所以让人厌恶。

近距离的观察之后，我可以再讲点臭大姐虫卵的美：那些虫卵的颜色不是一成不变的，而是随着卵的成熟变幻着颜色。刚产下的卵是近似稻草颜色的黄，之后变为淡橘色，而卵壳小盖儿的中央有个鲜红的三角形斑点。当幼虫爬出卵壳后，小盖儿变得像玻璃一样透明，卵壳则是漂亮的半透明的乳白色。卵壳上神秘的"个"字形图案，也不是与生俱来，而是虫卵孵化出幼虫以后才有的。

现在，卵壳的小盖儿已经微微打开一道缝隙，我用放大镜观察着卵壳里面的幼虫。刚孵化出的幼虫就在小盖儿的下面，背靠着卵壳，蜷缩成一团，戴着一顶纤巧的小帽子。小帽子很像一把尖尖的小伞，支撑它的是三根"伞骨"。小帽子的尖顶像是个钻头，始终顶在卵壳封盖儿的同一个地方，然后，慢慢地向上推动。整整一个小时不间断地努力，封盖逐渐开启。封盖完全打开时，幼虫的小帽子就没用了，可以丢弃了，丢在卵壳里——就成了印在卵壳上的那个神秘的"个"字图案。

臭大姐的"童话"与真相

臭大姐为大多数人嫌弃，但关于它，依然有"童话般的科学发现"，简直比臭大姐的卵更堪称昆虫世界的奇迹。瑞典著名博物学家格埃尔曾这样讲述过臭大姐——

> 这种真蝽生活在桦树上。七月，我发现好几只，它们都带着一群孩子。二三十只若虫围着真蝽妈妈，多的甚至能有四十只，真蝽妈妈始终在它的孩子们身边。它们常常待在桦树的柔荑花序上，有时也在树叶上。我发现，小真蝽和妈妈也并不总是待在一个地方。但无论妈妈去哪里，孩子们都会紧紧跟着。妈妈在哪里

停下，孩子们也就跟着在哪里停下。在桦树上，它们从一个柔荑花序走到一片树叶，就跟母鸡带小鸡一样，真蝽妈妈带着孩子去它们想去的地方。

有些真蝽母亲从来不离开孩子。孩子们小的时候，她会严加保护，细心照顾它们。有一天，我砍下一根有真蝽妈妈和孩子们生活的桦树嫩枝。我看见，真蝽妈妈惊恐不安，急速地拍打着翅膀，但没有飞走。在遇到危险的时候，它应该逃离才对。留下不走，应该只是为了保护幼虫。

摩德埃尔先生也曾观察到，真蝽母亲为了对抗同种的雄真蝽，不得不竭尽全力保护它的幼虫。因为，雄真蝽会吃掉遇到的幼虫。

布瓦塔尔德在他的《博物学奇观》这本书里，进一步美化了臭大姐的“童话”——

真是令人惊讶！仅仅是掉了几个雨点，真蝽妈妈就把孩子们带到一片树或者树枝下面。真蝽妈妈温情脉脉，又惴惴不安。随后，它把孩子们聚到一起，用翅膀把它们遮盖起来，像伞一样给孩子们遮雨。尽管这个姿势不怎么舒服，但它一直这样，直到雷雨过去。

格埃尔是伟大的博物学家林奈的学生，也被誉为瑞典的雷沃米尔。但声名和真理是两回事，我从不会迷信声名，因为某人有名，就把他的话当作真理。格埃尔也好，布瓦塔尔德也好，把他们讲述的真蝽当童话听也许更好，母爱的温情和坚强也真是感人，但这恐怕不是

"事实"——经不住"事实"检验的趣闻在书里实在是太多了，但它们传播久远，因为迷信名人和迷信书的人也实在是太多了，更何况，人们愿意听"童话"或者"传奇"胜过听"事实"吧。谬误被讲上几次，就会成为善于盲从的人们所信仰的真理。在抵达真理之前，还有什么奇谈怪论没被讲述过呢！事实很简单，很美，但常被忽略，被无稽之谈遮蔽。了解事实真有那么难吗？但我们不愿花一点力气去揭开真相，不愿思考我们听到的东西是否符合逻辑，而是更愿意人云亦云，盲目轻信各种传闻。今天，人们只要谈到真蟠，就会抄格埃尔，就像格埃尔没有检验就听信了摩德埃尔一样，却没人去走到真蟠的世界里，认真观察，当然也从来没人看到真蟠卵壳的精美。

在接受大师的说法之前，我要自己去看看。而我看到的，和格埃尔讲述的完全不一样。不管是哪种臭大姐，根本不会像母鸡那样呵护孩子。它们将最后一枚卵安放好以后，转身离开，再也不会回来，对虫卵或者幼虫不会再有任何关心。即便偶尔经过，也会毫不在意，很快扬长而去。

臭大姐是喜欢到处流浪的昆虫，它一旦从存放虫卵的树叶上飞走，怎么可能会记得虫卵孵化的日期呢？又怎么可能有办法回到自己产卵的地方呢？它又怎么能区别开自己的卵和别人的卵呢？在辽阔的天地间，雌性臭大姐会有这样令人赞叹的记忆力和能力，这样说你信吗？我不信。因为我从来没见过一只雌臭大姐守护在树叶上的虫卵旁边。更何况，臭大姐产卵不是一次性的，而是分几次把虫卵产在不同的地方，彼此距离遥远。它又怎么能守护所有的幼虫呢？还有，因为产卵期不同、产卵地不同，接受阳光照射的程度也会不同，所以，虫卵的孵化日期也会不同。也就是说，一只雌臭大姐的"孩子"孵化出的时间也会不同，那么，臭大姐又如何能把它们聚到一起加以保护呢？格埃尔提到的幼虫有二十到四十只，而臭大姐一个卵群里虫卵的数量有时就多达一百，也就是说，四十只也不会是臭大姐全部的孩子。它照顾了这些，其余的谁照顾呢？对大师，我们当然要献上敬意，但同时，也要献上我们的疑问。

我饲养的臭大姐幼虫孵化出来以后，我也从未观察到父亲吃幼虫的事，臭大姐母亲也没有温情地照顾和保护幼虫，它们都随意地在网罩上走来走去，或者到我放在网罩里的迷迭花上休息。它们走过刚孵化出的幼虫，经常把"孩子"们踩得人仰马翻。那些可怜的小家伙太柔弱了，被父亲或者母亲的脚尖碰一下都会摔个仰面朝天，像个被掀翻的小乌龟一样，无助地踢蹬着小腿。但不管雌性还是雄性的臭大姐，这样做倒也没什么恶意。当然，也没有什么温情，它们只是丝毫不会注意那些柔弱的小虫子而已。

大自然是天地万物的母亲，对虫卵给予了无限的关爱，她为臭大姐的卵制造了那么质朴又精美的小瓶子，还加上了盖子，保护着虫卵的安全。但幼虫孵化出来以后，这个母亲就会严厉起来，对幼虫们说："我要离开你们，你们得学会靠自己生活，生活充满危险而艰难，但你们只能依靠自己活下去。"

事实也是如此，臭大姐的幼虫们在打开盖子的卵壳里生活几天，身体结实起来，颜色鲜艳起来，然后离开卵壳，来到大千世界。饿了，一只幼虫离开虫群去觅食，其他小虫紧随其后，像领头羊带着羊群一样。也许，在路上它们会偶然遇见一只成虫，就像跟着领头的幼虫一样，这群小东西开始跟着成虫。也许格埃尔看见的就是这种情况，但要知道，走在前面的成虫对后面的幼虫不会有丝毫的关爱。母爱是我们人类永恒热爱的，但它不是存在于每个生命的，臭大姐终归是臭大姐。

为苍蝇唱一首赞美歌

探究生命起源和终结

每次到池塘走走、看看，我都会带回很多思想。

生命起源于水，连骡子在路上留下的脚印里，如果积点雨水，生命都会奇迹般地充斥其间。我热爱池塘，从很小的时候就热爱。直到现在，经历过那么多岁月沧桑，我依然热爱着周围长满灯芯草、水面漂浮水浮莲的池塘，像热爱生命的伊甸园一样热爱。坐在水塘边的柳树下，很长时间，我就那样看着水，想象着水中的生活。那应该是一种原始的生活，比我们现在的生活更单纯，在温情和野性之中带着生命最初的淳朴。

水塘是软体动物的天堂，在那里，你可以欣赏豉甲嬉戏，尺蟪划水，龙虱跳来跳去，还有仰泳蝽奇妙的航行。也可以研究扁卷螺产卵，模糊不清的黏液中怎样孕育着生命之火，像是朦胧的星云中聚集着无数的恒星。还可以观察卵壳里生命的旋转，勾画着螺纹，像是描绘着未来贝壳的图案。说不定，那图案会如同地球围绕太阳旋转的轨迹。

人的一生，谁会没有几个梦想呢。池塘，是我的一个梦想。

春天，山楂树开花，蟋蟀开始鸣唱的时候，我在路上遇见一只死鼹鼠和一条死去的蛇，它们都死于人的愚蠢行为。鼹鼠正在地下掘土，被人的铁锹拦腰斩断，然后被扔在一边。春天的温暖唤醒了冬眠的蛇，它只是出来晒晒太阳，然后蜕皮，被人看见了，结果，它的头被砸得稀烂。两个可怜的小东西死了有一段时间了吧？尸体已经腐烂发臭。经过的人绕开，走了。我停下来，捡起两具死尸，像观察任何一只活蹦乱跳的昆虫一样，观察它们。路人奇怪地看着我，我得走开。没人打扰，没有狐疑的目光，我能安安静静地观察生命消逝了的尸体，这是我的第二个梦想。写到这里的时候，我希望我的读者不会露出吃惊的神色，不会狐疑地看着我。

我观察昆虫，为的是探究生命。而生命有起点，也有终点——终点也是生命的一部分。所以，探究生命又如何能避开探究死亡！物质如何聚集，又如何获得生命？当生命结束，又是如何分解的？这两个问题同样重要，一起诱惑着我去寻找答案。我热爱的池塘，池塘里的扁卷螺，帮助我回答着生命如何获得的问题。而死在路边的鼹鼠和蛇，将会告诉我第二个问题的答案。腐臭的尸体向我们展示的是大自然的熔炉：一切生命都在熔炉里熔化，同时，又重新开始。生命就是这样，生生不息——鼹鼠和蛇没有生命的尸体上，活跃着一群生命力旺盛的虫子。这些清除死尸的殡葬工迅速加工着死亡的物质，又把它们收进生命的宝库。

在荒石园观察昆虫啃咬腐臭的动物死尸，没人会打扰我，我也不会干扰别人，提防家里的猫就好了。我找来一些竹竿，每三个一组绑在一起，做成一些三脚架，安放在荒石园不同的地点。每个架子上都吊着一个罐子，罐子底部被我钻了小孔，这样，下雨的时候，雨水可以从小孔流出去。罐子里，放着死蛇、死蜥蜴和死癞蛤蟆。这些动物身上没有毛，更容易观察昆虫殡葬工的活动。周围的小孩子们是我的供应商，给他们两分硬币，他们就会高高兴兴、源源不断地把各种稀奇古怪的动物死尸送到荒石园：有时他们用棍子挑着一条死蛇，有时用菜叶包着一条死蜥蜴，有时也会是死了的小鸡，或者家里捕捉到的老鼠。

这些动物的死尸最先吸引来的是蚂蚁。刚死不久的动物尸体应该还没有什么特殊味道，但蚂蚁们还是来了。它们顺着三脚架爬上去，爬进罐子。如果罐子里的"肉"合口，它们还会住下来，自由享受美味。蚂蚁们是贪婪的，任何时候，它们都是最先发现尸体的，第一个赶来，最后一个离开。那时候，尸体被啃得只剩下发白的骨头，不再有一点肉。但更多的尸体殡葬工得等到尸体开始腐烂，散发臭味的时候才会赶来。

在罐子里放了两天的尸体被强烈的阳光晒得腐臭，散发出浓烈的臭味。这时候，喜欢啃咬尸体的家伙们成群结队地来了：皮蠹、腐阎虫、负葬甲、葬尸甲、隐翅虫，还有苍蝇。如果仅靠蚂蚁，完成尸体的分解得需要很长的时间。而那些专业啃咬尸体的昆虫用不了多久，就会做好那些死尸的清理工作。最值得一提的就是苍蝇，不要只看见它们在死尸上流连，就嫌恶它们肮脏，其实它们是大自然的高级净化器，没有它们，动物的死尸会更长久地散发恶浊的臭气。

绿蝇的产卵和蛆虫的进食

苍蝇有很多种，如果时间允许，我真想去观察每一位骁勇善战的

苍蝇有很多种，如果时间允许，我真想去观察每一位骁勇善战的勇士——《荷马史诗》中常用苍蝇来比喻勇士，但这样做恐怕要让读者不耐烦了吧。

勇士——《荷马史诗》中常用苍蝇来比喻勇士，但这样做恐怕要让读者不耐烦了吧。那么，我们在这里主要来看看绿蝇和麻蝇吧。

绿蝇应该是人们比较熟悉的双翅目昆虫，它的身体是绿色的，眼睛是红色的，翅膀是透明的。在阳光下，绿蝇闪烁着绿色的金属光泽，简直可以和最美的鞘翅目昆虫花金龟、吉丁和叶甲媲美。

4月23日，我看见一只绿蝇在产卵。苍蝇的产房一般都在阴暗的地方，朦胧的光线中，我隐约能看见它红色的眼睛。一个多小时后，产卵结束，它飞走了，我过去，把卵收集起来带走。蝇卵很小，仅有1毫米长，圆柱形，两头略圆，表面光滑。那些卵密密麻麻地堆在一起，没办法数清数量。我把它们养在一只广口瓶里，等待它们化蛹，等待的结果是157只。但我搜集到的不是全部蝇卵，仅仅一部分而已，因为绿蝇一般会分多次产卵。要是把所有那些卵聚在一起，会是一个超级大家庭，甚至可以说是一个庞大的军团。

我曾看见一只鼹鼠的死尸，经过多天的风吹日晒，尸体已经发软。八只绿蝇前来产卵，它们不会把卵产在尸体裸露的表面，因为暴晒对柔弱的虫卵有害，尸体里面才是绿蝇喜欢的阴暗产房。鼹鼠死尸唯一的入口是肚子上一块腐烂的地方，绿蝇们一个个从那里钻进去，有时也会是几只一起，没进去的就耐心在外面等着，偶尔也会飞到入口看看。里面的绿蝇出来了，外面等着的进去。刚出来的绿蝇不会飞走，而是停在尸体上休息，晒晒太阳，等里面的出来，也等着卵再次成熟进入产卵管。然后，等里面的出来，它们还会飞进去，再一次产卵。就这样，整个上午，那几只绿蝇在鼹鼠尸体里进进出出。

在产卵的绿蝇周围，有蚂蚁正在抢劫。离开的蚂蚁，嘴里都衔着一枚蝇卵。我甚至看见，一些胆大妄为的蚂蚁，肆无忌惮地到绿蝇产卵管下面去抢。而产卵的绿蝇却无动于衷的样子，任由蚂蚁胡作非为。大概是它们心里清楚，自己有的是卵，蚂蚁抢走的那一点，不会影响它家庭的兴旺。事实也是这样，几天后我再回来的时候，尸体恶臭的脓血里，蛆虫们密密麻麻，万头攒动，简直像汹涌的波涛，起起伏伏，真是恶心又恐怖。

肥胖的蛆虫头部尖，尾部平。说是头部，其实更合适的叫法应该是肠道入口，里面有两个平行的黑色口针。那两根口针能伸出去，缩回来，蛆虫就是靠口针的伸缩向前移动。而且，口针的功能还不仅如此。我把蛆虫放在一块肉上，用放大镜观察，我看见它会用口针去戳肉，像要吃肉的样子。但是，它的口针缩回来的时候，上面不会有一点点肉——蛆虫不会咬东西。我好奇，蛆虫是怎样进食的呢？我的猜测是，蛆虫既然不会"吃"，那么它只能"喝"——把固体食物变成流质。当然，猜想还要用实验证明，没有证据的猜想只能是胡思乱想。

我用吸水纸把两块核桃大小的肉吸干，放在一个封闭的玻璃试管里。其中一块肉上，我放了大约200枚蝇卵，然后用棉球塞住试管。卵孵化后两三天的工夫，两块最初完全一样的肉已经明显不同：没有蛆虫的肉还是干干的，而有蛆虫的肉已经变湿。而且，蛆虫爬过的玻璃上，留下了明显的水迹。随着时间的流逝，有蛆虫的试管里，肉就像是放在火炉边的冰块，一点点融化，最终完全变成了液体。千万不要以为是腐烂导致了肉的溶解，因为另一个试管内的肉，除了颜色和气味因变质而发生了变化，却还是一块完整的肉。

用煮熟的蛋白来做这个实验也是一样的。我在试管里分别放入煮熟的蛋白，经过蛆虫加工的蛋白很快变成了水一样的液体。蛆虫尾部有呼吸孔，在密度大的液体里，呼吸孔可浮在液体表面。但蛋白融化后的液体太稀了，那些蛆虫完全失去了依托，淹死在了里面。而另一个试管里的蛋白，不仅没有变成液体，反而变得坚硬。

　　类似的实验做了多次，结果都是一样。结论只能是：蛆虫不会吃固体食物，它首先做的是把固体变成流质，然后喝汤。把肉等固体食物融化的方法是，蛆虫口腔里的口针在戳肉的时候，排出类似胃液的溶液。也就是说，蛆虫是先消化食物，然后进食。

　　如果没有苍蝇，或者说蛆虫，大地上的动物死尸在阳光照耀下，会变成又干又硬的木乃伊。只有当苍蝇飞来产卵，卵孵化出蛆虫，尸体才会变成脓液，渗进大地。大地汲取那些脓液，变成沃土，滋养植物，而植物养育了地球上一切其他的生命。现在，我们可以说，苍蝇和蛆虫在人们看来肮脏又恶心，但是，是它们把死者的遗骸归还给了生生不息的生命。

狼蛛的本能和生活的多重变迁

从流浪到穴居

　　米什莱是历史学家，但他不是只在书斋里讨生活的学究。他把对历史的热情也献给了大自然，用诗意的文字写山写海，写鸟写虫。读到这里的读者，我希望他们放下我这本书时，也会拿起米什莱的书，他实在是位可爱的学者和作家。这位可爱的学者和作家曾讲述过他和蜘蛛的友谊——可爱的人总是会爱很多东西，爱蜘蛛也没什么奇怪的，但有一段时间，他突然对印刷着了魔，于是就钻进地窖认真学起了印刷。一缕阳光透过地窖简陋的天窗，照射在一盘铅字上。他的邻居——长着八条腿的蜘蛛从蛛网上降落下来，落到被照亮的铅字上，也来享受阳光。有这样的客人来访，米什莱和孩子们都很开心。

　　生活难免会有枯燥寂寞的时候，喜欢阳光的蜘蛛也会给人带来阳光。动物植物、日月星辰、高山大河，天地间所有的生命和存在，只要我们热爱它们，都可以带来光吧，让我们感到，生活还是一件美好的事，我们还可以快乐、热情地继续生活下去。我也喜欢蜘蛛，但比起沉闷的地窖，我更喜欢阳光明媚的绿色田野，喜欢参加田间露天音乐会，倾听乌鸦管弦乐队的演奏，欣赏蟋蟀的交响乐。我也可以自豪地说，蜘蛛的朋友中，相比年轻的"排字工"米什莱，我对它们更虔诚，照顾得更好——我把它们带进我的实验室，把它们安顿在阳光明媚的窗台，甚至，允许它们堂而皇之地在我的书本中间安家。时不时地，我也会到乡下去，专门拜访八条腿的朋友。

我和蜘蛛的交往不是为了躲避生活的苦恼与苦难，我相信一定会有人这样说。对周围的人，我已没办法再解释了，但我还想告诉我的读者，我热爱昆虫，不是为了逃避人世，我应该这样说，我只是热爱生命，和热爱蜘蛛一样热爱着人世，或者说，和热爱人世一样，我热爱着蜘蛛们的世界。生命与生命交往，才是生命应有的欢乐。而且，蜘蛛等这些大大小小的虫子，它们不仅是我的朋友，也是我的老师。在它们面前，我更像一个好奇的孩子，有那么多有趣的问题要问它们。当然，它们也有拒绝回答的时候。我没有米什莱的鹅毛笔，只有一只削得歪歪扭扭的硬铅笔，但也会同样虔诚地写下我从昆虫们那里听来的故事，也写下它们给予我的思想启示。我的铅笔寒酸，但那些故事和思想朝向生命的真实和神圣。真实和神圣的东西，外表再寒酸也是美丽又美好的。

现在，让我们看看我们的老相识——狼蛛吧，或者叫它黑腹狼蛛。它们生活在咖里哥宇的常绿灌木丛，那里的土地贫瘠荒芜，到处是卵石，倒是适合百里香生长。年轻的时候，狼蛛居无定所，像是没有故乡的波西米亚青年，在荒草稀疏生长的土地上到处流浪，也到处捕猎。猎物一出现，它就会穷追不舍，甚至，它会把猎物从洞穴里赶出来进行猎杀。年轻的狼蛛充满活力，身体矫健。猎物跑到高处或者要起飞时，狼蛛会猛然纵身一跃，腾空而起，抓住它。你要是看到狼蛛抓苍蝇的样子，一定会为它敏捷的身手赞叹不已。

秋天，天气变得越来越冷，狼蛛的生活也要改变了，从一个流浪青年变为穴居的隐士。田野的蟋蟀也是这样，这位春天的歌唱家年轻的时候到处流浪，享受着自由给生命带来的欢乐，从不会为房子这类琐事犯愁。如果天气不好，风霜雨雪，它就在落叶下面躲躲。临近寒冬，狼蛛和蟋蟀们才会考虑居所的问题。当然，居所不仅是为了过冬，更是为了产卵，繁衍。

9月，狼蛛到了谈婚论嫁的时候。夜晚，柔和的月光下，狼蛛们开始约会、调情、交配。而婚礼一结束，温情立刻消失，狼蛛夫妻反目成仇，开始互相厮杀。说是互相，但结果一般会是妻子吃掉了丈夫——昆虫世界里，雌性是强者：没有了"母亲"，种族如何繁衍？白天，它们依旧流浪四方，捕杀猎物，或者享受阳光。即便是拖着卵袋的产妇，也是一样。

10月，该给孩子们安家了，狼蛛们结束流浪的生活，开始挖掘洞穴。从此，它们会变得深居简出，如同隐士，在洞穴里度过漫长的一生。如果登门拜访狼蛛，你会发现它们的洞穴大小不一：老一辈狼蛛的洞穴要大一点，洞口有瓶颈那样粗，这样的居所至少有两年了；而年轻一辈的洞穴要小得多，洞口只有铅笔那样粗。但不管是大洞还是小洞，里面住着的都是女主人和它们的孩子。当然，有的洞穴里，孩子还在卵袋里，没有出生。

从四处猎杀到守株待兔

狼蛛从来不住被别的昆虫遗弃的洞穴，到了该定居的时候，它就会选个地点，一点点向下挖掘。虽然没有精良的挖掘工具，但它完全依靠自己，把两个猎杀用的螯牙变成挖掘的铁锹，辛苦地建造家园。挖掘顺利无阻的时候，狼蛛的洞穴是直上直下的，像一口小井。若遇到小砾石，它就用螯牙咬着，把它扔到洞外。但如果遇到搬不动的石子，洞穴就因绕道而拐弯。这样的大石子多了，洞穴就会随之蜿蜒曲折。不管是直上直下，还是蜿蜒曲折，洞穴都会通向底部的一个房间，那是狼蛛吃饱喝足后休息的卧室，也是它长久沉思的地方。

如果阳光过于强烈，或者有雨水威胁，狼蛛会用蛛丝封住洞口。洞口的蛛网上镶嵌着各种它在附近找到的材料，也包括它吃剩的猎物残渣，比如蝗虫的残肢，或者已经晒干了的蜻蜓脑袋。古代的盖尔人喜欢把战俘的头盖骨钉在茅屋门口，但动物们不会了解人类的野蛮和虚荣，狼蛛把蜻蜓或者苍蝇脑袋挂在蛛网上，也并非炫耀自己的战利品。在狼蛛眼里，猎物的脑袋和小土坷垃或者小砾石没有什么区别。

用蛛网封住洞口不算奇特，奇特的是，狼蛛洞口的周围一定会有一圈或高或低的围墙，有些围墙低矮，宛如水井井口的井栏，有的围墙偏高，看起来就像是一个小塔。这个奇特的东西是用细小的石子、碎木块和附近禾本科植物的枯叶堆起来的，又用蛛丝固定住的，建筑风格有乡村的古朴，又有点像远古时代留下来的城堡。狼蛛为什么要建造这样一个东西呢？它有什么用呢？我和狼蛛朝夕相处三年了，它们讲述的答案真是让我目瞪口呆——我可没想到这个井栏或者小塔关乎狼蛛的生死！

我的狼蛛住在实验室窗台的大罐子里，那里会有充足的阳光。要知道，狼蛛是热爱阳光也离不开阳光的昆虫。你如果留心观察过它们，会经常看见它们悠然地陶醉在阳光里，一动不动，一待就是几个小时。当然，每个罐子里只能安顿一只狼蛛。狼蛛注定孤独，因为它们完全无法和另一只同居一室。对它们而言，邻居就是猎物或者食物，如果两只在一起，弱一点的那只就会成为另一只的美餐。

定居以后，狼蛛完全改变了年轻时候的生活，不仅不再流浪，而且也由田野的捕猎者，变为潜伏在洞口的捕猎者，就像是占山为王的强盗。每天，我都看见狼蛛从洞里爬出来，哪怕是赤日炎炎似火烧，它们也会一动不动地趴在洞口的小塔上，表情严肃凝重，身子留在塔里，脑袋探出塔外，凝视着远方，那姿势真是有一种雕塑般的美。它们就这样耐心地等待着，听凭时间一小时一小时地流走。但只要有猎物出现，它们就会像离弦之箭，以迅雷不及掩耳之势扑过去，在蝗虫、蜻蜓或者其他什么昆虫的脖子上猛刺一刀，然后带着猎物，又以极快的速度，一溜烟地爬上小塔，回到洞里。

守株待兔式的捕猎不可能每天都发生，原因很简单，不是每天都会有猎物进入狼蛛的伏击圈。这样的生活，狼蛛岂不是饥一顿饱一顿吗？事实就是这样，但不用担心。第一，狼蛛有一个强健的胃，不在乎暴饮暴食。我曾经好几个星期忘记给罐子里的狼蛛喂食，但它们丝毫没有显出有气无力的样子。第二，猎物今天不来，明天或者后天，迟早会来的。比如，同样生活在咖里哥宇灌木丛的蝗虫，它们整天蹦来蹦去，但却又无法控制蹦跳的方向。总有那样的时候，乱蹦乱跳的蝗虫落到狼蛛的伏击圈。狼蛛本能地知道，总会有美餐自己送上门来，所以它们一点不急，趴在塔顶，耐心地等待着。猎物不来也没关系，反正它们喜欢晒太阳。

洞口的小塔是狼蛛伏击的地点，但这只是答案的一部分。别急，让我们接着听狼蛛讲述小塔的故事，剩下的故事也许会有点悲伤。

我从田野请来六只年轻的狼蛛，它们的个头只有成年狼蛛的一半大。它们的洞穴只有小手指那样粗，从这里能知道它们的年龄。而现在，让我们看看我们的老相识——狼蛛吧，或者叫它黑腹狼蛛。

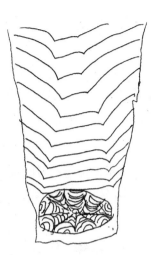

且，洞口周围还有新鲜的泥土，显然是刚挖出来不久，洞也很浅，还没有最后完成。我把这几只狼蛛安顿在六个瓶子里，瓶子里都放了泥土，只是有的泥土被我用芦竹插了一个浅浅的小洞，宛如狼蛛挖了一半的洞穴，有的瓶子里，我没有给它们准备半成品的洞穴。而这么一个浅浅洞穴的有无，就决定了狼蛛的生死。

进到有半成品洞穴瓶子的狼蛛很快投入工作，进到洞里继续挖掘、建塔而最终，洞口也又建起了伏击用的小塔。就如同在野外一样，生活依旧：它们每天趴在塔顶，只要我放进猎物，它们就全力出击。而另一些我没有预备洞穴的瓶子里发生了什么呢？

那些狼蛛一样的年轻，它们充满活力，也应该有能力重新开始挖掘、建塔，照常生活。但是，我失望了。几个星期过去，它们就那样傻呆呆地待在地面上，什么也不做。即便我给它们放进猎物，因为没有伏击的塔，它们居然不会去捕猎。就这样，它们绝食了，身体衰竭下去，最后，死了。这些可怜的傻瓜啊！为什么会这样呢？就差那一个浅浅的洞穴，你居然就不知所从了。

也不仅是狼蛛，蟋蟀也是一样。如果把蟋蟀从洞穴里掏出来，哪怕条件再适合重新建造一个住所，可以重新安居乐业，但它只是风餐露宿，过着艰苦的生活。对此唯一的解释是：本能是一件有来有去、并且不会重复的事。冬天要来了，天冷了，本能来了，指挥狼蛛们去挖洞建房；本能走了，狼蛛就再也不会挖洞了。就像年轻的时候，狼蛛本能地流浪和四处捕猎；而成年的狼蛛本能地定居，再也不会追捕猎物，只能靠本能指挥，在塔顶伏击，没有塔，就是饿死，也记不起年轻时捕猎的矫健身姿。

而且，本能就如钟表的指针，只能向前，不能倒退。昆虫的行为也是一样，只能依据本能安排，按部就班地向前走，不能回到起点再来一次。人家已经开始在野外挖好洞了，你就不能让它在另一个地方重新再一次开始。昆虫，只是本能的执行者，它们不会有计划地合理安排自己的生命，并且朝向一个理想的远景，这是人才有的行为。

狼蛛和它的孩子们

成年的雌狼蛛会用蛛丝编织一个袋子，挂在纺丝器上，然后把卵安置在里面。在三个多星期的时间里，狼蛛的身后都会拖着它的宝贝卵袋。不管是定居前到处流浪，还是定居后爬出洞来晒太阳，亦或是遇有危险时急于逃命，狼蛛都不会抛弃不停拍打着脚后跟的卵袋。如果卵袋意外脱落，狼蛛会惊慌失措地扑过去，抱住它的宝贝，并且露出一副凶相，准备和任何一个想抢夺卵袋的强盗厮杀、拼命。有时，我会扮演那个强盗，用镊子去拨动狼蛛的卵袋，而狼蛛会凶狠地咬住镊子，有毒的尖牙与金属摩擦，发出尖利刺耳的声音。狼蛛母亲和大多数昆虫一样愚蠢，但它如此恪尽职守，恪守自己的身份，真是让人赞叹不已。

夏末的早晨，当温暖的阳光开始照耀大地，所有穴居的狼蛛，不管年老还是年轻，都会爬到城堡的洞口，晒着太阳睡个大觉。但有了卵袋以后，它们的生活再一次变了。以前，它们晒太阳是为了自己。那时候，它们进行日光浴的姿势是上半身探出来，下半身留在洞里；而现在，它们的身体颠倒了过来：上半身在洞里，下半身在洞外，阳光照耀着卵袋。它们在阳光里摆动身子，轻轻转动卵袋里小球球一样的虫卵，好让这些生命的种子全方位地沐浴阳光。鸟把蛋贴在温暖的胸口，孵化它的孩子，而狼蛛母亲则带着卵袋来做日光浴，用阳光孵化它的孩子。

小狼蛛们一孵化出来，就会迫不及待地钻出卵袋，一拥而上，爬到母亲背上。小狼蛛们密密麻麻地挤在一起，不，更合适的说法是叠在一起，两层、三层，甚至更多层。七个多月的时间里，从9月到来年的4月，狼蛛母亲会日日夜夜背着它的孩子，走过秋冬，来到春天。看见狼蛛母亲和孩子们的样子，有时我会想起在路上遇见的波希米亚人：新生的婴儿在母亲胸前的手帕吊床里哭叫，刚断奶的孩子骑在母亲肩上，稍大一点的孩子抓着母亲的裙子慢慢地走，而后面还跟着一群孩子，殿后的老大好奇地东张西望着。阳光温暖，土地肥沃，波希米亚人一贫如洗，却拥有人间最宝贵的财富——自由，以及自由带来的欢乐。他们就这样走着、生活着。

　　但请不要因我过多的联想而为狼蛛母亲感动，老生常谈地赞美母爱。小鸡的母亲会寻找迷路的孩子，但狼蛛母亲不会。即便背上的孩子不慎跌落下来，它也会无动于衷，熟视无睹，只听凭那些孩子们自己爬起来，爬上来。狼蛛母亲也和大多数昆虫一样，它们的母爱不会比植物更高级。植物不懂感情，但也会尽心呵护自己的种子。本能让狼蛛背着成群的孩子，但只要背着就可以了，它不会再为它们做任何事，甚至不管是不是自己的孩子，它只要背上有东西背就完成本能的任务了。动物世界里的母爱大多如此，粪蜣螂守护着巢里的孩子，但把它换到另一个巢里，它也是一样守着，丝毫不会有丢失自己孩子的悲伤。雌蛇以无尽的热情擦拭着蛋壳上的霉斑，挽救着蛋壳之内的生命，即便那蛋根本不是它自己所生。它们都是做着本能安排好的事，它们混沌的智商不会孕育理性，不会生出深沉的情感，也无法分辨自己的孩子和别人的孩子。

　　我用画笔从一只狼蛛背上轻轻扫下几只小狼蛛，把它们放到另一只狼蛛母亲附近，小狼蛛小跑几步，丝毫没有陌生感地抓住这位母亲的腿，爬了上去。小狼蛛无所谓谁是母亲，狼蛛母亲也无所谓是谁的孩子，它慈爱地让那些别人的孩子爬上自己的脊背。新来的小狼蛛挤到新母亲的孩子们中间，虽然狼蛛背上更拥挤了，但小狼蛛们依然和平相处。这么多小狼蛛挤在身上，狼蛛母亲的身体还能露出来的只有眼和腿了。但小狼蛛们好像知道，兄弟姐妹们再多再挤，甚至已经超载，但它们也不会挡住母亲小小的眼睛，不会纠缠在母亲的腿上，因为母亲是要走路的。

而我偏偏要雪上加霜，又把别人的一个孩子给了这位超载的狼蛛，它依然被平静地接受了。现在，狼蛛身上更拥挤了，小狼蛛们像耍杂技一样层叠起来，大家各自待在自己找到的位置上，相安无事，也真算得上亲密无间。只是狼蛛母亲已经面目全非，只看见一个奇怪的东西在移动。也不时有孩子掉下来，它们又迅速爬上去。说实在的，我觉着狼蛛的身体已经到了承受的极限，但狼蛛母性的耐心还没有到达极限。只要孩子们可以坐稳，它就会接纳所有爬上来的孩子，不管是谁的。

明知道两只狼蛛是无法同居一室的，而我偏偏把两只狼蛛母亲安置在了一个罐子里。它们都尽量离对方远一点，可是罐子再大，两只狼蛛的距离始终有限。也因此，它们始终虎视眈眈地看着对方，充满敌意。有一天早晨，我正碰上两个邻居在厮杀。结果是，战败者仰面躺在地上，战胜者用腿紧紧勒着战败者，双方都龇牙咧嘴，目露凶光。但最终，战胜者咬碎了战败者的脑袋，然后慢悠悠地，小口小口地吃掉了死去的狼蛛。

母亲死了，它的孩子们岂不成了可怜的孤儿。不用担心，凶残血腥的厮杀过后，上演的是一出喜剧。那些本应成为孤儿的小狼蛛，没事儿一样爬到了胜利的狼蛛身上，和另外一群小狼蛛混在了一起。胜利的狼蛛刚才还凶神恶煞一样，此时，却安静温柔地接纳了仇敌的孩子。这也是狼蛛不变的本能吧：吃掉母亲，收容孤儿。

最后再说一点吧。小狼蛛们要在母亲背上待七个月，而七个月后，它们的身体一点也没有长大，因为在漫长的童年岁月里，母亲没喂过它们一口饭，它们滴水未进。不吃不喝能活七个月，还能成熟起来，这也是生命的奇迹吧。狼蛛母亲没喂过孩子，但只要是晴天，哪怕是冬天，狼蛛也会背着孩子们爬到洞口，像以前晒卵袋一样，晒那些娇嫩的小狼蛛。太阳，赐能量给每个生命的伟大的太阳，难道是它，在孵化狼蛛的虫卵之后，又喂养了小狼蛛？难道太阳能真的如同充电一样，直接注入生命体内，而无需像食物那样要经过曲折的肠道吗？一个可以把阳光当饭吃的世界是多么奇妙啊！

从蛛网几何学说到我的数学往事

蛛网几何学

首先我要说明的是，这一节文字不是写给几何学家看的，他们中很少会有人关心生命本能这些事；也不是写给昆虫学家看的，他们对于数学定理没什么兴趣；我把蛛网几何学献给那些热爱昆虫、热爱一切生命形式，而且又对世界充满好奇，想了解一切未知领域的人。我愿意和他们一起走近蜘蛛的作品——蛛网，观察、欣赏并思考。

如果某天你碰巧走到了蛛网旁边，我说不要急着走开，欣赏一下小昆虫的这个杰作吧——生活着，并且还不至于饿肚皮，那么，还有什么比欣赏这个世界的美更重要的事呢？当然，欣赏、领略事物的美，还需要知识，学会一点知识也不是那么难的事吧。欣赏蛛网的美，需要一点几何学的知识。即便你可能一点不懂几何学，我也希望你不会因为我这么说而被吓走。如果你有耐心听我说下去，你会看到，甚至赞叹——小小的蛛网上，也有宇宙的奇迹！

近乎圆形的蛛网中间的圆心叫作极点，从极点辐射出去的蛛丝是长度完全相等的辐射线——完全相等！多么神奇啊！但别急，神奇还只是开始，让我带着你继续欣赏蛛网上的奇迹和美。两根蛛丝辐射线构成的是上宽下窄的扇形面，而蛛网上的扇形面又是大小相同，而且，如果你再去看看别的蛛网，你会发现，所有蛛网上的扇形面数量又几乎是一样的！蜘蛛织网是多么神奇啊，它先把要织网的空地用辐射线分成大小一样的扇形面，然后再用横向的线把这些辐射线连接起来。

我们还会看到，扇形面内连接辐射线的横线都是平行的。而且，越靠近极点，平行线之间的间距越小。这些横线和辐射线构成的角，上面是钝角，下面是锐角。因为横线平行的缘故，所以，扇形面内的这些角度又都是一样的！整个蛛网上扇形面内的横线因为相互连接如一条线，因此，如果单看这些扇形面的话，几乎像是机器复制出的，它们也都完全一样！宇宙有它的狂热，但它绝不是随意地创造天地万物，在一面小小的蛛网上都存在着秩序与和谐。对，就是秩序与和谐。什么是美？美就是秩序与和谐。没有秩序与和谐，世界就是乱七八糟、杂乱无章，怎么会有美！而几何中支配一切的也就是秩序与和谐。

几何学家把从极点辐射出来的一切直线，或者扇形面的辐射线，以常数的辐射角值斜切，所得出的曲线被称为对数螺旋线。对数螺旋线围绕着它的极点画出无限数量的圈，这些圈越来越靠近极点，最终却无法达到。蜘蛛是多么精通螺旋线的行家啊！蛛网是多么通俗又完美地诠释了几何学家的对数螺旋线啊！

几何学定理的发现者，杰出的数学家雅各布·伯努利的墓碑上刻着的就是对数螺旋线。对他来讲，他一生的荣誉不是什么金钱名利之类，而是这些优美的对数螺旋线。如果要纪念他，最好的纪念碑就是对数螺旋线。也因此，他的墓志铭是："我原样复活我自己。"因为对数螺旋线的存在，蛛网太多的局部"原样复活"。

古希腊哲人西塞罗在西西里担任财政大臣的时候，走进湮没一切的荆棘和乱草丛中，他要寻找阿基米德的墓。在荆棘、荒草与废墟中，他找到了那块刻着圆柱体几何图形的石头，这就是阿基米德的墓志铭，因为他是第一个了解圆周和直径比率的人，并由此求出了圆面积、球面积、球体积以及圆柱体积。这位伟大的数学家讨厌浮夸的铭文，用自己引以为豪的几何学发现做了自己的墓志铭。这些几何学图形和文字一样，称颂着这位伟大的数学家。当然，不是每一个人都能懂那些几何学图形的语言。

对数螺旋线和这些奇异的几何学图形，不是几何学家无聊随意的想法和创造，制造出一个神秘的知识深渊，一个让人的智力有事可做的荒谬之谜，不是！这是一个为生命服务的真理！在动物的建筑草图上，我们都可以看到它们的存在。

除了蜘蛛，最热衷对数螺旋线的动物是软体动物。从洪荒到现在，宇宙早已沧海桑田，软体动物们却一直在贝壳上画着对数螺旋线，而且，画得那么好。菊石是一种海生无脊椎动物的化石，这种软体动物出现于4亿年前的古生代泥盆纪，在白垩纪晚期绝迹。这些经历上亿年而形成的化石是生命的圣骨，记录着悠远的生命史。把菊石顺着生长的方向切开，你就可以看到对数螺旋线，美丽如花的对数螺旋线，这也是用一朵花来命名它的理由吧。

今天，很多些软体动物依然恪守着古训，因为它们没有找到比祖先更好的办法吧。也可以说，宇宙创造万物，从开始就遵循着美的原则。所以，到现在，花纹贝壳和海鹦鹉螺们，仍然像亘古洪荒时代的菊石那样，在贝壳上按照对数的规则，一圈圈绕着它们的螺旋线。

对数螺旋线是一门深奥的学问，但千万别以为只有鹦鹉螺这些软体动物的王子们才能画出来。长满青草的沟渠里，比扁豆大不了多少的小不点扁卷螺同样精通高等几何学，和菊石或者鹦鹉螺相比，一点也不逊色。比如，涡虫扁卷螺画出的对数螺旋线就异常精美。

水里这些黏糊糊的家伙们怎么会熟谙这样的科学呢？有人堂而皇之地解释道，有一天，阳光普照，软体动物的幼虫不禁高兴得手舞足蹈，摇头摆尾。结果，它的尾巴被拧成了螺旋形，于是就有了未来贝壳上螺旋形的图案雏形。这样的"科学解释"以各种严肃正经的方式传播着，但我的朋友蜘蛛绝对不会接受这种说法。织网的蜘蛛不是幼虫，它的身体也没有尾巴这类可以卷曲的东西，可它就是会织出对数螺旋线。当然，软体动物要花费几年的时间才能画成它的对数螺旋线，而蜘蛛织网最多用一个小时。所以，和贝壳上的螺旋线华丽的美相比，蛛网更像是一个草图，但它具有一种简洁明晰的美。

宇宙间存在着太多我们不了解的事，很多时候，我们就随意地用想象的偶然来解释它，就像上面说的，有人用阳光偶然照耀了软体动物的幼虫来解释贝壳上的对数螺旋线。偶然，当然很重要，对生命史、对人生、对科学都很重要，但是，单纯的偶然不会通向高级的几何学。甚至可以说，所有高级的东西，一定不是来自单纯的偶然。即便能够拥有智慧的人类，也得需要长期的教育和学习才能获得，如果只是守株待兔，等待偶然的降临，恐怕人和昆虫的区别就不会太大了。

蜘蛛能画出精美的对数螺旋线，也不是靠什么偶然的阳光照耀，它只是生来就有这种能力，是本能。这就像植物不会考虑和设计开什么花朵，怎么安排叶子和枝丫一样。蜘蛛做出了精准的高等几何学计算，但它自己并不知道，知道这些的是拥有智慧的人。

一个浓雾弥漫的早晨，我去看蜘蛛在夜间织成的新网。雾气凝结在蛛丝上，变成水滴，水滴压弯了蛛丝，蛛丝变成了一根根悬链线，呈现着一种平时不会有的曲线美。而悬垂的曲线上，又挂着一颗颗透明的珍珠，这些精美的珍珠排列得井然有序。当阳光透过迷雾照射到蛛网上，整个蛛网便闪耀着纯净的光辉，像个光彩夺目的枝形蜡烛台。而在这张美丽的蛛网上，闪光的还有几何学——这门学问是宇宙的创造，也是人类的智慧。

偷书学代数

蜘蛛结网和几何学的事我还可以讲很多，但恐怕会有读者要打哈欠了吧。那么让我岔开蜘蛛的话题，沿着数学的话题，讲点我怎样学习数学的故事吧。没有这样的经历，我不会在蛛网上看到对数螺旋线，不会去丈量蛛网上线的长度和角度。读到这里的你，愿意听我讲述那些也许离你的时代很远的故事吗？我的那些故事，也许能让一些和我一样贫穷、也和我一样有强烈求知欲的人，鼓起勇气去学习和探索未知的世界，谁知道会发生什么呢。

我学习代数是自学，没有老师指导。但我不会抱怨，我们没办法苛求环境，只能苛求自己，如果我们还有什么梦想的话。更何况，没有老师，还有书，书是最好的老师。而且，自学也有自学的好处，至少它不会把人限制在一个模式化的模子里。野果有和温室里培育出的果实不一样的味道，它会在知味的人的唇上留下苦中带甜的味道，有苦味作背景和参照，甜味显得更加深厚。

我从不追悔以前艰辛的学习经历，相反，我热爱那样的自己和经历。即便现在，我都愿意独自熬夜，打开一本书，对抗黑暗，直到一缕曙光在黑暗后的黎明亮起来。学习，获得知识与智慧，而且快乐地讲给别人。说是人之患在好为人师，喜欢传授知识也好，还是说喜欢分享智慧带来的欢乐也好，那都是我热爱的，也是我一生最大的愿望。

从师范毕业时，关于代数，我还一无所知。那时候，对我来说，代数还是一个神秘的谜，我敬畏又恐惧。恐惧会让人拒绝，所以，比起代数，我更愿意去读维吉尔美丽的诗歌。我也从未想到过，一个偶然的机会——感谢这样的偶然，也要感谢充满求知欲的自己——有人来找我教他代数！

一个年龄和我差不多的年轻人来找我，他打算学桥梁工程，也正在准备一个考试，来找我是要请我教他代数，因为他听说我是一个知识渊博的读书人。唉！听说的事怎么能当真呢！对数学，我可是几乎一窍不通。但是，年轻的那个我居然答应了！我的想法也简单，学游泳最好的方法不就是勇敢地跳进海里吗？这个大胆的想法把我带进了一个陌生的世界，崭新的世界。20岁的自信，真是拥有无与伦比的力量！我跟那个年轻人说："你后天五点来吧！"

我还记得星期五的前一天——星期四，天气又阴又冷。这样的坏天气，悠闲地坐在火炉边多好，可我却自找麻烦，教什么代数，搞得心里像装了个火炉子，忧心如焚，火烧火燎的。明天怎么办？如果有书，啃上一天一夜，还能备备课，可是，我有维吉尔的诗集，却连一本代数书也没有。买一本吗？不说买不到，吃喝玩乐的东西才会畅销好买，就是书店有，我也买不起，我这个穷光蛋只有抽屉里那十二个苏了，都不够买一本书。人被逼到绝境的时候，是该说急中生智呢，还是狗急跳墙？庄严神圣的代数啊，我得坦白，为了你，我想到了偷书！

我工作的那所中学，大多数老师都住在学校宿舍，而那位教自然科学课的老师同时又是校领导，他住在城里，但学校里也有他的宿舍。他宿舍的柜子里，我曾看见有书，那里应该有本代数书。跟他借，就我对他的了解，这个充满了傲慢与偏见的家伙不但不会借给我，还会把我的事儿当作笑话到处去讲。

今天放假，他不在。我走到他门口，把钥匙插进了锁孔——学校宿舍的钥匙都差不多——按下去，转了一下——门开了！而且，柜子里真有一本代数书！我两腿发抖，不知是害怕还是激动。

书名是用阿拉伯文写的，像武林秘籍一样神秘。书里会有什么呢？我翻开了书，一页一页翻，都是天书，我根本不知道它在讲什么。就这样翻着，我突然停了下来——这一章的标题是"牛顿二项式"。这个题目吸引了我，二项式会是什么呢？跟伟大的牛顿有什么关系呢？我读了下去，想弄个明白——而我就真的看明白了，真是让我惊喜得不能自己。在炉火前，翻开一本书，在数字、字母和各种符号的排列组合中度过一个下午，这是多么美妙的事啊！我像是被一种新的宗教接纳的教徒，因为这新的信仰，心中充满喜悦——那新的信仰就是用神秘美好的代数符号和字母写成的科学诗篇。

第二天，我的学生来了，我开始讲牛顿二项式……

就这样，我学了下去，讲了下去。讲述深奥知识的书像是坚固的岩石，难以进入。但每天深夜，我用对知识的痴迷敲击着岩石，艰难地寻找着进入的门径。岩石上的大门很难打开，但一旦打开，我就能听到真理悦耳的声音。

最后，我的学生通过了考试，被录取了。那本偷来的书被放回了原位，归我所有的，是另一本书。不用教学生代数了，我就自己阅读，计算，享受着痴迷于数字、字母和符号的神秘组合排列所带来的欢乐。

跟军人学几何

我的几何学知识不仅让我理解了蛛网的玄机和美，而且，如果我的文章写得还算清楚明白，那同样要感谢几何学，它是教人思维艺术的杰出导师。当然，几何学不提供高深思想的精美花朵。但它能教人理清复杂纠缠的头绪，剔除杂质，让逻辑和线索清晰呈现。不管是对于思维，还是对于写作，几何学带来的清晰和比喻一样，都是高级的艺术。

作为一个热爱写作的人，几何学让我受益匪浅，我常常会想起年轻时沉浸于几何学的美好时光。那时候，只要有时间，哪怕是短暂的课间休息，我都会找个角落，在膝盖上铺一张小纸片，手指间夹着一支铅笔。别人在周围玩闹，我却沉醉于几何学中的棱柱。也许，我也应该练练跳远，翻翻跟头。我认识一些擅长翻跟头的人，有的后来还成了体育明星。按照通俗的社会标准，他们比思想家成功得多。当然，在任何时代，任何明星都会比思想家成功。但任何时代，只要人还渴望高级的精神世界，就需要思想家的存在。思想家，与世俗的成功无关，与高级的精神有关。

我任教的那所中学新来了不少老师，和我们一样，他们也都住在学校。我们这些老师聚在一起，像是一个"蜂群"，空闲时在各自的"宿舍蜂巢"里酿造代数、几何、历史、物理、希腊语，或者拉丁语的"蜜"。有时是在备课，但更多时候是在为一个更高的学历文凭而奋斗。大家经常串串门，相互讨教。

有个新来的老师住在我隔壁，他以前是个军人，因为厌倦了军营生活而来学校做了老师。他在部队做的是文职，曾与数字打过交道，于是雄心勃勃地要考个数学文凭。很多夜晚，我都看见那个人在烛光下，双手撑着额头，对着书桌上摊开的一个笔记本沉思默想。有时，他想到了什么，就赶紧抓起笔，飞快地写上一行字：X和Y还有一些数字构成的一个方程式，等号后面是"0"。然后，又闭上眼睛，继续思考。之后又写下一个方程式，等号后面还是"0"。

"列这些等于0的式子做什么呢？"有一天，我问他。这位来自军营的数学家看了我一眼，虽然觉着我实在无知，但还好，他没有那么多傲慢与偏见，反而告诉我，他在做解析几何题。

解析几何？这几个词莫名其妙地停在了我的脑子里，像落下的一只鸟，不飞走，只看着我。我没说话，只想着，我以为我了解了几何，原来还有一个更高级的几何学。我的邻居对着书久久沉思的样子也打动了我，他列的算式所代表的图形在空中跳着神秘的舞蹈。我糊涂又好奇。

"你愿意教我解析几何吗？"我问。

"我很愿意。"他似乎不大相信，但微笑着说。

那天晚上，我们商定了开始学习的时间，共同开垦解析几何这块园地。说是共同，实际上，我这个学生比老师更有热情。我像一只在树洞里储存松果的松鼠，不断地把各领域的知识送进脑子里，为思想的灯光不断地添加着一滴一滴的油。和那个军人一起学解析几何时，我体味着学习的艰辛，也体味着诗一样的优美。伟大的诗人雨果在《光和影》一书的序言中说过这样的话——

> 数存在于科学中，也存在于艺术中。天文学中有数，而天文学联系着诗；音乐中也有数，而音乐是另一种诗。

这不是诗人的夸大其词，雨果说的这些话我完全能够理解，因为我也体验到了数字排列成的诗迸发出优美的情感，它的格式和诗节一样优美。当我把这些狂想讲给那位军人时，他的眼中露出一丝嘲讽，说道："无稽之谈！画我们的曲线切线吧。"

如果单纯考虑我们面对的考试，军人说的是对的。在很多人看来，不被利益捕获，只专注于知识的人不是傻子就是疯子。缩进壳里，陷在一个狭小的世界里，沾沾自喜，没有高级精神追求的阳光照耀，以软体动物的方式生活，这是很多人——庸人的生活方式。

但我不会认为我是错的，生活，毕竟不全是考试，也不全是通过考试后得到的实际好处。人，还有精神，或者说灵魂。古希腊太阳神的神殿上刻着"认识你自己"，古罗马哲学家解说道，"这句箴言的意思不是说我们要认识我们的肢体，我们的身高和体重……他的意思是：'认识你的灵魂。'"关于灵魂，这位两千年前的哲人说得多好啊！——"想一想灵魂的伟大吧，要尽一切可能提升灵魂。"在精神世界里点燃思想的炉火，在炉火上加热数学中被淡忘的东西，让那些抽象的公式充满人生的阳光，这是多么美好的事啊！而且，我也相信，这也是我们洞察未知世界的方法。我的同伴在忙忙碌碌应付考试的时候，我在几何学里做着精神的漫游。

做了十五个月的解析几何练习之后，我们一起去参加蒙彼利埃大学的考试。于是，在文学学位之外，我又得了一个数学学位。文凭是我同伴学习的终点，他精疲力尽，再也不想继续学解析几何这些劳什子了。而那张文凭却只是我的开始。虽然，我注定不会成为几何学家，而是把自己的一生都献给了观察昆虫，研究昆虫和昆虫写作，但谁能说几何学和这项昆虫学事业没有关系呢？没有几何学，我如何去发现并写出蛛网几何学呢？

很久以前，高等教育有个规定：学理工科之前必须先阅读一些重要的文学作品。不管你是学化学，还是学机械操作，作为准备，必须先向古代先哲学习，先与贺拉斯、维吉尔、特奥克利托斯和柏拉图对话。这样的教育环境中，我这个学文学的年轻人愿意学点几何学也就没有什么奇怪的了。但社会进步太快了吧，快到把很多美好的东西都丢在了后面。进步以光明正大的名义，培养着人们贪婪庸俗的欲望。完善知识结构，培养心灵丰富的人，都成了不值一提的鬼话。现在，一切都是生意，赚钱就是一切。

我很穷，但比起金钱，我愿意获取知识，用知识培养智慧。我明白自己知识结构的缺陷，所以我愿意学我不懂的高级几何学，愿意读那些只有旧书店才会有的旧书。我学的一切都在告诉我：人，对高级的东西要有所敬畏。一个写作的人，要怀着敬畏之心去思考：用什么样的语言表达？要表达什么？

就说写作的语言吧。有人说真理赤裸着从井底升起。但我想，穿着得体对真理会更有好处。讲述真理当然不需要那么多华丽的修辞和修饰，但给它装饰一片葡萄叶会更美。我写作的博物学，也有责任在真理的腰间系上一条简洁优美的衣裙。几何学教给我"明晰"，明晰地表达思想也好，写作也好，都追求朴实的语言，但不等于随心所欲的赤裸裸，没有那么简单。它同样需要煞费苦心地经营，选择贴切、得体并且悦目悦耳的语言，要能判断在神韵和节奏方面，哪些词比另外一些词更合适。要学会明晰地表达，需要不断地读书，各种各样的书，包括文学，也包括几何。因为语言从来不仅是语言，更是思维和思想。有魅力的文字，也首先来自思维和思想，它需要不同领域的知识培养，这和培养有魅力的人是一样的。

胆小有毒不爱吃饭的朗格多克蝎子

走近蝎子

节肢动物门中，我们真是应该给蝎子写一部详细的传记。有个成语叫名不虚传，而事实上世间很多事在我们心里都是徒有虚名，或者名不符实。比如我们知道很多伟大人物的名字，但名字也就只是个没有内容的符号，和我们的生命毫无关系。很多人知道荷马、柏拉图这些闪光的名字，但去读他们的书的人不会有多少。蝎子也是这样，谁会不知道它的名字呢？但除了它有毒且可怕之外，我们还知道什么呢？

半个多世纪以前我就认识朗格多克蝎子了。那时候，我在忙着撰写关于蜈蚣的博士论文。每个周四，我都会欢快地跑到罗讷河边，登上阿维尼翁小城对面的维勒尼弗山岗，在那里翻起一块块石头，找蜈蚣。但有时候，我找到的不是蜈蚣，而是蝎子。奔波一天后，我筋疲力尽，但科学的魅力总是让我热情洋溢，满心喜悦。带着那些千足虫走下山岗，我的脚步依然轻快，这些虫子让我的生活充满幸福感。留在身后的蝎子呢？我知道，有一天我也会走近它们。虽然蝎子沉默寡言，离群索居，生活隐秘，很难让人一见钟情，估计跟它交往也没什么乐趣。但越是这样神秘，越诱惑人倾听它们的故事。

五十多年过去了，研究完同是节肢动物门蛛形纲的蜘蛛后，我觉得我该走近我的老相识——蝎子了。"走近"它也真的容易，它的住所离我的荒石园很近，还有离荒石园不远的塞里昂山岗，山坡上的蝎子真多啊！我从没见过哪个地方能有那么多蝎子！那个山坡向阳，生长着野草莓和欧石楠树。怕冷的蝎子喜欢这里的高温，也喜欢山坡上容易挖掘的沙土。山坡上的页岩垂直耸立，被酷烈的太阳暴晒。大风大雨的时候，页岩坍塌成破碎的石片，蝎子把它们当作屋顶的瓦片，住在下面。但一个屋顶下只会有一只蝎子，它们都是独居的隐士。如果你翻开石片，看到两只蝎子，那一定是一只在吃另一只。

朗格多克蝎子是蝎子中的巨人，长大时能有八九厘米长，颜色像是金黄的稻谷。它们远离人寰，生活在荒凉僻静的地方。人不走近它，它也不跑到人的家里来。为了观察研究它们，我把它们带到了荒石园，在安静、朝阳，又有迷迭香阻挡北风的地方，给它们建了一个"蝎子小镇"，二十只蝎子成了入住小镇的第一批居民。除了这个小镇，我还在实验室的大桌子上建了一个蝎子园。园里的住房是透明的大玻璃罐子，罐底铺上了筛过的沙子，沙子上放了两块花盆的碎片。

我想让蝎子们在这里真正安家，所以每只罐子里都安顿了"一对"蝎子。当然，蝎子的性别很难判断，因为没有明显的外在身体特征。一般情况下，昆虫中雌性大一些，雄性瘦弱一些，我只能按照通常的理解乱点鸳鸯谱了：把肚子大的蝎子当作雌性，肚子小点的当作雄性。这样做难免出错，这里，我要提前向被配错了的蝎子们道歉了。但这么多对蝎子中，一定会有雌雄同罐，配成一对的吧。

我用网罩罩住蝎子的玻璃住房后不久，这些居民就向我展示了它们娴熟的挖掘技术。它们以第四对步足作支撑，其它三对灵活地刨土，麻利程度不亚于喜欢刨地的小狗。很快，蝎子就消失在瓦片下的地下室里了。蝎子的生活也真是单调，无论白天黑夜，它们都很少出门。天凉了，就躲在地下室，天暖了，就在洞口晒晒太阳。冬天也是这样，它们不会冬眠。这些好静不好动的隐士，像个思想者，就这样在安静思考中过着它们的日子。

禁食、节食又挑食的蝎子

蝎子，卷着毒尾巴的形象真是深入人心，人们想起来就觉得可怕。但恐怕很少有人知道，它实际上是个十足的胆小鬼。一只从卷心菜里飞出的粉蝶，用翅膀拍打一下地面，蝎子都会被吓得屁滚尿流。这么胆小的家伙，也许只有饥饿才能激发起它猎杀的凶悍吧。但它什么时候会有饥饿感呢？人们也不会想到，从10月到4月，长达六七个月的时间里，它足不出户，几乎不吃任何东西。我把食物放在它面前，它也不屑一顾，尾巴一甩就把食物甩到一边去了。

直到3月底4月初，它才有了点胃口。这个时候去拜访蝎子，可能会见到有一两只在用餐。它们用螯肢抱着一条蜈蚣之类的东西，慢慢吃着。吃了这顿，要隔很久才会再吃下一顿。我真是盼着它们的胃口能好一点，相貌那么粗野凶悍，有那么好的武器，不好好捕杀猎物，享受美餐，真是浪费。可我的期望归期望，蝎子的食量真是小得出奇。

不是禁食就是节食，不吃不喝也可以活着，这么说来，蝎子应该好养活了。可是，也没那么容易。虽然胃口小，但蝎子也真是挑食啊！猎物死了不行，得吃活的；大了不行，要吃小的；肉质要鲜嫩，硬了不行。刚开始养蝎子的时候，我不知道这些，专门选大蝗虫给它们，可它们拒不接受，嫌肉硬，嫌大个子难对付，老是乱折腾，不好好让它吃。

我从田野抓来蟋蟀喂蝎子，心想，蟋蟀的肚子滚瓜溜圆，像黄油一样入口即化，蝎子总该满意了吧。我把蟋蟀放进蝎子的玻璃房子，还在里面放了点生菜叶安抚这些可怜的小东西，以减少"老虎洞"的恐怖气氛。可蟋蟀们却并没有显出害怕的样子，它们吃着生菜叶，照样唱着动听的歌曲。一只蝎子突然走近了蟋蟀——注意！不要以为蝎子是主动过来大开杀戒的，我估计它根本没看见蟋蟀，因为蝎子有八只眼，却近视又斜视，所以，极有可能，它只是无心地走来而已，看看下面发生的事，会证明我的说法应该是没错的。蟋蟀看着面前的巨兽，一点也没有惊慌，而蝎子呢？似乎是突然发现了蟋蟀，显出吓了一跳的样子，赶紧后退，逃走了。结果，六只蟋蟀在蝎子群里住了一个月，没有一只蝎子去捕猎，因为蟋蟀太大了吧。最后，蟋蟀安然无恙，我让它们重获自由，回到外面的世界，继续歌唱。

我又相继把鼠妇、千足虫和赤马陆喂给蝎子，那些小昆虫也经常出没在石头下面，我想有可能是蝎子喜欢的猎物。我还从蝎子洞穴附近的荆棘丛中抓来叶甲，从蝎子活动的沙丘上抓来虎甲，把它们送给蝎子，可结果，蝎子一样都不要。

5月，丁香树花开的小径上，金凤蝶和粉蝶飞舞。我抓了几只，折断它们的翅膀，送给蝎子们。折断了翅膀的蝴蝶在地上绝望地打转，一起飞就掉下来。晚上八点左右，蝎子们离开洞穴，从挣扎吵闹的蝴蝶中间走过。可是，就算撞到了踩着了，蝎子们也毫不理但恐怕会很少有人知道，它实际上是个十足的胆小鬼。一只从卷心菜里飞出的粉蝶，用翅膀拍打一下地面，蝎子都会吓得屁滚尿流。

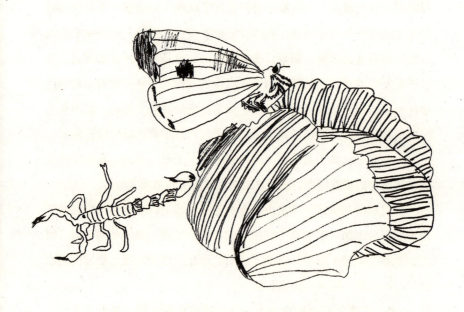

眯。甚至当挣扎的蝴蝶爬到蝎子的背上时，它也毫不理会，背着蝴蝶照样散步。有的蝴蝶扑棱到了蝎子的嘴边，可是，依然什么都没有发生。

一大群野樱朽木甲飞到荒石园，绕着一棵开满黄色柔荑花的橡树飞舞。它们在树上停下来，吮吸汁液，忙着交配，充满春天的欢乐。野樱朽木甲的欢乐盛宴持续了两周，然后成群结队地飞走，不知所踪。我抓了几只，试着献给挑食的蝎子。唉！经过漫长的等待，终于等到了！——蝎子开始捕猎，进食了！没有惊险的打斗，像拾起落到地上的果实一样，蝎子根本不用带毒的尾巴，只是抓起猎物送到嘴边。朽木甲挣扎着，沉默寡言的蝎子才用它的武器一下下刺向猎物，让它安静下来。蝎子一边刺，一边吃，就好像用叉子一点点把食物送到嘴里一样。这顿饭吃了几个小时，然后，蝎子们又会禁食很久。

蝎子们最长能禁食多久呢？我要用残忍的实验来找出答案。

初秋，我把4只中等个头儿的蝎子分别放进不同的罐子里。罐子里有沙子，有瓦片，有流动的空气，有明媚的阳光，但不会有食物。整个秋天，它们没什么异常，正常地生活着。在瓦片下给自己挖个地下室，傍晚，散散步，然后回去。冬天到了，我常去拜访它们。每次见面，它们都还是那么精神抖擞，把被我翻得乱七八糟的洞穴重建起来。冬天就这样过去了，春天到了，四五月份，应该是蝎子有食欲的时候。被禁食的蝎子们会形容憔悴，萎靡不振吗？可事实完全不是，我登门拜访时，如果用什么东西碰碰蝎子，它们会很快跑掉——跑得很快，姿势优美有力！

我这次的实验结果是：蝎子能绝对禁食九个月，完全不吃不喝。

下一个实验是用4只很小的蝎子做的，它们的年龄大约两个月吧，体长三十毫米，颜色比成年蝎子鲜艳好看，尤其是螯肢，就像是用琥珀或者珊瑚雕刻出来的一样。10月份我找到它们的时候，它们已经独自隐居了。我把它们养在四个玻璃杯里，用细纹布把杯口蒙起来，空气可以进去，但小昆虫飞不进去，以保证绝对禁食。它们一直活到第二年的五六月——七八个月的绝对禁食，而且大多数时间，它们精力充沛，直到最后的日子。

大蝎子也好，小蝎子也好，一年四分之三的时间可以不吃不喝，而且能保持生命活力，真是让人震惊！这些大小蝎子禁食期间，要挖洞、搬沙，也是消耗体力的，它们靠什么补充消耗的能量呢？蜗牛缩在壳里，可以不吃东西，但它们也不动。而蝎子在禁食的时候，和正常生活没有差异，它们该做什么做什么，而且依旧容光焕发，精力旺盛。前面我们说过的狼蛛的孩子也是，七个月不吃不喝却能长大，如果从母亲背上掉下来，还能那么生龙活虎地爬回去，而它们没有吃过东西。

蝎子和蜘蛛的孩子们的禁食真是让人迷惑不解，让人禁不住追问：动物一定要吃东西吗？食物只是给生命提供能源的方式之一吗？难道身体可以像蓄电池一样吸收储存周围世界的能量？如果生命可以摆脱胃的束缚，依靠太阳照耀获取太阳能就可以生存，这个世界会少多少苦难和暴行啊！

蝎子毒液下的死亡名单

因为挑食，蝎子平常只捕捉一些很小的猎物，所以也就很少动用它剧毒的武器，只不过是用螯肢抓过来捧着吃而已。只有危机来临的时候，它才会使出它的杀手铜吧。但我真不知道它什么时候才需要自卫——有谁敢主动向蝎子挑战呢？想知道蝎子的毒液到底有多厉害，我只好自己制造角斗场，让它们去面对强大的对手。

我把一只朗格多克蝎子和纳博讷狼蛛放进一只广口瓶里，瓶子底部铺了沙子，要不然，玻璃太光滑，会影响"角斗士"们的行动。蝎子和狼蛛都有毒螯，谁更厉害呢？虽然狼蛛没有蝎子强壮，但动作却更灵活敏捷，常出其不意，跳起来进攻。一看见蝎子，狼蛛就半直起身子，张开滴着毒液的螯牙，气势汹汹，主动迎战。蝎子却只是伸着螯肢慢慢走过来，一下子就用螯肢钳制住了狼蛛。狼蛛绝望地挣扎，它带毒的大颚一开一合，可就是咬不到蝎子。而蝎子有长长的螯肢，不靠近猎手就能将其擒获。没有任何搏斗，狼蛛就成了蝎子的俘虏。这时候，蝎子才翘起尾巴，从后面探过来，将毒螯刺进狼蛛。蝎子不似胡蜂那样的剑客，一下子刺穿对方，它只是抖动着尾巴，一点点推进，像护士注射药液时那样慢慢推动。健壮的狼蛛刚被毒螯刺伤，便抽搐起来，毒液几乎是瞬间生效，狼蛛很快就死了。

吃掉战败者，这是动物世界的规矩。蝎子咬住了狼蛛的头——这也是动物世界的常规——慢吞吞地，小口小口地吃起来。除了几条大腿太硬，整个狼蛛都被蝎子吃了。但蝎子吃得太慢了，用餐时间是整整二十四小时。

如果不是鲁莽骄傲地直起身子，把胸部暴露给蝎子，而是喷丝撒网——蜘蛛都会织网啊！说不定，狼蛛会战胜蝎子。因为在网上，它们可以喷出大量的丝，捆绑住凶恶的修女螳螂、可怕的黄边胡蜂，还有喜欢尥蹶子的蝗虫。但一离开网，蜘蛛们就忘记了它也可以把蛛丝当作武器——本能没有这样设计。于是，狼蛛和蝎子的战斗，只能是刚一开始就结束了。

我给蝎子安排的下个对手是修女螳螂。当然，蝎子不会到灌木丛去猎杀凶狠的螳螂。虽然它也善于攀爬，可是在摇晃的树叶上，蝎子无法行动自如。在瓶子里的角斗场中，我挑逗它们厮杀。但没有厮杀，蝎子还是有效的老一套，用螯肢抓紧了螳螂。被夹住的螳螂张开翅膀，举起大刀一样带锯齿的前臂，可这种可怕的姿势对蝎子毫无用处，蝎子的螯针从身后伸过来，刺进了螳螂举着的前臂。当螯针拔出来时，螳螂的伤口上渗出毒液。被刺中的螳螂立刻曲起腿，开始垂死挣扎，一刻钟后，螳螂不动了。

另一只雌螳螂厉害一些，当它在角斗场遇见蝎子时，它先发制人，摆出威胁的姿势，双翅摩擦，发出恐吓对手的声音。而且，它找准机会，用前臂抓住了蝎子的尾巴。可惜的是，螳螂只是控制了蝎子的进攻，它自己却没法杀死被钳制的对手。这样的相持持续不了多久，螳螂就体力不支，最后松开了蝎子晃来晃去的尾巴——这下可就完了！蝎子的尾巴一恢复自由，马上投入战斗，把螯针刺进了螳螂的腹部。结果可想而知，螳螂一阵抽搐，很快就不动了。响尾蛇、角蝰和洞蛇这些毒蛇有可怕的剧毒，可是它们都不会像蝎子这样，这么快就杀死对手。

狼蛛和螳螂在被蝎子刺入螯针后那么快就死亡，是因为它们太脆弱了吧。因为越是高级和强壮的动物，往往越有最脆弱的一面。如果换更卑微一些的昆虫，有没有可能多坚持一段时间呢？我想到了蝼蛄。这个奇怪的家伙，最爱在地下咬植物的根，因此被普罗旺斯的园丁所痛恨。蝼蛄卑微却强壮，我想请它们来帮我寻找答案。

蝼蛄和蝎子，一个在地下寻找植物的根，一个在山坡石片下隐居，它们应该没有见过面。但现在，在我安排的角斗场上，它们相互看着对方。这回，不需要我挑逗，蝎子主动出击。蝼蛄也做出迎战的姿势，举起它剪刀一样的前臂，像螳螂一样摩擦翅膀，发出的声音像是低吟的战歌。但蝎子不等战歌结束，就甩动尾巴，把螯针刺进了蝼蛄。就那么一下，仿佛被雷电击中，蝼蛄倒在了地上，胡乱蹬着腿，肚皮猛烈抽搐着。正如我所预料的，蝼蛄挣扎的时间确实比狼蛛和螳螂长一点：两个小时后，蝼蛄死了。

蝗虫家族中，个头最大、最充满活力的是灰蝗虫，但它的活力不过是跳来跳去。在角斗场中，蝎子似乎很怕靠近它。乱蹦乱跳的灰蝗虫一次次落到蝎子背上，而蝎子总是试图躲开这个讨厌的家伙。最后，蝎子实在忍无可忍，才在蝗虫肚子上刺了一下。蝗虫中毒后的反应异常激烈：有力的后腿掉了一只，另一只瘫痪，僵直，无法动弹。没有了后腿，蝗虫再也跳不起来，但前四条腿激烈抽动着，全身也跟着痉挛。有的灰蝗虫不到一个小时就死了，而有的则一直到第二天。还有一种长鼻蝗虫，中毒后也能拖几个小时才死。

角斗场变成了蝎子的屠杀之地，死在它毒液之下的昆虫可以列个很长的名单，光是鞘翅目昆虫就有蛀犀金龟、天牛、圣甲虫、步甲、花金龟、鳃金龟、粪金龟。还有富有激情的蜻蜓和蝉，但它们的挣扎时间也和螳螂差不多，很快就死掉了。挣扎时间最长的要算是螽斯，不管是白额螽斯还是葡萄树距螽，被蝎子刺伤一个星期后才慢慢死去。但无论挣扎多久，无论多有本事，被蝎子刺伤的昆虫们，最终都会死去。还有漂亮的金凤蝶和海军蛱蝶，它们被蝎子刺伤后几乎是立刻身亡，而粗俗的蜈蚣被蝎子刺了七下，却熬了四天才死。愚蠢的笨蛋还活着，杰出的天才们却早早死亡。

令人惊异的是，雌性大孔雀蛾被刺伤后，第四天才生命衰竭。要知道，大孔雀蛾来到这个世界不吃不喝，寿命本来就不过短短的几天。它来就是为了交配、产卵、繁衍后代。母性比中毒的痛苦更有力量，能让死亡望而生畏吧。那只大孔雀蛾死前完成了自己作为母亲的使命，产下了它的卵。

毛毛虫不怕蝎子毒液

生命，有许多意外；研究生命，会有许多意外发现。那么多强壮的昆虫死于蝎子的毒液，而小小的毛毛虫却安然无恙，谁又能想到呢？

深秋，因为找不到更合适的对手和蝎子大战，不知怎么我就突发奇想，想到花金龟的幼虫——荒石园角落的落叶堆里，一年四季都会有那些毛毛虫在里面钻来钻去。寒冷的季节，对蝎子影响不大，腐叶堆里的花金龟幼虫胖乎乎的，也依然精力充沛。我把它们放在一起。

蝎子依然没有主动进攻，毛毛虫吓得拼命逃窜，结果在玻璃瓶圆形的角斗场中转了一圈，又回到了蝎子身边，而蝎子躲开了它。这样的虫子不是蝎子喜欢的猎物，更算不上对手。为杀而杀，从杀戮中得到满足感，那是人类的行为，蝎子不会。我只好用草茎去撩拨蝎子，好让它发怒、战斗。可怜的毛毛虫根本不想打仗，它也不会，遇见危险时，只会吓得缩成一团。但愚蠢的蝎子还是上了我的当，把我的骚扰怪罪在无辜的毛毛虫身上，挥起螯针就刺，血一下子就从那条肉虫子身上流了出来。

本来我只是想要弄清，这样微不足道的虫子中毒后能撑多久。我甚至想象着它死前抽搐的样子，但结果实在出人意料——那条胖乎乎的虫子舒展开身体，逃走了！而且，速度和平时一样快，完全不像受伤的样子！两个小时我去看它，它还是那样。第二天，它依然安然无恙。要知道，如果被刺中的是花金龟，它早就死了，而它的幼虫平安无事！

是偶然吗？我又挖出12条花金龟幼虫，让蝎子刺伤它们，把毒液留在它们身体里面，结果是一样的——蝎子的毒液奈何不了它们。第二年6月，那12只被蝎子用螫针刺过的毛毛虫如期化蛹，它们将在蛹里蜕变，羽化成漂亮的花金龟，像什么事都没有发生一样。

这个意料之外的结果让我想起兰兹讲过的毒蛇和刺猬的故事。故事说，刺猬在箱子里喂宝宝的时候，他把一条毒蛇扔了进去。刺猬大胆地走过去，用鼻子去闻毒蛇，毒蛇咝咝叫着，在刺猬的鼻子上咬了几口。可是，刺猬只是舔了舔伤口，继续闻，结果蛇又咬它，咬在了舌头上。但刺猬居然咬住了毒蛇的头，把它嚼碎，把毒蛇当作了美餐，吃掉了一半。然后回去，接着喂孩子。晚上，刺猬吃掉了另一半毒蛇。

还有蜂虎，一种生活在地中海沿岸的美丽的小鸟，能生吞胡蜂。肚子里装满活着的胡蜂，为什么这种鸟能安然无恙呢？杜鹃的胃里可以装满浑身刺毛的松毛虫，它难道不难受吗？花金龟成虫被蝎子螫针刺中很快死掉，但为什么幼虫却根本不在乎那剧毒的毒液呢？如何解释这些生命的意外和奇迹？

我又从橄榄树下找来葡萄根蛀犀金龟幼虫，把它们也放进蝎子的住所。和花金龟幼虫一样，犀金龟幼虫也受了伤，但根本不在乎。八个月后，依然膘肥体壮，开始准备化蛹。毒蝎子毒液下的死亡名单上，我们见过犀金龟的成虫，顶多三四天，那个庞然大物就会死掉。但是，蝎子毒液对犀金龟幼虫无效。

我家门口有两棵桂樱树，四季青翠，可是天牛把它们糟蹋得死去活来。为了拯救我的小树，我砍掉了满是幼虫的树枝。劈开树枝，抓了12条幼虫。我要为小树报仇——把它们扔到蝎子窝里去！可是，成虫遭蝎子刺伤，很快死掉，而幼虫依然悠哉悠哉地啃着木头。

接下去的实验结果都一样，在蝎子的角斗场上，鳃金龟、锹甲、豹蠹蛾、大戟天蛾、大孔雀蛾……这些完全变态的昆虫无一例外，成虫中毒死掉，而它们的幼虫活着，并且照常生长、蜕变。被蝎子刺伤的蚕，一回到桑叶上，就会继续贪婪地开吃，十几天后，照常结茧。

朗格多克蝎子的温柔爱情、野蛮婚姻和美丽孩子

蝎子的爱情日记

春天，总会有一些不同寻常的事发生。

4月，春天回来，燕子回来，布谷鸟的歌声回来。荒石园那个原本平静的蝎子小镇不平静起来。当春夜降临，一向安居乐业的蝎子们纷纷离家出走，并且再也没有回来。如果翻开石头，还会经常发现两只蝎子在一起，不过，是一只正在吃另一只。被吃的蝎子颜色金黄，肚子较小，应该是雄蝎子；而细嚼慢咽，吃蝎子的蝎子则是颜色深、肚子大、个子也大的雌蝎子。这样的情景让人想起螳螂婚礼的悲剧结尾——雌性吃掉雄性。蝎子的婚礼也是这样吗？我这样怀疑，但直到第二年，我也没有为这种怀疑找到证据。

又是一年的春天。

为了揭开雌蝎子吃雄蝎子的谜底，我建了一座玻璃房，安顿下25只蝎子。从4月中旬开始，每天晚上，玻璃房成了一个朴素的剧院，里里外外都热闹起来。灯笼亮起来，照着剧院里的舞台。吃完饭后，一

家人都来这里看戏，连狗狗汤姆都会来凑热闹。

蝎子，和写《一个孤独的散步者的遐思》的卢梭一样，本来也是独自漫步，但在春夜的灯光下，它们居然成群结队地出游，简直像人们纷纷赶到春野去踏青一样。只是，一大堆蝎子挤在一起，更加乱哄哄的，乱踩乱撞，卷起的尾巴也胡乱挥舞。更奇怪的是，经常会有两只蝎子脑袋顶着脑袋，螯肢顶着螯肢，下半身直直地竖起来，像是两棵小树一样。而竖起的两条尾巴又相互摩擦着，尾巴尖儿则一会儿连在一起，一会儿分开，我想，它们是在表达爱意吧，这是春天应该有的故事。我觉得我有义务代笔，写下蝎子们的爱情日记——

1904年4月25日

天！我简直不相信自己的眼睛：两只蝎子居然面对面，螯肢握在了一起。它们不是在打架，从颜色和体型可以判断，这是一雌一雄两只蝎子，应该是一对柔情蜜意的情侣。它们一起悠闲散步的时候，始终手拉手，而且还面对面——雄蝎子在前面走，雌蝎子在后面跟着，而前面的雄蝎子倒退着走！简直像热恋的人，视线一点儿也舍不得离开恋人，只是盯着看。它们的漫步好像也没有什么目的地，只是随意走着。但不管往哪个方向走，总是雄蝎子决定。有时，雄蝎子会优雅地转过身，和它的爱侣并排站在一起，用尾巴轻轻抚摸一下雌蝎子的背。这对情侣就这样漫步了一个小时，旁边的我则目不转睛地看着它们。

到十点钟左右，漫步终于要结束了。雄蝎子来到一个瓦片旁边，那是我给它们盖的"小瓦房"。雄蝎子松开了一只手，但另一只还紧紧牵着对方。以这样的姿势，雄蝎子用腿扒拉着沙土，尾巴把扒拉出来的土扫到一边。结果，一个地洞露了出来。它自己先钻进洞里，再轻柔地把雌蝎子也拉了进去。我想知道洞里发生了什么事，但欲速则不达，现在我还不能打扰它们，要耐心地等待。可是，岁月真是不饶人啊！我这个八十岁的老头子有点力不从心了，腿发软，眼皮打架，还是先回去睡觉吧。一睡着，我就开始做梦，梦见蝎子钻进我的被窝，爬到了我脸上。我不但不害怕，还感到很亲切。

第二天天一亮，我就跑到蝎子玻璃房，掀起昨晚隐藏了情侣的瓦片：雄蝎子不在，只有雌蝎子在家。

5月7日

晚上七点，乌云密布，大雨将至。玻璃房内，一对蝎子情侣静静地待在一间"小瓦房"里，面对面，手拉手。我小心地掀起瓦片，想要观察它们怎样幽会。可是雨来了，我只好离开。没有了瓦片的屋顶，它们会做什么呢？

一小时后，雨停了，我赶紧回到蝎子的玻璃房。它们已经离开原来的地方，到了另一间"小瓦房"，依然手拉手。雌蝎子待在外面，雄蝎子在屋里收拾房间。为了不错过它们爱情的高潮，我们全家人轮流守候。八点，天完全黑下来，我们的努力完全没有结果。因为不满意这间小瓦房吧，这对情侣离开这里，准备另寻他处。依然是手拉手，面对面，雄蝎子倒退着走，雌蝎子安静地跟着。最后，它们在另一片瓦下找到了满意的房间。

两小时后我再去看它们，掀开瓦片，它们还是老样子，面对面，手拉手，安安静静的。

5月8日

没有故事发生。它们还是一动不动，只是手拉着手，温柔地看着对方。黄昏，太阳落山，这对幽会了二十四小时的情侣分手了。雄蝎子离开了，雌蝎子留在那里。它们因为什么原因分手呢？我不知道，它们也没说。

这一对情侣只告诉我，它们找到对方后，会手拉手离开蝎群，恩恩爱爱地去散步。散步结束，雄蝎子会找一个小房间，和爱侣幽会。如果小房间的屋顶被揭走，它们也会离开。蝎子的爱情，不在蝎群中招摇，是件隐秘的事。

5月12日

天气很热，无风无雨。一对蝎子在它们喜欢的天气里结成了情侣。我见到它们时，它们已经以蝎子特有的爱情姿势在散步：手拉手，面对面。它们经常停下来，把头挨在一起，前足晃动着，去抚摸对方。看着它们亲昵的样子，我不由自主地想到拥吻这样的词语。据说吻是鸽子发明的，但现在，我又找到了热衷于用吻表达爱意的昆虫，那就是蝎子。

我们一家人都来看这对恋爱的蝎子。恋爱中的人不会丑，恋爱的蝎子也是好看的。它们黄色的身体半透明，在灯光照射下闪着光，仿佛是琥珀雕刻的艺术品。它们的胳膊直直地伸向对方，尾巴卷成可爱的螺旋。它们的尾巴尖儿连在一起的时候，真像是两个恋爱的人靠在一起，用胳膊圈成爱心。

最后，雄蝎子带着雌蝎子走进瓦片下它们的新房。时间是晚上九点。

如果不是怕黑灯瞎火的会摔断腿，我真想登上满是岩石的山岗，去参加蝎子们星空下的婚礼。我能想象出，夜幕低垂的时候，雄蝎子在蝎子群中找到自己中意的爱侣，然后带着它离开，手拉手走进生长着薰衣草的草地，久久地在那里漫步。在那里，没有荒石园昏暗的灯光落在玻璃房上，但天高地阔，有朦胧的月光星光。

5月13日

早晨，我去看它们，但爱情已经结束了。雌蝎子还在瓦片下，雄蝎子死了，身体已经残缺不全：头、一个螯肢和两条腿不见了。我把它的尸体拿出来，放在洞口。天黑下来时，雌蝎子走出小瓦房，将尸体搬到远处，一点点吃光了它。

雌蝎子吃掉雄蝎子肯定不是因为饥饿。蝎子本来胃口就不大，而且，我还献上了它们喜欢的美味：肉质鲜嫩的小蝗虫，味道鲜美的小螽斯，还有折去了翅膀的尺蠖蛾。但它们出游时随意践踏着这些美味，根本无心去吃。只能说，吃掉雄性蝎子，注定了是它们爱情结束的习俗和仪式。

5月25日

蝎子情侣漫步的甜蜜场景，不是每晚都能看到。但只要有耐心，就会有幸运。今天，蝎子给我讲的爱情故事有点波澜起伏。一只雄蝎子穿过拥挤不堪的蝎子群，突然看见一只雌蝎子，一见钟情，而且，雌蝎子没有拒绝。于是，就有了手拉手的甜蜜漫步。

婚姻的结束，是雌蝎子吃掉雄蝎子，但恋爱的时候，雌蝎子完全是被动的，被雄蝎子拉着走，去找新房。雌蝎子也会对过于热情的雄蝎子生气，把尾巴变成直直的棍子，去敲打雄蝎子抓着自己的手。如果雄蝎子松开手，那么，这对情侣就真有可能"分手"了。

爱情从来不会一帆风顺，蝎子的爱情也是一样。雄蝎子收拾好房间，要拉雌蝎子进去的时候，雌蝎子都有可能反悔，拒不进入。在小瓦房门口，我曾看见雄蝎子往里拉雌蝎子，而雌蝎子反抗着后退。最后，甚至是雌蝎子把雄蝎子给拉了出来。当然，它们也没有分手，而是继续散步，继续寻找新房——可能是雌蝎子不喜欢雄蝎子刚才找的那间房吧。

夜里十点，雄蝎子又找了一间小瓦房，又辛苦收拾好一切，要拉雌蝎子进去，可雌蝎子还是反抗着不愿意。这次雄蝎子软硬兼施，雌蝎子实在拗不过了，只好跟着进了洞房。可是，半个小时后，雌蝎子又跑了出来。雄蝎子追出来，在洞口四处张望，但已不见了雌蝎子的踪影。雄蝎子没精打采地自己回家去了，很失落的样子，我也一样。

蝎子的生育和美丽的蝎子宝宝

除了朗格多克蝎子，我还养了些个头小一点的黑蝎子，它们住在实验室桌上的广口瓶里。7月22日，早晨六点，我走进实验室，掀开盖在广口瓶上的硬纸板，我激动得有点颤抖起来——一只雌蝎子背着一群小蝎子！我见过狼蛛背着它的小宝贝们，可还是第一次见到雌蝎子背上挤满可爱的小东西。这些小东西应该是晚上出生的，夜晚是黑色的，雌蝎子是黑色的，可是，这些小东西是白色的！——那么柔弱却又纯洁的颜色。

第二天，又一只雌蝎子做了妈妈。亲爱的读者，如果你们没见过，那么我愿意和你们一起分享那种快乐：一只黑蝎子背着一堆白色的小孩子，像是透明的小东西！看着那样的情景，真是让人兴奋啊！第三天，又有两只蝎子分娩，骄傲地背着一堆小宝宝。看到四只雌蝎子背着孩子，那感觉真是像明媚的阳光照耀着我的生活，生命充满了幸福。

黑蝎子到了生育的季节，玻璃房里的朗格多克蝎子呢？我一下子把二十五块瓦片都掀开了——啊！我激动得简直想大声歌唱，唱一首"我的太阳，我的太阳"才能表达我此时的欢乐！有些年轻人早早就失去了生活的热情，而我这个老头子看着瓦片下的蝎子热血沸腾，充满激情——三块瓦片下三只蝎子背着小宝宝！有一只蝎子的孩子应该已有两周大了，其余两只蝎子则应该是刚做母亲，它们的孩子还很小很小。

7月过去了，8月9月也过去了，荒石园里不再有蝎子生宝宝。但是，蝎子的玻璃房里，还有大肚子的孕妇。冬天到了，孕妇们没有分娩。看来，它们的预产期要到明年了。宝宝在妈妈肚子里要待上一年这么漫长的时间，在低等动物里还真是少见。

蝎子都是晚上产卵，一只朗格多克蝎子一次可以产三四十枚卵，黑蝎子少一点。卵是生命的种子，蝎子的种子在母腹中就已发芽。这种孕育方式在遥远的石炭纪就已经存在了，卵的孵化不是像母鸡孵蛋一样在体外，而是在母腹中就已完成。

母腹中的小蝎子很小，只有米粒那么大，被光滑的卵膜包着。在卵膜里，小蝎子们的尾巴和螯肢攒到胸前。这样的姿态，保证了它顺利出生。要是张牙舞爪，甩着尾巴，它们是没办法进入母亲产道的。

这些已经在体内孵化好的卵一生出来，雌蝎子就会用大颚轻轻咬住薄薄的卵膜，撕破，然后把它吞进肚子，再小心翼翼地剥掉胎膜，就和母羊母猫吃掉新生儿的胎膜一样温柔——脑子里尽是对蝎子可怕想象的人，现在也可以想象雌蝎子做母亲时的温柔。蝎子的工具那么笨重，可是它一点也不会擦伤宝宝们幼嫩的肌肤，也不会扭伤它们的身体。我看见被黏液包裹住的小蝎子，在被撕破一半的胎膜里挣扎，可就是无法挣脱出来。新生儿小蝎子和别的动物一样，都需要母亲的帮助才能赤裸裸来到这个世界。蝎子母亲也真是能干，产卵的地方不会有胎膜卵膜黏液之类，而是很快就打扫得干干净净，只剩下一堆干干净净的小宝宝。

被母亲收拾得干干净净的小蝎子们只有几毫米，但已能自由活动。当然，它们不会四处乱跑。母亲已经趴好，等着孩子们。这些精致的小蝎子乖乖地，一只只爬到母亲背上，紧紧地贴着母亲，它们在那里度过它们的童年。如果你像我一样，用草秸靠近小蝎子，你就会看到蝎子母亲凶狠地举起螯肢保护它的宝宝。但它不会挥动它的杀手锏——尾巴，道理简单，晃动尾巴，会把它的宝宝们从背上摔下来。

我把几个小蝎子从雌蝎子身上弄下来，散落在稍远一点的地方。小蝎子迟疑着，不知该怎么办了。雌蝎子着急了，用两个胳膊——请允许我用这个词来说蝎子的螯肢——围成半圆，贴着地面，一下子把孩子们搂了回来。它的动作很笨拙，像是来不及考虑是否会弄伤孩子，而只是急迫地要把孩子们抢回来。还好，孩子们安然无恙，又爬到了母亲背上。灌木丛中的狼蛛会背着孩子们晒太阳，而蝎子做了母亲后便不再出门，把平日喜欢的散步也取消了。它就待在家里，守护着孩子们。

小蝎子在母亲背上会待上两周，不吃不喝，但成长着。一个星期左右，小蝎子们开始第一次蜕皮。小蝎子们的第一次蜕皮不是像蝉一样，从壳里钻出，留一个完整的空壳，而是身体的各部分都分别蜕皮，完全没有顺序：步足蜕去护套、螯肢蜕下手套、尾巴脱掉尾套，蜕下的是一个个小碎片。因为蜕皮是在母亲背上完成的，那些碎片也就黏附在了雌蝎子背上，小蝎子们躺在那里，像是躺在毯子上。小蝎子们离开母亲独自谋生后，这张毯子才会从雌蝎子身上脱落。

这样的蜕皮后，小蝎子基本上还是白色的，但明显"壮"了一点，开始下地玩耍，在母亲身边跑来跑去。最令人吃惊的是，它们突然长大了一点：小朗格多克蝎子从九毫米长到了十四毫米，黑蝎子从四毫米长到了六七毫米。小蝎子出生后什么也没吃过，蜕掉一层皮，怎么就长"大"了呢？

世间一切幼小的生命都是美的，天使一样的美。小蝎子们在长大，白色的身体开始增添颜色，肚皮和尾巴已开始染上淡淡的金黄，螯肢也不再仅是一坨小软肉，而是闪烁着柔和的亮光，像是半透明的琥珀。生命的起点上，一切都那么美好，身体都是美的。让人惧怕的蝎子在还是幼小的时候，也是美丽的。

美的不仅是幼小的生命体，更是母亲和孩子们在一起的故事。小生命都会精力旺盛，小蝎子长大一点后，也会忍不住从母亲背上溜下来，到处戏耍。如果小蝎子们跑得远一点，母亲就会用胳膊把它们搂回来。雌蝎子和小蝎子们打瞌睡的时候，真是让看着的人心里暖暖的，满溢温情。大多数小蝎子紧紧地依偎在母亲四周，睡着。还有一些，贪恋着母亲的脊背，就在那里睡着。淘气的呢？爬到母亲的尾巴上，在那里睡了。

美丽的小蝎子啊！你们伴我度过了一段那么美好的时光，可现在，该说再见了，虽然我是那么舍不得你们。你们温暖美好的童年结束了，你们的母亲不仅不再是温柔的，而且是危险可怕的了。当你们的母亲再次生育的时候，它还会把温柔给那些新生的宝宝。可是，对你们这些已经长大却还没有完全成熟的小蝎子，这个母亲却是一个恶魔。如果在路上遇见，它就会吃掉你们。那情景，我是亲眼看过的。玻璃房里的12只小蝎子，没几天就一个都不见了。

所以，我要赶紧把你们送走。把你们送到有火热的太阳照耀的山岗上去吧。你们会在阳光里长大，在艰苦生活的磨炼中长大。生活，对谁都一样，有阳光，有艰辛。

童年的回忆

蓝色鸟蛋和鸟

　　在和昆虫亲密无间的欢乐童年，鳃金龟和花金龟住在一个扎了孔的纸盒子里，它们在我的床上，我的床在山楂树上。有时，我几乎觉着自己是一只鸟，因为我总是渴望着鸟巢、鸟蛋和张着黄色鸟喙的雏鸟。还有可爱的蘑菇们，它们用绚丽的色彩吸引着我。后来，当那个草木虫鱼间的小男孩穿上吊带裤，拿起书并沉迷于书的时候，这也没什么可奇怪的。对他来说，迷恋读书跟迷恋鸟窝、迷恋蘑菇没有什么区别。自从我的好奇心从蒙昧混沌的状态中苏醒过来，我经历了多少幸福的好时光啊！多少年后，那些时光已变成青铜般永恒的记忆，让我时时回顾、回味。

　　那天是我的幸运日吧，我有苹果吃，还能出去玩儿。我想去附近的小山顶看看，在一个小孩子的想象里，那里就是世界的边缘。山坡上有一排树，很多次，我趴在窗口看它们，看它们在大风大雨中不停摇摆，好像马上就要被连根拔起了一样。它们是我的朋友，我喜欢它们在蓝天下静静地站在那里，而它们在暴风雨中惊恐的样子让我伤心。今天，它们在山坡上干什么呢？

我顺着山坡向山顶走，清晨的太阳从淡淡的天幕升起来，也许到山顶时，我就会搞清楚太阳到底是从哪里出来的。我脚下的草地被绵羊啃得稀稀拉拉，没有荆棘划破我的衣服，否则，回到家一定会被父亲或者母亲训斥的。

山坡很长很长，一个那么矮小的小孩儿不时抬头看看远远的山顶。走了那么久了，山顶的树木还是那么遥远。扑棱棱，翅膀扇动的声音，一只美丽的鸟从大石板下飞出来。今天真是我的幸运日！我看见大石板下有一个用鬃毛和细草筑起来的鸟窝——这是我生命中的第一个鸟窝，也是第一次接受小鸟带给我的欢乐。六个蛋，一个挨一个地挤在一起，真是好看，而且是蓝色的，就像用天蓝色的颜料染出来的。我趴在鸟窝旁边，欣喜地看着蓝色的鸟蛋，完全迷醉在幸福，甚至可以说是狂喜里。应该有很多人理解我的那种心情吧，有几个小孩子没有感受过第一次发现鸟窝时的兴奋呢？

然而，雌鸟和我的感觉不一样。它一边"塔克塔克"地叫着，一边惊慌地从一块石头飞到另一块石头上去，还是"塔克塔克"地叫着。那个年龄的我还不懂得同情是什么，也不懂母亲焦虑不安的心情，只是在脑子里盘算着以后怎么掏鸟窝。但这次，我要先拿走一个鸟蛋，好向小伙伴们炫耀我了不起的发现。这个计划也让我决定不再往上走了，改天再来看太阳升起的地方，和我亲爱的树们吧。我把那枚鸟蛋放在用苔藓垫好的手心，捧着它，小心翼翼地往回走，生怕一脚踩空，把那么漂亮的鸟蛋摔破。

我走下山坡，在山脚遇见散步的牧师。"孩子，你手里拿着什么？"他和蔼地问我。是我像搬运圣物一样小心翼翼走路的样子，让他发现了我的秘密吧？我局促不安地伸出手，给他看我手心里那枚蓝色鸟蛋。

"啊，是'岩生'，"牧师又问，"从哪弄来的呀？"

"山坡上，一块石板下面。"我嗫嚅着，告诉牧师我只是偶然地发现了那个鸟窝，本来我是要去山顶看树的。而且，鸟窝里有六个蛋，我也只是拿走了一个。我要等那些鸟蛋孵出小鸟，小鸟的翅膀上长出粗一点的羽毛管时，才会去掏鸟窝。

"我的孩子，"牧师看着我，"不可以那么做。从母亲那里抢走它的孩子是残忍的，小鸟也是上帝的孩子，它有长大的权利，应该得到人的尊重。更何况，岩生会吃庄稼上的害虫，是庄稼的朋友，也是我们的朋友。孩子，听话，不要去掏鸟窝了。"

我点头答应，牧师放心地走了。回到家，脑子里还满是牧师说的那些话。那时候，两颗美好的种子也种在了孩子单纯且无知的心里：第一，不应该糟蹋鸟窝；第二，不应该让母亲伤心。"岩生"，我心里还默念着那个名字，牧师就是这么称呼那只从蓝色鸟蛋里孵出的鸟的。鸟和人一样，也有名字，但是是谁给它取的名呢？草地和树林里，我认识的其他东西都叫什么名字呢？比如山坡上那排树？岩生又是什么意思呢？

过了好几年我才明白"岩生"的意思，拉丁语里，"岩生"就是指这种鸟生活在岩石中。当年我趴在鸟窝旁边聚精会神地看鸟蛋时，那只雌鸟就是不停地从一块岩石飞到另一块岩石上去。它的家就在石板下，石板是它们的房顶。我也从一本书里知道，这种喜欢在多石头的山岗上筑巢的鸟也叫土坷垃鸟。春天，农民们忙着耕种，岩生会从一块被翻起的土块飞到另一块上，寻找它们爱吃的小虫子。普罗旺斯地区的人们叫它白尾鸟，这个形象的名字听了就让人产生联想，它突然从耕地上飞向天空，尾巴展开，漂亮得像只白蝴蝶。

牧师只是随口说出那个名字，但那个名字却向我打开了一个大世界，一个万物皆有其名的大世界。它让我想起在田野和山坡上生长的无数昆虫和数不清的野花野草，它们都不是无名的，我应该也能张口就叫出它们的名字。

山溪和蘑菇

我们村庄西边的山坡上，有一大片果园。现在，正是李子和苹果成熟的季节，远远看去，树上的果实像流泻的彩色瀑布。梯田四周的矮墙被翠绿的地衣和苔藓包裹着。一条小溪从山坡流过，溪水很浅，最深的地方也没不过膝盖。小溪也很窄，一步就能跨过去。稍宽的地方，可以踩着石头过水。我多爱这条小溪啊，它只是清澈、平静地流淌，但它在我记忆里神圣无比。

欢快的小溪流过磨坊主的农场，磨坊主就在半山腰挖了一条水渠，把溪水引进一个蓄水池里，那流水就推动磨盘转动。水池在路边，有围墙围着。有一次，我骑在伙伴的肩膀上，把头探过长着胡须一样乱草的围墙，去看深不见底的水池。黏糊糊的种缨像湿滑的绿色毯子般浮在水上。黑色的蜥蜴在绿毯没有覆盖的水面上游动，后来，我知道，那不是蜥蜴，是蝾螈。

往下再走，会看见溪流两岸长满了赤杨和白蜡树。这些树的枝叶纠缠在一起，形成了一道天然的绿色长廊，清亮的溪水进入长廊，流向幽深又神秘的远方。阳光透过枝叶的缝隙照射进来，落下一个个椭圆的光斑，在风中晃来晃去。游来游去的，是水里的动物们，这里是它们的隐蔽所。鲜红脖子的鲤鱼住在洞里，它们真是漂亮。它们会成群结队，逆流而上，鱼鳃一鼓一瘪的，像是在不停地漱口。它们也可以停在透明的水里，静静的，只有尾巴轻轻摆动着。一片树叶被风吹落到水面上，小鱼们都惊慌地四散逃走了。

小溪的另一边长满了山毛榉，光滑笔直的树干上，是巨大的树冠。小嘴乌鸦呱呱叫着，在浓密的枝叶间飞来飞去。它们用嘴拔下老去的羽毛，羽毛就从空中缓缓飘落。脚下的土地软软的，因为长满了苔藓。我走了几步，看见一棵还没有撑开伞的小蘑菇。乍一看，还以为是母鸡丢在野外的一枚鸡蛋。这是我采到的第一棵蘑菇，我拿在手里翻来覆去，看个不停，好奇它怎么会有这样的身体结构。神秘莫测的大自然，始终在等待着唤醒一个孩子的好奇心，而一棵蘑菇就可以完美地完成这个启蒙孩子好奇心的任务。

走在长满苔藓的树林里，会不断地遇见各种各样的蘑菇，有大有小，形状各异，色彩丰富，简直像是走进了一个蘑菇童话王国。有的像铃铛，有的像灯罩，有的像平底杯，有的像纺锤，也有像漏斗和半球的。我还看到变成蓝色的蘑菇，像我在山坡上找到的蓝色鸟蛋的蓝，蓝色的植物也好，鸟蛋也好，都是世间少有的绚丽。而一棵腐烂的蘑菇上，爬满了蛆虫。

我看到的最奇怪的蘑菇是梨形的，干巴巴的，顶上有个圆孔，像小房子的烟囱。用手指弹弹它的肚子，烟囱就真的冒出烟来。我采了一些带回家，有空就让小烟囱冒烟。这样的玩具和游戏，怎么玩儿也玩不够。可是当它的烟冒完了，神奇的小蘑菇就变成了一堆火绒一样的东西。

这片小树林也是我童年的乐园，以后，我还去过很多次，去了就采蘑菇。因为喜欢蘑菇，我也去翻看关于蘑菇的小册子，了解了关于蘑菇的很多知识。蘑菇和关于蘑菇的知识，都给我的童年带来无尽的欢乐。更何况，在小树林，还会有小嘴乌鸦的陪伴。

我采了那么多蘑菇，可家人却没有给我做出美味的蘑菇汤。他们告诉我，那种蘑菇叫"布道雷尔"，是有毒的毒蘑菇。我不明白它为什么会有毒，它们没有害过我。有不明白的事，看书是最好的办法。我继续找介绍蘑菇的书来读。书上还写有蘑菇的拉丁文名字，这些拉丁文名字没有减少我的阅读兴味，甚至我觉着，它们让树林里那些野生的蘑菇高贵起来。

有书真好，那些书还告诉了我会冒烟的蘑菇叫"狼屁"。可这个粗俗的名字让我有点不开心。我那么爱它，它应该有个更高贵的名字才好。它的拉丁文名字也没有增加它的高贵，因为有一天我弄清了这个拉丁文词根的意思，居然也是"狼屁"。植物志里这样的名字还有很多，保留着古时候粗鲁直率的命名。

我从小就钟爱蘑菇，这种热爱没有随着时光的流逝而有一点减少。现在，我已是年迈的老人，但我依然会拖着沉重的脚步，在秋日晴朗的下午去看它们。从欧石楠的红地毯上冒出来大脑袋牛肝菌、柱形伞菌，还有一簇簇红色的珊瑚菌。赛里昂的蘑菇争奇斗艳，漂亮得让人眼花缭乱。长着繁茂的圣栎、野草莓，还有迷迭香的山坡上，到处都有蘑菇生长。这些美好的蘑菇啊，我总也看不够。

爱了那么多年蘑菇，看了那么多蘑菇，但我没办法把蘑菇收藏在标本夹里，因此我有了一个野心，或者叫计划：按原大小绘制蘑菇图集。我没学过绘画，可有什么关系呢？没学过的事，去学就是了；没做过的事，探索着去做就好了；开始做不好的事，慢慢去做总会越来越好一点。就这样，我有了几百幅蘑菇图，图上的蘑菇，大小、颜色都和自然中生长的蘑菇一样。这些图画的艺术手法一定不够高明，但它们真实。周日，我的乡亲们还来参观我的蘑菇作品，他们能一眼就认出这些蘑菇，并叫出它们的俗名。这起码能证明，我画得还比较逼真吧。而且，这些画和蘑菇里，有我一生的幻想，我用最热烈的情感抚摸过它们，并以此表达我的热爱。

蘑菇和昆虫

我相信，很多人和我一样喜欢蘑菇这种菌类，因为它好看，也因为它好吃。但问题是，这两者之间的关系比较麻烦，好看的蘑菇不一定能吃，能吃的蘑菇不一定好看。那么如何判断蘑菇是否有毒呢？在思考这个问题的时候，人们求助于昆虫，希望虫子能给人正确答案。结果是，有一个辨别标准流传很广：虫子吃的蘑菇，人也可以吃，昆虫不吃的蘑菇，人也不能吃。但流行的东西也不一定正确，因为大多数的流行只看到了事物的表面，缺乏深入考察和思考。关于昆虫能够帮助人辨别蘑菇是否有毒的问题就是这样，人们仅从表面存在的一种关系就贸然得出一个结论，而忽略了不同动物的胃有不同的消化能力。当然，昆虫的口味和人的也不会一样。

在喜欢吃蘑菇的昆虫中，排在第一位的是巨须隐翅虫，这种鞘翅目昆虫穿着漂亮，它的衣服搭配了红蓝黑三种颜色。和其他大多数食素的昆虫一样，它食谱单一，只喜欢吃杨树伞菌。春天和秋天，我经常遇见它们。并且每次相遇，它们都是在杨树伞菌上。它们真是有眼光，甚至可说是美食家，因为杨树伞菌确实是最好吃的蘑菇之一。虽然它浑身白色，有裂痕，而且伞盖下的皱褶上附有红色孢子，看上去脏兮兮的，但即便在蘑菇世界里，也千万不要以貌取人。

吃蘑菇的鞘翅目昆虫中，最有趣的是盎球甲粪金龟，如果你听见过这种昆虫的虫鸣，你会说那真像小鸟的歌声一样悦耳。为了寻找地下蘑菇，粪金龟会挖一条直上直下的洞穴。我曾经从住在洞穴里的粪金龟手里抢走过它喜欢的块菰，块菰也是一种菌类。粪金龟喜欢块菰，但它不像隐翅虫那样固守单一食谱，不懂变通。茯苓，和块菰一样，也是一种地下菌，模样有点像小块的马铃薯，也在粪金龟的食谱上。不知道粪金龟是不是不加区别地吃所有的地下菌。

蛆虫是喜欢吃蘑菇的软体动物，它吃蘑菇的技术真是高明，简直可以申请专利：它把固体的蘑菇液化成糊状物以后再进食。我曾做过实验，把蛆虫放在撒旦牛肝菌上，牛肝菌的表面当天就变成了鲜红色，这是蛆虫的溶剂开始发挥作用。用不了几天，蘑菇变成了稀糊儿，蛆虫就在稀糊儿里拱来拱去。

切开后颜色变蓝的撒旦牛肝菌声名狼藉，书里都说它是毒蘑菇。用撒旦命名，也证明人们对这种蘑菇有多恐惧，但它是蛆虫们喜欢的美食。衣蛾的幼虫和蛆虫一样，迷恋那些我们害怕的毒蘑菇。而我们认为是美味佳肴的蘑菇，这两个撒旦牛肝菌的迷恋者却不屑一顾。比如红鹅膏菌，古罗马时期的美食家们称它为恺撒伞菌，甚至认为它是众神喜欢的美味。而且，红鹅膏菌不仅味道鲜美，还是我们爱吃的蘑菇中最漂亮的一种。它摸起来像绸子一样柔软光滑，色泽比金苹果还要绚丽，如果再配上它生长的背景——开着玫瑰红花朵的欧石楠丛中，那真是美得惊人。可即便我这样赞美这棵小蘑菇，蛆虫简直是宁死不屈，无论如何都不会尝尝人们那么喜爱的红鹅膏菌。如果我们用昆虫来判断蘑菇是否能吃，那么我们的蘑菇食谱会是多么遗憾啊，我们会错过最好吃的蘑菇——红鹅膏菌；另外，我们的蘑菇食谱又是多么危险，因为有毒的撒旦牛肝菌会名列其中。

还有松林中的羊乳菌，它的味道比辣椒还辣。吃这种蘑菇，简直和吃火炭没有什么区别。人要吃这种蘑菇，除非他的胃是用特殊材料做的。但蠕虫就有这样的胃，而且就是喜欢羊乳菌的辣味。

橄榄树伞菌的名字取得不好，因为除了橄榄树下常见它，我还在黄杨树、圣栎树、李子树、柏树、杏树和木绣球等树下见过这种蘑菇。橄榄伞菌有点神奇，它是会发光的蘑菇。当然，它根部发出的光只有在黑暗中才能看见，但却像萤火虫的光一样好看，不仅好看，而且好吃。但不管是黑暗中的荧光，还是鲜美的味道，都不能吸引昆虫来光顾它。昆虫们不会因为我们的喜欢而喜欢这种神奇的蘑菇，而我们，却要根据它们的喜好来判断蘑菇是否能吃。还是别管虫子们对蘑菇的判断了吧，我们，还得寻找我们自己的判断依据，寻找我们自己喜欢的蘑菇。

萤火虫

萤火虫的名字

　　昆虫中还很少有谁能像萤火虫这样家喻户晓，举世皆知。而且，夏夜看萤火虫简直有种童话的味道，看着黑暗中的点点荧光，不管男女老幼，心灵似乎都变得像孩子，或者溪水一样纯净。这个神奇的小昆虫，屁股上挂着一盏小灯笼，飞来飞去，表达着生活的欢愉。夏夜，不管是酷热，还是暑热散去，有谁没见过飞翔的萤火虫在青草中漫游呢？它像从月亮上掉落下来的一粒火星，在黑暗中明明灭灭。

　　即使没见过它的人，也不可能没有听说过它的大名。古希腊人叫它"朗皮里斯"，意思就是"屁股上挂灯笼的"。正式的科学概念也使用了这个表达，称它为夜里发光的虫。像萤火虫这样，俗名变成了学名，这种情况不很常见。毕竟，俗语和科学术语更多时候相差悬殊。但俗语也有很强的表现力，因为它生动，带着民间的机智和幽默。

　　法语把萤火虫称为"发光的蠕虫"，不是我挑剔，这个名字的错误实在非常明显：萤火虫根本不是蠕虫，即使光看其外表也能看出这个说法的错误。你一定见过蚯蚓吧？对！蠕虫就是蚯蚓这样没有脚的肉虫子，靠肌肉收缩来蠕动身体，这也是它得名的原因，而萤火虫有六只短短的脚，它也非常清楚该如何使用这几条腿。简单说，萤火虫是可以用小碎步奔跑的昆虫。当然，萤火虫也会飞，但要知道，会飞的是雄萤火虫。雄萤火虫成虫和其他甲虫一样，长着鞘翅，而雌虫没有得到上苍的垂爱，没有翅膀，也无法享受飞翔的欢乐。并且，雌虫一辈子都保持着幼虫的形体。

法语中有句俗语："像蠕虫一样一丝不挂"，是说人一件衣服都没穿，赤裸裸的样子。但萤火虫是穿着衣服的，它不太坚韧的外皮上，有着斑斓的色彩：栗棕色的身体，粉红色的胸，服饰边缘还装饰着两粒红色的小斑点，蠕虫不会有这样漂亮的服饰。

古人讲得好，名正言顺。要讲清楚一件事，首先要把名字搞清楚。现在，说完了萤火虫的名字，让我们问一个问题吧：萤火虫吃什么呢？昆虫和人不一样。古罗马哲学家西塞罗说，人即灵魂，"你灵魂的行动才是你的行动"，身体不过是"盛放灵魂的一个器皿，或者说是灵魂的居所"，原因是"当我和你说话时，我不是在和你的身体说话，而是在和你的精神说话"。而昆虫基本上只有个身体，肚子主宰一切，吃这件事支配着它的生活。因此，不管我们研究什么昆虫，首先都可以提出这个问题。如果我们搞清了萤火虫的吃，恐怕会有点破坏我们对于这种昆虫的童话想象。但科学，也会让我们了解生命的更多秘密。

猎食者萤火虫

很多人印象中的萤火虫恐怕只是黑暗中闪烁的一点"萤火"，

因为它们并没有见过萤火虫的"虫"。萤火虫不大，比它的"萤火"大不了多少，但可不要小看这个外表弱小的家伙，因为它也是食肉昆虫，而且，猎食手段有点"恶毒"。

萤火虫的主菜单是蜗牛，昆虫学家们早就知道了这个事实，但如果要问萤火虫如何猎杀和吃掉蜗牛的，恐怕还没有人知道。只拿着解剖刀和显微镜站在实验室里，是没办法回答这个问题的，回答它需要的是细致耐心的观察，观察活生生的昆虫的生活。

萤火虫在吃掉猎物以前，首先做的是麻醉猎物，让它失去知觉。然后，像人类活吃醉虾一样，吃掉鲜活的蜗牛。萤火虫的猎物通常是比樱桃还小的变形蜗牛。整个炎热的夏天，变形蜗牛聚集在稻秆或其他植物的茎上，几乎是一动不动地待在那里，好像在做梦，也像是在沉思，它们不知道灾难即将降临。我很多次看见萤火虫对它们实施麻醉，然后就在茎秆上，把蜗牛吃掉。萤火虫也熟悉蜗牛的其他居所。水边土地阴湿，杂草丛生，那里是蜗牛的乐园，但也是萤火虫的乐园，大自然就是这样安排的，萤火虫也喜欢阴湿的地方。细雨的晚上，萤火虫不仅不会躲起来，反而让它的灯更亮，飞得也更欢快。

萤火虫的捕猎武器是它两片钩状的颚，很锋利，但也很细小，毕竟，整个萤火虫也就那么大。它锋利的颚细如发丝，借助显微镜可以看到，那弯钩上有一道细细的槽。

萤火虫的猎杀不是血淋淋的凶残，反而有点和风细雨的味道。萤火虫用它的武器轻轻敲打蜗牛的外膜，很温和的样子，不像是猎杀中的蜇咬，倒像是亲昵地爱抚。小孩子玩耍做游戏时，用两个手指轻捏对方的皮肤，从前我们把这种动作叫作"夹"，因为绝不是用力地拧，而是更像挠痒痒。现在，我就用孩子游戏使用的术语"夹"吧。在和昆虫说话时，用孩子们的语言也许更合适。因此，我说萤火虫轻轻地夹着蜗牛。

它夹得有条不紊，力道合适，每夹一次，就停一下。自己休息一下，也看看夹的效果，而且也让蜗牛不至于受到更多烦扰。至多夹六次，萤火虫就已用带槽的弯钩把毒液注入蜗牛身体里去了。麻醉很快见效，蜗牛失去了生气和知觉，变成了一块鲜活却不能动弹的肉。

我很幸运地看见过萤火虫在自然状态下猎杀蜗牛的全过程。小蜗牛慢慢地爬着，萤火虫飞来进攻。蜗牛有些不安，乱动了几下，一切就结束了：蜗牛安静下来，身体瘫痪，甲壳外面可爱的小肉肉——脖子、头和触角——本来有着天鹅颈项那样优美的弧度，现在，软塌塌地垂到地上，像折断后干枯下去的小树枝。

但蜗牛根本没有死去，我就可以让它死而复活。在两三天的"植物人"状态之后，我把半死不活的蜗牛隔离开来，给它洗了一次澡。又过了两天，遭到萤火虫猎杀的蜗牛复活——它又能活动了，又有感觉了。用针去捅捅它，它会有反应。它又开始背着重重的壳，伸出触角，慢慢地向前爬，仿佛什么也没发生过。现在，我们可以知道，萤火虫捕猎的手段首先就是麻醉术。

接下去的问题是，萤火虫怎么吃它的猎物呢？把蜗牛切成小块或者小片，然后大嚼吗？显然不是，我从来没见过萤火虫的嘴上有固体食物的残渣。严格来讲，萤火虫不会"吃"，它是"喝"。就跟蛆虫用液化的方法吃蘑菇一样，萤火虫也是一个液化专家，把猎物液化成流质的肉汁也是它的专长。

不管蜗牛是大还是小，用麻醉术实施猎捕这件事都是由一只萤火虫独立完成，但食客却不是只有猎手。本着"大家好才是真的好"的原则，猎手会呼朋唤友，一起享用美餐。猎捕完成不一会儿，客人就会三三两两地赶来，大家平起平坐，欢聚一堂。它们饱餐两天后，我把蜗牛壳朝下颠倒拿好，肉汁流了出来。食客们吃饱喝足，也心满意足，走开了。蜗牛壳里，只剩下一点稀稀的残汁。

蜗牛是被一只萤火虫麻醉的，但将其液化成肉汁则是众食客通力合作的结果。而且，借此我们也知道了，萤火虫大颚上的弯钩不仅用来蜇咬猎物，注射麻醉剂，它的第二个重要功能就是分泌消化素来液化猎物。当然，弯钩还有第三个重要功能——吸食食物。现在，一切准备就绪，被麻醉的蜗牛一动不动，完全不知道它已成为萤火虫的美餐。食客们已围绕着蜗牛坐好，盛宴开始，萤火虫们低头不语，各吃各的，尽情享用，绝不浪费，直到把眼前美味吃得一干二净，只剩下一个空空的蜗牛壳和一点稀稀的残汁。

关于萤火虫的捕和吃，还有最后一个细节值得注意：蜗牛被吃得一干二净后，空壳就留在它最初被攻击的地方。如果蜗牛是在一个草茎上被猎捕，那么，它被吮吸干净的壳就留在草茎上。任何细节都关联着一个完整的故事，可以说，蜗牛被就地正法这个细节的背后应该是这样的故事：第一，萤火虫捕猎向来速战速决，进攻迅疾，没有任何差错，也没有留给蜗牛任何反抗的机会；第二，萤火虫们吸食蜗牛的方法和猎捕一样巧妙，一样完美，否则，蜗牛或者蜗牛壳早就掉落到草丛中不见了。

萤火虫之光

如果萤火虫只会用麻醉术捕猎，只会用液化术吸食猎物，那么，它肯定不会有这么大的名声。能在黑暗中亮起星星点点的光，才是萤火虫名扬四海的真正原因。

人们喜欢萤火虫在黑暗中发出的光，亲切地把它比作小灯笼。

萤火虫的小灯笼有两种：尾灯和光带。不管是成虫还是幼虫，也不管是雌虫还是雄虫，所有的萤火虫都有尾灯，但光带是雌萤火虫独有的。雌萤火虫的腹部分成几节，后三节就是它的发光带。发光带在腹部发光，但光能穿透身体，所以没有翅膀的雌萤火虫在地上草上爬的时候，我们也能看见它的光。光带不是从小就亮着，而是只有到了谈婚论嫁的时候，雌萤火虫才会点亮光彩照人的腰带。也可以这样说，雌萤火虫用亮起来的腰带宣布自己已经成熟，已经准备好做母亲了。

雌萤火虫做母亲的欲望真是强烈，什么都不能熄灭它亮起来的腰带。我在雌萤火虫身边放了一枪，光带依然亮着；我用喷雾器给它身子洒水，光带依然亮着；我用手把它抓起来，轻轻捏它，把它翻来覆去，光带依然不会熄灭。而雄萤火虫的尾灯也真的像一盏灯，亮着还是熄灭，亮度是强还是弱，都可以随心所欲地调节，这也是我们看见萤火虫在黑暗中明明灭灭的原因。夜间，我去捉萤火虫，能清楚地看见那盏小灯在草丛里亮着。但如果我不小心碰到了旁边的草，受惊的萤火虫会马上熄灭它的小灯笼。

控制灯笼的是萤火虫的呼吸器官，向灯笼输送的空气多了，小灯笼就会更亮一些；相反，输送的空气少了，灯光就会微弱下来。停止输送空气，小灯笼就熄灭了。

萤火虫的光宁静、柔和，像是从月亮上掉落的小火花。这光在黑暗里是明亮的，但它的照射能力其实很有限。我们不妨做一些简单有趣的实验，来证明这一点。在漆黑的环境里，让一只萤火虫在书里的一行字上移动，我们可以清楚地看见它照亮身边的字，但光照的范围也只是它身边的字，离它稍远一点的地方就在萤火虫照亮的范围之外了，什么也看不见。

萤火虫的小灯笼不能照亮自己，也不会照亮别人。一群萤火虫在一起，虽然每只萤火虫都在发光，但我们能看见的也还是一个个光点亮点，而看不见任何一只萤火虫的形状。我把二十来只雌萤火虫放在一个网罩里，网罩中央放上一丛百里香。黑夜来临，萤火虫的灯笼亮起来，像是百里香开出闪光的花朵，但它不会照亮百里香。如果你用相机拍照，照片里也只会有一些白色斑点，不见百里香，也不会有萤火虫的样子。

　　雌萤火虫的灯光是召唤情侣的，它在地上爬，但不会只是安安静静地待在那里。它会激烈地扭动起身体，屁股一颠一颠的，把它的小灯向着各个方向发射。若是乱飞的雄萤火虫经过附近，一定会看见雌萤火虫闪亮的灯和灯光里的爱情信号。

　　雌雄萤火虫拥抱着欢爱时，它们的灯光都会微弱下去，好像马上就要熄灭的样子。之后，雌萤火虫就去产卵。这种发光的小昆虫丝毫没有对家的依恋和温情，也没有父爱和母爱，雌萤火虫把卵随便产在什么地方，然后就离开了。卵里的小生命，一切都要靠自己。

　　奇妙的是，萤火虫的卵在母亲肚子里就会发光。观察一只快要产卵的雌萤火虫，我们会看见它肚子上透出乳白色的、很柔和的光。这些发光的卵产下不久就会孵化，刚孵化出来的幼虫也都带着一盏闪亮的小尾灯。寒冷的日子到来，它们会钻到地下，不会很深，顶多三四寸。冬天，我曾挖出几只萤火虫幼虫，看见它们的小灯一直亮着。接近4月，春暖花开，幼虫钻出地面。

　　萤火虫的一生是有光的一生。从生下来到死去，它们的灯始终亮着，不熄灭。

图书在版编目（CIP）数据

我的《昆虫记》：基于法布尔的重述 / 马俊江编译
. -- 北京：北京联合出版公司, 2022.5（2023.4重印）
ISBN 978-7-5596-5210-2

Ⅰ. ①我… Ⅱ. ①马… Ⅲ. ①法布尔（Fabre, Jean
Henri 1823-1915）- 文学研究 Ⅳ. ①I565.06

中国版本图书馆CIP数据核字（2021）第061528号

我的《昆虫记》：基于法布尔的重述

作　　者：马俊江
插图作者：聂朗丞
出 品 人：赵红仕
策　　划：乐府文化
责任编辑：徐　樟
特约编辑：刘衍衍
装帧设计：周伟伟

北京联合出版公司出版
（北京市西城区德外大街83号楼9层　　100088）
北京联合天畅文化传播公司发行
北京美图印务有限公司印刷　新华书店经销
字数276千　880mm×1230mm　1/32　11.75印张
2022年5月第1版　2023年4月第2次印刷
ISBN 978-7-5596-5210-2
定价：52.00元